늘 건강하세요!

중증외상센터

GOLDEN
HOUR

골든 아워

한산이가
지음

중증외상센터

GOLDEN
HOUR

골든 아워 II

몬스터

차례

흔들리는 배 위에서

철썩. 고속정 288호는 파도를 맞아가며 빠른 속도로 나아가고 있었다. 함급이 아니었기 때문에 진동은 장난이 아니었다.

"어어."

배에 익숙지 않은 김낙출 중령은 하마터면 넘어질 뻔했을 정도였다.

"중령님, 조심하십시오."

김영재 대위는 그런 김낙출 중령의 손을 잡아주었다. 김낙출 중령은 억센 손아귀 힘을 느끼며 고개를 끄덕였다.

"고마워."

"고맙긴요. 원래 고속 주행할 때는 수병들도 많이 넘어지고 그럽니다."

"그러니까 말이야. 생각했던 것보다도 훨씬 많이 흔들리는데……."

김낙출 중령은 난간을 양손으로 꽉 움켜쥔 채 강혁 쪽을 바라보았다. 따라 올라온 의무병 셋이 환자의 양다리와 머리를 붙잡고 있었다. 덕분에 환자가 이리저리 굴러다니는 참사는 피할 수 있었다.

'저렇게 흔들리는데 수술을 한다고?'

멀리서 봐도 강혁과 이강행 대위의 어깨가 출렁거리는 것이 느껴질 지경이었다. 수술은커녕 그냥 진찰도 어려워 보였다.

"중령님. 이게 될까요?"

김영재 대위의 생각도 비슷했는지 아주 걱정스러운 기색으로 물어왔다. 김 중령은 잠시 그의 얼굴을 빤히 바라보다가 이내 고개를 저었다.

"될까? 내가 한번 가서 말려봐야겠어."

"어어. 혼자 가다가 넘어집니다. 저랑 가시죠."

김 중령은 '걸어가는 것 정도는 혼자 할 수 있지 않을까' 하는 생각을 아주 잠시 해보았다. 하지만 다시금 뱃전을 때리는 파도를 겪고 나니 역시 무리란 생각이 들었다.

"그, 그래. 고맙네."

둘은 아주 천천히 배의 전방에서 후미에 있는 갑판을 향해 이동하기 시작했다. 그들이 다가오는 동안에도 강혁은 결코 쉬지 않았다.

"벌려."

"네, 네. 아, 근데 이게 흔들려서……."

"기구를 그따위로 드니까 흔들리지. 기구 쥐는 법 안 배웠어?"

"네? 배우긴 배웠…… 죠. 연필 쥐듯이 하라고."

강행은 당황한 표정으로 자신의 손을 내려다보았다. 상처 부위를 벌리는 후크를 딱 연필 쥐듯이 잡고 있었다.

"연필 쥐듯이 쥐는 건 꼭 배워야 아냐? 그냥 당연한 거지."

강행은 뭔가 불안하다는 표정을 지으며 강혁을 올려다보았다.

"너 근데 왜 연필 쥐듯이 쥐라고 하는지는 아냐? 지금 이딴 식으로 하는 거 보니까 모를 거 같은데."

"어……."

강행은 잠시 공황 상태에 빠진 듯했다. 그러고보니까 다들 연필 쥐듯이 하라고만 했지, 왜 그래야 하는지는 알려준 적이 없었다.

"이거 봐, 이거. 개판이야, 아주."

"왜……. 왜 그렇게 쥐는 건데요?"

"안 흔들리라고! 연필 쥐듯이 하면 중지가 버팀목이 되고, 넷째, 다섯째 손가락을 환자 몸이나 다른 기구에 기댈 수 있잖아. 그런 지지대가 있어야 안 흔들린다고!"

"아."

강행은 그제야 입을 쩍하고 벌렸다.

"그걸 이제 알았네. 전문의씩이나 돼서는. 어휴……. 돌팔이……."

"도, 돌팔이는 조금 억울한데요……."

"자기가 뭘 모르는지 모르는 놈은 돌팔이야."

실로 듣기 싫은 말인 동시에 맞는 말이기도 했다. 자기가 뭘 모르는지도 모르는 사람이 제일 위험했다. 사고는 그럴 때 나는 법이었다.

"잘 봐봐. 우리가 보통의 수술 현장에 있을 땐 손, 손목만 고정하면 돼. 어차피 다른 부위가 안 흔들리니까. 하지만 지금은 어때?"

강혁의 말에 이강행 대위가 즉각 답했다. 지금도 사정없이 흔들리고 있는 자신의 상체를 바라보면서였다.

"죄다 움직입니다."

"그래. 그럼 최대한 흔들리는 부위를 줄여야지."

"어떻게……?"

"일단 팔꿈치를 허리에 붙여."

"아."

강행은 아주 간단한 자세 변경만으로 손끝의 흔들림이 절반 이상 가라앉는 것을 보며 눈을 빛냈다.

"팔뚝은 살짝 안쪽으로. 팔 근육은 이두가 삼두보다 강하기 때문에 그게 유리해."

"네."

"손목은 환자 몸에 딱 붙여. 지금 네 위치에서는 삼각근."

"네. 오."

"그래, 아까보단 훨씬 낫네. 그렇게 하고 당겨. 알았어?"

"네. 알겠습니다."

강행은 신세계를 느끼며 상처를 벌렸다. 그러자 안쪽에 고여 있던 핏물이 주르륵하고 흘러나왔다. 아직 혈관은 터진 채로 있었기 때문에 새로 흘러나오는 피의 양도 적지 않았다.

"어……."

자연히 수술 시야는 삽시간에 붉게 물들어버렸다. 팔이라는 것 외에 알 수 있는 게 없을 정도였다. 강혁은 당황한 기색이 역력한 강행을 보며 말했다.

"넌 그냥 벌리고만 있어. 나머진 내가 알아서 해."

"아, 네."

강혁은 그러고 나서 왼손을 핏물 사이로 쑥 집어넣었다.

'브라키알 아터리(Brachial artery: 상완 동맥, 위팔에서 가장 중요한 동맥)가 찢겼지…….'

강혁이 다친 부위 안쪽을 본 시점은 아까 혈관을 누르기 전 2, 3초 정도와 좀 전에 2, 3초 정도뿐이었다. 그마저도 깨끗한 시야를 통해 본 게 아니라 그저 핏물 사이로 힐끔 보았을 뿐이었다. 하지만 찢어진 부위를 직접 잡는데 전혀 망설임이 느껴지지 않았다. 그 순간 핏물의 양이 훅 줄어들었다. 이강행 대위는 이게 현실인가 하는 표정으로 강혁과 그의 손을 번갈아가며 보았다.

"뭘 그렇게 보고 있어. 그냥 벌리고만 있어."

"아, 네……."

"실 줘."

"네."

강혁의 말에 옆에 대기 중이던 간호장교가 봉합사를 건네주었다. 강혁은 봉합 기구를 건네받자마자 바로 혈관 봉합에 들어갔다. 다행히 혈관은 프로펠러에 직접 부딪힌 것은 아닌 것으로 보였다.

'부러진 위팔뼈에 찢어졌어.'

부러진 뼈는 고대에 무기로 쓰였을 정도로 아주 날카로웠다. 그래서 이런 사고에서 주변 조직을 상하게 하는 경우가 잦았다.

"흠."

강혁은 신음과 함께 왼손을 아주 약간 움직였다. 그러자 그가 잡고 있던 혈관에서 피가 조금 새어 나왔다. 하지만 그것도 아주 잠시뿐이었다. 강혁의 오른손이 움직임과 동시에 바늘이 피나는 부위를 통과해버렸다. 그러자 곧 하나의 매듭이 완성되었다.

"오……."

강혁의 봉합 솜씨는 일종의 예술의 경지에 올라 있었다. 그것을 직접 본 이강행 대위는 자신이 지금 배 위에 있다는 사실도 잊은 채 입을 쩍 하고 벌렸다. 마스크를 낀 채라 강혁에게 핀잔을 듣지는 않았다.

강혁의 왼손이 조금 움직이면 피가 새어 나왔고, 곧 그 부위에 바늘이 꽂혔다. 또다시 1초 뒤엔 매듭이 지어져 있었다. 그런 식으로 혈관 봉합은 아주 빠르게 진행되었다. 강혁은 봉합이 거의 다 끝나갈 때쯤 이강행 대위에게 물었다.

"손끝 어때?"

"어, 안 보입니다."

"무슨 미친 소리야. 이게 왜 안 보여."

"너무 빨라서……?"

강혁은 이강행 대위의 말에 고개를 갸웃거리며 고개를 들었다. 그제야 강혁은 이강행 대위가 자신의 말을 제대로 알아듣지 못했다는 걸 알았다.

"이런 멍청한……. 내 손을 왜 봐. 환자 손 보라고. 환자!"

"아. 손……. 네."

이강행 대위는 재빨리 김 일병의 손을 보았다. 반말은 기본에 멍청하다는 욕까지 들었는데도 별 불만이 생기지 않는 건 눈앞의 강혁이 지금껏 보아왔던 의사 중 가장 뛰어난 의사였기 때문이라고 생각했다.

'원래 명의들이 성질 더럽잖아.'

"이런 멍청아. 혈관 이어줬으니까 피 잘 가는지 보라는 거잖아! 손끝 색이랑 온도 아까랑 비교해서 어떠냐고!"

"아."

"에이. 비켜봐."

강혁은 본인이 직접 확인하기 위해 움직였다.

'괴사한 곳도 없어. 좋군.'

괴사가 진행되었다면 갑자기 피가 들어갔을 때 죽은 부위에서 피가 새어 버리기 마련이었다. 하지만 지금 김 일병의 손과 팔뚝에 그런 부분은 전혀 없었다. 아직 나이도 젊고, 수혈까지 들어간 덕에 피가 아예 통하지 않는 사태는 피할 수 있었다.

그때까지도 김영재 대위와 김낙출 중령은 강혁에게 닿지 못하고 있었다. 배가 심하게 기우뚱거리는 데다가, 김낙출 중령이 구역질까지 하기 시작했다. 그렇게 갑판 주변에 있는 모두가 사투를 벌이고 있는 동안, 고속정 288호를 주시하는 이가 있었다. TV 고려에서 나온 박상은 기자였다. 그녀는 가공할 만한 집념으로 배를 타고 백령도로 이동 중이었는데, 몇 분 전 헬기가 날아가는 것을 보고 강혁을 놓쳤다는 생각에 허탈해하고 있는 중이었다.

"어, 저거? 저 사람……? 저거 백강혁 아니야?"

박상은 기자는 자신이 아직 유튜브 라이브를 틀어놓고 있다는 사실조차 잊은 채 반말로 외쳤다. 그 말에 이제 100명 정도 남아 있던 라이브 시청자들이 환호했다.

- 백강혁?

- 카메라 뭐 하냐, 돌려봐!

- 아까 헬기 갔는데 뭔 소리 하냐, 너네. 왜 배에 타고 있겠냐.

물론 냉소적인 반응도 있었다. 하지만 지금 박상은 기자는 그까짓 반응 따위에 신경 쓸 여유가 없었다.

"저 배! 저 배 따라붙어요!"

"저 배를?"

다짜고짜 거금을 주고 배를 빌리겠다는 말에 따라 나온 선장이 당혹스러움을 감추지 못했다. 방금 기자인지 뭔지 하는 사람이 가리킨 배는 다름 아닌 군함이었기 때문이었다.

'288호……. 저 배 정장이 여간 까탈스러운 게 아닌데.'

고속정은 백령도 인근 주민들에게는 꽤 익숙한 물건이었다. 하루가 멀다고 주변 순찰을 나오고 있었기 때문이었다.

"저 배는 좀……. 고속정이라 속도도 빠르고."

"돈 더 드릴게요!"

박상은 기자는 이제 사비까지 털기 시작했다. 뭔가 대박이라는 느낌이 팍 왔기 때문이다. 선배들은 늘 그 감이라는 놈을 조심하고 주의하라고 했지만, 막상 감이 오자 그럴 수가 없었다.

"돈을 여기서 더……?"

선장은 고개를 갸웃거렸다. 이미 받은 돈도 적지 않았기 때문이다. 박 기자는 그런 선장에게 돈 50만 원을 추가로 건넸다.

"혹시 모자라면 계좌 불러요!"

"아, 아니. 충분하지, 충분해. 그럼 따라붙어봅시다."

선장은 고속정을 따라 배를 몰기 시작했다.

박상은 기자가 빌린 배는 고속정 288호보다 훨씬 작은 배였다. 아무래도 속도에서 차이가 크게 났다.

"좋아, 좋아!"

그러나 박상은 기자는 점점 더 가까워지는 고속정 288호를 보며 주먹을 휘둘렀다.

- 진짜 있는 건가?

- 50만 원 허공에 날린 거라니까. 있긴 뭐가 있어.

한산하기만 했던 유튜브 라이브 채팅창에 다시금 열기가 더해지고 있었다. 시청자 수도 300명을 훌쩍 뛰어넘었다. 각 커뮤니티로 '뭔가 잡혔다'는 소식이 전해진 모양이었다.

"아, 저건 또 뭐야."

당연하게도 보트의 접근은 고속정에서 금방 포착되었다. 가까스로 한 걸음 한 걸음 옮겨가고 있던 김영재 대위가 욕설과 함께 보트를 가리켰다.

"야, 방송 때려! 저게 미쳤나. 왜 군함 뒤를 따라붙고 지랄이야,

지랄이!"

"필승!"

288호의 고참 상사가 경례를 붙였다. 그러곤 후미를 향해 경고 방송을 시행했다. '왜애애애앵!' 듣기만 해도 기분이 나빠지는 사이렌 소리가 울렸다.

"흰색 보트. 흰색 보트. 접근하지 마세요. 더 접근하면 발포합니다."

'발포'라는 단어가 처음부터 튀어나왔다. 진짜 쏠 리는 없다는 걸 알지만 선장의 안색은 하얗게 질렸다.

"아, 이거……."

선장은 '역시는 역시'라는 얼굴이었다. 하지만 박상은 기자는 전혀 물러설 생각이 없어 보였다.

"선장님. 여기도 확성기 같은 거 있죠?"

"네? 있기야 있는데……. 뭘 어쩌시려고……."

"일단 줘봐요."

"나 원 참. 우리 비켜야 할 거 같은데."

"말이나 해보고요. 안 되면 포기할게요."

"알겠습니다, 알겠어."

선장은 배의 속도를 조금 늦춘 채, 확성기를 건네주었다.

"아아."

과연 배에서 쓰는 확성기라 그런지 성능이 좋았다. 실제 응급 상황에서 쓰기 위한 물건이었다. 박상은 기자는 그 확성기에 대고 힘차게 외쳤다.

"저는 TV 고려의 박상은 기자입니다! 지금 배에 백강혁 교수님 타고 계시죠?"

박상은 기자의 말은 확성기의 힘을 빌려 고속정에 똑똑히 전달되었다.

“이런 시발. 왜 기자가 바다 위에 있어?”

그 바람에 김낙출 중령의 입에서 욕이 한 사발 터져나왔다. 지금 배 위에서 아무런 안전 장치도 없이 병사 한 명이 수술을 받고 있다. 이런 게 매스컴을 탔다가는 난리가 날 수도 있었다.

‘좋게 포장될 수도 있겠지만…….’

그렇지 않을 경우 감수해야 할 위험이 너무 컸다.

“야, 기자고 뭐고 가라고 해.”

“네.”

김낙출 중령은 김영재 대위에게 짜증 섞인 어투로 말했다.

“지금 라이브 생중계 중입니다! 귀선에서 방송할 내용이 전국에 나갑니다!”

하지만 막 꺼지라고 하려는 찰나 박상은 기자의 목소리가 다시 한번 고속정을 때렸다.

“생방송?”

김영재 대위와 김낙출 중령은 거의 동시에 서로를 돌아보았다.

“이런 젠장!”

“누가 찌른 거 아닐까요?”

“찌르긴 뭘 찔러! 절차상 문제도 없는 훈련이었는데.”

“그러지 않고서야……. 언론에서 어떻게 냄새를 맡고 바다까지 쫓아온답니까?”

그건 확실히 이상한 일이었다. 하지만 지금 중요한 것은 TV 고려라는 꽤 커다란 채널의 기자가 그들의 후미로 따라붙었단 사실이었다.

"어쩌죠?"

"어쩌긴. 일단 뭘 원하는 건지 물어봐."

김영재 대위는 홀로 갑판 위를 뛰어 상사에게로 다가갔다. 그러곤 방송 장비를 넘겨받아 외쳤다.

"뭘 원하시는 겁니까? 지금 작전 수행 중입니다!"

"방해는 안 하겠습니다! 그냥 저희가 옆으로 이동해서 갑판 위만 볼 수 있게 해주십쇼!"

"갑판 위에서 작전 수행 중입니다! 군사 기밀입니다!"

"거기 백강혁 교수님 있는 거 다 봤습니다!"

'백강혁'이란 소리에 김영재 대위는 마이크에서 입을 뗀 채 나지막이 중얼거렸다.

"이런 시발."

정말이지 욕이 절로 나오는 상황이었다. 그사이 채팅창은 거의 불이 붙었다.

- 뭐야, 진짜야?

- 왜 배에 있음?

- 백강혁 이 사람은 대체 뭐 하는 사람임?

시청 인원도 순식간에 2천 명을 넘겨버렸다. 이 정도면 유튜브 인기 채널의 라이브 방송 수준이었다.

"방해 안 하겠습니다! 그냥 옆에서 보기만 하겠습니다!"

박상은 기자는 힐끔 모니터 창을 보고는 그냥 질러버렸다. 주저하기엔 너무 어마어마한 반응이었기 때문이다.

"선장님, 옆에 붙어서 주행해주세요. 감독님은 렌즈 변경해서 배 안쪽 들여다봐주시고."

"어……. 거참."

"알았어."

선장과 카메라 감독은 곧 박상은 기자의 요구에 맞추어 움직였다. 배는 나는 듯이 달려 고속정 바로 옆으로 붙었다. 카메라 감독 역시 렌즈를 바꾸고 배 안을 들여다보기 시작했다.

"이런 망할 놈들."

김낙출 중령은 그런 박상은 기자 무리를 보며 욕설을 내뱉었다. 하지만 그뿐이었다.

'생방송 중이라잖아…….'

유튜브 방송인 줄은 꿈에도 모르는 김낙출 중령은 그저 전국으로 방송된다는 것만 생각했다.

"어쩌죠?"

어느새 김낙출 중령에게 다가온 김영재 대위가 물었다. 김낙출 중령은 당황한 나머지 멀미도 잊은 참이었다.

"어쩌긴. 가서 몸으로 가려야지. 가자고."

"네. 알겠습니다. 병사들도 부를까요?"

"음……. 아냐. 아냐. 요새 안 그래도 여론 별로인데 병사들 동원했다가 역풍 맞아. 이송 중인 건 알게끔 하자고."

"알겠습니다."

그사이 강혁은 혈관 봉합을 완전히 마치고, 상처 부위를 뒤적거리고 있었다. 당연히 마구잡이로 뒤지는 것은 아니었다. 무언가를 찾고 있었다.

"야, 너도 놀지 말고! 눈깔이라도 좀 돌려!"

대략 1분간 상처를 뒤적대던 강혁은 이강행 대위에게 괜히 성질을 부렸다. 아까까지 '넌 벌리고 있기나 하라'는 말을 들었던 이강행 대위는 조금 억울했다. 하지만 지금 강혁이 뭘 찾고 있는지 알고 있었기 때문에 일단 사과부터 했다.

"네, 죄송합니다."

"죄송하다고 할 시간에 눈깔이나 굴려!"

"네, 네."

이강행 대위는 연신 고개를 끄덕이며 눈을 움직였다. 하지만 그런다고 사라져버린 정중 신경이 느닷없이 모습을 드러내진 않았다. 신경은 고무줄처럼 신축성이 좋아서, 끊어지면 훅 쪼그라들어버리기 때문이었다. 강혁조차 힘겨워하는 지경이었다. 시간이 길어질수록 강혁의 눈길이 간호장교가 들고 있는 기구함으로 향했다. 좀 더 정확히 말하면 메스였다.

'차라리 쭉 내리그어서 손목 근처에서 찾아서 올라올까?'

그럼 찾기가 한결 쉬울 터였다. 하지만 일종의 삽질에 속했다. 신경 하나 찾자고 20cm도 넘게 절개를 할까 생각해보던 참이었다.

강혁은 고개를 절레절레 젓다가 돌연 너털웃음을 지으며 왼손을 쑥 집어넣었다. 그러곤 숨어 있던 정중 신경의 단면을 당겨냈다.

"이제 위쪽 좀 뒤져봐."

"네."

"대답만 하지 말고, 좀 찾아."

"네, 네."

"에이. 됐어. 당기기나 해. 찾았다."

이강행 대위는 자포자기한 심정으로 고개를 끄덕였다. 그사이 강혁은 방금 찾아낸 정중 신경의 위쪽 단면과 아래쪽 단면을 서로 마주 보도록 딱 맞춰주었다. 집게로 물려놓으면 신경이 망가질 수 있어 이빨이 없는 녀석으로 물어당길 따름이었다.

'흐음.'

강혁은 단면을 맞춰두고는 잠시 생각에 잠겼다.

'단면을 끊어지기 전과 동일하게 봉합해줘야 해. 그래야 운동 기능이 조금이나마 돌아온다…….'

강혁은 아주 조금씩 단면을 움직여 가면서 양쪽이 제대로 연결될 수 있도록 조정 중이었다. 그런 강혁의 모습은 바로 앞의 이강행 대위에게도 이상하게 보였지만, 옆 배에 타고 있는 박상은 기자의 눈에는 더 이상하게 보였다.

"뭐야 지금. 배 위에서 수술해?"

강혁은 잘린 신경의 단면을 바로 앞에 두고 세밀한 조정 중에 이강행 대위에게 소리쳤다.

"정신 똑바로 차려!"

"네, 네!"

원칙대로라면 배 위가 아니라 수술대 위, 그것도 미세 수술용 판을 들여놓고 진행해야 할 수술이었다. 신경 접합술. 실제로 많이 하는 수술이긴 했다. 물론 끊어졌던 신경이 원래대로의 기능을 하리란 기대는 거의 하지 않았다. 신경 다발을 원래대로 이어줘야 하는데, 그건 대부분 불가능하다고 생각했기 때문이다.

'이 양반…… 설마 단면을 맞추고 있는 건가?'

강혁은 아까부터 양측 단면을 번갈아 보면서 무언가를 맞추고 있었다. 이강행 대위는 믿기 어렵다는 표정으로 강혁의 눈과 단면을 바라보았다.

'이게 되나?'

이강행 대위 눈으로는 아무리 봐도 그저 단면일 뿐인데, 저렇게 열심히 들여다보면 뭔가 보이는 걸까.

"야! 흔들리잖아!"

한참 그렇게 멍하게 보고 있으려니 강혁이 한번 더 소리를 질렀다. 혈관 봉합처럼 피만 안 나게 하면 되는 게 아니라, 아예 원상복구를 시켜야 하는 작업이었기에 더욱 예민했다.

"아, 네네."

'나보고 어쩌라는 거야…….'

이강행 대위로서는 억울하기 짝이 없는 일일 뿐이었다. 지금 김일병을 흔드는 범인은 바다지 본인이 아니었으니까. 이강행 대위의 속을 아는지 모르는지, 강혁은 계속 화를 내며 단면을 맞추었다.

"새끼! 좀 가만히 있어!"

"네, 네."

이강행 대위는 강혁이 화내는 이유를 대강 짐작하고 있었으니 이제는 그러려니 했다. 하지만 다른 사람들의 눈에는 정말이지 괴상해 보일 따름이었다.

"저 사람은 왜 아까부터 계속 화만 내?"

특히 다른 배에서 강혁을 바라보는 사람들에게는 더욱 이상해 보였다. 박상은 기자는 도무지 영문을 모르겠다는 얼굴로 강혁 쪽을 가리켰다. 비록 소리는 들리지 않았지만, 강혁의 표정과 제스처만 봐도 앞에 있는 군인에게 어마어마하게 화를 내고 있다는 것을 알 수 있었다. 채팅창도 난리가 나 있었다. 접속자 수 또한 어느새 1만 명을 넘겼다. 유튜브 라이브에서 1만 명이라니. 거의 신기록을 세우는 중이었다.

- 다혈질이네. 난 저 사람 화내는 것만 보는 듯?

- 근데 수술 중인 거는 맞아? 아까부터 꼼지락거리기만 하는데…….

- 설마 죽은 거 아님?

- 헐. 그래서 촬영 못 하게 한 거? 배에서 수술하다가 사고 쳐서?

어디나 그렇겠지만 이슈가 있는 곳에는 기자들이 있기 마련이었다. 박상은 기자처럼 직접 그 자리에 가거나, 그렇지 못한다면 인터넷 커뮤니티라도 들락거렸다. 이 생방송 채널의 채팅방에도 꽤 여러 기자들이 모여 있었다. 그들 중 낚시성 기사로 생계를 유지하고 있는 기자 몇몇이 성급하게 기사를 써서 올렸다.

'해병대 병사, 배 위에서 수술받다 사망했을 가능성 커'

제목은 이랬지만 기사 본문은 상황을 전혀 알 수 없다는 내용이었다. 그나마 이런 기사는 양반이었다.

'기자에게 욕설 논란 백강혁 교수, 이번엔 의료사고?'

위와 같은 제목의 기사들도 적지 않았고, 어마어마한 양의 댓글이 달리기도 했다. 덕분에 수준 떨어지는 기사들이 사회면 조회수 상위권을 도배하기 시작했고, TV 고려 생중계를 향한 관심이 더욱더 고조되었다. 더 이상 특정 인터넷 커뮤니티에서만 화제가 되는 게 아니라 범국민적 관심을 끌게 되었다.

"야, 상은아. 대박."

곧 카메라 감독이 상기된 얼굴로 박상은 기자를 불렀다.

"지금 실검 1위가 백강혁이고, 2위가 해병대, 3위가 TV 고려 유튜브란다."

"오……. 헉."

박 기자는 그제야 지금 채널에 접속 중인 시청자 수를 확인했다.

"5……, 5만……."

국내 유튜브 사상 최대를 기록하고 있는 셈이었다.

- 근데 그냥 생중계만 하고 기자는 아무것도 안 하네.

- 완전 날로 먹네.

박상은 기자와 카메라 감독은 비슷한 내용의 댓글이 늘어나는 것을 확인한 후, 본격적인 방송에 들어갔다. 이렇게 많은 사람이 모였는데 한마디도 하지 않는 건 직무유기였으니까.

'이건 천재일우의 기회야.'

기자로서 이토록 많은 사람에게 이름을 알릴 기회가 또 얼마나 오겠는가. 해서 그녀는 마음을 다잡고 입을 열었다. 다소 자극적인 발언을 하더라도 시청자 이탈을 최대한 막을 생각이었다.

"안녕하십니까, 박상은 기자입니다. 저는 지금 서해 해상에 나와 있으며 해군 소속 고속정을 따라 주행 중입니다. 고속정은 백령도에서 출발해 인천항으로 향하는 것으로 추정되며 갑판에는 팔에 심각한 부상을 입은 것으로 보이는 병사 한 명이 누워 있습니다."

여기까지 멘트를 하자 채팅창이 더욱 시끌시끌해졌다.

- 뭐야, 백령도? 총 쐈나?

- 빨리! 빨리 더 말해!

박상은 기자는 만족스러운 얼굴로 말을 이었다.

"군 의료진과 한국대학교 병원 외상 외과 백강혁 교수가 수술 중인데요, 아까부터 이렇다 할 움직임이 관찰되지 않아 심히 우려되는 상황입니다."

표현만 다를 뿐, 거의 죽은 것 같다고 대놓고 말한 셈이었다. 채팅창은 또다시 난리가 났고, 박 기자는 또 뭔가 자극적인 말이 없나 고민하기 시작했다.

"후."

바로 그때 강혁이 마침내 안심했다는 얼굴로 한숨을 쉬었다.

"휴."

이강행 대위도 이제 더 소리를 지르는 일 없겠지 하는 표정이 되어 덩달아 한숨을 쉬었다.

"넌 한 게 뭐가 있다고 한숨을 쉬냐."

이강행 대위는 좀 어이없었지만, 생각해보면 보조랍시고 들어와서 한 일이 당긴 것밖에 없는 것 같았다.

"실. 피디에스(PDS: 녹는 실) 9번으로."

이강행 대위가 회의감에 몸서리치고 있을 때, 강혁은 간호장교를 향해 손을 내밀었다. 간호장교는 무심결에 봉합 기구를 건네주려다 말고 눈을 동그랗게 떴다.

"9번이요?"

봉합용 실은 숫자가 커질수록 굵기가 가늘어졌다. 보통 피부를 봉합하는 실은 4번 아니면 5번이었다. 근데 9번이라니. 여태 살면서 그런 실이 있는 줄도 몰랐을 만큼 생소한 굵기였다.

"9, 9번이요?"

강행도 마찬가지였다. 안과나 성형외과면 모를까, 일반 외과에서는 그렇게 가는 실은 잘 쓰지 않았다. 하지만 강혁은 완고했다.

"9번. 있어, 내가 챙겨 왔어."

"어……. 잠시만요. 9번……. 아, 여기 있습니다. 까겠습니다."

간호장교는 허둥지둥 강혁이 챙겨왔다는 실을 찾아 포장을 풀었다. 그러곤 아까보다 더 당황했다. 바늘과 실이 제대로 보이지 않았기 때문이다.

"어……."

사실 당연한 일이었다. 9번 실은 굵기가 고작해야 0.03mm에 불과했으니까. 바늘의 굵기도 5mm가 채 되지 않았다.

"여기 있잖아."

하지만 강혁은 전혀 어려움 없이 바늘을 잡았다.

"오."

이강행 대위는 강혁이 성공적으로 바늘을 물었다는 걸 즉각 알아차렸다. 바늘에 반사되는 햇빛을 보았기 때문이다.

"자, 거기."

강혁은 잠시 바늘을 바라보다가 고개를 돌렸다.

"나, 나?"

그때까지 최선을 다해 멀미 환자 김낙출 중령을 데리고 강혁에게 다가가고 있던 김영재 대위가 답했다.

"그래, 당신. 배 좀 멈춰."

"갑자기 그게 무슨 말이야! 최대한 빨리 인천항까지 가게 해달라고 한 건 그쪽인데."

"최대한 빨리 인천항까지 가야 하는 건 맞아. 하지만 지금은 멈춰."

"왜!"

"신경을 이어야 해. 이건 나한테도 꽤 어려운 수술이거든. 그래서 달리면서는 할 수 없어."

"음."

김영재 대위는 의학적인 사안에 대해서는 문외한이었다. 그래서 김 중령을 돌아보았다.

"어, 어렵지."

김 중령은 다시 도진 멀미 기운을 애써 억누르며 답했다.

"그럼 멈춰도 됩니까? 그러다 저 환자 잘못되면……."

김영재 대위는 걱정스럽다는 기색으로 물었다. 그러자 김낙출 중령이 씁쓸한 미소를 지었다.

"어차피……. 다친 팔은 어떻게 해도 늦기는 했어. 저 사람이 전문가니까, 일단 말을 듣자고."

"으음."

김영재 대위는 잠시 고민하다가 이내 고개를 끄덕였다.

"알겠습니다. 엔진 꺼! 잠깐 멈춘다!"

다행히 바다는 아까보다는 훨씬 얌전해져 있었다. 덕분에 엔진을 끄자마자 갑판 또한 상당히 안정적인 상태를 유지할 수 있게 되었다. 지금까지 워낙 심하게 흔들려 왔던 터라, 강혁은 편안하다고까지 느낄 지경이었다.

"앗, 무슨 일이죠! 배가 갑자기 멈췄습니다!"

당연하게도 박상은 기자 쪽 배도 이동을 멈추었다. 그러곤 억측을 막무가내로 쏟아내기 시작했다.

"설마, 정말 환자가 잘못되기라도 한 걸까요? 이대로 백령도로 돌아가는 걸까요?"

그와 함께 댓글도 쏟아져나왔다.

- 의료사고 아니냐? 누가 배에서 수술을 해.

- 게다가……. 지금 그냥 갑판 아님? 저거 감염 장난 아닐 텐데.

- 의사가 아니라 살인자네, 살인자.

개뿔도 모르면서 어디서 주워들은 내용으로 비난만 늘어놓고 있었다. 물론 강혁은 워낙 집중한 탓에 박상은 기자가 탄 배가 옆에 있다는 사실조차 모르고 있었다. 그저 눈앞에 놓인 신경의 단면만을 뚫어져라 바라보고 있을 뿐이었다.

"자, 이제 시작한다. 넌 생리 식염수만 뿌려. 아주 살짝. 물에 많이 젖으면 시야가 왜곡돼."

"네, 네."

"좋아."

강혁의 손이 마침내 움직였고, 얇디얇은 바늘이 신경 막을 푹 하고 뚫었다. 워낙 미세한 도구에 미세한 움직임이어서 박상은 기자 쪽 카메라엔 제대로 잡히지 않았다. 그저 꼬물거리는 것으로만 보였다. 그래서 억측이 마치 사실인 양 보도되기 시작했고, 그 기사들은 결국 한국대학교 병원 홍보팀에도 전달되었다.

"뭐? 그 미친놈이?"

홍보팀은 기조실장 홍재훈 교수에게 해당 기사 내용을 스크랩하여 포워딩했고, 홍재훈 교수는 의자에 허물어지듯 쓰러졌다.

"미, 미친놈이……."

연신 욕을 해대면서.

"외과 과장 어디 갔어!"

홍재훈 교수는 대뜸 한유림 교수부터 찾았다. 물론 그가 백강혁 교수를 제어하기엔 역부족이라는 건 잘 알았다. 하지만 이렇게 불러서 혼내는 시늉이라도 해야 나중에 면피라도 할 수 있지 않겠는가. 만약 정말 저 병사가 죽기라도 한다면 기조실장 자리도 덩달아 날아갈 게 분명했다. 그럼 원장은커녕 그냥 커리어가 거기서 끝장이었다.

"부, 부르셨습니까?"

한유림 교수는 누가 봐도 헐레벌떡 뛰어온 모습이었다.

"너! 아랫사람 단속을 어떻게 하는 거야!"

한유림 교수는 설마하니 그사이에 또 뭔 사고가 터졌으리라고는 감히 상상조차 하지 못하고 있었다.

"네? 아……. 그, 오전에 백 교수 말씀이신가요? 제가 수술 끝나면 단단히 일러두겠습니다. 예산 건도 그냥 제가 알아서 하겠습니다. 신경……."

한유림 교수는 자신의 표정 연기에 퍽 자신이 있는 편이었다. 이 정도면 됐겠거니 하고 고개를 슬며시 들었는데 이게 웬걸. 홍재훈 교수는 아까보다도 더 빡친 표정이었다.

"이거 이거, 아예 정신이 없구만? 아랫사람이 뭔 짓을 하고 돌아다니고 있는지도 모르고!"

"네? 그게 무슨……?"

한유림 교수는 그제야 뭔가 심상치 않은 일이 터졌다는 것을 직감할 수 있었다.

'백강혁 얘기가 아닌가?'

홍재훈 교수는 거친 손놀림으로 모니터를 홱 하고 돌린 채, 홍보팀 직원에게 전달받은 유튜브 채널로 들어갔다. 난데없는 서해였다.

"이, 이게 뭡니까?"

"닥치고 보기나 해!"

"아, 네……. 어?"

한유림 교수는 그제야 카메라가 비추는 것이 바다가 아니라 어떤 배라는 사실을 알 수 있었다. 카메라 성능이 좋아서 대강의 상황이 잘 보였다. 갑판 위에는 군복을 입은 사람 몇 명과 피 묻은 가운을 걸친 의사 한 명이 팔 다친 환자를 눕혀놓고 있었다. 정확히 뭘 하는 것인지는 잘 보이지 않았다.

"팔을 아주 심하게 다쳤네요. 위팔뼈 골절이 심한데……. 근데 이게 대체……?"

"일단 봐봐."

"네, 네……."

한유림 교수는 고개를 갸웃거리며 유튜브 영상을 바라보았다. 갑자기 영상 한쪽으로 박상은 기자가 나타났다.

"네! 지금 백강혁 교수는 거의 5분 동안 아무것도 하지 않고 환자 팔을 만지작거리고만 있습니다. 이미 사망한 것이 아닌가 하는 추측에 무게가 더해지는 상황입니다. 칠성병원 응급의학과 남가흔 교수님과 전화 연결이 되어 있는데요, 이 상황에 대해 어찌 생각하시는지 들어보도록 하겠습니다."

"백강혁?"

한유림 교수는 제발 안 나왔으면 하는 이름이 나오자 저도 모르게 멍한 표정을 지었다. 그러자 홍재훈 교수가 한숨을 푹 하고 내쉬며 고개를 끄덕였다.

"그래, 백강혁! 그놈의 백강혁이 지금 배 위에서 수술하다가 사람 하나 잡았다고!"

"배 위요……? 아니, 대체 왜……. 헬기 타고 갔다고 알고 있는데."

"난들 아나? 외과 과장이 모르는 일을 난들 아느냐고!"

둘이 옥신각신하고 있는 사이, 유튜브에서 익숙하지 않은 남자

목소리가 흘러나오기 시작했다.

"안녕하세요, 칠성병원 남가흔입니다."

"네, 교수님. 안녕하세요. 혹시 지금 상황 전달받으셨나요?"

"네. 하하, 이거 참. 어디서부터 어떻게 얘기해야 할지."

전화 연결이라 얼굴은 보이지 않았지만, 한유림 교수와 홍재훈 교수는 어쩐지 남가흔의 표정이 눈앞에 보이는 것 같았다. 종종 모임에서 만나는 위인이기도 했기 때문이었다. 한국대학교 병원과 칠성병원은 라이벌을 넘어 거의 적대 관계에 있었기 때문에 사이는 그렇게 좋지 않았다.

"일단 배 위에서 수술을 한 것으로 보이는데요. 이건 어떻게 생각하십니까?"

"미친 짓이죠. 배 위에서 수술이라니. 그것도 엔진을 멈춘 상태가 아니라 고속 주행을 하지 않았습니까? 이건 그냥 살인 행위라고 보면 됩니다."

남가흔 교수는 거의 사람 하나 매장시키려고 작정한 듯 막말을 쏟아냈다.

"그렇군요. 그럼 지금 환자 상태는 어떤 것으로 보이십니까?"

"멀어서 잘 보이지는 않습니다. 근데 자세히 보면 모니터가 꺼져 있어요."

"모니터요?"

"네. 환자의 활력 징후라고 해서 혈압, 심박동 수, 산소 포화도 등을 나타내는 장치인데……. 그게 꺼져 있습니다. 보통 이런 경우엔……."

"네, 교수님."

"사망했다고 보는 것이 일반적입니다."

그 말에 채팅창이 난리가 났다. 다른 사람도 아니고 응급의학과 교수라는 사람의 말은 익명의 사람들이 해대는 말들과는 무게감이 달랐다.

"어이구."

홍재훈 교수는 뒷목을 잡았다. 한유림 교수는 애써 한숨을 참아 가며 화면을 바라보았다.

'저 새끼는 대체 뭐하는 거야……?'

이강행 대위는 10분이 넘도록 꼼지락거리고 있는 강혁의 손과 끊어져 있던 신경을 바라보았다. PDS는 실 자체가 투명하기까지 해서 정말로 아무것도 눈에 보이지 않았다. 그저 신경의 단면이 조금씩 당겨져 붙고 있는 것만 어렴풋이 볼 수 있었다.

"후."

그리고 이따금 강혁이 짓는 만족스러운 표정을 통해 일이 잘되어 가고 있다는 것을 알 수 있었다. 이강행 대위는 뭐라도 할 게 없나 하는 눈빛으로 주변을 살피다 뭔가 거대한 사고를 하나 발견했다.

'헐.'

언제부터였는지 모르지만 모니터링 기기가 꺼져 있었고, 그걸 보자마자 가슴이 차갑게 식는 것 같았다. 어쩌면 환자가 죽었을지도 모르겠단 생각이 들었기 때문이다.

"저, 근데."

이강행 대위는 다급하게 강혁을 불렀다. 강혁은 이제 그가 목표로 했던 봉합 과정을 거의 마무리하고 있는 참이라 신경질은 내지 않았다.

"왜."

"그……. 환자 모니터가 꺼졌는데요."

"아, 알아. 한 10분 됐어."

"알고 계셨어요? 근데 왜 말씀을……. 이래서는 환자가 괜찮은지 알 수가 없지 않습니까."

"알 수 있어. 환자 괜찮아. 아주 멀쩡해."

"그걸 어떻게 알아요?"

강혁은 대답 대신 아까 자신이 봉합한 동맥을 바라보았다. 심장 박동에 따라 통통 튀고 있었다. 더할 수 없이 규칙적이었고, 안정적이었다. 또한 혈관을 따라 흐르는 피의 색깔도 붉디붉었다. 환자가 괜찮다는 증거로 이보다 확실한 것을 찾기도 어려울 것 같았다.

'노예 놈이 있었더라면 알아차렸을까.'

이제는 어쩌면 가능할지도 모르겠단 생각이 들었다.

"여기 동맥 좀 봐라. 보고도 모르면 문제 있는 거야. 난 바쁘니까 이제 말 걸지 마."

"동맥요……? 아."

이강행 대위는 그제야 강혁이 어떤 근거로 괜찮다고 했는지 깨달았다. 이 환자는 동맥을 드러내놓고 있어 딱히 모니터링 기계를 볼 필요가 없는 셈이었다. 강혁이 마침내 봉합을 끝마쳤고, 이로써 끊어져 있던 정중 신경이 완전히 붙어버렸다.

"좋아. 이제 다시 시동 걸어. 최대한 빨리 이동한다."

"이제 됐습니까?"

"응. 골절된 뼈는 병원에 가서 붙여야 해. 이대로 붙이고 봉합하기엔 감염 가능성이 너무 커."

"알겠습니다."

김영재 대위는 강혁이 뭘 한 것인지 정확히 알 수 없었지만 그의 밝은 표정을 보고는 확신했다. 수술은 잘되었다고. 그래서 흘가분한 표정으로 인천항을 향해 최고 속력으로 배를 몰기 시작했다. 그러자 옆에 있던 박상은 기자의 배도 속력을 내어 고속정을 따라잡았다.

"갑자기 배가 이동합니다! 환자 상태는 변한 것이 없는 것 같은데요……."

그 말에 채팅창에는 도망가는 거라는 둥, 은폐하려는 것이라는 둥 하는 음모 댓글들이 주르륵 달렸다.

- 죽었네, 죽었어.

- 저대로 바다에 버리는 거 아님?

- 박상은 기자님, 저 새끼들 꼭 잡아야 합니다!

강혁을 비롯한 배 위의 군인들이 보면 기가 찰 내용의 댓글들이었다. 그 비슷한 댓글들이 거의 100개도 넘게 올라왔을 때쯤, 김 일병이 눈을 떴다. 미다졸람과 마약성 진통제의 효과가 다 떨어진 탓이었다.

"으음……."

"어, 움직이지 마. 그대로 누워 있어."

"네."

"손만 한번 보자. 편하게 둬. 힘주지 말고."

"네."

그때, 이강행 대위는 강혁이 한 것이 정말 신기에 가까운 수술이었다는 것을 깨달았다.

'굽힘근에…… 힘이 들어간다……. 손의 모양이 바뀌었어. 이게,

이게 말이나 되는 얘긴가?'

- 방금 움직인 거 아니냐?

채팅창에 의문을 표하는 댓글들이 하나둘 늘어나기 시작했다. 죽었다고 생각했던 환자, 김 일병이 조금씩 움직이고 있었기 때문이었다.

"계속 움직일까요?"

강혁은 김 일병의 말에 고개를 저었다.

"아니. 아직 부러진 뼈는 교정 못 했어. 여기서 그것까지 하기엔 도구가 없어서."

"아……."

"괜히 움직이려고 하다가 신경 또 다치면 그땐 답도 없으니까, 가만히 있어."

"네, 네."

"정 심심하면 약이라도 줄까? 대충 그거 한 방이면 인천항 도착할 때까지는 잘 수 있을걸. 한 한 시간 정도 남았을 거야."

"아, 아닙니다. 약은 됐습니다."

김 일병은 고개를 내저었다.

"중독되는 것도 아닌데? 뭐 하러 사서 고생하려고 하냐."

"아닙니다. 그래도……."

"뭐, 그건 네 자유지. 그래도 멀미라도 시작하면 골 때리니까, 이건 붙이자."

강혁은 김 일병의 귀밑에 패치 하나를 부착해주었다. 이른바 항콜린성 약물이었는데, 멀미가 시작되기 전에 사용하면 효과가 꽤 좋았다. 이제 배 위에서 할 일은 다 끝난 셈이었다. 엄청난 출혈의 원인이었던 찢어진 동맥은 봉합했고, 절단되었던 신경은 이어주었다. 모처럼 홀가분한 기분이 된 강혁은 배 난관에 살짝 기댄 채로 불어오는 바닷바람을 맞이했다.

"교, 교수님."

이강행 대위가 한가로운 표정의 강혁에게 조심스레 다가와 말을 걸었다.

"왜."

"그……. 신경 접합술 말입니다. 아까 보여주셨던."

"어, 그거 왜."

강혁은 그야말로 거드름을 피워대며 이강행 대위를 돌아보았다.

"대체…… 어떻게 하신 거예요? 저는 다친 신경이 저렇게까지 기능이 회복되는 걸 본 적이 없습니다."

일반 외과에서는 상대적으로 운동 신경을 다룰 만한 일이 많지는 않았다. 정형외과나 신경외과처럼 신경 다발이 지나는 등 같은 부위를 다루진 않았으니까. 하지만 경험이 아예 없냐고 하면 그건 아니었다.

'이게 되면…… 성대 마비되는 사람도 없어야지.'

이강행 대위는 자신이 레지던트로서 수련받던 시절, 갑상샘 수술을 하다가 성대 마비가 된 환자들을 떠올렸다. 당시 교수가 집도한 수술들이었는데, 끊어진 신경을 곧장 접합했지만 기능은 돌아오지 않았다. 절단된 신경의 접합술은 그 신경과 연결된 근육의 위축을 피하기 위해서지, 신경의 기능을 되돌리기 위한 것은 아니었다. 적어도 강혁의 수술을 보기 전까지만 해도 이게 진리인 줄로만 알고 있었다. 그 진리가 깨진 순간이었기에 이강행 대위는 경악에 찬 표정을 짓고 있었다.

"잘 이어준 거야. 원래 있던 대로, 잘."

강혁은 이강행 대위가 지은 표정이 무색하리만치 심드렁한 말투로 대꾸했다.

"그, 그러니까 어떻게 잘하신 건지……."

"말했잖아. 원래 있던 대로 이어준 거라고."

"원래…… 있던 대로? 아니, 그럼 설마……. 그건 말이 안 되는 얘기지 않습니까."

강혁은 지금 신경 뉴런이 단 하나도 엇나가지 않게 봉합해주었다고 말한 것이었다. 이건 이강행 대위가 지금껏 들었던 어떤 말보다 말이 안 되는 얘기라 할 수 있었다.

"움직이잖아. 그럼 말이 되는 거지."

'지금까지 내가 봤던 그 어떤 의사보다도 뛰어나…….'

그리고 그의 머릿속은 과거 재원이 했던 생각과 같은 방향으로 나아가기 시작했다. 급기야 그는 언젠가 재원이 저질렀던 실수와 정확히 같은 실수를 저지르고야 말았다.

"호, 혹시. 한국대학교 병원 외상 외과로 가면 이런 걸 배울 수 있습니까?"

"응?"

강혁은 이게 웬 떡인가 하는 표정으로 강행을 바라보았다. 그리고 그와 나누었던 대화 중 필요하다고 판단되는 정보만을 추려서 떠올렸다.

'분명 3년 차라고 했었지.'

그렇다는 건 올해 5월이면 제대를 한다는 말이었다.

'외상 외과에 관심을 가진다 이거지.'

배 위에서 수술하는 거 하나 보고 이렇게 눈을 빛내다니.

'노예 2호로구나.'

강혁은 허허 웃으며 이강행 대위를 마주 보았다.

"그러니까, 외상 외과에 오면 이런 걸 배울 수 있는지가 궁금한 거지?"

"네, 교수님."

"뭘 그런 걸 묻고 그러냐. 당연한 걸 가지고."

"당, 당연한 겁니까?"

"그럼. 당연하지."

뭔가 많이 배우긴 할 것이었다. 하지만 한 가지 단언할 수 있는 것이 있다면, 방금 강혁이 보여준 신경 접합술은 배울 수 없을 것이다. 그건 실제로 뭐가 보여야만 할 수 있으니까. 강혁처럼 기형에 가까운 색각 과민증이 있어야 하니까.

"오……."

영웅도 도움은 필요합니다

그사이 배는 무사히 인천항에 다다랐다. 미리 연락 받고 나온 구급차가 대기 중이었다. 가능하면 헬기로 이동하는 게 더 낫겠지만, 분초를 다투는 수술은 이미 다 해결했기 때문에 강혁은 개의치 않았다. 나머지는 조금 느긋하게 처리해도 될 일이었다.

"일어날 수 있지?"

"네. 다리는 멀쩡합니다."

"좋아, 가자."

이강행 대위는 간호장교들과 함께 김 일병을 부축해 구급차 안으로 들어갔다. 강혁도 곧 그 뒤를 따라 안으로 들어갔다. 일이 이렇게 되니 황당한 사람이 한둘이 아니게 되었다.

- 뭐야, 이거. 멀쩡한데?
- 우리 다 낚인 거?
- 일단 따라가보지. 무슨 치료가 어떻게 된 건지. 그래도 배 위 그 더러운 곳에서 수술한 건 맞잖아.
- 그건 맞네.

박상은 기자는 이번엔 차로 옮겨 타 강혁의 뒤를 쫓기로 했다. 계속 생중계 중이었기 때문에 한국대학교 병원의 기조실장 홍재훈 교수와 한유림 교수도 똑똑히 그 장면을 볼 수 있었다.

"뭐지?"

먼저 입을 연 사람은 홍재훈 교수였다.

"글쎄요. 일단 살아는 있는데요?"

"지금 저거 여기로 오는 거, 맞지?"

"네. 그렇……. 음?"

한유림 교수는 답하려다 말고 창밖을 바라보았다.

재원과 이 병장이 탄 헬기가 병원 앞 테니스장에 내려앉고 있었다.

"저건 뭐야?"

홍재훈 교수가 방금 테니스장에 내려앉은 헬기를 가리켰다. 외상외과 백강혁은 지금 인천항에 있지 않은가. 그렇다면 지금 이 한국대학교 병원에 헬기까지 동원해서 이송한 환자를 볼 사람은 없었다.

"누구 내리는데……. 마중도 나가 있고. 미리 연락받은 거 뭐 없어?"

"없습니다."

홍재훈 교수는 고개를 갸웃거리며 밖을 내다보았다. 그사이 헬기 문이 완전히 열렸고, 구급 요원들이 이송용 침대 하나를 끌어내렸다. 침대에는 웬 젊은 환자 한 명이 누워 있었다. 등에 이상한 라인 하나를 꽂은 채로.

"자, 바로 CT실로 갑시다!"

곧 피 묻은 가운을 걸친 의사 한 명이 뛰어내렸다. 홍재훈 교수는 모르는 얼굴이었고, 한유림 교수는 아는 얼굴이었다.

"양재원 선생? 아니, 혼자서 헬기 타고 뭐 하는 거지?"

"역시 외과야? 뭐 하는 놈인데?"

"그……. 전에 제가 말씀드린 적 있지 않습니까. 백강혁 교수 따라 외상 외과 수련하겠다고 간 녀석 하나 있다고."

"아……. 그 또라이. 아니, 그놈 혼자 헬기 타고 온 거야? 사고 나면 어쩌려고? 이제 외상 외과 간 지 한 달 된 거 아니었어?"

"그……. 그렇죠. 저도 도통 이게 어찌 된 일인지……."

"과장이라는 놈이 아랫사람들이 뭐하고 다니는지 하나도 모른다는 게 말이나 돼? 당장 가서 알아봐!"

"네, 네."

"아니, 아냐! 나랑 같이 가."

홍재훈 교수는 급히 옷걸이에 걸어놓았던 가운을 걸친 채 기조실장실을 빠져나왔다. 가운은 다린 지 얼마나 되었는지는 몰라도, 아주 빳빳하고 좋은 냄새가 솔솔 풍겼다. 재원이 입고 있는 가운과는 천지 차이였다.

"선생님, 일단 침대부터 옮기죠!"

장미가 숨을 헐떡이며 달려오는 재원을 향해 외쳤다. 미리 연락받고 중환자 전용 침대를 끌고 나와 있었다.

"아, 그게 좋겠네."

"셋에 옮길게요! 하나, 둘, 셋!"

"읏차!"

그들은 곧장 바뀐 침대를 끌고 병원 안으로 뛰기 시작했다.

"근데."

장미가 막 응급실 입구로 들어서면서 재원을 돌아보았다. 재원은 눈은 모니터에 고정한 채로 대꾸했다.

"네."

"교수님은 어디 갔어요? 둘이 같이 간 거 아니었어요?"

"아……. 교수님은 배 타고 와요."

"네? 배요?"

"천천히 말해줄게요. 일단 CT부터 찍죠. 이 환자 두개저 골절에 뇌척수액까지 흘러내렸던 환자라 상태 파악부터 해야 해요."

"아…… 그럼 수술실 잡을까요? 신경외과 연락하고?"

"아니요. 수술은 이미 했어요."

"네?"

장미는 다시 한번 이해되지 않는다는 표정으로 재원을 바라보았다. 재원은 어깨를 으쓱해 보이며 침대를 밀었다.

"그것도 이따 설명해줄게요. 뭔가 일이 많았어요."

침대는 빠른 속도로 복도를 통과했다.

몇몇 환자와 보호자들이 옆으로 비켜서며 놀란 눈이 되었다. 누가 봐도 젊은 사람 하나가 다 죽어가는 몰골로 누워 있으니 시선을 끄는 것은 당연한 일이었다.

"저기 있네. 저기."

침대가 막 모퉁이를 돌아 CT실 안으로 들어가려 할 때쯤, 홍재훈 교수와 한유림 교수도 응급실에 도착했다.

'대체 뭐야. 설마 양재원 혼자 헬기 탔나? 그건 아닐 텐데……?'

두 교수는 곧장 방사선사가 있는 조정실로 들어갔다.

"어, 교수님 안녕하십니까."

"이 환자, 어떤 환자야?"

그 말에 방사선사가 당황한 기색을 감추지 못했다. 원래 방사선사도 대강의 환자 파악은 하는 것이 기본이었다. 그래야 혹시 모를 사고를 예방할 수 있으니까. 하지만 지금처럼 의사가 막무가내로 밀고 들어온 케이스는 조금 달랐다.

"어……. 백령도에서 온 환자라는 것만 압니다."

"백령도? 이게 뭔 소리야. 백령도에서 출발한 환자는 배 타고 오는 거 아니었어?"

홍재훈 교수가 영문을 모르겠다는 얼굴로 한유림 교수를 돌아보았지만, 그 역시 모르기는 마찬가지였다. 사건의 경위를 아는 유일한 사람은 촬영실 안에서 납복을 입은 채 기사를 향해 외치고 있었다.

"자, 제가 잡았습니다! 이제 찍으면 됩니다!"

"아, 알겠습니다. 찍겠습니다."

기계 돌아가는 소리와 함께 CT가 촬영되기 시작했다. 재원은 그 사이 환자가 굴러떨어지지 않도록 잘 붙잡고 있었다. 촬영이 진행되면서 사진이 전송됐다.

"뭐야. 이송만 해온 게 아닌가?"

홍재훈 교수는 환자 코안에 무언가가 잔뜩 들어가 있는 사진을 보며 말했다. 그러자 한유림 교수가 코의 천장, 즉 두개저를 가리켰다.

"여기……. 이거 재건술 흔적 같은데요?"

"골절을 재건했다고? 어디서?"

"헬…… 기?"

"예끼! 말이 돼? 그게?"

"아까 보니까 배에서도 수술하던데요, 뭐."

"그건 백강혁이고! 이건 양재원이잖아! 막말로 한 달 전까지 치질 수술만 하던 놈이 무슨 수로 머리를 째!"

"아."

"그건 그렇고……. 수술 자체는 잘된 거 같네. 새는 곳도 없고……."

홍재훈 교수는 한바탕 성질을 내다가도 영상을 보며 고개를 끄덕였다. 그럴 만한 가치가 있는 CT 소견이었다. 여기서 보이는 재건술은 그야말로 완벽했다.

"이런 걸 재가 할 수는 없는데."

"언제 끝나? 물어봐야지, 이거 답답해서 원."

홍재훈 교수의 말이 끝나기가 무섭게 기계가 돌아가는 것을 멈추었다. 그걸 확인한 기사가 두 교수를 향해 입을 열었다.

"촬영 끝났습니다. 이제 들어가보셔도 됩니다."

"어어. 고마워요."

둘은 미처 환자를 다시 침대로 옮기기도 전에 촬영실로 들이닥쳤다. 재원으로서는 퍽 당황스러운 일이었다.

"어……. 여긴 어쩐 일이세요?"

홍재훈 교수는 재원의 말에 답하는 대신 본인이 궁금했던 것부터 물었다.

"이 환자, 백령도에서 온 거야?"

"아, 네. 그렇습니다."

"머리 수술 되어 있던데. 그건 누가 한 거야."

"백강혁 교수님이 하셨습니다."

"대체 어디서? 지금 배 타고 와서 이제 고속도로 탔을 텐데."

"아, 고속도로 타셨구나. 근데 그건 어떻게……."

재원은 '언제부터 이 사람들이 외상 외과 돌아가는 일에 관심이 많았나' 하는 얼굴이었다.

"됐고. 수술 언제, 어디서 했냐고."

"아, 수술은 백령도에서 했습니다."

"백령도에서? 거기 병원이 있나?"

"아뇨. 거기 군부대 의무실에서."

"의무실에서 머리를 수술해?"

홍재훈 교수는 본인이 직접 수술에 참여하는 의사는 아니었지만 적어도 이게 얼마나 말이 안 되는 일인지는 알았다.

"무슨 그런 미친……."

넋 나간 얼굴로 중얼거리고 있는데, 재원이 그를 슬쩍 옆으로 밀었다.

"잠깐만 비켜주시겠습니까? 환자 중환자실로 가야 해서요."

"아, 아. 그래. 아니, 아니지. 잠깐!"

"가면서 얘기하시죠. 환자보다 중요한 얘기는 아니지 않겠습니까?"

재원은 이제 겨우 펠로우 1년 차에서 2년 차로 올라가는 계약직 피라미였다. 한 달 전의 재원 같았으면 이런 무례를 저지르진 못했을 테지만, 최근에 보고 배우는 것이 무대포 강혁이지 않은가. 재원은 인정하지 않겠지만, 알게 모르게 주니어 강혁이 되어가는 중이었다.

두 교수가 재원을 붙잡고 비로소 대화다운 대화를 나누게 된 시점은 환자를 중환자실로 무사히 옮긴 후였다.

"일단 자네 말대로 이 환자는 백령도에서 수술했다고 쳐. 근데 왜……. 왜 백 교수는 배를 타고 온 거지? 그것 때문에 지금 인터넷상에서 얼마나 난리가 났는지 알기나 해?"

"아 그건……."

재원은 차분히 답을 하려다 말고 창밖을 내다보았다. 사이렌을 울리며 구급차 한 대가 응급실 입구로 들어오고 있었다. 그 뒤로는 군용차량 하나가 따라 들어오는 중이었다. 그 바로 뒤에는 또 TV

고려 중계차가 하나 붙어 있었고.

"직접 물어보시는 게 어떨까요? 저도 사실 배에서 있던 일은 전혀 몰라서."

강혁은 구급차가 응급실 입구에 도착하자마자 일단 침대를 끌고 안으로 향했다. 이강행 대위와 다른 두 간호장교가 강혁을 도왔다.

"교수님! 대체 이게 어떻게 된 거예요?"

재원이 도착했을 때와 마찬가지로 미리 연락을 받아 내려와 있던 장미가 물었다. 그녀의 말에 강혁은 뭐라 입술을 달싹이다 말고 고개를 저었다.

"일단 나중에. 이 환자 팔 보이지?"

김 일병의 처참하기 이를 데 없는 팔을 보여주었다. 여러 갈래로 찢어진 살가죽과 그 밑에 드러나 있는 위팔뼈의 골절. 누가 보더라도 위급해 보이는 상황이었다.

"그럼 일단……."

"수술실 잡아줘."

"정형외과는 부를 필요 없을까요?"

장미는 질문을 던지면서도 스스로가 참 어색하다는 생각이 들었다. 팔이 부러진 환자 수술실을 잡으면서 정형외과는 안 부르냐고 묻다니.

"아니, 부르지 마. 안에 내가 수술해놓은 게 있어서 다른 손 타면 끊어질 수도 있어."

하지만 강혁은 일반적으로 통용되는 상식을 뒤엎는 사람이었다.

"네, 교수님. 그럼 그냥 수술실만 잡겠습니다."

"그래."

“아, 근데 마취는……. 어떻게 할까요?”

강혁은 잠시 고민했다. 전신 마취를 걸려면 아무래도 마취과가 준비되기를 기다려야 했다. 까짓거 조금 기다리더라도 전신 마취를 하고 수술하는 게 훨씬 편하긴 했다. 하지만 강혁은 그러기가 좀 어려운 상황이었다.

‘여기 오는 동안 벌써 119 콜을 두 개나 놓쳤어.’

수술할 의사가 병원에 없는데 무슨 수로 환자를 받는단 말인가. 그 환자는 과연 어느 병원으로 가서 어떤 치료를 받게 될까. 이 생각을 하면 마음이 다급해질 수밖에 없었다. 적어도 아직은 이 대한민국의 척박한 외상 외과에서 제대로 된 치료를 제공하는 곳은 이곳뿐이었으니까.

“부분 마취로 걸지. 내가 할게. 김 일병이라고 했나? 잘 참을 수 있지?”

“아…….”

“많이 안 아플 거야. 마취를 하긴 하는 거니까.”

“알겠…… 알겠습니다.”

“좋아. 수술실 잡히는 대로 바로 들어가자.”

강혁이 장미와 함께 바쁘게 움직이는 사이 뒤따라오던 인원들도 응급실에 도착했다. 제일 먼저 들어온 이는 김낙출 중령과 김영재 대위였다.

“수술실은 바로 잡혔습니까?”

그래도 한때 한국대학교 병원에서 레지던트 생활을 했던 김낙출 중령은 대학 병원 돌아가는 생리를 제법 잘 알았다.

“아, 저기서 할 거예요. 여기 그래도 나름대로 응급 수술실이 구비되어 있거든.”

김낙출 중령은 퍽 감동한 얼굴이 되었다.

"와……. 국감에서 때리고 하더니 우리나라 응급실 많이 좋아졌네요."

"뭐……. 그렇다고 해두죠."

강혁은 쓴웃음을 지으며 고개를 끄덕였다.

"그럼 이제 들어갑니까?"

"수술실에 기구, 인원 준비되는 대로 들어갑니다."

"그거 잘됐군요. 휴……. 보호자분 다시 연락드려야겠네."

김낙출 중령은 이제야 한시름 놓았다는 기색이었다. 그가 부리나케 보호자에게 전화를 거는 순간 또다시 응급실 문이 출렁거렸다.

이번에 들이닥친 이들은 박상은 기자와 카메라 감독이었다. 누가 봐도 딱 방송국에서 나왔음을 알 수 있는 큼지막한 마이크와 'TV 고려' 로고가 박힌 카메라를 들고 있었다. 아마 강혁이 보통 사람 같았으면 가서 무슨 일이냐고 한 번은 물었을 텐데, 박상은 기자에게는 무척 아쉽게도 그는 보통 인간이 아니었다.

"자, 조폭. 그러면 빨리 가서 준비해."

오히려 언론 앞에서도 조폭이라는 별명을 간호사에게 텅텅 부를 만큼이나 무신경한 인간이었다. 장미는 어처구니없음에 말문이 턱 막혔지만, 그렇다고 해서 뭐라 할 생각도 들지 않았다. '그래. 원래 이런 인간이지' 하는 생각과 함께 수술실로 달려갈 따름이었다. 비록 거칠고 재수 없을 때도 많은 인간이긴 하지만. 어찌 되었든 저 인간과 함께하면 중증외상센터가 센터로서의 일을 제대로 하게 되지 않던가.

장미는 최선을 다해 달렸다. 박상은 기자는 조폭이라 불렀던 그녀의 뒷모습을 잠시 바라보다가 이내 강혁에게로 향했다.

"백 교수님, 안녕하세요. 저는 TV 고려의 박상은 기자입니다."

은근한 기대를 하면서였다. 보통 의사들은 아니, 그게 누구라도 기자가 자기 소속을 밝히며 카메라를 들이대면 쫄기 마련이었으니까.

"뭐, 어디 아파서 온 거예요? 접수는 저쪽. 나는 멀쩡히 걸어 들어오는 환자는 안 받아."

하지만 강혁의 답은 퍽 의외였다. 덕분에 당황한 쪽은 박상은 기자가 되었다. 그녀의 숨기지 못한 표정 변화에 시청자들이 댓글을 맹렬하게 남겨댔다.

- 패기 보소

- 졌네, 졌어.

하지만 박상은 기자 역시나 보통내기가 아니었다.

"아니……. 아파서 온 게 아닙니다!"

"그럼 더더욱 나랑은 볼 일이 없겠는데. 방해되니까 비켜요."

강혁은 아침에 했던 것처럼 박상은 기자를 툭 밀치고는 수술실로 향했다. 종일 뛰어다니느라 가운도 옷도 몸도 만신창이가 되어 있었기 때문이다. 대충이라도 한번 씻어내고 수술복을 갈아입는 편이 환자 예후에도 좋을 것이었다.

"저, 저……."

박상은 기자는 황망한 얼굴로 강혁의 뒷모습을 바라보았다. 세상에서 제일 어이없는 듯한 기자의 표정이 카메라에 잡혔다. 그 상태 그대로 아무도 나타나지 않았다면 제법 웃음거리가 됐겠지만, 다행히도 그녀 앞에 두 높은 교수가 나타났다.

"이, 이 사람 어디 갔어."

"모르겠습니다. 수술실로 갔……? 웬 기자가 있는데요?"

"기자? TV 고려……. 아, 이런 망할."

"왜, 왜요?"

"저 사람이 종일 백강혁 그 새끼 들쑤시고 다닌 그 기자잖아. 빨리 피해!"

홍재훈 교수는 매우 다급한 어조로 한유림 교수를 끌고 사라지려고 했다. 하지만 박상은 기자와 카메라 감독은 그보다 조금 더 빨랐다.

"안녕하세요. 홍…… 재훈 교수님. 저는 TV 고려의 박상은 기자입니다."

"어……. 저는 별로……. 할 말이 없는데요."

"오늘 이 병원 외상 외과 과장으로 있는 백강혁 교수님이 백령도 해병 부상 사건으로 인해 헬기를 타고 출동한 일이 있습니다. 이건 알고 계시죠?"

"어……. 뭐, 대강은."

"대강이요? 이거 방송 중입니다. 제대로 답해주셔야 합니다."

"아니 참. 방송은 뭘 하시겠다고 이러시나……."

"아무튼, 그렇게 백령도로 출동한 백강혁 교수는 어찌 된 일인지 헬기로 복귀하지 않고, 환자 하나를 배에 실었습니다. 이것도 알고 계시죠?"

박상은 기자의 말에 홍재훈 교수는 정말이지 난처하다는 표정을 지었다. 알긴 아는데, 안다고 하면 문제가 될 거 같았기 때문이었다. 그렇다고 모른다고 하기도 모호했다. 법이 그랬으니까.

"알고…… 있습니다."

"그 배 위에서 수술한 사실도 알고 있습니까?"

"그건 몰랐습니다."

"그렇군요. 그럼 백 교수님이 독단적으로 그런 결정을 내리게 되었다는 말씀이시죠?"

"그런…… 셈이죠."

"일단 백 교수님에게 직접 말을 들어야 할 거 같은데. 가능할까요?"

그 말에 홍재훈 교수는 말없이 한유림 교수를 바라보았다.

"아, 외과 과장님이셨군요. 이번 백 교수님의 행태에 대해 어떻게 생각하십니까?"

한유림 교수 또한 아까 홍재훈 교수가 그랬던 것처럼 맹렬하게 머리를 굴렸다.

'배 위에서 수술은 분명 미친 짓……. 하지만 그놈은……. 실력 하나는 진짜잖아.'

아직도 잊을 수가 없었다. 딸의 터진 심장을 귀신같이 고쳐내던 그 모습을. 그런 사람이 배 위에서 수술한다고 해서 실수를 할까? 상상하기 어려웠다.

"저는…… 이유가 있었을 거라 봅니다. 환자를 위한 일이었을 것이라고 믿습니다."

"이 미친놈이?"

홍재훈 교수는 순간 한유림 교수가 완전히 돌아버렸다고 생각했다. 지금 온 국민이 마음에 들어하지 않을뿐더러 메이저 언론사 중 하나가 완전히 묻어버리려고 작정한 인간을 두둔하고 들다니.

- 미쳤나? 배 위에서 수술하는 거 아까 못 본 거 아님?

- 소독은 제대로 된 건지도 의문이던데.

- 원래 의사들이 자기 식구 감싸는 거 끝판왕임. 내가 대학 병원 10년 있어봐서 앎.

하지만 한유림 교수는 딱히 후회하지 않았다. 막상 말해놓고보니 정말로 확신이 들었다. 강혁은 뭔가 이유가 있어서 그렇게 했을 거라고.

"미친놈이라뇨. 말씀이 너무 심한 거 아닙니까?"

"너, 너. 언제는 그놈 못 잡아먹어서 안달이더니……."

"오늘도 일단 백령도까지 헬기 타고 들어간 게 팩트 아닙니까? 대한민국 의사 중에 누가 환자 때문에 헬기를 타요."

"얘 좀 봐? 너 정말 외과 과장이라고 그놈 두둔하는 거야?"

"그런 게 아니라, 일단 본인 말이나 들어보자 이거죠."

홍재훈 교수는 황당한 마음이 지나친 나머지 카메라가 돌아가는 것도 잊고 고래고래 고함을 질러 댔다.

"자, 그럼 지금 백 교수님은 어디 계십니까?"

박상은 기자가 얼른 말을 돌렸고, 잘 먹혀들어 갔다.

"수술실에 있겠죠. 가만, 가만있어봐. 어디 다른 과 부른 거야?"

홍재훈 교수는 두 번째로 실려 온 김 일병이라는 환자의 팔뼈가 부러졌다는 것은 얼핏 들어서 알고 있었다. 그런데 아무리 둘러봐도 정형외과 의사는 단 한 명도 보이지 않았다.

"그……. 그건 모르겠네요."

한유림 교수도 어깨를 으쓱거렸다.

"에이."

홍재훈 교수는 한유림 교수의 대답에 할 말을 잃었다. 그러곤 강혁이 들어간 응급 수술실을 가리켰다.

“일단 저기나 가봐. 아니, 팔 부러진 환자를 왜 외상 외과에서 혼자 보고 있냐고. 정형외과 교수가 몇인데!”

‘아무리 생각해도 모르겠네.’

한유림 교수도 잠시 생각해봤지만, 알 수 없었다. 백강혁은 알다가도 모를 인간이고, 참 답 없는 인간이었다.

“아, 뭐 해. 어서 오지 않고!”

한유림 교수가 잠시 머뭇거리자, 홍재훈 교수가 그를 채근했다. 박상은 기자와 카메라도 은근슬쩍 그 뒤를 따랐다.

“어, 여기 따라오시면 안 돼요.”

홍재훈 교수가 막아섰다.

“중환자실 처치실 말씀인가요? 저희는 수술실 입구까지만 갈 겁니다. 거기까지 가는 건 법적으로 괜찮다고 알고 있는데요.”

박상은 기자가 정작 교수보다 의료법에 관해 더 빠삭한 듯해서 무위에 그치고 말았다.

“에이. 대신 치료에 방해가 되면 안 됩니다. 그건 안 돼요!”

응급 수술실에서 강혁은 부러진 김 일병의 위팔뼈를 내려다보고 있었다. 김 일병은 두 눈을 질끈 감은 채 반대편으로 고개를 돌린 채였다. 이미 마취제를 주입한 후였지만, 그래도 제정신에 수술하는 것은 아무래도 좀 무서운 모양이었다.

“드릴 줘봐. 이건 그냥 맞춰서는 절대 안 붙겠다. 프로펠러 소재가 뭐였지?”

군복 위에 덧가운을 입은 이강행 대위를 향해 물었다.

“저도……. 그건 모릅니다.”

“그럼 나가서 좀 물어봐.”

"아…… 네."

이강행 대위는 '그걸 김영재 대위나 김낙출 중령이라고 해서 알까' 하는 생각을 하며 수술실을 빠져나왔다. 문 앞에는 아까만 해도 없던 네 사람이 더 있었다. 두 교수와 김낙출 중령, 김영재 대위가 인사를 나누는 중이었다.

"아, 군부대에서 오셨군요. 하하……. 그, 그래. 우리 백 교수가 뭐 마음 상하게 한 일은 없고요?"

홍재훈 교수는 어느새 관리자 마인드로 돌변했다. 그의 자애로운 미소를 바라보며 김낙출 중령은 지난 시간을 잠시 돌이켜보았다.

'백강혁에게 마음 상한 일이라.'

"아뇨. 많은 도움을 받았습니다."

"도움을요……?"

"네. 백 교수님 아니었으면 아마 김 일병은 몰라도 이 병장은 죽었을 겁니다."

김낙출 중령은 거기까지 말한 후, 돌연 홍재훈 교수를 향해 고개를 푹 숙였다.

"홍재훈 교수님 맞으시죠? 김낙출입니다. 여기서 내과 레지던트 수련받았습니다."

"아, 아……. 그러고보니……."

홍재훈 교수는 전혀 기억도 못하면서 아는 척을 했다. 머릿속으로는 다른 의문이 스멀스멀 피어올랐다. 지금 말대로라면 김낙출 중령은 한국대학교 병원에서 수련받은 내과 전문의라는 뜻 아닌가. 그런 사람이 '강혁 아니었으면 환자가 죽었다'라는 말을 그냥 할 리는 없었다.

"근데 그게 정말인가? 백 교수 아니었으면 죽었을 거라는 거."

"네? 그럼요. 두개저 골절을 의무대에서……. 솔직히 두 눈으로 본 지금도 잘 믿기지 않습니다."

"그럼 배 위에서는? 거기서는 수술 같은 건 안 한 건가?"

"아뇨. 수술했죠. 야, 정말 기가 막히던데요?"

"수술을 했어? 배 위에서? 뭐, 뭔 수술을 했다는 건가?"

"일단 찢어진 혈관 봉합하고……. 그다음은……, 그다음은 모르겠네요."

김낙출 중령과 김영재 대위는 꽤 멀리 있었기 때문에 모든 상황을 알진 못했다. 그걸 알고 있는 것은 이강행 대위뿐이었다.

"제가 압니다. 정중 신경이 끊어져 있었는데, 이어줬습니다."

"시, 신경을 이었다고? 그래서, 근육 긴장도 유지는 확인했나?"

홍재훈 교수는 끊어진 신경을 이어줬을 때 기대할 수 있는 최대치인 긴장도 유지에 관해 물었다.

"아예 운동도 회복했습니다."

"뭔 소리를 하는 건가? 운동을 회복하다니. 한번 끊어진 신경이 어떻게 그런 식으로 회복이 돼?"

"제가 두 눈으로 똑똑히 봤습니다. 분명히 운동을 회복했습니다."

"이, 이 무슨……."

홍재훈 교수는 '말이 되나' 하는 표정으로 한유림 교수를 돌아보았다. 하지만 한유림 교수는 어쩐지 이 군의관의 말이 맞을 것만 같았다. 터진 심장도 그 자리에서 이어붙이는 사람이 백강혁이다.

그때, 수술실 문이 열렸다. 잔뜩 인상을 쓰고 있는 강혁과 그런 강혁을 말리려는 듯한 재원이 보였다.

"아, 따따부따 존나 시끄럽네! 수술실 앞에서 이게 시바 무슨 짓들이야!"

- 캬, 패기 보소.

- 볼 때마다 욕하는데 시원하게 하시네.

- 수술실 앞에서 떠든 거 잘못한 거 인정? 어, 인정.

- 근데 저거 설마 문신?

- 문신 맞는 듯. 지렸다.

삽시간에 생방송 채팅창이 끓어올랐다. 백강혁 본인만 모르는 오늘 주인공의 등장이지 않은가. 게다가 기대를 저버리는 법 없이 욕설과 함께 등장이라니.

"어어, 여기 카메라 돌아가. 욕은 안 돼……."

"카메라? 아. 아니, 도대체 당신 뭐 하는 인간인데 내 앞에서 자꾸 얼쩡거리지?"

강혁은 험악하게 인상을 구기며 박상은 기자를 쏘아보았다. 분명 잘생긴 얼굴이었지만, 이럴 땐 거의 흉신악살처럼 무서운 것 또한 사실이었다. 박상은 기자가 제아무리 강단이 있는 사람이라고는 해도 눈을 똑바로 바라보기 어려울 지경이었다.

"어……. 저는 기……."

"기자인 건 알아. 근데 난 기자고 나발이고 치료에 방해되는 것들은 다 죽여버리고 싶거든? 그러니까 말로 할 때 꺼져."

강혁은 한창 수술하다가 나오는 길이었으니 손에는 수술 기구가 들려 있었다. 이번엔 세밀한 박리를 위한 미세 가위였다. 끝이 무지막지하게 날카로웠다. 그 모습이 영락없이 사이코패스 살인마 같았기 때문에 박상은 기자는 일단 물러나야만 했다. 종군 기자도 아니고. 죽음까지 무릅쓸 이유는 없지 않은가.

“그래, 거기 가서. 얌전히 찌그러져 있어.”

강혁은 박상은 기자가 충분히 멀어졌다고 판단한 후에야 가위 끝을 돌렸다. 박상은 기자는 비로소 안심한 얼굴이 되어 외쳤다.

“끄, 끝나면 인터뷰 요청할 겁니다! 도망가지 마십쇼!”

“인터뷰? 뭐……. 그건 마음대로 해. 방해만 하지 마. 개빡치니까.”

“아, 알았습니다.”

박상은 기자는 일단 기다려야겠다고 마음먹었다. 과연 수술이 끝날 때까지 시청자들이 기다려줄까는 의문이었지만. 그건 기우였다.

- 밥 먹고 와야겠네.

- 시청자 수 안 주는 거 보소.

- 오늘 덕분에 하나도 안 심심하네.

- 중계는 계속된다!

시청자 대부분은 아주 호의적이었기 때문이었다.

“근데 댁들은 안 가나? 왜 자꾸 여기서 어정거려?”

강혁은 드디어 멀어진 박상은 기자에게서 눈을 뗀 채 나머지를 바라보았다. 여기서 ‘나머지’란 지금 수술 중인 김 일병의 보호자 대신 와 있는 김낙출 중령과 김영재 대위 그리고 그의 상급자 한유림 과장과 기조실장 홍재훈 교수를 말했다.

“배 위에서 신경을 이었다고 해서 말도 안 되는 소리 하지 말라고 했네.”

홍재훈 교수는 가장 윗사람으로서 할 말은 해야겠다고 느꼈다.

“뭐가 말이 안 되지? 이었으면 이은 거지.”

"아니, 그럼…… 여기 이 사람 말이 맞다고?"

"두 눈 똑똑히 뜨고 봤으니까 맞겠죠."

"무슨 그런……."

"아무튼, 또 한 번 떠들어봐. 다시는 입도 벙긋 못하게 만들 거야. 거기 군인들도 마찬가지야. 넌 프로펠러 소재 알아내기 전까지는 얼씬도 하지 말고."

강혁이 제 할 말만 속사포처럼 쏘아대더니 쌩하니 고개를 돌려 다시 수술실 안으로 들어가버렸다.

'여기서 시끄럽게 하면 진짜 죽을 거야.'

사실 미세 가위가 제아무리 날카로워봐야 사람 죽이기엔 턱없이 모자란 기구였다. 하지만 강혁의 협박은 아주 잘 먹혔고, 도떼기시장 같던 수술실 앞은 쥐 죽은 듯 조용해졌다.

"이제야 살 것 같네."

강혁은 매우 만족스럽다는 얼굴로 수술실 입구 쪽을 바라보았다. 슬며시 쥐고 있던 가위를 내려놓으면서였다. 장미는 그 모습을 보며 고개를 가로저었다.

"교수님. 아무리 그래도 죽여버리겠다는 말은 좀……."

"죽을죄를 지었으면 죽어야지. 안 그래?"

"아니……. 죽을죄까진 아니잖아요……."

"아무튼, 조용해서 좋아. 누구 죽일 일도 없고."

강혁은 정말 그래서 좋다는 듯 미소를 짓더니 이내 재원을 돌아보았다. 어느새 그의 손에는 드릴이 들려 있었다.

"노예, 넌 물 잘 뿌려. 팔 흔들리지 않게 잘 잡고."

"네."

"조폭, 너도 팔 잡아줘. 전신 마취랑 달라서 환자가 힘을 좀 줄 거야. 뼈는 약간…….”

약간이라는 말에 김 일병의 얼굴이 한없이 불안해졌다. 아무래도 그 뒤에 이어질 말이 아플 거란 뜻을 내포하고 있을 것 같았기 때문이었다.

“아냐. 아무튼, 꽉 잡아.”

강혁은 드릴을 뼈에 가져다 대기에 앞서 우선 허공에 대고 돌려보았다. 드릴을 취급하는 의사라면 누구나 확인하는 과정이었다.

‘방향, 정방향. 속도 25,000rpm. 팁 연결 좋고.’

“좋아. 이제 간다.”

강혁의 말에 김 일병 입에서 신음이 주르륵 새어 나왔다. 강혁은 그런 김 일병의 어깨를 툭툭 두드려주었다.

“힘 빼. 힘주면 팔이 흔들려.”

“네, 네.”

“해병대는 할 수 있다, 그치?”

“피, 필승.”

강혁은 마치 마법처럼 먹혀들어가는 해병대란 단어에 기이한 미소를 지으며 드릴을 뼈에 대고 돌리기 시작했다. 드릴의 팁은 무척이나 얇고 날카로웠다. 뼈를 갈아내는 것이 목적이 아닌, 나사가 들어갈 구멍을 만드는 것이 목적인 드릴이었기 때문이다.

재원은 마찰열에 의해 뼈가 타버리지 않도록 물을 부리나케 뿌렸다. 한 손으로 뿌리면서도 드릴이 돌아가는 부위를 놓치지 않고 있었다.

‘확실히 늘었어.’

조금 떨어져서 보조해주고 있는 장미는 똑똑히 느낄 수 있었다. 지난 한 달간 재원의 실력이 얼마나 많이 늘었는지.

"다 됐다. 김 일병, 잘 참았어."

"네, 네……."

강혁은 어느새 총 8개의 구멍을 뚫어놓은 후였다. 각 구멍은 두 동강이 난 위팔뼈의 위아래 절단 부위에 평행하게 뚫려 있었다. 강혁은 그 위치에 플레이트를 가져다 댔다. 마치 자를 대고 뚫기라도 한 것처럼 딱 맞았다. 이런 걸 볼 때마다 재원은 일종의 경이를 느꼈다.

'아니……. 어떻게 눈대중으로 하는 거 같은데 이렇게 정확하지? 나도 나중에 이렇게 할 수 있으려나?'

"야, 나사 안 돌리냐?"

"네네."

조금만 쉬고 있으면 강혁의 속도를 맞추지 못하게 되었다.

"오케이. 이제 끝. 봉합만 하면 되는데……."

강혁의 수술 속도가 빠른 것은 보조의에게나 힘든 일이지, 환자에게는 언제나 좋은 일이었다.

"휴. 감사합니다."

"어, 근데 이 새끼는 프로펠러 소재 알아보라고 하니까 어디 간 거야. 설마 보트 확인하러 백령도 간 건 아니겠지?"

강혁은 김 일병의 감사 인사를 듣는 둥 마는 둥 하며 수술실 문 쪽을 바라보았다. 때마침 문이 열리고 이강행 대위가 안으로 들어왔다.

"뭐야."

밑도 끝도 없는 질문이었지만 이강행 대위는 용케 알아들었다.

"스테인리스 합금이라고 합니다."

"그래? 확실하지?"

"네."

"알루미늄 뭐 이딴 거 아니라는 거지?"

"네."

"오케이. 좋아. 그럼 바로 닫고 나가자."

만약 소재가 알루미늄이었다면 정말 골 아팠을 것이었다. 알루미늄은 중독을 일으키는 소재였으니까. 하지만 스테인리스는 괜찮은 편이었다. 해서 강혁은 갈기갈기 찢겨 있던 살가죽을 별다른 처치 없이 그대로 봉합했다. 아무래도 상처가 워낙 개판이다보니 제아무리 장인의 솜씨로 꿰맸다 해도 엉망이었다. 강혁은 그 부위를 살살 치며 씨익 웃었다.

"보기 흉하면 나중에 문신이라도 해서 덮어. 그러면 모를 거야."

강혁과 재원은 환자를 이송용 침대에 눕히고 수술실에서 빠져나왔다. 그러자 그때까지 기다리고 있던 박상은 기자가 부리나케 그를 향해 달려왔다. 강혁은 그녀와 함께 달려오는 일련의 무리를 보며 중얼거렸다.

"증식을 하나. 왜 기자가 늘었어, 이거."

증식. 정말로 기자가 확 늘어 있었다. 그것도 이름만 대면 알 만한 메이저 언론사들의 기자들이. 강혁은 이해되지 않는다는 기색으로 고개를 갸웃거렸지만 실은 그리 놀랄 만한 일도 아니었다. 옛날부터 기자들은 이슈와 기삿거리를 찾아 헤매는 사람 아니었던가. 그런 그들이 오늘 가장 뜨거웠던 TV 고려 유튜브를 모니터링하지 않았다면 그게 더 이상한 일이었다. 물론 모니터링만 할 뿐 직접 가 볼 생각은 꿈도 꾸지 못했던 것이 사실이었다. 헬기와 배 같은 것은 갑자기 섭외할 수 있는 종류의 장비가 아니었으니까. 하지만 병원에서 인터뷰가 예정되어 있다면? 그게 조금 늦은 시각이라 해도 마다할 이유가 없지 않겠는가.

어마어마한 무리의 기자들이 몰려 있었다. 그들 무리를 힘겹게 헤치고 박상은 기자가 앞으로 나아갔다. 비록 새파랗게 어린 신참이었지만. 그래도 다른 기자들은 순순히 그녀에게 길을 비켜주었다. 놀라운 일이지만 이쪽 세계에도 상도덕이라는 게 있었기 때문이었다. 뭐가 어찌 되었든 '첫 질문'만큼은 그녀에게 양보하는 것이 미덕이었다.

"백강혁 교수님. 저는 TV 고려의 박상은 기자입니다."

"귀에 딱지 앉겠네. 알아요, 알아."

강혁은 이제 더 듣기도 싫다는 투로 손사래를 쳤다. 하지만 시청자들은 좋아했다.

- 저 형 멋있어 보이는데 이상한 거냐.

- 아니, 존나 멋짐, 리얼루다가.

- 역시 썅남자…….

이미 '썅남자'라는 별명이 붙었을 정도로 그의 확고한 캐릭터가 인기몰이하고 있었기 때문이다.

"교수님께서는 오늘 인터뷰 도중 저를 밀치고 나간 사실이 있습니다. 인정하십니까?"

강혁은 박상은 기자의 말에 고개를 갸웃거렸다. 그러곤 대수롭지 않다는 듯한 얼굴로 대꾸했다.

"그게 오늘인가?"

박상은 기자로서는 상상 못한 답변이라 당황스러웠다.

"오늘 오전이었습니다. 교수님."

"뭐, 다친 곳도 없는 거 같은데. 그거 하나 물어보고 싶어서 온종일 따라다닌 건가? 할 거 더럽게 없나봐."

그야말로 한 마디 한 마디가 재수 없기 이를 데 없는 사람이었다. 딱히 박상은 기자만 그렇게 느낀 것은 아니었다.

특히 재원은 마음 같아선 저 입을 틀어막고 슉 사라지고만 싶었다.

"그것 때문에 따라다닌 게 아니라……! 아니, 일단. 그때 그건 왜 그러신 겁니까? 카메라에 대고 욕까지 하시고. 그것 때문에 시청자들 불만이 폭주했습니다."

"욕을 했던가? 하긴 욕먹을 만하긴 했지."

"네?"

"응급 환자 보러 가는 데 길을 막았잖아. 그것도 중환자실 앞에서. 모르나본데……. 거기 원래 그렇게 길막 하고 그러면 안 되는 곳이야."

"인터뷰 장소를 그곳으로 지정한 건 이 병원 측이라고요!"

"환자 발생한 순간 취소지."

"약속을 그렇게 헌신짝 버리듯 내버려도 되는 겁니까?"

"사람 목숨이 왔다 갔다 하는데 버려야지, 그럼. 안 버려?"

강혁의 말투는 여전히 불손하고 또 직설적이었다. 하지만 시청자들 대부분의 반응은 조금씩 달라지고 있었다.

- 썅남자……. 멋있는데?
- 진짜 의사 느낌 아님?
- 오늘 사고 친 게 아니라 사람 살린 거 아냐? 아까 군인들도 그렇게 말하던데.

박상은 기자는 계속해서 강혁을 몰아붙이겠다는 생각으로 말을 이어나갔다.

"그래서 인터뷰를 중단하고 백령도로 가셨군요?"

"그랬지. 헬기 타고."

"저도 따라갔는데, 알고 계셨습니까?"

"아니. 난 헬기 타면 현장에서 기다리고 있을 환자만 생각해."

거칠지만 묘한 울림이 있는 말이었다.

'환자만 생각해.'

"그……. 당시 기상 악화로 헬기가 들어가지 못했던 걸로 아는데. 어떻게 들어갔습니까?"

박상은 기자도 뭔가 이상하다는 것을 느끼고 있었다. 그래서 본래 의도했던 질문 대신 엉뚱한 질문을 던지고 말았다. 카메라 감독은 그녀의 얼굴에 떠오른 당혹스러움을 읽어내고 촬영을 중단하려 했지만 그마저도 여의치 않았다. 담당 PD가 이런 문자를 보냈기 때문이었다.

- 그냥 둬. 지금 시청자 역대 최고야. 반응도 좋아.

어쩌겠는가. 갑 중의 갑이 이대로 하라는데. 해서 그는 묵묵히 카메라를 들고 강혁을 비추었다. 강혁은 제법 보기 좋은 미소를 짓고 있었다.

"그냥 들어갔어, 헬기로."

"네? 기장님 말론……. 그 기상 상황에서는 추락할 확률이 있다고……."

"있긴 하겠지. 하지만 내가 제시간에 안 갔으면 적어도 환자 한 명은 100% 죽었을 거야."

"그……."

박상은 기자는 차마 말을 제대로 잇지 못했다. 죽음을 무릅쓰고 사람 살리러 갔다는 사람한테 더 무슨 말을 할 수 있겠는가. 그런 사람이 조금 무례하다고 해서 무슨 문제가 있겠는가.

"아니, 그럼 우리 죽을 뻔한 거예요?"

오히려 입을 연 사람은 그때까지 묵묵히 뒤에 서 있던 재원이었다. 얼굴에 형용할 수 없을 정도의 배신감이 떠올라 있었다.

"아, 말이 그렇단 거지. 나 운전 잘해. 알잖아."

"아니, 지금 표정이 엄청 근엄한 게……. 진짜 목숨 걸었던 사람 표정이었어요. 억!"

재원은 그렇게 강혁을 향해 쏘아붙이다 예상치 못한 곳에 느껴진 통증에 입을 틀어막았다. 통증을 준 사람은 다름 아닌 장미였다.

"미쳤어요? 겨우 분위기 반전됐는데, 산통 깰 거예요?"

무언가 모르게 혼란스러워진 박상은 기자는 더 입을 열지 않았지만. 다른 기자들은 이때다 싶어 외쳐대기 시작했다.

"저는 네이버 TV 김대기입니다. 제가 알기로 백 교수님께서 군의무대에서 두…… 개저 재건술? 이걸 했다고 하는데 사실입니까?"

"했죠."

강혁은 정말 별거 아니란 투로 답했다. 하지만 김대기 기자는 미리 신경외과와 이비인후과 전문의에게 자문을 구하고 온 덕에 그 수술이 그냥 아무렇게나 할 수 없는 수술이라는 것을 잘 알고 있었다.

"의무대에서…… 말이죠? 혹시 수술이 잘못되지는 않았습니까? 병원에 와서 확인은 한 겁니까?"

그 말에 강혁은 잠시 재원을 돌아보았다. 재원이 느끼기에는 거의 처음으로 따뜻한 눈빛을 하고 있었다. 그건 재원만의 착각은 아니었다.

'헬기에서도, 와서도 꽤 적절하게 잘했더군. 확실히 공부 하나는 열심히 하는 놈이야.'

헬기에서 뇌압이 다시 오르자, 척추강에 바늘을 꽂아 뇌척수액 빼는 라인을 만들어주었다고 한다. 그게 주효해서 환자는 병원에 올 때까지 활력 징후를 안정적으로 유지할 수 있었다. 병원에 와서는 CT로 재건술이 완벽하게 이루어진 것을 확인한 후, 항생제 치료를 시작해 혹시 모를 감염을 예방했다. 이보다 완벽한 처치가 있을 수 있을까? 강혁은 자기가 했어도 크게 다르지 않았을 거란 생각과 함께 재원을 가리켰다.

"여기 양재원 선생이 CT로 확인했습니다. 수술은 완벽하게 잘되었으며 지금은 중환자실에서 회복 중입니다."

"그, 그렇군요. 그럼 그……. 교수님 뒤에 있는 환자에 대한 질문입니다."

"빨리하죠. 방금 수술 끝난 환자 붙들고 이게 뭐하는 겁니까."

"네, 네. 죄송합니다."

"빨리하라니까."

"네. 배 위에서 수술하셨다고 하는데……. 정말 칼을 댄 겁니까? 제가 여기저기 알아봤는데 불가능하다는 답변만 받아서요."

기자들뿐 아니라 시청자들의 관심도 쏠렸다. 배 위에서 수술하는 동안 환자를 죽였다는 둥, 팔을 잘랐다는 둥 하도 이상한 소문이 돌았기 때문이었다. 물론 아까 이강행 대위의 해명을 통해 어느 정도 해결되긴 했지만, 그래도 본인 입으로 듣는 게 가장 정확할 터였다.

"뭐, 해본 적이 있어야 말할 텐데……. 몇 명한테 물어봤는지 모르겠지만, 그 사람들 모두 아는 거 좆도 없어요. 배 위에서 수술하는 거? 충분히 가능합니다. 여기 살아 있는 김 일병이 그 증거입니다."

강혁은 그렇게 말하며 김 일병을 가리켰다. 김 일병은 잠시 당황했지만, 슬며시 웃으며 팔을 흔들어주었다.

이 인터뷰 내용으로 다음 날 나온 기사들은 한국대학교 병원을 칭찬하는 문구로 도배되었다.

'대한민국 외상 외과의 희망을 보았다, 백강혁 교수'

'대한민국 외상 외과 희망을 이야기하다, 백강혁 교수'

'지지부진하던 중증외상센터 활성화, 이제야 빛 보나'

하지만 정작 병원장인 최조은 교수의 표정은 그리 밝지 못했다. 오히려 심란해 보이기만 했다.

"이게 뭡니까. 이제 백강혁 그 사람……. 내보낼 수가 없게 됐어요."

최조은 원장은 신문지 한쪽에 실린 강혁의 얼굴을 콕콕 찔러댔다. 홍재훈 교수는 최조은 원장의 말에 동의하려다가 이내 아랫사람의 도리를 떠올렸다.

"저, 원장님. 그래도 긍정적으로 생각해볼 여지가 있지 않겠습니까?"

"긍정? 여기서 뭐가 긍정적입니까? 아, 병원 이미지 좋아지는 거? 어차피 우리나라에서 우리 병원보다 이미지 좋은 병원은 없다니까요?"

생각해보니까 그것도 그랬다. 처음부터 한국대학교는 국내 제일의 대학교이지 않았던가. 사실 칠성병원이 칠성그룹의 지원을 받아

성장하기 전에는 부동의 원 톱이었더랬다. 지금도 그 아성은 절대 무너지지 않고 있었다. 사실 칠성병원이라고 해봐야 그곳 교수들은 다 한국대학교 출신이었다.

"그, 그래도……. 이렇게 중증외상센터가 잘 돌아간다는 것을 이제 최필두 장관도 알게 된 거 아닙니까? 그럼 뭔가 지원을 더……."

홍재훈 교수는 그럼에도 불구하고 원장을 위로하기 위해 애썼다.

"하하. 기조실장님. 안 그래도 오늘 출근하자마자 최 장관 전화는 받았습니다."

"아, 그렇습니까?"

"무척 잘했다고 하더군요. 그리고 앞으로도 잘 부탁한다는 말도 하고요."

"그것…… 뿐입니까?"

"그럼 뭘 더 바라겠습니까? 이제 와서 예산을 더 편성해줄 리도 없고. 그냥 이렇게라도 잘 돌아간다는 시늉만 해줘도 그 사람에게는 좋죠. 대통령한테 할 말도 생긴 셈이고, 적어도 국감 나가서 한 소리 들을 일도 준 거니까."

최조은 원장은 그렇게 말한 후 고개를 절레절레 저었다. 그제야 홍재훈 교수도 일이 어떻게 돌아가게 되는지 명확히 알 수 있었다.

'이 개자식들이 일을 죄다 우리 병원에 던졌구나. 나랏일 한다는 놈들은 왜 다 이런 식이지?'

한두 번이라야 화를 참아보지 않겠는가. 중환자 의료 활성화한다고 중환자실 설비 검토할 때도 그랬고, 이른둥이 지원 사업한답시고 신생아 중환자실 진료 수 건드릴 때도 그랬다. 나라에서는 국민 앞에 보일 수 있는 지표만을 원할 뿐이었다. 그로 인해 병원이나 그 담당 교수가 져야만 하는 손해와 희생에 관해서는 딱히 관심이 없었다.

'그 두 부서 모두 지금까지 적자……. 거기에 중증외상센터까지 적자……?'

"이제 아시겠습니까? 제가 왜 우울한지."

"그럼 어쩌실…… 건지……."

"뭘 어쩌겠습니까? 지금은 아무것도 할 수 없죠. 온 언론과 여론의 관심이 여기 쏠려 있는데 무슨 짓을 어떻게 합니까."

홍 기조실장은 체념한 얼굴로 고개를 끄덕였다.

"앞으로는 그렇다 이겁니다, 앞으로는."

"네? 그럼?"

"뒤로는 어떻게든 방해할 수 있죠. 백 교수팀 절대 제대로 돌아가게 둬서는 안 됩니다. 그 사람 성격상 계속 이렇게 오버 페이스로 일을 해댈 텐데……. 그 사람은 몰라도 다른 팀원들은 사고를 칠 수 있지 않겠습니까?"

재원은 어깨가 잔뜩 솟아오른 채 커피를 홀짝거렸다. 다른 한 손에는 신문이 들려 있었다. 수많은 신문 중 하필 자신의 얼굴도 나온 신문이었다.

"이야, 선생님 미남으로 나왔네."

장미도 한 손에는 커피, 한 손에는 신문을 든 채 등장했다. 그녀 또한 수많은 신문 중 하필 그녀가 나온 신문을 들고 있었다.

"장미 씨도 잘 나왔네요."

"제가 안 꾸미고 다녀서 그렇지 원래 이쁘잖아요."

"하하."

"하하하하."

둘은 정말이지 호탕하게 웃었다. 그런 둘을 고깝게 보는 사람은 아무도 없었다. 적어도 응급의학과에 일하는 사람들은 둘이 얼마나 개같이 일하고 있는지 알고 있었으니까.

모두가 화기애애한 그때 어딘지 모르게 불길한 발걸음 소리가 들려왔다. 재원과 장미는 저도 모르게 천천히 고개를 돌렸다. 강혁이었다.

"어? 교수님도 신문 들고 계시네?"

"헐. 정말이네요. 안 그럴 줄 알았는데. 약간 캐릭터 깨진다."

"에이. 귀찮게 자꾸 언론사에서 전화 와."

강혁은 둘에게 오자마자 일단 신문을 내팽개쳤다.

"조폭, 지금부터 내가 말하는 번호 다 수신 차단해버려. 인터뷰 요청을 왜 하는 거야. 환자 보는 데 방해되게. 그리고 노예. 너 환자 아침에 봤어?"

"네? 이제 보려고……."

"이제 봐? 신문 났다고 아주 정신 나갔네? 뒈질래?"

"아, 아뇨. 죄송합니다."

강혁은 그야말로 한결같은 인간이었다. 물론 좋은 쪽으로는 아니었다.

"환자 봐, 환자!"

"네. 죄송합니다."

"조폭! 넌 활력 징후랑 아이오 체크했어?"

"어……. 이, 이제 하겠습니다."

"정신이 나갔구만, 정신이 나갔어. 아, 빨랑빨랑 안 움직여?"

"네!"

강혁의 성화에 재원과 장미는 각자 할 일을 찾아 흩어졌다. 둘다 강혁이라면 몸살 나게 무서워하고 있었기 때문에 순식간에 시야에서 멀어져갔다. 강혁은 그런 둘의 뒷모습을 못마땅하다는 듯 쳐다보다가 이내 자신이 들고 온 신문을 향해 시선을 옮겼다.

'주요 일간지 중에 1면에 기사를 낸 곳이 무려 4곳. 나머지도 다 사회면에는 보도했어.'

그 말은 대한민국 모든 언론이 강혁과 외상 외과 그리고 중증외상센터에 대해 보도했다는 말이었다. 강혁은 그 모든 보도를 아주 꼼꼼히 읽어보았다. 전날 고생에 대한 보상인지 몰라도 간밤에는 환자가 한 명도 없었던 덕이다.

'거의 대부분이 아주 호의적이야. 일부 너무 무리했다는 의견도 있지만.'

그건 김 일병과 이 병장이 제대로 회복되고 나면 모두 돌아설 터였다.

강혁은 아까 그렇게 욕했던 언론사 인터뷰를 하기 위해 병원 지하 1층 강당에 있었다. 그가 처음 교수 임명식을 했던 바로 그 자리였다. 인터뷰를 요청한 언론사가 한둘이 아니라 강당에서 진행할 수밖에 없었다. 최조은 원장과 홍재훈 교수도 그 자리에 나와 있었다.

"TV 고려의 이정민 기자입니다. 인터뷰에 응해주셔서 감사합니다."

"아니요, 뭘. 근데 어제 그 기자분은 어디 가셨나 보네."

이정민 기자는 잠시 멘탈이 나간 채 멍한 얼굴로 인터뷰를 넘기던 박상은 기자를 떠올렸다.

'핀트 어긋나면 죽인다고 했지.'

그는 보도국장의 말을 떠올렸다. 이미 어제 생중계를 진두지휘했던 PD는 시말서를 쓰고 있었다. 국민 영웅이 될 사람에게 적대적인 보도를 한 죄였다. 물론 그 덕에 강혁이 진짜 영웅이 될 수 있던 것이긴 했지만.

"아무튼, 백강혁 교수님. 어제 악천후를 무릅쓰고 헬기를 타고 환자를 치료하기 위해 백령도까지 들어간 사실이 국민에게 감동을 주고 있습니다. 정말 대단한 사명감인데요. 언제부터 이 힘든 외상 외과를 택하기로 마음먹으신 겁니까?"

강혁은 꽤 오래 침묵을 지키다 입을 열었다.

"제가 외상 외과를 선택하게 된 것은……."

그는 그렇게 말하며 좌중을 둘러보았다. 기자들은 전부 그의 말에 관심을 기울이고 있었다.

'나 혼자만 잘나서는 외상 외과를 절대 키울 수 없어.'

안타깝지만 이게 사실이었다. 척박한 대한민국 의료계에서도 외상 외과를 위해 인생을 바친 사람이 있긴 있었다. 하지만 그 영웅이 죽고 나서야 관심을 받은 게 의료계의 첫 번째 문제였고, 그 관심조차 금세 식어버린 것이 두 번째 문제였다. 강혁은 또다시 같은 전철을 밟을 생각은 추호도 없었다. 그래서 이 관심을 조금 이용하기로 마음먹었다.

"그건 운명이었습니다."

"운명…… 이요?"

"제 부모님이 사고로 돌아가셨습니다. 철들고 난 후라 '고아'라는 단어가 적절할지 모르겠지만……. 어쨌든 제 처지가 그렇게 되고보니, 사고로 죽는 사람들을 다른 시각으로 보게 되더군요."

국민 영웅으로 불리기 시작한 사람의 불행한 과거라. 그 위력은 어마어마해서 강당에 있던 모두는 그야말로 숨소리 한번 제대로 내지 못하고 있었다.

"죽지 않아도 될 사람이 죽는 경우가 많았습니다. 제시간에 병원에 왔다면, 제시간에 제대로 된 치료를 했다면……. 하지만 우리나라는 제대로 된 외상 외과 시스템을 갖추지 못했죠. 그 결과 지금도 길에서 사람들이 죽어갑니다. 기껏 병원에 와도 역량이 모자라서 살리질 못합니다. 저는 우리나라의 이런 현실을 바꾸고 싶어서 외상 외과의가 되었습니다."

고작 하나의 질문에 대한 답이 끝났을 뿐이었다. 그런데도 여운이 장난 아니었다. 기자들이 앞다투어 손을 들기 시작했다. 그때 강혁의 핸드폰 벨이 울렸다. 재원이 건 전화였다.

"외상 외과 백강혁입니다."

강혁은 그 전화를 세상에서 가장 비장한 표정으로 받았다.

"전화하라면서요. 제 번호 저장 안 하셨어요?"

"네, 네. 아……. 환자가 안 좋습니까?"

"뭔 소리예요? 백강혁 씨 맞죠?"

"알겠습니다. 바로 가겠습니다. 이거 미안합니다. 환자가…… 왔군요."

"뭔 미친 소리예요? 환자라니. 저 재원이라고요!"

"아주 급하다고 합니다."

"교수님? 귓구멍이 막히셨나."

강혁은 재원의 드립을 애써 참아내며 자신의 핸드폰을 내려놓았다. 기자들은 강혁의 통화 내용을 듣고 아쉬움을 토로하기는 했지만 이미 체념한 듯한 얼굴이었다. 조금 전까지 '환자를 살리기 위해 운명처럼 외상 외과의가 되었다'고 말한 사람이 아닌가.

"그럼 먼저 가보겠습니다. 죄송합니다."

그래서 정말이지 다급한 발걸음으로 강당을 빠져나가는 강혁을 아무도 말리지 못했다. 그건 내내 못마땅하다는 눈빛을 보내며 앉아 있던 최조은 원장이나 홍재훈 교수도 마찬가지였다. 그저 그가 나간 후에나 입을 열 따름이었다.

"이런 망할 놈이 언론 플레이를 해?"

- 미친 존나 멋있네.
- 소름 돋았다. 이게 의사지.
- 우리나라에도 진짜 의사가 있구나……. 존경하게 됨.

국내 최대 포털인 네이버 일면에 이런 댓글이 계속해서 올라오고 있었다. 강혁은 다급히 걸어가고 있는 와중에도 눈으로는 아주 차분하게 그 댓글을 확인하는 중이었다.

'됐어. 이 정도 관심이 쏠리면 병원에서 우리를 절대 내치지 못해.'

물론 그 대중의 관심이 유지되는 동안에 한해서겠지만. 아무튼, 이만하면 한동안은 괜찮을 터였다. 적자를 내든 뭘 어쩌든. 환자 보면서 사고만 안 나면 될 것이 분명했다. 강혁은 그 생각과 함께 마치 개선장군처럼 중증외상센터로 돌아왔다.

"교수님, 괜찮아요? 머리 이상해지신 건 아니죠?"

강혁을 보자마자 재원이 물었다. 강혁은 말로 하기는 귀찮다는 듯 자신의 핸드폰을 보여주었다. 요새 가장 핫한 채널 중 하나인 '닥터프렌즈'의 화면이 떠 있었다.

"닥터…… 프렌즈? 뭔데요? 어? 교수님이네?"

국내 제일의 메디테이너 채널, '닥터프렌즈'. 발 빠르게 의학과 관련된 사회 이슈를 영상으로 만드는 채널이었다. 그 명성에 걸맞게 벌써 강혁에 관한 영상이 올라와 있었다.

"외상 외과의가 된 것은 운명입니다."

딱 낯간지러운 문장을 하이라이트로 편집해서. 당연히 재원과 장미는 너무 황당하다는 표정이었다.

"이게……. 이게 뭐예요?"

"잠깐 사이에 대체 뭘 하고 오신 거예요?"

"관심 얻고 왔지."

"와……. 교수님 이런 말도 하실 줄 아는 사람이었네요……."

재원은 맨날 자기에게 항문이니 노예니 하던 강혁을 떠올렸다. 그런 여포 짓이 비단 자신만을 향한 것은 아니었다. 옆에 있는 장미는 '조폭'이지 않은가. 특히 마취과에 대한 폭언은 상상할 수도 없을 지경이었다. 누가 녹음이라도 했다면 지금 이 좋은 이미지는 한순간에 박살이 날 게 뻔했다. 그런 사람이 이렇게 낯간지러운 말을 청산유수로 했다고?

재원이 '멘붕'에 빠져 있는 사이에도 영상은 계속 재생됐다. 강혁이 막 재원의 전화를 받는 장면이었다.

"어? 전화 받네요?"

장미가 재원이 전화를 걸었었다는 사실은 까맣게 잊은 채 이렇게 물었다. 그러자 강혁은 그저 웃었다.

"잘 봐."

영상 속의 강혁은 환자가 왔느니 어쩌느니 아주 급하게 외치더니 강의실을 도망치듯 빠져나왔다. 결론적으로 감동적인 연설만을 남긴 채 훅 사라진 모양새가 된 것이었다. 그 사실을 모르는 시청자들은 열광하고 있었다.

- 진짜 영웅…….

- 참된 의사네. 오늘부터 백강혁 팬이다, 리얼.

- 생긴 것도 잘생기셨네.

모든 것을 알고 있는 재원과 장미로서는 더 두고 보기가 좀 어려울 지경이었다.

"교, 교수님……. 대체 왜 이런 거예요. 이래서 무슨 유익이 있다고……. 억."

강혁은 그런 재원의 뒤통수를 후려갈겼다. 되게 아팠다.

"아야……. 왜, 왜 때려요."

"너희는 진짜……. 나 없으면 굶어 죽겠구나."

강혁은 짙은 한숨과 함께 입을 열었다.

"잘 봐. 우리 과 병원에서 어떠냐?"

"천덕꾸러기죠."

"그럼 우리가 살아남기 위해서는 어떻게 해야겠어?"

"돈을…… 벌어야죠."

장미가 당연한 말을 묻는다는 듯한 기색으로 답했다.

"야……. 우리 과가 어떻게 돈을 벌어. 무조건 적자지."

"그럼 못 살아남나……?"

"재수 없는 소리 하지 말고. 와, 너희 진짜……. 진짜 머리 안 돌아가는구나? 이렇게 언론 타고 여론이 좋으면 병원에서 우리를 무슨 수로 없애. 여긴 사기업이 운영하는 병원도 아니고, 일단은 국립 병원이잖아."

그때, 강혁의 핸드폰이 울렸다. 화면에 뜬 번호는 119 상황실. 이번엔 진짜 환자가 발생했다는 전화였다.

대형 재난의 폭풍 속에서

상황을 파악한 강혁은 전화를 끊자마자 다시 어딘가로 전화를 걸었다.

"어, 백 교수. 웬일이야?"

유독 강혁의 전화를 반기는 사람. 바로 외과 과장 한유림 교수였다.

"과장님. 혹시 지금 TV 보실 수 있습니까?"

"TV? 갑자기 왜?"

"보면 청담대교에서 버스 추락했다는 속보 나올 겁니다."

"아, 그렇네. 어유. 사고 크게 났는데? 아, 설마……."

"네. 거기 환자들 우리 병원으로 올 텐데 아시다시피 외상 외과엔 저랑 노…… 아니, 재원이 둘밖에 없어서. 혹시 손 남는 사람 있을까요?"

"아하."

한유림 교수는 아주 곤란하다는 표정을 지으며 고개를 끄덕였다. 강혁을 향한 외과의들의 여론이 어떠한지 아주 잘 알고 있었기 때문이었다.

'거의 개새끼 취급하던데…….'

하지만 그렇다고 강혁의 요구를 들어주지 않기엔 한유림 교수도 양심이 있는 사람이었다. 지영의 회복을 본 모든 의료진은 다들 기적이라고 했다.

'그 기적을 베풀어준 사람이 바로 백강혁이지…….'

그가 아니었다면 딸은 죽었을 터였다.

"알겠어. 백 교수, 내가 책임지고 한 서너 명은 끌어와볼게."

"감사합니다, 교수님."

강혁은 만족스러운 표정으로 전화를 끊자마자 중헌이 보낸 문자를 확인했다.

- 교수님, 통화 중이셔서 문자로 남깁니다. 추락 당시 밖으로 튕겨 나간 승객은 모두 8명인데, 그중 3명은 사망, 2명은 가망이 없어 보입니다. 나머지 3명을 각각 구급차에 태워 보냅니다. 잘 부탁드립니다.

그 밑으론 각 환자의 신원과 피해 상황 등 현장에서 파악한 정보가 쓰여 있었다.

'쉴 틈이 없구만.'

강혁은 곧장 응급실 프런트로 향했다. 벌써 사이렌 소리가 들려오고 있었다. 저 중엔 강혁이 아니라면 도저히 살릴 수 없는 환자들도 섞여 있을 터였다. 그야말로 죽도록 일할 시간이었다.

자동문이 미처 다 열리기도 전에 좁은 틈새 사이로 사람들이 밀려들기 시작했다. 주황색 옷에 피 칠갑을 한 구급 요원들이 이송용 침대를 끌고 안으로 들이닥쳤다. 구급 요원 중 한 명은 침대 위에 올라탄 채로 환자의 가슴을 눌러대고 있었다.

'확실히 중앙 구조단에서 직접 나서서 그런가, 다른데?'

팀장 중헌을 주축으로 한 중앙 구조단 또한 이번 국정감사 이후

가장 많이 바뀐 조직 중 하나라고 보면 되었다. 중증외상 환자들을 살리기 위해서는 병원의 역량도 중요하지만, 일단 병원에 도착할 때까지 환자가 살아 있는 것이 우선이었다.

"어떻게 다친 환자죠?"

강혁의 물음에 침대를 끌며 이것저것을 지시하던 고참 대원이 즉각 답했다.

"추락 당시 밖으로 튕겨 나가면서 복부에 자상을 입은 환자입니다."

대원은 환자의 배에 깊숙이 박힌 철골 구조물을 가리켰다. 그냥 봐서는 대체 어디서 박힌 건지 알 수 없는 형태였다. 대원은 어리둥절해진 강혁을 보며 설명을 덧붙였다.

"그…… 청담대교 북단에 놀이터가 있습니다. 그중에 애들 타고 놀라고 만든 기둥 구조물이 있는데 거기에……."

"아하. 그래서 저건 잘라 온 거구나."

"네. 뽑지는 않았습니다. 출혈이 지금도 너무 많아서."

"잘했어요, 잘했어."

"혈액형은 A형이고, 현재 확인되는 부상은 복부뿐이었습니다. 의식 확인은……. 처음엔 이름 정도는 답할 수 있었지만, 지금은 보시다시피."

요원은 그 뒤로도 환자에 대한 필수적인 정보를 줄줄이 읊어주었다. 강혁은 고개를 끄덕이며 침대를 건네받았다.

"알겠습니다. 일단 원무과에 환자만 좀 띄워주시죠. 이 환자는 일단 심장부터 안정시키지."

"네, 교수님!"

강혁은 그리 말한 후 곧장 환자의 가슴에 심전도를 붙였다. 그 모습을 본 응급의학과 레지던트가 제세동기를 들고 뛰어왔다.

"빨리 연결해!"

"네! 교수님!"

레지던트는 마치 강혁이 자기 과 교수라도 되는 것처럼 빠릿빠릿했다. 어째 요즘 같아서는 응급의학과 교수보다 강혁의 도움을 훨씬 많이 받고 있기 때문이었다.

"교수님! 마취과 쪽에서 두 명 확보했습니다!"

바로 그때 재원이 밝게 웃으며 나타났다. 30명 넘게 타고 있던 버스가 떨어지는 사고가 났는데 고작 둘밖에 확보하지 못한 주제에 웃었다. 당연하게도 강혁은 천불이 났지만 애써 참았다.

"겨우 둘 가지고, 이 새끼……."

"아, 또 전화할까요? 엄청 화를 내긴 하던데……."

"아냐, 아냐! 일단 이 환자부터 봐!"

"교, 교수님은요?"

재원은 강혁의 말을 듣자마자 또 홀로 환자를 보게 될까 봐 부들부들 떨었다. 혼자 헬기 타고 이 병장을 데리고 올 때가 불현듯 떠올랐다. 중간에 이 병장의 뇌압이 올라서 어찌나 놀랐던지.

"나? 지금 사이렌 소리 안 들리냐? 환자 계속 오잖아. 분류하고 처치해야지."

"그건 누구나 할 수 있는 거잖아요."

"뭔 소리야, 인마. 분류가 제일 어려운 거야. 네가 딱 봐서 죽을 사람, 안 죽을 사람 판단할 수 있어?"

"어……."

이 말엔 재원도 감히 고개를 끄덕일 수 없었다.

"너 표정 보니까 조금 못 미덥긴 하다……."

강혁은 아무렇지도 않게 상처 주는 소리를 해댔다. 하지만 재원은 상처를 받기는커녕 오히려 안심되는 느낌이었다. 지금은 무슨 말을 듣더라도 강혁이 자신을 혼자 두지 말았으면 하는 바람이 너무 강했기 때문이었다.

"일단 실 가져와, 실! 봉합 기구랑!"

"어……. 네."

재원은 '아직 철 조각이 배에 박혀 있는데 웬 실을 가져오라고 하는 건가' 하는 생각이 들긴 했지만 일단 달렸다.

"여, 여기 있습니다."

강혁은 이미 베타딘을 싹 부은 후였다.

"까야지. 그냥 그렇게 통으로 주면 내가 어떻게 꿰매?"

"아……. 아, 장갑 끼셨구나."

재원은 얼른 봉합 기구 세트를 풀었다. 강혁은 그 세트가 풀리기 무섭게 큼지막한 봉합 기구에 2번 실을 물렸다.

"2번……?"

재원은 고개를 갸웃거리며 방금 강혁이 집어 든 실을 바라보았다. 보통 봉합용 실은 숫자가 작을수록 두껍기 마련이었다. 실이 두껍다는 건 그만큼 두꺼운 바늘을 쓴다는 것을 의미했고, 자연히 또 다른 손상을 만들 수 있다는 뜻이었다.

푹. 하지만 강혁은 재원의 의문에도 불구하고 냅다 환자의 배를 찔렀다. 거의 칼처럼 두꺼운 바늘이었기 때문에 환자는 의식이 거의 없음에도 불구하고 움찔거렸다. 재원도 그 모습을 보며 움찔거렸다. 강혁은 순식간에 마지막 지점, 곧 처음에 바늘을 찔러넣었던 지점 근처에서 바늘을 쑥 빼내었다. 그러곤 약간은 느슨해 보이는 매듭을 지었다.

"노예. 이따 이 철 뺄 때, 이 실을 당기면서 빼라고. 그럼 적어도 가죽에서는 피가 안 날 거야."

"네, 네! 교수님!"

"빨리 수술실로 가! 분류 끝나는 대로 들어갈 테니까."

재원을 수술실로 보내기가 무섭게 또 한 대의 구급차가 도착했다. 곧 구급 요원들이 이송용 침대를 끌고 안으로 들어왔다.

"으, 으아아아악!"

동시에 침대에 있는 환자의 비명이 들려왔다. 보통 저렇게 소리 지를 기운이 있는 환자는 아프지 않은 환자라고 평하기 마련이었다. 하지만 지금은 그 환자를 두고 그렇게 말할 수 있는 사람은 아무도 없을 터였다. 미처 구급 요원이 가려주지 못한 틈새로 드러난 환자의 몰골이란 그야말로 처참하기 이를 데 없었다. 양쪽 정강이가 모두 부러진 채였는데, 그 부러진 뼈가 살가죽을 뚫고 밖으로 빠져나와 있었다.

"오픈 프랙처(Open fracture: 개방형 골절)! 식염수 들이부어!"

강혁은 그 모습을 보자마자 진단과 함께 소독해낼 것을 지시했다. 소독하는 중에도 환자의 비명은 계속되고 있었다. 이대로 두면 그냥 시끄러운 것에 그치지만은 않을 터였다.

'PTSD(Post Traumatic Stress Disorder: 외상 후 스트레스 장애)에 빠질 수 있어.'

이 병에 대해 잘 모르는 사람은 그냥 군인들이 자다 깨서 헉헉대는 병 정도로 생각할 수 있겠지만, 실상은 절대 만만한 병이 아니었다.

'돌도 씹어 먹던 용병들도 폐인이 되곤 했었지……'

여기까지 생각이 미친 강혁은 곧장 마약성 진통제 하나를 꺼내서 환자의 팔에 연결되어 있던 수액에 냅다 찔러넣었다.

"잠시 쉬시죠."

여전히 고통스러워하는 환자의 어깨를 두드려주며 말했다. 환자는 강혁의 말에 대꾸할 여력도 없어 보였다. 그저 의미를 알 수 없는 신음만을 흘렸다. 진통제가 돌기 시작하자 조금씩 조용해지더니 이내 정신을 잃고 쓰러졌다. 그와 동시에 사방에서 안도의 한숨이 들려왔다. 그만큼 환자의 고통이 생생하게 전해졌다는 뜻이다. 그제야 강혁은 지금 환자를 데려온 요원들에게 질문을 할 수 있었다.

"어떻게 된 겁니까?"

"42세 여자분이고 버스에서 튕겨 나가면서 다리로 바닥에 떨어진 모양입니다. 발견했을 때 이미 다리가 부러져 있었습니다. 다행히 의식은 명료했지만, 통증과 공황으로 인해 대화는 불가능했습니다. 혈압은 조금 전까지는 220으로 체크되었는데 지금은……."

구급 요원은 말끝을 흐리며 환자에게 새로 연결된 모니터를 바라보았다. 진통제의 영향으로 수축기 혈압이 고작 100도 채 안 되는 상황이었다.

"확 떨어졌군. 그나마 페인 쇼크가 안 온 게 다행인데……."

강혁은 사람이 단순히 통증만으로도 죽을 수 있다는 걸 잘 알고 있었다. 외상 외과에 일하다보면 그런 상황을 종종 접한다. 상처만 보면 죽지 않아야 했는데, 실제로는 환자가 죽어버리는 그런 상황. 구급 요원도 한 번쯤 그런 경험이 있었는지 고개를 끄덕였다.

"네, 그래도 잘 버티신 편입니다."

"조회했을 때 무슨 기저질환 같은 것은 없고요?"

"당뇨 때문에 약을 먹고 있는 모양입니다. 환자 소지품에서 처방

전이 나왔습니다."

"당뇨……."

말하는 구급 요원도 듣는 강혁도 표정이 별로 좋지 못했다.

'뼈가 가죽을 뚫었어. 거기에 당뇨……. 좋지 않은데.'

이미 세균이 묻었다고 봐야 했고, 식염수로 열심히 닦아내고는 있지만 이걸로는 한계가 있었다. 결국엔 항생제와 환자 본인의 면역으로 나머지 균을 죽여야 했다. 그런데 당뇨 환자라니. 면역력이 현저히 떨어져 있을 것이다. 최대한 깔끔하고, 빠른 수술이 필요했다.

"응급 수술실 하나 더 있지! 거기로 바로 보내!"

"아, 네! 집도의는……. 집도의는 어떻게 할까요?"

응급의학과 레지던트가 고개를 끄덕이며 물었다. 그의 질문에 강혁은 잠시 망설였다. 마음 같아서는 자신이 가고 싶었다. 이 세상에 그보다 더 깔끔하고 빠르게 이 수술을 할 수 있는 사람은 없을 테니.

하지만 그의 분류와 응급처치를 기다리는 환자들이 계속해서 오고 있었다. 자리를 비울 수 없었다. 때마침 가운 주머니에서 핸드폰이 울렸다. 재빨리 꺼내 보니 한유림 교수였다.

"아, 과장님."

한유림 교수는 가타부타 잡소리를 늘어놓는 대신 바로 핵심만 말했다. 전화 받는 강혁의 목소리가 아까와는 확연히 달라져 있었기 때문이었다.

"우리 과는 나까지 해서 둘이 남고, 정형외과에 김 교수 아나? 그 친구 연구 시간이야. 신경외과랑 흉부외과는 지금 당장 손 남는 사람은 없는데……. 그나마 신경외과가 좀 빨리 끝날 거 같아."

"정형외과도 한 명 남는다 이거죠?"

강혁은 전화를 끊자마자 응급의학과 레지던트를 향해 말했다.

"들었지? 정형외과 김 교수야. 바로 수술실로 들어가. 기구는 일단 개방성 골절에 맞춰서 꺼내라고 하고."

"아, 네. 알겠습니다. 교수님."

최근 응급의학과 레지던트치고 강혁의 말을 떠받들지 않는 사람은 거의 없었다. 레지던트는 아주 비장한 기색으로 고개를 끄덕이며 환자 침대를 끌었다.

"환자만 옮겨주고 바로 와. 다음 환자…… 심상치가 않다."

강혁은 지금 응급실 입구로 들어온 환자를 턱으로 가리키며 말했다. 멀리서 봐도 의식이 없어 보이는 환자에게서 붉은 피가 뚝뚝 떨어지고 있었다.

"더, 더 세게!"

구급 요원 하나가 땀을 뻘뻘 흘리며 환자의 배인지 가슴인지를 꽉 누르고 있었다. 하지만 그런 노력이 무색하게 느껴질 만큼이나 많은 양의 피가 응급실 바닥을 적시고 있었다. 더 두었다가는 여기까지 어렵게 이송해온 의미가 없어질 것 같았다. 강혁은 순식간에 환자 앞에 당도했다.

"아, 백 교수님!"

"어?"

그제야 아까부터 환자의 가슴과 배를 최선을 다해 누르고 있던 사람이 안중헌 팀장이라는 사실을 알아차렸다.

"중상 환자는 이 환자가 마지막입니다. 그리고 나머지는……."

중헌 팀장의 표정이 무척 어두웠다. 말은 안 했지만, 강혁은 모두 알아들을 수 있었다.

'밖으로 떨어진 사람들은 모두 사망했군…….'

안타까운 일이었다. 하지만 어쩔 수 없는 일이기도 했다. 냉정해 보여도 의사는 이미 죽은 사람을 너무 신경 써서는 안 되었다. 특히 지금처럼 위독해 보이는 환자를 마주하고 있을 때는 더더욱.

"이 환자는…… 가슴이랑 배가…… 어찌 된 거지?"

"밑에 놀이기구가 있다보니 손상이 이렇습니다."

"그냥 박힌 게 아니라 빠졌나?"

"네, 충돌 당시 충격이 너무 컸던 모양입니다. 여기 보시면……."

중헌은 아주 조심스럽게 손을 움직여 누르고 있던 곳의 일부를 보여주었다. 그와 동시에 붉은 피가 튀어 올랐기에 바로 다시 손으로 덮어 눌렀다. 하지만 강혁은 볼 수 있었다. 깊은 상처 안쪽으로 보이는 내장을.

"하복부도 문제는 문젠데……. 이쪽이 더 문제입니다. 비장이나 신장이 다친 거 같은데……. 지금 파악이 안 됩니다."

"그건 들어가봐야 알 일이지. 그런데 하복부 쪽도 만만치는 않아 보여."

강혁은 지금도 꿀렁이며 피를 내뱉고 있는 하복부의 상처를 바라보며 말했다. 그러곤 아까 한유림 교수와 했던 짤막한 통화를 떠올렸다.

'분명 한유림도 손이 남는다 했지.'

생각이 들자마자 강혁은 한유림 교수에게 전화를 걸었다.

"어? 지금 나 내려오라고?"

"지금 보이잖아요."

그것도 영상통화로. 덕분에 한유림 교수는 눈앞에 펼쳐진 끔찍한 상처를 고스란히 볼 수 있었다.

'아니, 나는 그냥 어레인지(Arrange: 환자를 알맞은 과나 의사에게 넘

기는 행위)만 하면 되는 거 아니었나?'

막말로 자신은 외과 과장이 아닌가. 나이로 보나 지위로 보나 거의 일반 회사의 임원급이었다. 그런데 지금 당장 내려가서 저런 험한 환자를 보라니.

"아, 내려오시라고!"

"아니, 나는 항문외과라니까. 그거 딱 봐도……."

"항문외과에서 직장암도 보는 거 다 아니까, 내려오시라고. 솔직히 이 정도는 할 수 있잖아요."

한유림 교수는 말문이 턱 막힌다는 게 어떤 기분인지 실시간으로 배우는 듯한 느낌이었다.

"아, 내려와!"

"아, 알았네……."

하지만 얼떨결에 대답해버린 지금은 제법 혼란스러운 기분이었다. '저렇게 어려운 수술에 껴도 되는 건가' 하는 생각이 머릿속을 가득 메웠다.

"좋아. 하복부는 됐고."

반면 한유림 교수를 혼란에 빠뜨린 강혁은 홀가분해 보이는 표정이었다.

"그럼 상복부 쪽은 교수님께서 직접 하실 건가요?"

"그래야지. 이걸 누가 할 수 있겠어."

강혁은 피로 물든 중헌의 손을 대신해 상처를 누르며 답했다. 대답 자체는 매우 거만한 내용이었지만, 중헌은 그저 고개를 끄덕일 따름이었다.

'하긴 백 교수 말고는……. 아무도 못 할 거야.'

그간 보아온 것이 있지 않던가. 정말이지 불가능해 보이기만 했던 환자들. 그들 전부가 지금은 멀쩡히 살아 있었다.

"응급 수술실 1번 방 연결해. 노예 알지?"

"아, 네. 교수님."

어느새 돌아와 있던 응급의학과 레지던트가 씩씩하게 답했다. 그러곤 1번 방에 전화를 건 후 간호사에게 말했다.

"노예 선생님 좀 바꿔주세요. 백 교수님 콜입니다."

그러자 재원에게는 너무도 서글프게도, 간호사는 곧장 그에게 전화를 연결해주었다.

"네, 양재원입니다."

"어. 노예. 수술실 하나 더 잡았다고 했지? 그거 어디냐?"

"아……. 교수님. 본관 11번 방입니다. 비워두라고 했습니다."

"11번. 마취과는?"

"그게……. 마취과는 지금 인원이 둘만 남아서 일단 응급 수술실에 두 명 배정해준다고 했습니다."

재원은 이 말을 하면서 자기도 모르게 한숨을 쉬었다. 두 명의 마취과 의사를 얻기 위해 그가 얼마나 쩔쩔매야만 했는지 떠올랐기 때문이었다.

'네? 외상 외과요? 거긴 뭐 맨날 응급이래. 뭐 맡겨놨어요?'

전화를 걸자마자 재원이 들은 말이었다. 기껏해야 이제 4년 차로 올라가는 레지던트에게. 햇수로 따지면 재원보다 4년은 아래였다.

'아……. 과장님이 웬만하면 보내지 말랬는데. 정 급하다고 하니까 두 명 배정하는 거예요. 대신 더는 절대 안 돼요.'

"어, 거기 한 명만 더 달라고 하자."

"교수님, 지금 마취과에 부탁하기는 좀……."

"아니, 남는 사람 아예 없대? 환자 이대로 두면 넘어가니까 달라는 거 아냐."

"아까 얘기해봤는데 거기도 정말 없는 거 같긴 했습니다."

"아, 전문의 시험 언제지?"

"네? 갑자기 그건 왜……."

재원은 답을 하면서도 자신이 왜 이런 답을 하고 있는 걸까 하는 생각이 들었다.

"가만있자. 지금이 1월……. 중순 지났으니까. 시험 끝났겠네. 너 시험 본 지 얼마 안 됐으니까 알지 않아?"

"끝났죠. 1월 중순이면. 이제 곧 발표도 할걸요?"

재원의 말에 강혁은 눈에 띄게 반갑다는 표정을 지었다.

"그……. 아, 그래. 박경원. 박경원 전화번호 알지? 번호 불러."

"박경원? 교수님 설마……. 이제 막 전문의 시험 끝난 애 부르려고요?"

"놀면 뭐해. 걔 그리고 실력 좋더라. 내가 이름 기억하는 거 보면 확실하지."

뭔가 조금 이상한 기준이긴 하지만 이것만큼 확실한 기준이 없는 것도 사실이긴 했다. 재원은 강혁에게 경원의 번호를 알려주었다.

"오케이. 땡큐."

강혁은 번호를 듣자마자 전화를 끊었다. 그러곤 여태 전화기를 그의 귀에 갖다대 주고 있던 레지던트에게 말했다.

"이 번호로 전화 한 번만 더."

"네, 교수님."

"네, 박경원입니다."

이제 막 전문의 딴 사람의 목소리라고 하기엔 조금은 중후한 목소리였다. 그를 꼬셔야 하는 입장에 있는 강혁은 평소와는 다른 태도로 입을 열었다.

"아, 외상 외과 백강혁입니다. 혹시 기억하시려나 모르겠네요."

"백 교수님? 네, 기억합니다. 무슨 일이신지요?"

경원은 강혁이 전화를 줘서 너무 영광이라는 투였다. 사실 따지고 보면 당연한 일이었다. 경원이 강혁에게 남겨준 인상보다는 아무래도 강혁이 경원에게 남겨준 것이 훨씬 크고 강렬했으니까.

"지금 혹시 손 남으면 수술 들어올 수 있어요?"

"지금…… 요?"

"아, 병원이 아닌가?"

"아뇨. 병원입니다. 어디로 가면 되죠?"

"본관 수술실 11번 방이요."

"아, 네. 그럼 거기서 뵙겠습니다."

경원은 환자에 대해 꼬치꼬치 묻는 일도 없이 바로 가겠다고 하곤 전화를 끊었다. 강혁으로서는 이런 마취과 의사가 참으로 오랜만이라고 느껴지는 순간이었다.

'이것 봐, 이거……. 마음에 드는데……. 아예 펠로우로 받을까?'

원래 중증외상팀에는 마취과 자리도 있긴 있었다. 아무도 지원을 안 해서 없는 거나 마찬가지이긴 했지만. 365일 응급 환자를 받아야 하는 자리이다보니, 마취과로서는 매우 힘든 일이 아닐 수 없었다.

'꼬셔봐야지.'

강혁이 이렇게 음흉한 계획과 함께 기이한 미소를 짓고 있을 때쯤에서야 한유림 교수가 나타났다. 마치 처음 응급실로 출근한 인턴처럼 잔뜩 긴장한 표정을 짓고서.

"아, 뭐 하다 이제 왔어요! 바로 갑시다!"

"바, 바로? 어, 어디로?"

"어디긴 어딥니까, 수술실이지."

'ON AIR'

본관 수술실 11번 방 불이 켜졌다. 미리 장미에게 연락받은 간호사들이 기구 준비를 하느라 여념이 없었다. 수술실 문이 열리고, 미처 수술복으로 갈아입지도 못한 강혁과 부리나케 갈아입느라 여기저기 흐트러진 한유림 교수가 동시에 들이닥쳤다. 물론 환자와 마취과 의사 박경원도 함께였다.

"어, 어! 그냥 구두 신고 들어오시면 안 돼요!"

갑작스러운 돌진에 잠깐 당황해 있던 간호사가 외쳤다. 장미가 신규였을 시절, 장미를 죽도록 태웠던 바로 그 간호사였다. 당연히 이젠 시니어였고, 본관 수술실에서도 그녀보다 높은 사람을 찾아보기 어려웠다. 그런 만큼이나 목소리에 대단한 위엄이 깔려 있었다.

"급하면 들어오는 거지, 뭐가 안 돼."

강혁에게 통하지 않는 위엄이었다. 그는 다만 환자의 상복부와 하복부 각각에 난 깊은 상처만을 유의 깊게 살피고 있을 뿐이었다. 지금 여기서 그가 옷을 갈아입기 위해 손을 뺐다간 피가 사방으로 튀겠지.

'한유림이 나 대신 막을 수 있을까.'

아마 가능은 할 것이다. 하지만 그건 모든 것이 세팅된 상황에서였다. 온실 속의 화초에게는 온실이 필요했으니까.

"아무리 급해도 그렇지 구둣발로 그냥 수술실에 들어오는 법이 어디 있어요?!"

"어차피 수술실 바닥은 멸균이라고 보지도 않잖아? 그런 소리 할 시간 있으면 환자부터 옮기지? 안 보여, 이거?"

강혁은 조리 있게 요목조목 반박하고서는 턱으로 자신의 손을 가리켰다. 애처로울 정도로 강렬하게 핏줄이 선 두 팔뚝 밑으로 출렁이는 핏물이 보였다. 그제야 간호사는 대량 출혈이 예고된 환자이며, 눈앞의 무뢰한이 그걸 지연시키고 있다는 걸 깨달았다.

"어……."

"일단 옮겨! 마취부터 걸어야 해!"

"아, 네. 알겠습니다! 자, 옮겨!"

시니어 간호사의 말에 간호사들이 일제히 환자에게로 달려들었다. 그러곤 신호에 맞추어 순식간에 환자를 침대에서 수술대 위로 옮겼다. 그러는 동안 강혁의 손이 잠시 떨어졌고, 한줄기 피가 쏟아져 나와 수술실 바닥을 적셨다.

"하이고……."

한유림 교수는 그 모습을 보며 고개를 가로저었다. 이 환자가 과연 수술한다고 해서 살 수 있을까 싶었기 때문이었다. 저거 잠깐 놓쳤다고 피가 저렇게 튀는 상황이 아니던가. 강혁 아니라, 강혁 할아버지가 와도 무리일 것만 같았다.

'일단 혈압은 유지되고 있어.'

그에 반해 강혁은 오히려 안심한 듯한 표정이었다. 피가 이 정도로 튀어 오르는 것은 안 좋은 일이긴 했다. 하지만 지금 상황에서는 아예 안 튀어 오르는 것보단 나았다. 심장이 아직 제 할 일을 해주고 있다는 뜻이었으니.

'다만 다친 혈관은……. 주요 동맥일 가능성이 크겠어.'

강혁은 아까 자신이 잠시 상처 부위를 놓쳤던 곳을 바라보았다.

'신장일까? 아니면 비장?'

뭐가 되었든 좋지 않은 상황인 건 틀림없었다. 그가 고뇌에 빠져 있는 동안 박경원은 자신의 할 일을 차분히 시작했다.

"리도카인 들어갔고, 포폴 들어갑니다. 혈압 흔들릴 수 있으니 유의하세요."

포폴이라는 말에 강혁이 천천히 고개를 끄덕였다. 원래 저혈량성 쇼크가 의심되는 상황에서는 금기에 해당하는 약물이었다. 프로포폴은 대단히 매끄럽게 마취가 되긴 하지만 간혹 혈압을 떨어뜨리는 부작용이 있었다. 하지만 이 환자의 경우에 피가 터지긴 했어도 혈압은 유지 중이었다. 오히려 너무 높은 혈압이 걸림돌이었다. 그 혈압 때문에 순간적인 혈액 유출이 우려되는 상황이었으니까.

'지금은 적절해. 아주 좋은 선택이 될 것 같아.'

아니나 다를까 포폴이 들어가고 얼마 안 있어 환자의 혈압이 80/40으로 뚝 떨어졌다. 그와 동시에 강혁은 자신의 양손 전체에 전달되어오던 압력이 한층 감소했음을 느꼈다.

"삽관합니다."

경원도 본인이 예측했던 만큼 혈압이 떨어진 것을 확인한 후 환자의 목구멍에 튜브를 집어넣었다.

"60에 40! 이거 괜찮은 건가?"

이렇게까지 떨어지는 혈압은 오랜만에 보는 한유림 교수가 호들갑을 떨었다. 강혁은 그런 한유림 교수를 쏘아보며 외쳤다.

"혈압은 일단 마취과한테 맡기고, 우린 우리 할 일만 하면 돼!"

어느새 반말하고 있었는데, 한유림 교수는 그 사실을 깨닫지 못했다. 그만큼 급박한 상황이었다.

"그, 그럼 난 뭐 하라고?"

"일단 여기 베타딘으로 닦아."

강혁은 당황한 기색이 역력한 한유림 교수를 보며 턱 끝으로 환자의 배를 가리켰다. 성인 남자치고도 꽤 큰 강혁의 손바닥으로 겨우 가릴 수 있을 정도의 커다란 상처 두 개가 있었다.

"아, 알았네."

한유림 교수는 별다른 의문을 가질 새도 없이 기구대 위에 있던 베타딘을 받아다 환자의 배를 닦기 시작했다.

"급해 죽겠는데 언제 거즈로 닦고 있어! 들이부어!"

"아, 아!"

이제 50대 중반인 데다가 한 과의 과장인 한유림으로서는 누군가에게 호통을 듣는 것이 무척 낯선 종류의 일이었다. 그래서 그랬을까? 레지던트 이후 깊이 묻어두었던 그의 의사 본능이 꿈틀대기 시작했다.

주르르륵. 아까와 같은 사람이라곤 믿기 힘들 정도로 신속하게 베타딘을 들이부었다.

"좋아! 바로 가우닝하고 다시 와!"

"오케이!"

한유림 교수는 평소 안 쓰던 말까지 써가면서 수술실 밖으로 내달렸다. 그러곤 불과 1분도 채 지나지 않았을 때쯤 양손에서 물을 뚝뚝 떨어뜨리며 안으로 들어왔다.

"뭐 해! 빨리 가서 수건 주고, 옷 입혀!"

"네, 네!"

강혁의 호통에 어리둥절해 있던 간호사들이 급히 달려가 한유림 교수의 가우닝을 도왔다. 덕분에 한유림 교수는 신속하게 수술 가운과 장갑을 착용한 채 강혁 앞에 설 수 있었다.

"잘 봐. 지금 내 검지랑 중지랑 손바닥 아랫부분으로 누르고 있는 곳이 주요 상복부 출혈 부위야."

그 말은 곧 오른손 하나로 세 개의 출혈 지점을 누르고 있다는 뜻이었다.

"으음. 알았네."

"자, 거기에 먼저 손 갖다대봐."

"음. 이, 이렇게?"

그제야 강혁은 알 수 있었다. 자신의 손이 너무 크다는 사실과 함께 한유림 교수의 손은 조막손에 가깝단 사실을.

"이런……. 손가락 쪽 아니면 손바닥 쪽 둘 중 하나는 포기해야 할 거 같은데."

한유림 교수가 작은 손이 민망한 듯 중얼거렸지만, 강혁은 동의하기 어려운 말이었다.

"안 돼. 내 느낌상 세 곳 모두 동맥이야."

"그, 그럼 어쩌지?"

"어쩌긴……. 손 하나 더 써야지. 거기!"

"저, 저요?"

수술실 메인 보조 간호사 옆 또다른 보조 간호사가 눈을 동그랗게 뜨고 뒤를 돌아보았다. 원래 그녀에게 맡겨진 일은 미처 꺼내지 못한 기구나 일회용품 따위를 재빨리 가져다주는 것, 수술 중 발생 가능한 응급 상황에 대처할 수 있도록 돕는 것이었다. 강혁은 그녀에게 새로운 임무를 주었다.

"그래 거기. 장갑 끼고 와서 여기 좀 눌러."

"네? 저는…… 저는 신규인데."

"뭔 상관이야. 신규는 손이 없어?"

"아, 그게……."

"빨리! 환자 죽어!"

"아, 알겠습니다."

그녀가 장갑을 끼는 동안 강혁은 왼손에 관해 설명했다. 다행히 왼손이 누르고 있는 주요 출혈 부위는 그리 넓지 않아서 한유림 교수의 남은 손으로도 충분히 누를 수 있었다.

"할 수 있겠지?"

"으, 응. 할 수…… 있어."

"나 손 닦고 올 때까지만이야. 최대 3분. 그것만 버티면 돼."

"3분……."

"3분이야, 3분."

"알았다니까."

강혁은 '3분'이란 말을 거의 열 번은 하고 나서야 손을 뗐다. 그와 동시에 강혁이 여태까지 겨우 막고 있던 출혈 부위에서 피가 터져 나왔다. 딱 그가 중요하다고 했던 부위에서였다.

"막으라고!"

강혁은 그리 외치면서 한유림 교수의 손을 잡아다 출혈 부위에 가져다 댔다.

"미, 미끄러운데."

한유림 교수는 예상했던 것보다 훨씬 버티기 어려워 보이는 상황에 당황스러움을 감추지 못했다. 아까까지만 해도 고작 3분이라고 생각했었는데, 이젠 그 3분이 너무 길게 느껴졌다.

"당연히 미끄럽지. 피가 나는데. 지방조직도 다 찢어졌고."

강혁은 자신이 가리고 있을 땐 잘 보이지 않던 상처 부위를 보며 중얼거렸다. 계속 한유림 교수와 간호사의 손 위치를 정정하면서. 그가 그렇게 해준 덕에 새어 나오던 피는 어느 정도 소강상태를 유지할 수 있었다.

하지만 그 짧은 사이에 흘러나온 피의 양만 해도 적지 않아서 어느새 수술실 바닥에 작은 피 웅덩이가 생겨 있었다. 어림잡아 200ml는 되는 양이었다. 불과 몇 초 사이에 흘러나온 것 치고는 많은 양이었지만, 환자의 상처가 그만큼 깊었다.

'그래도 이만하면 양호하네.'

강혁은 환자 머리 쪽을 바라보았다. 환자 몸에 연결된 여러 모니터링 기기들과 약물을 만지고 있는 경원이 눈에 들어왔다. 아주 낯익은 모습인 동시에 무척 낯선 광경이기도 했다. 좀 더 정확히 표현하자면, 시리아에서는 모든 마취의가 저랬고, 한국대학교 병원에서는 아무도 저러지 않았다.

'무조건 우리 팀으로 오도록 꼬셔야 해.'

덕분에 강혁은 이 생각을 완전히 굳힌 채 수술실을 나섰다.

믿던 구석이 아주 잠시나마 사라져서일까, 한유림 교수가 연신 한숨을 쉬었다. 신규 간호사에겐 너무 이상한 모습이었다. 감정의 동요가 원인이 되었는지 신규 간호사가 누르고 있던 부위에서 얇은 핏줄기가 튀었다. 정말이지 실처럼 얇은 가닥이었다. 하지만 아직 경험이 모자란 신입을 당황시키기엔 충분했다.

"어어!"

간호사는 놀란 마음을 감추지 못한 채 소리를 질렀다. 그 바람에 환자의 몸이 흔들렸고, 튀어나오는 피의 양이 더 많아졌다.

"진정! 진정해!"

한유림 교수는 최선을 다해 간호사에게 외쳤다. 제법 연륜이 쌓인 칼잡이라고 여기고 있었지만, 두 손이 묶인 상황에서는 그 말밖에 할 수 있는 게 없었다. 계속해서 피가 튀어나오고 있었고, 그나마 다행인 점은 간호사가 일단 움직임을 멈추었다는 점이었다. 손

끝이 부들부들 떨리는 걸로 보아, 어떻게든 핏줄기를 막아보려 한다는 것도 알 수 있었다.

'어쩌지? 어떻게 하지?'

한유림 교수는 필사적으로 머리를 굴렸다. 강혁은 아무런 소식이 없었다. 사실 당연한 일이었다. 이제 겨우 2분이 지난 참이었으니까.

그나마 한유림 교수는 수십 년 외과 짬밥을 먹은 인물이었다. 덕분에 그 자리에서 생각해낼 수 있는 수 중에 그나마 괜찮은 수를 떠올렸다. 그냥 가만히 있는 것이다.

"그, 그냥 가만히 있어! 움직이지 말고!"

"가만히요? 피가 계속 나는데……."

"잘 봐. 그렇게 많은 양은 아니야! 그냥 많아 보이는 거지!"

간호사는 그제야 뻗어 나오는 핏줄기를 제대로 볼 수 있었다. 지금까지 빠져나간 피를 다 합쳐봐야 3ml도 채 안 되었다. 한유림 교수는 아까보다 확연히 안정을 되찾은 것으로 보이는 신규 간호사를 보며 말을 이었다.

"물론 출혈은 없는 게 제일 좋아. 하지만 너무 겁먹으면 안 돼. 그럼 대처가 안 된다고."

언젠가 한유림 교수가 핏덩이였던 시절 그의 교수님에게 들었던 말이었다. 이제 그 말을 해주었던 교수님은 이미 머리가 하얗게 세고도 모자라 돌아가신 지 오래되었지만. 그가 해준 말만큼은 한유림 교수와 평생 함께하는 중이었다.

"아, 그렇…… 군요. 감사합니다."

말의 전달 방식이나 단어 따위는 투박했다. 하지만 안에 담긴 의미는 진실을 넘어 진리에 가까웠다. 때문에 신규뿐 아니라 다른 간호사들도 감동한 얼굴이 되었다. 물론 강혁이 볼 때는 모두 개소리였다.

"3분 동안 버티라니까 그걸 못 하네?"

강혁은 수술실 문이 열림과 동시에 고개를 가로저었다. 바닥에 흩뿌려진 핏자국 중 생긴 지 얼마 안 된 게 있었고, 실제로 지금도 피가 뻗어나오고 있었다.

강혁은 일회용 소독 수건을 이용해 빠른 속도로 손에 묻은 물기를 닦아냈다.

"심심했나? 그래서 저랬어?"

입으로는 너무나도 자연스럽게 한유림 교수를 까면서. 한유림 교수로선 억울할 수밖에 없었다. 우선 그가 피를 낸 것은 아니지 않은가. 물론 그렇다고 여기서 모양 빠지게 '피 낸 건 신규 간호사다!'라고 외칠 수는 없었다.

"거참, 신규인데 실수할 수도 있지 뭘. 그리고 피 튀어나오는데 당황하지 않고 잘 막아서 많이 안 났다고."

"여기 신규만 있었으면 나름 잘했다고 손뼉 쳐줄 수도 있겠지. 근데 과장이 같이 있었잖아. 칼 밥 먹고 산 지 20년도 넘은 사람이."

"거참. 그럼 뭐, 자네는 무슨 방법이 있어? 손 두 개 다 묶여 있는데!"

마침 강혁은 가우닝을 완전히 마친 상태였다. 그는 장갑이 손에 더욱 밀착되게 주욱 잡아당기며 걸음을 옮겼다. 워낙 보폭이 넓어서인지 수술대까지는 금방이었다.

"진짜 몰라서 묻는 건가?"

강혁은 쫄쫄 새는 핏줄기를 내려다보며 물었다. 그제야 한유림 교수는 뭔가 다른 수가 있는가 싶었지만 이제 와 물러서기도 애매

한 일이었다.

"바, 방법이 뭔데?"

강혁은 턱으로 메인 보조 간호사를 가리켰다.

"와서 좀 눌러줘요."

그러자 메인 보조 간호사는 잠깐 민망하다는 표정을 짓고 다가와 검지로 너무도 쉽게 핏줄기를 막아주었다. 그와 동시에 핏줄기가 멎었고, 한유림 교수도 얼음이 되었다. 강혁은 그런 한유림 교수를 진심으로 걱정스럽다는 눈빛으로 바라보았다.

"이따 수술 끝나면 나랑 같이 MRI실이나 가봅시다."

"MRI실? 거긴 왜?"

"혹시 풍이라도 왔나 해서. 이름이 뭐예요?"

"한유림……. 아니지. 아냐! 나 멀쩡해!"

한유림 교수는 저도 모르게 답을 하다가 말고 버럭 소리를 질렀다. 하지만 강혁은 너무 진지한 얼굴이었다.

"그냥 그 순간에 생각을 못 한 거라고!"

"그게 정말 큰 문제인데……."

"이런 망할 놈이."

급기야 한유림 교수는 간호사들 앞인 것도 잊고 욕설을 내뱉었다. 마취과에서 미친개라 불리는 강혁과는 달리, 나름 다른 과에서는 신사로 통하는 그가 아니었던가.

"자, 환자 앞에 두고 말이 많네, 말이. 일단 봉합 기구 줘봐요."

불만 가득한 한유림 교수의 말문을 막은 것은 강혁의 봉합술이었다. 강혁은 한유림 교수와 두 간호사의 손가락 사이로 바늘을 찔러넣었다. 다른 사람들은 그가 왜 바늘을 찔러대는지, 하필이면 왜 거길 찔렀는지 눈치채기 어려웠다. 하지만 한유림 교수는 알아볼 수 있었다.

'살가죽 부분의 출혈은…… 저렇게 하면 일시적으로 멎게 할 수 있겠구나…….'

강혁의 실과 바늘은 아주 묘한 방향으로 움직이며 주요 혈관을 직접 뚫지는 않되, 당기면 얼마든지 혈관을 눌러 출혈을 막을 수 있게끔 봉합했다. 곧 강혁은 한유림 교수가 예상했던 것처럼 방금 자신이 봉합한 실을 잡아당기며 말했다.

"일단 이 둘은 손 떼봐요."

"네? 괜찮을까요?"

"괜찮으니까, 떼봐."

간호사들은 주저하면서 손을 뗐다.

"봐. 괜찮지? 한 과장님은 떼지 마시고. 설마 그 정도 사리 판단은 아직 되겠지."

"아직이라는 단어 쓰지 마! 다 안다고!"

강혁은 방금 자신이 출혈을 잡은 상처를 들여다보았다. 뭐에 당한 건지는 몰라도 살가죽만 뚫린 게 아니라 복강 안이 훤히 들여다보일 지경이었다.

'여긴 온실이지. 그럼 굳이 좋은 환경을 마다할 이유는 없잖아?'

온실 속의 화초는 밖으로 나가면 죽겠지만, 야생화는 온실 안에 두면 더 잘 자라는 법이었다. 강혁은 한국대학교 병원이 가지고 있는 모든 자원을 다 활용할 생각이었다. 그러면 적자는 기하급수적으로 늘기야 하겠지만, 환자는 살 테니까.

"복강경 세트 준비되나?"

"네? 복강경이요?"

강혁은 그야말로 뜬금없는 타이밍에 복강경 세트를 요구했다. 수술실 메인 간호사와 보조 간호사 모두 당황스러운 표정이 되었다. 대체 왜 외상 환자 수술에서 복강경을 요구한단 말인가.

"갑자기 그게 무슨 소린가, 복강경이라니."

한유림 교수도 강혁의 말에 곧장 의문을 표했다. 그도 강혁의 말을 이해하지 못했다. 이걸 대체 언제까지 누르고 있어야 하는지 너무 괴롭기도 했다.

"아, 집도의가 필요하다는데. 과장님도 좀만 참으셔. 금방 손 뗄 수 있게 해줄 테니까."

"그, 그게 정말인가?"

"아, 그렇다니까요. 빨리 복강경만 가져오면 돼."

"그럼 뭐 하고 있어. 빨리 가져오지 않고."

강혁뿐만이 아니라 한유림까지 가세하자 간호사도 더 버티긴 어려웠다.

"네. 그럼 바로 준비하겠습니다."

"얼마나 걸리지?"

"10분…… 정도 걸립니다."

"너무 긴데. 아무튼, 알았어요. 최대한 빨리 부탁해요."

"네, 교수님."

보조 간호사는 곧 수술실을 빠져나갔다.

"과장님."

"어? 왜. 피 새?"

표정을 보아하니 정말이지 최선을 다하고 있는 모양이었다.

"잠깐만 있어봐요. 지금 그대로."

"어? 어. 알았어."

강혁은 일단 한유림 교수를 고정한 후 다시 봉합 기구를 들었다.

그러곤 하복부에 대고 있는 한유림 교수의 왼손 부근에 얼기설기 봉합을 만들었다. 강혁이 봉합을 마치고 실을 죽 잡아당기자 한유림 교수는 손바닥에 전해지는 압력이 확 줄어든 것을 느꼈다.

"이제 거기 살살 떼봐요."

"음. 알았네."

한유림 교수는 전성기 때만큼은 아니더라도 꽤 예민해진 손을 아주 천천히 떼어냈다. 그러자 하복부의 찢긴 상처에서 피가 스멀스멀 새어 나오긴 했지만 적어도 전처럼 마구 뿜어져나오진 않았다.

'다행이야. 아무래도 안쪽 상처는…… 기껏해야 대장이나 소장의 부상이겠지.'

"자, 그럼 왼손으로, 지금 오른손으로 누르고 있는 상처 부위 들어 올려봐요."

강혁은 한유림 교수에게 아미를 들려주며 말했다. 한유림 교수는 잠시 어리둥절한 채 아미를 들고 있다가 이내 강혁이 말했던 대로 움직였다.

상처는 위에서 누르든 아래에서 누르든 피는 멎게 되어 있었다. 그래서 한유림 교수는 오른손으로 압박하는 것은 유지한 채, 찢긴 틈새로 아미를 집어넣어 상처 부위를 위로 들어올렸다. 그와 동시에 지금까지 잘 눌려 있던 부위 어디에선가 피가 흘러나왔다. 강혁은 그 안을 들여다보려 했으나 찢긴 상처가 너무 깊었고, 또 좁아서 쉽지 않았다.

"헤드라이트 줘봐요."

강혁은 하는 수없이 헤드라이트를 요청했고, 간호사가 급히 그의 머리에 헤드라이트를 씌워주었다. 그러자 아까까지만 해도 시커멓게만 보이던 내부가 어느 정도 보이기 시작했다.

"좋아. 어디야. 흐음……. 비장에…… 부신이군. 이거 골 아프게 됐는데. 환자 혈압 안정적인가?"

"지금은 그렇습니다! 그런데 부신이면……. 일단 혈압 강하제 준비하도록 하겠습니다."

"베타 블록커(Beta blocker: 교감신경 억제제) 위주로 준비해줘. 심장 박동 수로 잡아야지, 혈관 이완으로 잡으려고 하면 안 돼."

"네."

부신이 다쳤다는 말에 마취과 의사 박경원의 표정이 심각해졌다. 부신이란 신장 위쪽에 있는 작은 장기인데, 여기서 스트레스 호르몬으로 유명한 당질계 스테로이드를 분비하기 때문이었다.

'지금까지 혈압이 안정적이었던 게 기적이군.'

강혁 또한 표정이 극도로 어두워졌다. 부신이 망가졌다는 것은 스테로이드 저장소가 파괴되었다는 뜻을 의미했다.

'이게 핏속으로 돌기 시작했다가는…….'

환자는 거대한 스테로이드 폭풍에 휩싸이게 될 터였다. 즉 심장 박동 수는 빨라질 것이었고, 수축하는 힘도 강하게 될 것이 분명했다.

"이건 지금 건드리면 안 되겠어. 복강경 언제 와!"

강혁의 외침에 잘못한 것도 없는 간호사들이 움찔했다. 신기하게도 문이 때맞춰서 딱 열렸다. 신규 간호사는 자신이 기기를 끌고 들어오는 순간 방 안에 있던 모두가 자신을 쳐다보고 있다는 것을 깨닫고 급히 고개를 숙였다.

"설치 얼마나 걸리지?"

강혁의 말에 신규 간호사는 부리나케 전원부터 연결하며 답했다.

"5분. 5분이면 됩니다."

"5분. 오케이."

강혁은 고개를 끄덕이며 한유림 교수를 바라보았다.

"과장님. 일단 카메라 들어가는 부위 피나 좀 잡아봅시다."

"응. 어, 어떻게? 뭐가 보이긴 해?"

환자의 배에 난 상처는 극도로 불규칙했고, 좁고, 깊었다. 보면 볼수록 신이 죽으라고 내놓은 상처 같은 느낌이었다.

모든 수술에서 가장 먼저 확보해야 하고, 가장 중요한 것은 무엇일까. 정답은 바로 시야였다. 뭐가 보여야 뭐라도 할 수 있으니까. 복강경이나 내시경을 이용한 수술에서는 시야의 중요도가 몇 배로 뛰었다. 그렇지 않아도 좁은 곳을 카메라 렌즈라는 단 하나의 눈으로만 봐야 했으니까.

"카메라 연결되었습니다. 가스 주입기는 아직인데……."

"그건 필요 없어! 어차피 상처 죄 열려 있잖아. 카메라부터 줘 봐."

원래 복강경 수술에서 가스 주입은 필수적이었다. 복강 안에 가스를 주입해야 공간이 생기고, 그 공간이 있어야 수술 가능하니까. 하지만 지금 이 환자는 가스를 주입해봐야 다 빠져나갈 터였다.

강혁은 상처에 난 구멍 중 하나로 카메라를 집어넣었다. 지금까지 지혈 작업을 열심히 해둔 덕에 렌즈에 묻어나는 피는 거의 없었다. 그 덕에 한유림 교수나 다른 의료진도 비로소 복강 안을 들여다볼 수 있게 되었다.

"아이고."

한유림 교수는 모니터에 뜬 복강 내 상처를 보며 저도 모르게 한숨을 내쉬었다. 아까 강혁이 말했던 것처럼 비장과 부신이 크게 다쳐 있었기 때문이었다.

"이거……. 이거 그냥 크게 열면 안 되나?"

한유림 교수는 복강경 따위 치우고 그냥 상처 부위를 크게 열자는 제안을 했다. 시야도 안 좋은데 깝죽거리다가 사고를 치느니, 크게 확 열고 수술하는 편이 예후가 더 좋은 경우가 많기 때문이었다. 하지만 강혁의 생각은 달랐다.

'이 수술만 있으면 그렇게 하겠지만…….'

지금 그가 없는 곳에서 벌어지고 있는 두 개의 수술에 최대한 빨리 합류하려면 이 수술을 최소 시간 내에 끝내야만 했다.

"아니, 그냥 갑니다. 나는…… 할 수 있어."

"나는 할 수 있다니……."

이게 무슨 중2병 같은 대사란 말인가. 한유림 교수는 그 말을 듣고 강혁의 뒤통수라도 후려갈기고 싶은 심정이었지만 이어지는 그의 화려한 손동작을 보자 그런 생각은 싹 잊어버렸다.

'괴물인가.'

강혁은 카메라를 보조 간호사에게 들고 있게 한 후, 다른 상처 구멍을 통해 기구를 집어넣어 비장을 봉합하는 중이었다. 비장은 건드리는 족족 피가 나는 장기로, 그냥 '핏덩이'라는 별명이 딱 어울렸다. 하지만 이상하게도 강혁이 건드리는 곳은 그렇지 않았다. 강혁의 이마에 식은땀이 흘러내렸다. 평소와는 달리 여유로운 표정이 아니었다.

'역시 카메라 렌즈로 걸러서 들어오니……. 오래 보고 있기 괴롭군.'

그가 지닌 '이상 색각 과민증'은 수술에는 도움이 되지만, 냉정하게 보자면 병이었다. 그것도 일상생활에 지대한 영향을 주는 병.

'그나마 짜이스(Zeiss: 독일제 명품 렌즈 회사) 거라 다행이군. 군부

대는 스토즈 것을 쓰더니. 다들 돈이 남아도나.'

그가 수련받았던 무안대학교 병원은 독일제는커녕 국산도 구비하지 못했었다. 그래서 강혁은 4년 동안 싸구려 중국산 내시경을 써야만 했고, 당시의 기억은 거의 악몽처럼 남아 있었다. 그에 비하면 지금 이 상황은 그냥 꿈결 같다고 보면 되었다. 일반인들이야 사실 중국산이나 짜이스나 그 차이를 구별하기조차 힘겹겠지만. 강혁에게는 너무나 확연하게 다르게 보였으니까.

'미쳤나.'

한편 한유림 교수는 감탄을 넘어 경악에 가까운 표정이 되어 강혁을 바라보는 중이었다.

'그냥……. 손으로 봉합하는 것 같잖아. 이건…….'

강혁은 깊숙이 뚫리면서 찢어진 것으로 보이는 비장 부위를 통째로 봉합해버린 참이었다. 강제로 눌리게 만들어서 피가 나지 않도록 하는 기술인데, 기술 자체로만 보면 아주 대단한 건 아니었다. 하지만 복강경을 이용해 한다는 건 대단 정도가 아니라, 거의 불가능한 일이라고 보면 되었다. 시야가 좁은 카메라를 들여다보며 길이 20cm가 넘는 집게로 봉합하는 것이었으니까.

"좋아. 이제 과장님은 손 떼도 됩니다."

"어. 그러지."

"과장님도 나쁘지 않았어요. 거의 완벽한 보조였어."

"빈말이라도 기분이 좋군. 자네 입에서 칭찬이라니."

"아니, 난 빈말 잘 안 하는데."

정말이었다. 한유림 교수는 확실히 하도 오랜 시간 다양한 수술을 해봐서 그런지 복강경 시야에 빠르게 적응했다. 그 덕에 한유림 교수도 훌륭하게 보조를 해주었다.

“아무튼, 그럼 나는 아래쪽으로 가겠네.”

“그래요. 거긴 아무래도 소장이나 대장이 부은 거 같은데……. 잘 정리 좀 해봐요.”

“알겠어.”

강혁은 다분히 경원을 의식하며 최대한 부드럽게 말했다.

‘확실히 달라.’

복강경으로 시야를 전환하자마자 경원은 호흡수를 조절해주었다. 예민하지 않은 집도의라면 느끼지 못할 수도 있었겠지만 강혁은 알 수 있었다. 경원이 호흡수를 늘리고, 대신 한 번 호흡에 들어가는 공기의 양을 줄여주었다는 것을. 그렇게 하면 아무래도 횡격막이 아래로 내려오는 정도가 줄어들게 되어서 배 속 장기를 수술하는 데 방해가 없었다.

“마취과 선생님도 지금처럼만 잘 부탁드립니다. 방금 아주 좋았어요.”

“감사합니다, 백 교수님.”

강혁은 냅다 칭찬을 던진 후, 부신 쪽으로 카메라를 돌렸다.

‘이제 부신.’

강혁은 잠시 손에서 기구를 내려놓고 모니터를 응시했다. 반쯤 뭉개져버린 부신이 보였다. 비장에 비하면 훨씬 작은 장기였지만, 그 위험도는 비할 수 없이 큰 녀석이었다.

‘이게 진짜야. 자, 어쩐다.’

강혁은 지금까지와는 달리 곧장 부신에 손을 가져다대진 않았다. 그야말로 시한폭탄을 앞에 둔 듯한 상황이었다.

‘뭉개진 부분을 정확히 집어내야 해.’

강혁은 우선 다른 기구 대신 카메라를 넘겨받았다. 잠시 그 카메라를 이용해 복강 안 이쪽저쪽을 살펴보고는 인상을 썼다. 부신은 복부 뒤쪽에 있는 장기였다. 그런데 지금은 놀이기구인지 뭔지에 찔리면서 그보다 더 뒤로 밀려 있는 상황이었다. 그러다보니 복강경으로도 부신을 제대로 관찰하기가 어려웠다.

"이거 30도짜리도 있을까?"

급기야 강혁은 카메라 렌즈를 빼내고는 뒤를 돌아보았다. 그 말에 메인 간호사가 고개를 갸웃거렸다. 일단 30도가 뭘 의미하는 것인지조차 몰랐기 때문이었다. 그를 탓할 일만은 아니었다. 한유림 교수도 마찬가지였으니.

"뭔 소리야. 뭐가 30도야."

한유림 교수는 다른 간호사들을 대신해 질문을 해주었다.

"이 렌즈 각도가 30도 되는 거 없냐고요. 있긴 있을 텐데. 잘 안 써서 그렇지."

"렌즈 각도? 아……. 아! 있을 거 같은데. 그거 구매 확정한 게 난데, 기억나. 괜히 쓸데없이 30도랑 60도 렌즈 같이 사라고 해서 화를 냈었거든."

"그래서 샀다는 거예요. 안 샀다는 거예요."

"어어, 왜 화를 내고 그래. 산 거 같아."

"같아?"

"아니, 샀어. 이 사람 이거 이러다 치겠어, 하하."

한유림 교수는 수술복을 입은 탓에 훤히 드러난 강혁의 팔뚝을 보며 뒤로 물러섰다. 그야말로 깡패란 말이 딱 어울리는 두께와 문신이었다.

"샀으면 어디 있겠네. 수술 기구 정리해둔 장부 보면 있을 거야. 그거 좀 꺼내줘요."

강혁의 말에 메인 간호사의 시선이 보조 간호사에게로 향했다. 신규는 곧장 밖으로 내달렸다.

"금방 올 거예요."

메인 간호사가 그녀의 뒷모습을 보며 이렇게 말했다. 강혁에게는 낭비할 시간이 없었다. 기다리는 동안 뭐라도 해야만 했다. 아직 재원은 단독으로 중증외상 환자를 처음부터 끝까지 수술하기엔 무리였으니까. 빨리 끝내고 가서 도와야만 했다.

'노예는 멘탈이 아직 아주 강하질 못해.'

맨날 무시하는 듯했지만, 사실 강혁은 재원을 꽤 높이 사고 있었다. 특히 무언가 공부하는 능력 하나만큼은 발군인 녀석이었다. 투덜대면서도 제법 잘 따라와주고 있었고. 그런 놈이 멘탈 때문에 다쳐서 관두기라도 한다면 어쩐단 말인가. 마음이 급해진 강혁은 우선 부신에서 유래한 정맥을 집게로 집었다.

'어차피 동맥에서 피가 들어가고 있으니……. 정맥은 잡아도 당장 죽진 않아.'

그리고 부신이 함유하고 있는 스테로이드라는 폭탄은 정맥을 잡으면 전신으로 퍼지지 못하게 될 터였다. 동맥의 압력을 뚫고 호르몬이 퍼질 수는 없는 일이었으니까.

'음?'

헌데 그가 정맥을 딱 집자마자 무언가 달라졌다는 느낌이 있었다. 모니터를 확인했더니 환자 혈압이 10 정도 올라가 있었다. 고개를 돌려보니 경원이 씨익 웃고 있었다. 혹시 모를 사태에 대비해 부신으로 들어가는 동맥의 압력을 높인 것이었다. 이렇게 되면 부신의 스테로이드가 전신으로 퍼질 가능성은 제로가 되었다고 보면 되었다.

“오…….”

강혁은 다시 한번 경원을 향해 감탄한 후, 일단 보이는 부위부터 천천히 잘라내기 시작했다. 어느새 부신의 앞면에 있던 뭉개진 부위는 거의 다 잘려나가고 있었다. 강혁은 그제야 자신이 엄청난 실수를 저질렀다는 사실을 알아차렸다.

“이런 망할.”

보이지 않는 뒤쪽으로 작은 정맥 하나가 뻗어나가고 있었다. 정상 해부에서는 보이지 않는, 아주 드문 변이였다.

“심박동 수 120!”

경원의 비명에 가까운 외침이 들려왔고, 그 외침은 한동안 계속되었다.

“아니, 140! 160!”

방해만 하지 마, 계속 살릴 테니까

"165!"

혈압도 아니고 심장 박동 수가 165를 향해 치닫고 있었다. 강혁이 부신의 절반가량을 절제하면서 터진 세포와 원래 터진 세포 안에 들어 있던 스테로이드 호르몬이 정맥 혈관을 통해 유입된 결과였다.

"혈압 얼마야! 피가 갑자기……!"

하복부 쪽에서 비교적 평탄하게 수술하고 있던 한유림 교수 또한 비명을 질렀다. 고개를 돌려 모니터를 보니 혈압이 220을 치고 있었다. 그 이상은 측정되지 않으니, 거의 최대치라고 할 수 있었다.

"야! 백강혁! 이거 이대로 괜찮은 거야?!"

한유림 교수는 당황한 목소리로 고래고래 외쳐댔다.

"어……. 빈맥(Tachycardia: 빠른 심장 박동 수)에서……. 아리드미아(Arrythmia: 부정맥)로 갑니다! 심실 빈맥!"

계속해서 환자 모니터링을 주시하고 있던 경원이 소리쳤다. 그 말에 한유림 교수는 아연한 표정을 지었다. 심실 빈맥은 자칫 잘못하면 곧장 심실세동으로 빠질 수 있는 상황이라고 보면 되었다. 심실세동이란 전신에 피를 보내는 역할을 하는 심실이 제대로 뛰지 못하고 부르르 떨기만 하는 상태를 일컫는 말이었다. 즉 우리가 흔히 심장 마비라 부르는 상태였다. 때문에 한유림 교수는 안색이 새하얗게 질려버렸다.

'구, 굳이 들어오지 않아도 되는 수술에 들어와서…….'

하지만 아직 젊디젊은 경원은 그렇지 않았다.

"네! 아데노신(Adenosine: 심장 전도를 일시적으로 차단하는 약) 들어가고 있습니다. 일단 출혈 최대한 잡아주세요!"

이미 부신을 건드릴 때부터 어느 정도는 대비하고 있던 상황이 아니었던가. 그는 일단 베타 블록커와 더불어 아데노신을 차례로 주입했다. 165에 달하는 심장 박동은 물론 도전적인 상황이긴 했다. 하지만 아예 예측하지 못했던 것도 아니었다.

'젠장! 내가 너무 조급했어!'

강혁은 참을성 있게 30도 내시경이 올 때까지 기다렸다면, 부신 뒤에 있는 이 극히 드문 형태의 정맥도 발견했을 텐데 하는 생각을 했다. 하지만 그런 생각을 해봤자 문제는 해결되지 않는다. 강혁은 이런 종류의 시간 낭비를 혐오하는 사람이었다.

'대강 감으로……. 잡아내야 해.'

강혁은 절단면을 통해 아주 미세하게 보이는 부신 뒤편의 정맥을 바라보았다. 스테로이드 폭풍이 불기 시작한 지 이제 겨우 10초 남짓 되었지만 그 위력은 어마어마했다. 수축기 혈압은 물론 이완기 혈압까지 올라가면서 정맥의 혈류량까지 폭발적으로 늘어났고, 최악에 최악을 더한 상황이라고 보면 되었다.

'빨리 잡아야 한다…….'

강혁은 좁디좁은 틈새를 통해 정맥을 노려보았다. 강혁이 오른손으로 쥔 복강경용 지혈 집게가 허공을 집었다.

'좀 더 위로군.'

하지만 강혁은 당황하는 대신 냉정하게 정맥의 위치를 완벽하게 특정해냈다. 그러곤 마구잡이로 날뛰고 있던 정맥을 집었다.

"휴, 정맥 잡았어. 지금 혈압은?"

강혁은 그로서는 정말이지 드물게 식은땀을 흘려가면서 물었다. 그러자 여전히 모니터와 각종 약물에만 시선을 두고 있는 경원이 답했다. 고개도 돌리지 않은 채였다.

"수축기 180입니다. 조금씩……. 떨어집니다."

"아데노신 얼마나 들어갔지?"

"한 앰플입니다. 많이 안 들어갔습니다."

"수액은?"

"풀로 로딩 건 지 이제 30초 지났습니다. 앞으로 10분 정도 더 유지하겠습니다."

"10분……."

만약 몸에 어떤 해로운 물질이 들어갔다면 어떻게 해야 할까. 그 물질에 대한 안티도트, 즉 해독제가 있다면 그걸 주사하는 게 최선일 터였다. 하지만 아쉽게도 스테로이드는 그런 물질이 개발되지 않았다. 이런 상황에 보다 효과적인 방법이 있었다. 바로 희석.

"네. 10분이면 500ml 가까이 로딩 가능합니다. 혈관 막았으니 그 정도면 충분할 거 같습니다."

"500ml에 아데노신 한 앰플. 그리고 베타 블록커는?"

"5mg 들어갔습니다."

"오케이, 좋아. 딱 적당해."

강혁은 모니터를 바라보며 고개를 끄덕였다. 모니터에 떠 있는 환자의 혈압과 심장 박동 수는 빠르게 안정을 되찾는 중이었다.

"어……. 된 거야? 해결됐어?"

그제야 넋이 나가 있던 한유림 교수가 대화에 끼어들었다.

"네, 교수님. 활력 징후 안정화되고 있습니다."

경원은 그래도 워낙 윗사람인지라 공손하게 답했다.

"아무튼, 살았다 이거지?"

"네, 이제 더 위급 상황은 없을 겁니다. 이제 30도 내시경도 왔고."

강혁은 폭풍 중간에 들어와서 지금까지 엉거주춤한 자세로 서 있던 신규 간호사를 돌아보았다. 신규 간호사는 그제야 부리나케 소독실 한쪽에 처박혀 있던 30도, 60도 내시경을 풀어놓았다. 누가 봐도 완전 새것이었다.

"이걸 사놓으니까 쓰긴 쓰는구나."

"뭐, 덕분에 이 환자가 사는 거죠."

심지어 강혁은 한유림 교수의 말을 받아주기까지 했다. 강혁이 다른 사람과 의학적인 토론 외에 제대로 된 대화를 이어나가는 것이 얼마나 드문 일인지 한유림 교수는 아마 모를 것이었다.

"아무튼, 이제 마무리합시다. 시간이 얼마 없어."

"시간이 없다고? 왜? 이 환자 이제 고비 넘긴 거 아닌가?"

강혁의 말에 한유림 교수가 어리둥절하다는 표정을 지었다.

"칠칠치 못한 제자 녀석이 너무 큰 수술에 들어가 있어서."

'미친놈이 벌써 수술 끝내려고 하네?'

환자가 죽을 뻔한 위기가 바로 아까였는데. 그로부터 시간이 얼마나 지났다고 벌써 마무리 단계에 들어갔단 말인가. 아무리 생각해도 잘 이해가 가지 않았다.

"휴. 이제 가죽도 다 닫았고……. 어디, 아래는 어떤가."

"나, 나도 거의 다 끝나 가!"

"아직 근육층도 못 닫았는데요?"

"원래 피부 봉합은 레지던트가 하잖아."

"뭔 소리를 하는 거예요. 인력이 어딨다고. 나는 응급실 쪽으로 가볼 테니까, 과장님이 마무리 잘하시고……. 처방 유의할 점은 저기다 써놓을 테니까 참조하시고."

"어, 가? 가는 거야? 나 두고?"

한유림 교수는 그야말로 울상이 된 채로 외쳤다. 툭 건드리면 눈물이 와락 쏟아질 것만 같은 표정이었다.

"아니 뭐 어린애도 아니고 왜 울려고 그래요. 과장이잖아. 외상외과 수술했으면 마무리도 해봐야지."

"야 인마! 환자를 나더러 빼라고? 인턴은 불러줘! 나 허리 아파서 혼자 못 옮겨!"

"아, 그리고."

강혁은 매몰차게 밖으로 나가려다가 말고 뒤를 돌아보았다.

"저기, 박경원 선생 도움받으면 될 거예요. 마취과인데 환자 치료 전반에 관심이 많거든. 능력도 좋고. 아까 봤죠?"

강혁은 스테로이드 폭풍이 불던 때를 떠올리며 물었다.

"아, 봤지……. 그래."

게다가 한유림 교수는 스테로이드 폭풍이 불 때 정말로 가만히 보기만 했던 참이었다. 경원이 출혈이라도 잡으라고 외쳤음에도 불구하고 공황에 빠져버려서 아무것도 하지 못했더랬다.

'저 친구 없었으면 환자 죽었어…….'

한유림 교수는 허탈한 기분이었지만, 새삼 경원의 실력이 감탄스럽기도 했다. 물론 그 상황에서 빠르게 정맥을 처리한 강혁도 대단하긴 했다. 하지만 강혁은 원래 괴물 같은 놈이 아니었던가. 덕분에 이번 수술에서 한유림에게 좀 더 깊은 인상을 준 사람은 강혁이 아니라 경원이었다.

"과찬이십니다, 교수님!"

"과찬은 무슨, 오늘 덕분에 살았어. 박경원 선생 부르길 천만다행이야."

강혁은 경원의 얼굴에서 뭔가 자신에게 '넘어왔다'는 신호를 잡아낸 채 환하게 웃었다. 그래서인지 아까 지어 보였던 억지 미소보다는 확연히 자연스러웠다.

"네! 영광입니다. 앞으로도 도움 필요하시면 언제든지 연락주십쇼!"

"그래. 내 조만간 따로 연락할게. 오늘 일도 있고 하니까, 밥 살게."

옆에서 듣고 있던 한유림 교수는 고개를 갸웃거렸다. 그가 알고 있는 강혁은 결코 남들에게 밥을 사는 인간이 아니었기 때문이다.

'아니, 아니지. 사긴 사지.'

듣기로 자기 식구들에게는 밥을 산다고 들었다.

'어……? 설마?'

그제야 한유림 교수는 왜 강혁이 경원을 대할 때 조금은 부드러워지는지 알 수 있었다. 강혁은 이 불쌍한 친구를 중증외상센터로 끌어들이려고 하는 것이 분명했다.

"그럼, 잘 부탁해."

한유림 교수가 경원의 미래에 대해 잠시 걱정하는 사이, 강혁은 드디어 수술실을 빠져나왔다. 그러곤 곧장 응급실이 있는 1층을 향해 내달리기 시작했다. 응급 수술실 1번 방에 전화를 걸면서였다.

"네, 1번 수술방입니다."

곧 수술실 안에 있던 간호사가 전화를 받았다.

"어, 백강혁인데. 혹시 수술 어떻게 되어가고 있지?"

"야야! 피 난다, 피!"

그 와중에 재원은 인턴을 쥐잡듯이 잡고 있었다. 평소 여유롭고, 착하고, 부드럽던 그의 모습은 찾아볼 수 없었다.

"네, 네!"

인턴도 허둥지둥하며 재원의 외침에 겨우 대답했다.

"누르기만 하면 피가 멎냐! 바이폴라(Bipolar: 전기 소작기)!"

재원은 발등에 불이라도 떨어진 사람처럼 동동거렸다. 그에 반해 장미는 퍽 침착한 태도로 곧장 바이폴라를 대령했다. 피가 나기 시작할 때부터 이미 눌러서는 안 될 상처라는 것을 직감했기 때문이었다. 물론 '지져서 될까' 하는 의구심 또한 품고 있었다.

'묶어야 할 거 같은데…….'

피가 뿜어져 나오는 기세를 보아하니 어쩐지 혈관 같았다.

"코(Coagulation: 지혈, 주로 한 글자로 줄여서 외침)!"

다만 재원은 이미 넋이 나갔는지 어쨌는지 바이폴라를 들이대고 소리 높여 외쳐댔다. 집도의가 이 모양인데 인턴이라고 제정신일 턱이 없었다. 그는 급하게 양발을 이쪽저쪽으로 굴려댔다. 인턴은 겨우 바이폴라를 작동시키는 발판을 찾아 꾹 밟았다. 그와 동시에 바이폴라에서 하얀 연기가 피어올랐고, 죽죽 새어 나오던 피가 부글부글 끓더니 시커멓게 타버렸다. 그 모습을 지켜보는 재원과 인턴의 표정이 볼 만했다. 기대에서 안도로. 안도에서 경악으로.

원래 혈관은 소작기로 함부로 건드려서는 안 되는 법이었다. 아주 작은 혈관을 제대로 딱 잡아서 지지는 것이라면 모를까, 지금처럼 혈관이 어디를 어떻게 지나는지도 모르는 상태에서 지졌다가는 혈관의 옆면만 싹 태워서 피가 터져 나오는 수가 있었다.

"왜 말이 없어?"

강혁은 계단을 빠르게 뛰어 내려가며 물었다. 그때 간호사는 천장을 향해 튀어 오르는 핏줄기를 보는 중이었다.

"아, 피."

그래서 저도 모르게 '피'만 말했다. 당연하게도 강혁은 속이 탈 수밖에 없었다.

"피? 뭔 소리야. 피가 나? 내가 가죽에서 날 피는 다 잡아줬는데? 안에서 많이 나나?"

"네. 벌써 수혈팩 4팩 들어갔습니다."

"4팩? 아니, 그 새끼는 수술을 어떻게 하고 있는 거야, 대체!"

"최선을…… 다하고 있기는 한데요……. 피가."

"피가 뭐!"

순간 전화가 끊겼다. 강혁에게는 보이지 않았지만, 전화 너머에서 재원은 그야말로 최선을 다하고 있었다.

"어어! 이런 시발!"

게다가 그 점잖은 사람이 아까부터 욕을 계속해서 해대고 있었다.

"누, 눌러! 일단 눌러!"

"네!"

재원은 인턴이 거즈로 상처 부위를 누르는 틈에 겨우겨우 그 부위를 켈리를 이용해 잡을 수 있었다. 한번 물면 절대로 풀어지지 않는 도구였기 때문에 재원은 비로소 안심할 수 있었다.

"여기, 이걸로 묶어요."

그런 재원에게 장미는 한참 전부터 준비해두었던 타이 전용 실크 봉합사를 건네주었다. 그제야 재원은 자신이 무의식적으로 내민 손에 정확히 켈리를 건네준 장미를 바라보았다. 장미는 어쩌면 처음부터 저 출혈을 어떻게 잡아야 할지 알고 있었다는 뜻이다.

"고마워요."

"뭘요. 어려울 때 서로 도와야죠."

'그나마 교수님이 가죽 쪽에서 흘러나올 피는 미리 잡아주셔서 망정이지…….'

그렇지 않았다면 환자는 지금쯤 죽었을 터였다.

"일단 저기도 좀 잡죠. 아까부터 계속 눈에 거슬리는데."

재원이 잠시 정신을 놓은 사이, 장미가 핏줄기 하나를 가리켰다.

"켈리로 해야겠죠?"

"당연하죠. 또 지진다고 하면 때리려고 했어요."

재원이 막 문제의 혈관을 집으려고 할 때쯤 문이 열렸다. 고개를 돌려 보니 머리카락이 엉망으로 헝클어진 강혁이 서 있었다. 그답지 않게 숨까지 헐떡거리면서 터덜터덜 안으로 들어왔다.

"시발……. '피가'라고 하고 전화 끊으면 어떡해."

"교, 교수님!"

보조 간호사가 '최선을 다하고 있긴 한데, 피가'라고 말한 후 전화를 끊어버린 탓에 강혁은 혹시 환자가 죽었나 싶은 생각에 한달음에 달려온 것이다. 그래서 오히려 그가 죽는 건 아닌가 싶을 정도로 숨을 몰아쉬고 있었다.

"새끼……. 아직도……. 장간막에서 헤매고 있어?"

그 와중에도 강혁은 일단 재원을 혼내고 보았다. 그가 생각했던 것보다 진도가 조금 느렸던 탓이었다.

"그, 그게. 이게 반으로 잘려 있어서요……."

"그럼 그냥 잘린 부위 싹 지혈하고, 안으로 들어가면 되잖아?"

강혁은 이제 완전히 체력을 회복한 모양이었다.

"그리고 여긴 왜 그냥 놔둬? 일부러 피 빼는 중이냐? 미쳤어?"

일단 바로 아까 재원이 묶으려고 했던 부위가 제일 거슬렸다. 재원은 다급한 손길로 들고 있던 켈리로 그 부위를 잡았다. 눈치 빠른 장미가 곧장 봉합사를 건네주었고. 재원은 그간 갈고 닦은 타이 실력을 발휘했다. 절도 있는 손놀림과 함께 순식간에 세 번의 매듭이 지어졌다. 딱 교과서에 나오는 정석 그대로의 매듭이었다.

"저기 좀 봐라. 저거. 나중에 어찌 되겠는지."

강혁은 방금 재원이 타이 한 곳 말고 바로 전에 타이 한 부위를 가리켰다. 피가 마구 터져 나오는 바람에 마음이 급했고, 그만큼 타이도 미숙했다.

"다, 다시 하겠습니다!"

"아니. 기다려. 보조의 자리로 가서 대기해."

집도의가 손 씻으러 가는 사이에 보조의 자리로 가라는 명령. 이건 틀림없는 실망의 표현이었다. 재원의 얼굴이 삽시간에 어두워졌다.

"너무 그러지 마요. 백 교수님 원래 엄청 까다롭잖아요."

장미가 위로의 말을 건넸다. 빈말은 아니었다. 강혁의 다른 의사들에 대한 평가는 혹독하다 싶을 정도로 박했으니까.

"그래도 처음 환자 주신 건데……. 성에 안 차게 했으니, 이거……."

"처음부터 성에 차면 괴물이게요? 아까 저거 뽑을 때 어땠는지 기억 안 나요?"

장미는 수술대 위에 올려두기엔 너무 크고 흉해서 밑에 내려놓은 철골 구조물을 가리켰다. 환자 복부에 깊숙이 박혀 있던 물건이었다. 저 험악한 것을 빼내자마자 환자의 복강 내에서 피가 미친 듯이 쏟아져나왔다.

"장난 아니긴 했죠……."

"그걸 겨우 4팩으로 막은 거라니까요? 난 솔직히 재원 샘 말고 다른 의사가 했으면 못 막았을 거라 생각해요."

장미의 위로와 격려 덕분에 재원은 강혁이 다시 들어올 때쯤에는 완전히 정신을 차릴 수 있었다.

"교수님, 일단 식염수로 닦아두고 있었습니다."

"뭐, 아주 쓸모없지는 않네. 피 나는 부위 더 없어?"

"장간막 안쪽에서는 계속 납니다. 장간막 부위는 이제 더 없…… 아니, 약간 우징(Oozing: 스멀스멀 새어 나오는 수준)은 있습니다."

"우징은 피 아니냐? 막아줘야지."

"네. 막아야죠. 옳은 말씀입니다."

"새끼……. 아무튼, 조폭! 샤프 모스키토(Sharp mosquito: 끝이 뾰족한 작은 집게) 좀 줘봐."

"네. 교수님."

"야, 딱 봐라. 조폭은 미리미리 들고 있다가 주잖아. 처음부터 이 놈을 써야 한다는 걸 알고 있는 거야."

강혁은 샤프 모스키토의 날카로운 끝으로 지방 조직을 푹 하고 찔렀다. 지방은 생긴 것과는 달리 탱글탱글하지 않고 잘 찢어지는 조직이었다. 그래서 강혁이 찌르자 뚫린 채 벌어졌고, 거짓말처럼 아까부터 말썽을 일으켰던 혈관이 모습을 드러냈다.

"이렇게 찾아서 묶으면 피가 절대 안 나지."

강혁은 이게 당연한 거라는 듯 샤프 모스키토로 해당 혈관을 문 채, 봉합사로 묶어버렸다. 두 손 타이도 아니고 한 손 타이로. 그럼에도 불구하고 아까 재원이 해놓은 것보다 훨씬 단단해 보였다.

"보라고. 혈관만 묶으니까 깔끔하지. 아까 여기도 말이야."

강혁은 그렇게 말하며 재원이 묶어놨던 부위를 죄 찾아서 다시 묶어버렸다.

"자, 그럼 안쪽을 좀 보자고."

강혁은 멀쩡한 모습의 췌장을 보며 고개를 끄덕거렸다. 그 후로도 그는 꽤 긴 시간을 들여 복강 내 장기를 살폈다.

"흠. 됐어. 이만하면 그냥 피나는 부위 지지고 닫으면 되겠어."

"휴."

강혁이 마침내 안전하다는 결론을 내리자 재원을 비롯한 여러 의료진 입에서 안도의 한숨이 새어 나왔다.

"아, 그리고 노예."

"네."

"첫 수술치고는 꽤 잘했다. 첫 수술치고는."

그제야 재원은 마음속에 남아 있던 작은 응어리까지 내려놓을 수 있었다. 그가 이 세상에서 가장 뛰어나다고 믿는 의사의 인정이 아니던가.

'응급 수술실 2번 방, 코드 블루.'

재원이 기뻐 날뛰기 직전, 천장에 달린 스피커에서 방송이 흘러나왔다.

"코드 블루?"

강혁은 고개를 갸웃거리며 방송의 의미를 떠올렸다.

'심폐 소생술이 필요하다고?'

코드 블루란 다름 아닌, 초위급 상황을 뜻하는 말이었다. 양다리가 부러진 환자를 수술하는데 코드 블루라니. 수술 도중에 이렇게 심각한 문제를 일으킬 만한 것은 딱 하나밖에 없었다. 강혁은 급히 수술실을 빠져나가며 외쳤다.

"노예! 네가 마무리해라! 닫는 건 쉽지?"

"왜, 왜 코드 블루가 뜬 건데요?"

보통 코드 블루 상황에서 외과 의사의 역할은 극히 제한적이기 마련이었다. 대부분의 외과 의사는 그 원인조차 파악하지 못하는 경우가 태반이었다. 하지만 그건 역시나 일반적인 외과 의사들에 한한 이야기라고 보면 되었다. 강혁은 이미 답을 알고 있었다.

'폐 색전증!'

"뭐야, 갑자기!"

정형외과 김인수 교수가 무척이나 당황한 기색으로 외쳤다. 엉겁결에 끌려와 응급 수술에 투입된 비운의 마취과 의사 또한 당황한 기색이 역력했다.

"모르…… 겠습니다. 혹시 수술 부위는 괜찮습니까?"

"지금 오른쪽 반쯤 끝나가고 있잖아! 피 날 일은 아까 끝났다고!"

김인수 교수는 평소 인품이 썩 괜찮은 편에 속하는 인물이었다. 다른 과 교수였다면 그냥 평범한 축이었겠지만, 여전히 갖은 폭력과 부조리가 판을 치고 있는 정형외과에서는 인격자 중의 인격자였다.

"이, 일단 방송 내보냈으니까……. 심폐 소생술 팀 기다려보시죠……."

"바로 옆이 응급실 아니야? 왜 이렇게 안 와!"

그때 수술실 문이 열렸다. 안에 있던 모두의 머릿속에 두 가지 생각이 흘러갔다. 하나는 '이제 살았구나' 였고, 다른 하나는 '너무 빠른데?'였다.

'방송한 지 이제 겨우 20초 정도 됐는데……?'

방송 듣자마자 달린다 해도 거리가 있는데. 게다가 심폐 소생술 팀이 어디 몸만 오는 법이 있던가. 하다못해 약통과 제세동기 정도는 챙겨서 오는 법이었다.

"어……. 혼자 오셨어요?"

그런데 들어선 사람은 혼자였다. 아무것도 들고 있지 않았고.

"배, 백 교수님 아닌가……?"

수술 가운을 입고 마스크까지 끼고 있는 강혁을 레지던트가 용케 알아보았다.

"아아, 인사는 거기까지 하고. 환자 상태는?"

강혁은 귀찮다는 듯 손사래를 치며 환자에게로 성큼성큼 다가왔다. 김인수 교수는 미심쩍은 기분이었지만 지금 상황에서는 누가 오더라도 자신보다는 더 나을 것이란 것을 아주 잘 알고 있었기 때문에 가만히 있었다. 심지어 현재 환자 상태를 묻는 이 간단한 질문에도 뭐라 답할 길이 없는 자신이 아니던가. 그는 아주 자연스럽게 몸을 비켜주며 마취과 의사를 가리켰다. 강혁은 바로 그의 의중을 알아차린 채 마취과 의사를 향해 시선을 돌렸다.

"환자 상태는?"

같은 질문을 던지면서였다. 마취과 의사는 눈앞의 사내가 마취과 최악의 빌런으로 통하는 강혁임을 충분히 인지한 상황이었다. 하지만 적대적인 감정이 들지도 않았다. 환자가 너무 위급해 보이는데, 자신은 아는 게 개뿔도 없었기 때문이었다. 해서 강혁이 묻는 말에 곧이곧대로 답만 해줄 따름이었다.

"네, 지금 호흡수는 마취 기기로 세팅해놓은 대로 분당 11회로 유지되고 있는데……. 가스 교환이 안 되는 것 같습니다. 새츄레이션(Saturation: 산소 포화도)이 계속 떨어지고 있습니다. 이제 60입니다!"

산소 포화도 정상 수치는 적어도 95 이상이 나와야 했다. 게다가 지금 환자는 수술 중이라 산소를 더 주고 있는 상황 아닌가. 그런데 60이라니. 낮아도 너무 낮았다.

"심장 박동 수는?"

그러나 강혁은 그 정도는 다 예상했다는 듯 너무도 침착한 어조로 다음 질문으로 넘어갔다. 아주 자연스럽게 마취 기기에 있는 산소 공급 장치를 슬쩍 조절하면서였다.

"어……. 120입니다! 아까부터 계속 올라갑니다!"

"혈압은 유지되고 있고?"

"약간 높습니다!"

"오케이. 당뇨만 있지 다른 기저질환은 없었나 보네."

산소 포화도가 떨어지면 심장은 평소보다 더 빠르고 세차게 뛰는 것이 정상이었다. 부족해진 산소를 최대한 열심히 보내야 했으니까. 그리고 그게 잘되고 있다는 건 어찌 되었든 튼튼한 심장을 가지고 있다는 뜻이었다. 당뇨가 있는데도 이런 심장이라니. 천운이라고 보면 되었다.

"일단 산소 풀로 주고."

대강 생각을 정리한 강혁은 처방을 시작했다.

"네. 산소 100% 전환합니다."

"헤파린(Heparin: 혈액 응고 해소제) 로딩 시작하고."

"헤, 헤파린…… 이요?"

"그래. 빨리! 되묻지 말고 그냥 해! 잘 모르겠으면."

"어…… 네. 알겠습니다."

마취과 사람들이 빌런, 빌런 하더니. 막상 마주하고보니 압박감이 장난이 아니었다.

"어……. 대체 무슨 상황인데 그럽니까?"

처방까지 싹 들었음에도 불구하고 김인수 교수를 비롯한 나머지 의료진은 상황이 뭐가 어떻게 돌아가는지 알 수가 없었다. 그래서 김인수 교수가 총대를 메고 강혁에게 물었다. 강혁은 그를 더없이 한심하다는 눈빛으로 바라보았다.

"정말 몰라서 묻는 건 아니죠? 교육 때문에 그런 거죠?"

김인수 교수는 그 말에 차마 고개를 가로저을 수는 없었다. 그랬다가는 정말 일자 무식쟁이 교수가 될 것 같아서였다.

"아, 아니죠. 애들은 모르니까……."

"제발 그러길 빕니다. 제발."

강혁은 계속해서 상대의 가슴에 대못을 박아대며 말을 이었다. 옆에 있던 레지던트를 보며 조금 전까지 김인수 교수가 수술하고 있던 환자의 오른쪽 정강이를 가리켰다.

"자, 여기 보면 혈관도 아작났지? 뼈뿐만이 아니라."

"네, 네."

레지던트가 연신 고개를 끄덕였다. 특히 '혈관이 아작났다'는 대목에서 더 열심히 끄덕였다. 아까 저놈의 혈관 때문에 개고생했던 것이 생각났기 때문이었다.

'오죽하면 교수님이 앰퓨테이션(Amputation: 사지 절단)까지 고려하셨겠어…….'

뼈는 산산 조각났지. 혈관은 아작 났지. 당뇨 있지. 사실 레지던트 생각엔 절단이 답일 것만 같았다. 괜히 나중에 감염 생겨서 자르게 되면 지금보다 위쪽에서 잘라야 할 테니까. 심지어 때를 놓치기라도 하면 아예 생명이 위독할 수도 있었다.

"뭔 생각을 하는데 눈알이 계속 돌아가?"

강혁은 잠시 회상에 빠진 레지던트에게 물었다. 딴생각하고 있던 그는 혼비백산하며 고개를 저었다.

"아, 아닙니다! 집중하고 있었습니다!"

강혁은 레지던트와 나머지 의료진을 향해 말을 이었다.

"아무튼, 골절과 이런 종류의 혈관 손상이 동시에 있으면 어떤 가능성이 있지?"

아주 중요한 질문이었다. 정형외과 교과서에도 실려 있을 정도로 중요한 질문이었다.

"에어 엠볼리즘(Air embolism: 공기 색전증)? 아니……. 그건 지금 가능성이 없는데?"

이번엔 김인수 교수가 나섰다. 정형외과 짬밥이 몇 년인데 그런 일이 있었겠냐는 투였다. 하지만 강혁은 가만히 고개를 저었다.

"에어가 아니지."

"에어가 아니야……? 아!"

"팻. 뼈 안에는 기름이 차 있잖아. 그게 흘러들어간 거야. 정맥을 통해 들어가서 우심방, 우심실을 거쳐서 폐동맥을 틀어막은 거지."

강혁은 마치 검사 결과라도 본 것처럼 술술 읊었다. 도무지 믿기 어려운 이야기였지만, 그렇다고 믿지 않을 수도 없었다.

"아……. 새츄레이션 올라갑니다."

강혁이 내린 처방대로 하자 환자 상태가 호전되고 있었기 때문이었다. 자연히 혈압도 안정된 상황이었다.

"일단 고비는 넘겼어. 하지만."

강혁은 귀신같이 활력 징후를 안정화한 후였음에도 불구하고 표정이 그리 밝진 않았다.

"피가 줄줄 새는데 이거……."

김인수 교수는 순식간에 젖어버린 장갑을 털며 말했다. 헤파린이 들어간 까닭이었다. 강력한 혈액 응고 억제제인 헤파린은 폐동맥에 발생한 응어리를 풀어내는 데 성공하긴 했지만, 그만큼 다른 혈관에도 영향을 미쳤다. 딱히 지지거나, 봉합하지 않아도 출혈이 없었던 자잘한 상처에서 피가 새어 나오기 시작했다.

"이런 젠장."

김인수 교수의 입에선 급기야 욕설이 튀어나왔다. 레지던트가 부랴부랴 거즈로 새어 나오는 피를 닦아냈지만 역효과였다. 거즈의 약한 마찰도 지금은 자극이 되어 피를 더 나게 만들었다.

"톡톡 찍어!"

그래서 김인수 교수는 평소 그의 인품과 맞지 않게 언성을 높였다.

"네, 네!"

강혁은 잠시 그들의 모습을 지켜보고 있다가 한숨을 쉬더니 곧 장갑을 벗어 던지고는 간호사를 향해 손을 내밀었다.

"무, 무슨……."

당황한 간호사가 물었다. 가끔 장미의 요청으로 응급 수술실에 중증외상팀을 도와주러 오던 간호사였다. 덕분에 강혁과는 안면이 있었다.

"저 속도로 왼쪽까지 하려면 내일 되겠어. 반대편은 내가 할 거야."

"네? 이건 정형외과 수술인데……."

"난 다 할 수 있어. 장갑이나 씌워줘."

"교, 교수님이랑은 얘기가 됐나요?"

강혁은 워낙 막무가내인 인간이 아니었던가. 간호사는 김인수 교수 쪽을 바라보았다. 이런 부분에서 예민하지 않은 의사는 없기 때문이었다.

"이거 복합 골절에 개방형이라 아무나 못 합니다. 백 교수님은 그냥 돌아가셔서, 자기 수술이나 하시죠."

과연 김인수 교수의 입에서 튀어나오는 말 또한 그렇게 곱지만은 못했다.

"아무나 못 하지. 더욱이 이렇게 피 나고 있는 상황에서는."

강혁은 마치 김인수 교수의 말에 동의한다는 듯이 말했다. 김인수는 말 한번 잘했다는 듯 고개를 맹렬히 끄덕였다. 시선은 여전히 피 나는 곳을 향하고 있었다. 함부로 다른 곳을 바라보기엔 피가 너무 많이 나고 있었다.

"그러니까요. 도와주신 거 정말 감사하고, 나중에 따로 사례하겠습니다. 그러니 이제 그만 나가주세요."

"아니, 내 말뜻은 그게 아닌데."

하지만 돌아오는 대답은 그의 예상과는 조금 다른 것이었다.

"네?"

"난 그……. 이름이 뭐더라."

"환자요?"

"아니. 아, 맞아. 그래, 김인수 교수. 김 교수가 할 수 있을까 해서 말한 건데."

"네? 아니, 그게 대체 무슨 말씀입니까? 이건 제 전문 분야예요. 당연히 제가 해야죠."

김인수 교수는 너무 어이없어서 기가 막힌다는 듯 강혁을 돌아보았다.

"전문 분야?"

"네, 전문이요! 정형외과 아닙니까! 그중에서도 하지 골절은 제가 맡고 있다고요."

"원래 무릎 전공 아니던가?"

강혁은 조금 전까지 이름도 떠올리지 못한 상대의 세부 전공을 꿰고 있었다. 그는 자기 환자를 맡길 의사 스펙만큼은 확실히 파악했다.

"무릎…… 이긴 하죠! 그래서 이 근처 해부는 빠삭하고, 골절 환자 오면 제가 다 봅니다!"

그 말은 곧 골절 전문은 아니라는 뜻이었다. 실제로 국내 의료계에 골절을 전문으로 보는 세부 전공은 없다고 볼 수 있다.

"그러니까, 뭐……. 대강 본다는 거 아닌가?"

"아니, 아니죠! 이 사람이 지금 무슨 말을 하는 거야!"

"아마 내가 훨씬 많이 봤을걸. 골절은."

"당신이 어떻게……."

"그러니까 아까와 같은 상황에도 대처가 되는 거야. 그냥 아는 게 아니라, 겪어봤거든. 수술만 많이 하면 전문이야?"

강혁의 일침에 김인수 교수는 할 말을 잃었다. 게다가 김인수 교수는 백강혁에 관해 전해 들은 것이 하나 있었다.

'허벅지 부러진 거 고치러 들어갔다가 신장 이식하는 걸 보고 왔다고 했지.'

심지어 신장 이식이 더 빨리 끝났다는 말도 안 되는 말도 들었다. 더구나 피가 흘러나오는 기세는 점점 더 심해지고 있었다. 마취과에서 달아둔 헤파린이 계속해서 들어가고 있었기 때문이었다. 마음 같아선 이제 그만 떼라고 하고 싶었지만. 그럴 수는 없는 노릇이었다. 그랬다간 아직 완전히 제거되지 않은 폐동맥의 혈전이 다시

커지고, 환자는 죽게 될 테니까.

“그, 그럼 일단 하고 있어요. 대신 사고는 치지 말고. 어, 당신 듣고 있는 거지?”

“아아. 듣고 있어요. 듣고 있어. 걱정도 팔자야, 참.”

강혁은 김인수 교수의 엄청난 양보를 시큰둥하게 받아치면서 장갑을 꼈다. 그러곤 급작스러운 상황에 꿔다놓은 보릿자루처럼 서 있는 인턴을 향해 손가락을 까딱거렸다.

“저, 저 말씀입니까?”

“지금 여기서 노닥거리는 게 너 말고 더 있냐.”

그 말에 고개를 둘러보니 과연 그러했다. 마취과 의사는 평소와 달리 카톡은커녕 모니터에 매달려 있었고, 간호사들은 그 마취과 의사가 요구하는 약물을 가져다주느라 정신이 없었다. 출혈을 막고 있는 정형외과 쪽은 두말할 것도 없었다.

인턴은 순순히 강혁의 옆으로 이동했다. 강혁은 인턴이 다가오는 동안 환자의 다리를 내려다보았다. 오른쪽과 마찬가지로 산산조각 난 왼쪽 다리는 그야말로 엉망이었다. 그나마 수술 전에 생리 식염수로 닦고, 소독해놓은 것 같았지만, 이후 계속된 출혈로 이미 베타딘과 같은 소독약은 지워져버린 지 오래였다.

‘뭐, 전문 분야라고 떠들 만한 실력이 있긴 하구만.’

오른쪽도 이보다 덜하진 않았을 거 아닌가. 그걸 그나마 저렇게 맞춰놓았다는 건, 김인수 교수의 실력이 썩 나쁜 편은 아니란 뜻이었다.

“두피 절개용 집게 줘요.”

“네? 집게…… 요?”

“두피 클립. 여기 있을 텐데? 내가 무조건 꽉꽉 채워두라고 했는데."

"아, 네. 드리겠습니다."

간호사는 영문을 모르겠다는 표정이었다. 하지만 일전에 장미에게 수술실에 비치된 기구에 대해 들었던 설명을 기억하고 있었고, 덕분에 보조 간호사에게 정확한 기구함 위치를 알려줄 수 있었다.

"저기서 꺼내 와. 스칼프 클립."

"네."

보조 간호사는 지체하지 않고 해당 물품을 가져와 수술대에 풀어주었다. 강혁은 마치 작은 총처럼 생긴 해당 기구를 집어 들고는 정강이 상처의 절단면에 클립을 끼워넣기 시작했다. 클립 또는 집게로 불리는 기구는 '빡빡' 소리와 함께 절단면을 강하게 물었다. 그러자 지져도, 닦아도, 눌러도 계속 흘러나오기만 하던 출혈이 금세 멎어버렸다. 워낙 강하게 물린 탓이었다.

강혁은 그렇게 순식간에 절단면에서의 출혈을 잡아낸 후, 김인수 교수 쪽을 바라보았다. 그는 강혁이 이상한 기구를 요청할 때부터 귀를 기울이고 있었다.

"저기."

"이거 달라고? 가져가요."

"네, 네. 감사……."

"그럴 거 없어요. 모르면 배워야지 뭐. 나도 처음엔 그랬어."

"네, 네……."

김인수 교수는 교수가 된 후 처음으로 느껴보는 굴욕과 함께 기구를 건네받았다. 그리고 빠르게 지혈에 들어갔다.

"인턴."

"네!"

"넌 오늘 그냥 당기기만 하면 돼. 내가 잡아준 대로. 쉽지?"

"아, 네. 할 수 있습니다!"

잡아주는 대로 당기기만 하면 된다. 이보다 쉬운 일이 또 어디 있겠는가.

"그래. 씩씩하네. 그럼 일단 이렇게 당겨. 딱 그대로."

"네!"

인턴은 우선 살가죽에 아미를 걸고 당기기 시작했다. 처음엔 쉬웠다. 점점 어려워져서 문제였다.

"이제 딱 내가 이동하는 만큼 따라서 이동해."

절단면에 건 기구를 계속 당기면서 강혁이 이동하는 만큼 따라서 이동하라는 것이었다.

"이, 이렇게요?"

"야! 눈 감았냐? 1mm 더 갔잖아. 딱 맞추라고!"

"아……. 이렇게……?"

"이번엔 1mm 뒤야. 어휴……. 감이 없구나, 너."

"죄송합니다."

인턴은 '정말 이 인간이 1mm의 차이를 느끼고는 있는 건가' 하는 생각이 들었다.

"정신 똑바로 차리고, 일단 그렇게 당겨."

"네. 교수님."

"흔들리면 안 돼. 뒈져."

"네……."

인턴은 환자가 죽는다는 건지, 아니면 자신이 죽는다는 건지 헷갈렸지만 일단 필사적으로 고개를 끄덕였다.

"자……."

강혁은 아까보다 한층 안정된 인턴의 당기기에 만족한 기색으로 혈관을 내려다보았다. 그야말로 피가 줄줄 새고 있었다. 미리 안에 꽂아두었던 석션을 통해 시뻘건 피가 계속 빠져나가고 있었다. 강혁이 볼 때 이 출혈량은 헤파린과는 무관해 보였다.

'다행히 잘린 건 정맥. 동맥은 다치지 않았군.'

"좋아. 바로 잇지. 봉합사 줘. 7번 실로."

"현미경은 필요 없으세요?"

강혁의 말에 간호사가 벙찐 얼굴로 물었다. 김인수 교수도 비슷한 표정이었다. 아까 혈관 하나 잇는답시고 현미경 하나 통째로 소독 비닐 씌우느라 낑낑댔던 일이 떠올랐기 때문이었다. 강혁은 그 둘을 번갈아 보며 어깨를 으쓱해 보였다.

"미세 접합도 아니고. 기껏해야 정강이 정맥인데 뭔 놈의 현미경이야. 봉합사나 빨리 줘."

"허."

졸지에 수선 떠는 놈이 된 김인수 교수가 한숨을 쉬었다.

'아니, 어떻게 저렇게 잇지……? 미친놈 아냐?'

"시청자 여러분, 평화로워야 할 주말, 안타까운 사고 소식을 전해드리고 있습니다. 현재 중앙 구조단 발표에 따르면 사망자는 모두 6명이며 중상자 5명, 경상자 11명으로 집계되고 있습니다. 다만 한국대학교 병원으로 이송된 중상자 3명은 모두 위독한 상태기 때문에 사망자가 추가될 가능성이 있습니다."

해당 뉴스는 전국 방방곡곡에서 방영되고 있었다. 한국대학교 병원 응급실의 환자 대기실이라고 해서 예외는 아니었다.

"이 새끼는 방해하라니까 그 수술을 들어가고 앉았네."

상당히 불량스러운 자세로 간호 스테이션에 몸을 기댄 남자가 고개를 가로저으며 중얼거렸다. 감히 다들 바쁘게 일하고 있는 와중에 이런 여유와 이런 태도라니. 일개 직원은 아니겠지.

"아, 기조실장님."

그는 기조실장 홍재훈 교수였다. 방금 홍재훈 교수에게 인사를 건넨 이는 응급의학과 과장 박범수였고.

"아, 박 과장. 상황 어때? 이거 덤터기 쓰는 거 아냐? 어제 이후로 우리 병원 일거수일투족에 아주 관심이 많다고."

홍재훈 교수는 응급실 입구 쪽을 힐끔거리며 물었다. 안쪽에 환자가 많다는 이유로 밖으로 몰아낸 수많은 취재진이 몰려 있었다. 저들 중에는 이번에도 훈훈한 미담을 기삿거리로 물고 싶은 자들도 있겠지만, 대부분은 강혁의 영웅적인 모습에 흠집을 내기 위해 안달 난 사람들이었다.

'그놈이 어떻게 되든 별 상관은 없지.'

솔직한 심정으로는 그냥 망했으면 싶기도 했다. 자기 말 안 듣는 아랫사람만큼 미운 놈도 없는 법이었으니까. 하지만 상황이 그렇게 놔두질 않았다.

'문제는 병원도 같이 나가리가 된다 이건데…….'

이미 오전에 있던 강혁의 인상적인 인터뷰로 인해 한국대학교병원의 위상도 덩달아 올라간 참이 아니던가. 그렇기 때문에 강혁이 당장 사고 치는 건 안 될 일이었다. 천천히, 다른 이들이 눈치채지 못할 속도로 몰락시켜야 했다.

"네, 그게 저도 정확히는 잘……."

그런데 박범수 과장은 태평하게 뒤통수를 긁적이고만 있었다.

"아니, 응급의학과 과장이 응급실 환자를 모르면 그걸 누가 알아!"

박범수 과장은 잠시 홍재훈 교수의 눈치를 보다가 이내 입을 열었다.

"요새 중상자로 분류된 환자는 전부 백 교수가 프라이머리(Primary: 초진)로 보고 있습니다. 저희 쪽에서도 레지던트 근무 강도 조절이나 간호사들 업무 만족도, 그리고 무엇보다 환자 예후가 좋아서 그렇게 두고 있고요."

"아니, 그럼 중상자는 응급의학과에서 아예 보질 않아?"

"보조로 레지던트와 간호 인력만 지원하고 있습니다. 말 들어보면 교육 측면에서도 아주 좋은 것 같습니다. 백 교수, 어디서 어떻게 배웠는지는 몰라도…… 기록 보면 대단합니다."

"아니, 이 사람 이거……."

홍재훈 교수는 그래도 말이 좀 통한다고 생각했던 후배의 입에서 백강혁 칭찬이 흘러나오자 난감한 표정을 지었다.

"미쳤어? 요새 원장님이랑 다른 원장단이 백 교수 어떻게 생각하는지 몰라서 그래?"

"아, 네. 말이 그렇단 거죠……. 저도 충분히 잘 알고 있습니다."

박범수 과장은 이제 겨우 과장 단 지 6개월도 채 되지 않은 신출내기 과장이었다. 당연히 원장단의 눈치를 볼 수밖에 없었다.

"그러니까 빈말이라도 그런 뉘앙스로 말하지 말라고. 나중에 저놈 몰아낼 때 동정 여론이라도 있으면 골치 아파."

"네, 알겠습니다."

"아무튼, 그럼 환자 상태를 알 방법도 없어?"

"아뇨, 그건 아닙니다."

"그럼 빨리 알아봐."

박범수 과장은 고개를 꾸벅 숙인 후 마침 근처를 지나던 레지던트 한 명을 붙잡았다.

"오늘 온 중상자 세 명. 지금 어떻게 되고 있는지 알아봐."

"네, 교수님."

그 레지던트는 가타부타 묻지도, 따지지도 않은 채 어디론가 달렸다.

"교수님."

아니나 다를까 채 10분도 지나지 않아 레지던트가 돌아왔다. 밝은 표정을 보아하니 제대로 알아낸 모양이었다.

"어, 그래. 말…… 아."

"네, 말씀드리……."

"아니, 잠깐."

하지만 박범수 과장은 그가 애써 알아 온 정보를 듣지도 않은 채 입을 틀어막았다. 레지던트는 두툼한 박범수 과장의 손에 입을 막힌 채 눈을 동그랗게 떴다. 홍재훈 교수도 그런 박범수 과장을 제지하지 않았다. 대신 어딘가를 죽일 듯한 눈초리로 노려보기 시작했다.

저벅저벅 발걸음 소리는 중증외상센터로 이어지는 복도에서 들려오고 있었다. 아주 느릿했고, 아주 여유로웠다. 발걸음의 주인공은 강혁과 재원이었다.

"뭐야."

홍재훈 교수는 고개를 갸웃거렸다. 진심으로 궁금해하면서였다.

'중상자 셋이 실려 온 지 이제 겨우 세 시간……. 수술이 벌써 다 끝났나?'

그가 한유림 교수에게서 전해 들은 저놈 성격에 따르면 모든 수술에 관여하고도 남을 놈이었다. 적어도 상황이 정리되지 않는 한 그 자리를 뜰 놈은 아니란 뜻이었다. 그런데 저토록 여유로운 모습으로 이 자리에 나타나?

'죽었나? 다 죽었어?'

그렇지 않고서야 이렇게 빠르게 나타날 턱이 없었다. 저 웃는 얼굴이 좀 불안하기는 했지만.

강혁은 자신을 빤히 바라보고 있는 박범수 과장 그리고 홍재훈 교수를 쿨하게 지나쳐 갔다. 그나마 평소 협력 관계에 있는 박범수 과장의 어깨를 툭툭 두드린 것이 그가 표하는 관심의 전부였다.

"저, 저!"

윗사람으로서 당연히 눈인사라도 받을 줄 알았던 홍재훈 교수의 얼굴이 붉게 달아올랐다.

"어어! 백 교수다! 뭐야, 벌써 나와?"

"중간 브리핑인가?"

"환자가 셋인데 무슨 중간 브리핑이 있어?"

이때까지는 그저 얌전히 핫팩이나 손에 쥔 채 떨고 있던 기자들이 웅성거리기 시작했다. 난데없이 주인공이 모습을 드러낸 데다가 자신들을 향해 오고 있으니 그럴 만도 했다.

"어어, 저거, 저거!"

홍재훈 교수는 부리나케 강혁을 말리려 했으나 소용이 없었다. 강혁은 키가 큰 만큼 보폭도 넓었으니까. 홍재훈 교수가 제아무리 잰걸음을 쳐도 따라잡기는 역부족이었다.

곧 응급실 문이 열리고 강혁이 기자들 앞에 섰다. 그와 동시에 여기저기에서 플래시 터지는 소리가 났다. 이런 일이 익숙할 리 없는 재원은 저도 모르게 인상을 쓰며 고개를 돌려야만 했다. 하지만 강혁은 그들을 똑바로 보고 있었다. 심지어 웃으면서.

"뭐가 궁금한 건지 잘 알고 있습니다."

그가 여유 있는 목소리로 입을 열자 쉴 새 없이 터지던 플래시가 잠잠해졌다. 그러곤 모든 기자가 그의 말에 귀를 기울였다. 강혁은 잠깐 뜸을 들인 후, 말을 이었다.

"수술은 모두 잘되었습니다. 외상 외과로 이송되어 온 환자들은 전부 살았습니다."

- 와, 또 살림?

- 살리네이터네. 만나면 다 살림.

- 리얼 참의사…….

이번에도 온갖 커뮤니티가 들끓기 시작했다. 어제는 TV 고려 박상은 기자의 삽질 덕에 온 국민이 강제로 관심을 갖게 된 것이라면, 오늘은 정말 대형 참사가 일어나지 않았던가. 사망자가 무려 6명이나 나온 사고였기에 국민 모두가 좋은 소식을 기다리고 있던 순간이기도 했다. 그러던 중 강혁의 '다 살렸다'라는 말은 위안이었고, 또 희망이었다.

"다 살렸다는 게……. 교수님이 다 수술에 참여하신 겁니까?"

어렵게 기자들 틈바구니를 뚫고 나온 이정민 기자가 질문을 던졌다. 강혁은 그런 이정민 기자를 물끄러미 바라보다가 이내 고개를 끄덕였다.

"네. 제가 모든 수술에 참여했습니다."

"그, 그게 어떻게 가능하죠? 교수님 몸은 세 개가 아니지 않습니까?"

이정민 기자의 질문은 기자의 질문이라고 보기엔 조금 미흡한

점이 있었다. 하지만 다른 기자들은 그에게 타박해대는 대신 강혁의 말에 귀를 기울였다.

'또 자기 잘났다는 소리를 하시겠지…….'

재원은 입술을 달싹거리는 강혁을 보며 생각했다. 이제 겨우 플래시로 인한 충격에서 벗어난 그였다. 그러자마자 딱 강혁이 좋아할 만한 질문이 들어왔으니 과연 어떤 답을 할까 궁금했다.

"저는 중증외상센터의 센터장이자, 중증외상팀의 팀장입니다."

그런데 강혁은 재원의 예상과는 달리 전혀 엉뚱한 말을 늘어놓기 시작했다.

'뭐야. 왜 다 아는 얘기를 갑자기 하시지?'

재원만 이상하게 여긴 것은 아니었다. 이 자리에 있는 모든 기자 또한 고개를 갸웃거렸다.

- 지금 뭐라는 거임?

- 어떻게 수술했냐는데 왜 자기 소개함?

온갖 커뮤니티에 모여든 사람들 또한 마찬가지였다. 강혁은 계속 말을 이었다.

"센터에는, 그리고 팀에는 저 말고도 다른 의사와 간호사를 비롯한 의료진들이 있습니다."

제법 진중한 목소리와 그럴듯해 보이는 표정이었다. 사람들은 죄다 그 분위기에 압도되어 강혁을 바라보고 있었다.

"즉 중상자가 왔을 때 저 혼자 모든 일을 할 필요는 없다는 뜻입니다. 복부에 철이 박혔던 환자는 여기 양재원 선생이 도왔습니다."

강혁은 대뜸 쭈뼛거리고 있던 재원의 손을 잡아 앞으로 끌었다.

그 순간 플래시가 사정없이 터지며 재원의 눈을 괴롭혔다. 재원은 그렇게까지 순발력이 좋은 사람은 못 되어서 이번에도 인상을 쓰며 고개를 돌렸다. 덕분에 꽤 흉한 사진들로 도배가 되었다.

- 왜케 못생김?
- 쑥스러워하는 거 보고 귀엽다고 생각했는데, 비정상임?
- 응, 비정상.

하지만 당사자인 재원으로선 무척이나 가슴 벅찬 순간이라 할 수 있었다. 그가 괴물 같은 스승으로 따르는 강혁의 입에서 자신이 도움이 되었다는 말을 들을 수 있었으니까. 그에 반해 강혁은 아주 담담한 얼굴이었다. 전혀 동요가 없어 보였고, 그래서 신뢰가 더해졌다.

"다음으로 상복부와 하복부가 동시에 찢어져서 온 환자분. 이분은 외과 과장 한유림 교수님께서 몸소 도와주셨습니다. 그분이 하복부를 담당하셨죠."

"한유림. 아, 들어본 적 있는 거 같은데. 항문 전문의라고……."

한유림 교수라는 이름에 기자 하나가 아는 체를 했다. 보아하니 의학 칼럼 기고받을 때 한유림 교수도 하나 낸 모양이었다.

"배, 백 교수……."

강혁의 말에 한유림 교수가 '히끅' 소리를 내며 감동의 눈물을 뚝뚝 흘렸다. 방금 중환자실 처방을 완전히 끝내고 밑으로 내려온 참이었다. 기자들에게 둘러싸인 강혁을 보고 불안한 마음이 용솟음쳐 달려가고 있다가 이런 말을 들었으니 감동이 더했다.

"울어? 미쳤냐?"

물론 홍재훈 교수의 눈에는 모조리 꼴같잖아 보일 뿐이었다.

"우, 울긴요."

"울었잖아? 저놈 입에서 네 이름 나오는 게 그렇게 영광이냐?"

'외상 외과 의사가 유명해지고, 관심을 받으면 대체 뭐 하냐고…….'

저 망할 인간이 어디 정형외과나 성형외과 아니 그냥 다른 아무 과의 교수였다면 더없이 좋은 일일 터였다. 전국에서 환자가 몰리면 그만큼 병원은 돈을 많이 벌게 될 테니까. 하지만 백강혁은 외상외과였다. 일반 환자는 그의 얼굴을 볼 일도 없었다. 어딘가 죽도록 크게 다쳐야 그를 만날 수 있었다. 그리고 그건 환자가 강혁을 보기 원한다고 해서 볼 수 있는 건 아니라는 뜻이었다.

'최필두 장관은 대체 왜 저런 놈을 구해다줘서…….'

"그리고 두 정강이에 분쇄 및 개방형 골절 그리고 혈관 손상으로 들어온 환자에 대해서는 정형외과 김인수 교수님이 도움을 주셨습니다."

홍재훈 교수의 애간장이 타들어가거나 말거나 강혁은 평온한 어조로 말을 이어갔다.

"이렇게 팀이 있기에 할 수 있었습니다."

"아…… 팀……. 그렇군요."

이정민 기자는 강혁의 말에 깊은 감명을 받은 듯 고개를 끄덕였다. 보통 어떤 수술을 성공적으로 마친 집도의가 자신의 공을 남에게 돌리는 것은 무척 낯선 일이었기 때문이었다. 다른 기자들도 크게 다르지는 않았다. 그래서 모조리 감동한 얼굴이 되었다. 강혁은 의미심장한 얼굴로 모두 같은 표정을 짓고 있는 기자들을 둘러보았다.

'다른 인간들도 같겠지.'

그는 기자들뿐만 아니라 이 방송을 보고 있을 수많은 사람을 생각하며 미소를 지어 보였다. 어찌나 평온하고 인자해 보이는 미소인지. 재원은 속으로 '지금 강혁은 내가 알고 있는 강혁과 다른 인간'이라고 확신할 수 있을 정도였다. 조금 안타까운 것은 강혁의 가식에 속지 않은 인간이 거의 없다는 사실이었다.

"그 팀을 유지하고 또 더 유능한 팀으로 키워낼 수 있도록 많은 관심 가져주십시오. 그 관심이 오래 유지되면 유지될수록 저희는 더 많은 사람을 살릴 수 있습니다. 저는 이만 환자 치료를 위해 들어가보겠습니다."

강혁은 이렇게 말한 후 아침 인터뷰 때와 마찬가지로 휭 하니 안으로 들어가버렸다. 의외의 타이밍에 후속 질문을 할 기회조차 주지 않고 들어가버린 통에 기자들은 저마다 얼빠진 표정이 되고 말았다. 이렇게 막무가내로 인터뷰를 시작하고 끝내는 사람은 처음이었기 때문이었다. 심지어 일국의 대통령도 이러진 않았다. 하지만 '환자 치료'라는 말은 묘한 힘이 있어서 그들 중 누구도 강혁을 따라 들어가진 못했다. 그저 황망한 얼굴로 각자의 카메라에 대고 아무 말이나 떠들어댈 뿐이었다. 그리고 그들의 말은 시청자들에게 어필하기엔 역부족이었다. 시청자들은 이미 강혁이 남긴 말을 곱씹고, 확대재생산 하느라 바빴다.

- 나 남잔데 반해버림, 정상?
- 응 정상. 나도 반함. 팬클럽 있나?
- 미친 거 아님? 우리나라에 이런 의사가 있을 수 있는 거임?
- 더 많은 사람을 살릴 수 있도록 관심 유지해달래. 캬…….
- 저거 다 쇼임. 자기 연봉 높이려고.
- 위에 지랄 마라. 대학 병원 교수 월급 얼만지는 알고 떠드냐?

강혁은 엘리베이터에 올라타는 중이었다.

"아, 백 교수님."

그런 그에게 누군가 아주 반갑게 인사를 건네왔다. 강혁으로서는 낯선 일이라 할 수 있었다. 이 병원에서는 딱히 기대했던 일이 아니기도 했고.

"누구……?"

그래서 어리둥절한 얼굴이 되어 물었다. 상대는 멋쩍은 듯 허허 웃었다.

"저 김인수 교수입니다. 정형외과."

"정형……? 아, 아. 정강이 같이 수술했던 교수님이시구나."

강혁은 인터뷰에서 이름까지 언급해놓고 까맣게 잊고 있던 모양이었다. 강혁이 기자들 앞에서 김인수 교수의 이름을 말한 덕에 최근 환자 수가 폭발적으로 증가했다. 어차피 월급쟁이 의사이긴 하지만, 인센티브 제도라는 게 있지 않은가. 실제로 이번 달 한국대학교 병원 내 진료 수입에서 정형외과가 1위를 했다.

"네. 김인수. 하하. 회의 가시는가 봅니다?"

"가야죠. 의사는 둘뿐인 과이긴 해도 과장이긴 하니까. 김 교수님도 가십니까?"

"네? 아, 네. 저는 아직 과장은 아닌데 이번에 특별히 불러주셔서요."

김인수 교수는 그렇게 말하면서 허허 웃었다. 기분이 굉장히 좋은 것 같아 강혁의 눈에 이상하게 보였다.

'의사가 환자 보는 시간 빼기고 회의 들어가는 건데 뭐가 저리 좋지.'

강혁으로서는 평생 이해할 수 없을 것만 같았다. 하지만 알고는 있었다. 김인수 교수와 같은 인간들이 아주 많다는 것을.

엘리베이터가 멈추고 이번 층에서 올라탄 사람도 같은 부류였으니까.

"아, 백 교수!"

아까 김인수 교수가 했던 것의 거의 열 배는 더 반갑다는 표정으로 인사를 건네는 사람. 바로 일반 외과 과장을 맡고 있는 한유림 교수였다. 강혁으로서는 딱히 마음에 드는 사람은 아니었다. 하지만 재원의 말에 따르면 요사이 기조실장 홍재훈 교수에게 반기까지 들어가면서 강혁의 역성을 들어주고 있다고 했다. 그 때문에 홍재훈 교수의 눈 밖에 났다는 소문도 파다했고. 그런 사람 앞에서 엇나가는 건 멍청한 짓이었다.

"과장님."

강혁으로서는 꽤 드물게 깍듯한 태도로 인사를 건넸다. 그의 더러운 성질을 겪어본 바 있는 한유림 교수로선 얼떨떨하면서도 기분 좋을 수밖에 없었다.

"회의 가는 거지?"

"네."

"그……."

한유림 교수는 다소 우려스럽다는 표정으로 강혁을 바라보았다. 쉽게 말을 잇지 못하는 것으로 볼 때, 그도 외상 외과의 성적표를 본 모양이었다.

"적자 말씀하시는 거죠?"

강혁은 망설이는 한유림 교수를 향해 선수 치듯 말했다. 덕분에 한유림 교수는 조금은 편해진 기색으로 고개를 끄덕일 수 있었다.

"그, 그래. 이번에도 어마어마하던데."

"걱정 마십쇼. 다 해결 방안이 있으니까."

"그래? 어디 돈 나올 구멍이라도 있는 거야?"

"뭐……. 대충 비슷합니다."

"그럼 다행이지! 잘됐구만. 어서 가세. 어서."

띵. 엘리베이터가 서자마자 강혁, 한유림 그리고 김인수 교수가 다 같이 내렸다. 김인수 교수는 내리자마자 한유림 교수를 향해 깍듯이 고개를 숙였다.

"인사 늦어서 죄송합니다! 대화에 방해될까 해서……."

"아, 김 교수. 괜찮아, 괜찮아. 너랑 나랑 마신 술이 얼만데. 이번에 축하받을 일 있어서 오는 거지?"

"네. 알고 계셨군요."

"너희 과장이 얼마나 자랑을 하던지……. 귀에 아주 딱지 앉겠어. 그에 비하면 우리 과는……."

한유림 교수는 강혁을 바라보다가 이내 한숨을 쉬었다. 그에게 크나큰 은혜를 입은 주제에 뭐라고 하기가 어려웠기 때문이었다. 물론 강혁도 한유림 교수의 심정을 아예 이해 못 하는 것은 아니었다.

"자자. 일단 안으로 들어가지. 들어가."

한유림 교수는 잠시 어색한 미소를 짓다가 이내 회의실을 가리켰다. 김인수 교수는 재빨리 회의실 안으로 들어갔다. 그러곤 과장 옆자리에 냉큼 앉아버렸다. 한유림 교수 또한 그의 뒤를 따라 들어가다가 잠시 움찔했다. 으레 그의 자리로 비어 있던 홍재훈 교수의 옆자리가 이미 채워져 있었기 때문이다.

"안녕하세요?"

마취과 과장 진태림이 그 자리에 앉은 채 인사를 건네고 있었다.

심지어 고개도 숙이지 않은 채였다.

"어……."

한유림 교수는 이게 무슨 영문인가 싶어 기조실장을 바라보았다. 그러자 홍재훈 교수는 말없이 턱으로 구석에 빈자리를 가리켰다. 그제야 한유림 교수는 홍재훈 교수가 자신을 내치기로 작정했다는 것을 알 수 있게 되었다.

'이런 밴댕이 소갈딱지 같으니라고. 내가 자기한테 해준 게 얼만데…….'

"자, 이제 곧 원장님 오십니다."

홍재훈 교수가 몸을 일으켰고, 모두 그를 따라 몸을 일으켰다. 강혁만은 예외였으나, 그의 옆자리에 있던 한유림 교수가 강제로 끌어 올리는 바람에 일어나기는 해야 했다.

"거…… 군대도 아니고, 귀찮게……."

"그런 얘기는 원장 달고 하라고. 아, 오신다."

한유림 교수는 적잖이 눈치를 보다가 앞문을 가리켰다. 최조은 원장이 회의실로 들어섰다. 그는 말석으로 쫓겨나 앉은 한유림 교수를 말없이 바라보다가 고개를 돌렸다. 아무 말도 하지 않았으나 한유림 교수는 그의 의중을 알 수 있었다.

'자업자득이라 이건가.'

한유림 교수는 얼마 남지 않은 그의 과장 임기를 떠올리며 자조 섞인 미소를 띠었다. 욕심이 나지 않거나, 아쉽지 않은 것은 아니었다. 하지만 강혁은 딸의 은인이지 않은가. 그걸 저버리기엔 얼마 남지 않은 줄 알았던 그의 양심이 허락지를 않았다.

"자, 2월 과장 회의 시작하겠습니다."

원장은 늘 그렇듯 '다들 잘해주었고, 더 잘해주길 바란다' 식의 하나 마나 한 얘기로 입을 열었다. 그러곤 언제나처럼 기조실장 홍재훈 교수에게 수익 순위를 물었다.

"네. 이번에도 1위는 장례식장, 2위는 주차장입니다. 다만…… 3위에서 변동 사항이 있습니다."

"그래요? 이번엔 식당이 아닙니까?"

원장의 다 알면서 되묻는 스킬에 기조실장은 잠시 뜸을 들이다가 고개를 끄덕였다.

"네. 1월은 정형외과가 그 자리를 차지했습니다. 김인수 교수님의 내시경적 무릎 치환술이 폭발적으로 증가하면서 그렇게 되었습니다. 무려 1억 5천이 넘게 흑자를 볼 수 있었습니다."

"와……. 어마어마하네요. 김인수 교수님 오셨습니까?"

원장의 호명에 김인수 교수는 쑥스럽다는 듯한 표정을 지으며, 그러나 당연하다는 듯 몸을 일으켰다. 원장은 그런 김인수 교수에게 박수를 보냈다. 그와 동시에 강혁을 흘겨보았는데, 마치 네 차례를 기다리고 있으란 것 같았다.

물론 강혁에게는 아무 소용 없었다. 잠시 동안 다소 유치한 세레모니가 이어졌다. 하지만 적자 순위로 돌아서자 분위기는 일순 냉각되었다.

"적자 3위……. 소아과입니다. 신생아 중환자실 때문에 이건 어쩔 수가 없습니다. 그나마 면역 치료 비율이 늘면서 약간 준 것이 고무적입니다."

"네. 뭐, 수고하셨습니다. 그……. 면역 치료랑 요새 성장 알죠? 성장. 그것 좀 더 신경 써보세요. 칠성병원에서 성장으로 주차장만큼 번다던데."

"네. 원장님……."

소아과 과장은 마뜩잖다는 표정이었다. 그 스스로가 신생아 중환자 의학의 첨병이었고, 세계적인 수준의 이른둥이 케어를 해내고 있었기 때문이다. 국내 학회는 물론이고 국제 학회에서도 존경받는 학자요 의사인 그에게 돈 얘기를 하고 있으니 자존심이 상할 수밖에 없었다. 하지만 한편으로는 어쩔 수 없는 일이란 생각이 들기도 했다.

"다음은 흉부외과……. 적자 2위입니다."

그러자 흉부외과 과장이 고개를 끄덕였다.

"네. 뭐……. 노력하겠습니다."

하지만 미안해하는 구석이 딱히 느껴지지는 않았다. 흉부외과는 소아과처럼 딱히 다른 병원이라 해서 돈 벌 만한 수단이 있는 과가 아니었기 때문이었다. 흉부외과가 적자를 덜 내는 방법은 수술을 덜 하는 수밖에 없는데 명색이 대한민국 최고의 병원임을 자부하는 병원에서 수술 개수를 줄일 수는 없지 않겠는가.

"뭐……. 알겠습니다."

어차피 적자라고 해봐야 1~2천만 원 수준이라, 정부와 국민에게 한국대학교 병원 흉부외과가 문제없이 잘 돌아가고 있다는 것을 보여주기 위한 비용이라고 생각하면 별거 아니라고 여겼다.

"자, 마지막으로……."

미리 맞추기라도 한 듯 모두의 시선이 강혁을 향했다. 특히 기조실장과 마취과 과장 진태림의 눈빛은 살벌하기까지 했다.

"중증외상센터, 이하 외상 외과로 지칭하겠습니다. 외상 외과의 1월 적자는 4억 2천 110만 원입니다. 아직 삭감되지 않은 부분이 있기도 해서 늘어날 가능성도 있습니다."

홍재훈 교수는 한마디 한마디에 힘을 잔뜩 주어 내뱉었다.

"한 달에 4억……."

1년도 아니고, 한 달에 4억이라는 놀라운 액수에 다들 놀라움을 금치 못했다.

"저번 달보다는 줄었군."

그에 반해 강혁은 아주 덤덤한 어조로 대꾸했다.

"지금 그런 말이 나옵니까? 달에 4억이라고요! 4억!"

"대신 사람 살렸잖습니까. 그것도 꽤 많이."

"저번 달에도 했던 말인데, 다른 과도 사람 살립니다! 백 교수처럼 티 내지 않으면서요!"

"그 환자들은 다른 병원에서 치료했어도 기실 비슷한 결과를 볼 수 있었겠지요. 그렇지 않습니까? 모두 같은 수술법을 배우고, 모두 같은 항암제를 쓰고 있으니까요."

강혁의 말은 한 치의 오차도 없이 맞는 말이었다. 수십 년 전이라면 모를까, 지금은 모든 정보가 논문을 통해 공개되고 있는 세상이 아니었던가. 더군다나 대한민국에서는 건강보험 때문에 아주 최첨단의 치료는 하지도 못했다. 따라서 어느 정도 규격화된 치료를 제공한다는 것이다.

"그……. 그래도 실력 차이가 있지!"

"물론 그렇긴 할 겁니다만. 중증외상센터만큼 극명한 차이를 보이진 못할 겁니다. 여기 제 자료를 좀 보시죠."

강혁은 그리 말을 하면서 들고 있던 리모컨의 버튼을 눌렀다. 그러자 '외상 외과 적자'가 떠 있던 화면이 흔들리더니 아예 엉뚱한 화면으로 전환되었다.

"뭐, 뭐야 이거!"

기조실장의 외침에 화면을 담당하고 있던 직원이 부리나케 컴퓨터를 조작하기 시작했다. 하지만 화면에는 아무 변화가 없었다.

강혁은 얼빠진 얼굴을 하고 있는 직원을 보며 웃었다.

"회선 우회해서 그런 거니까 너무 당황하지 말고요. 일단 그건 중요한 게 아니니까, 넘어가고. 다들 화면을 보시죠."

이미 회의실에 있던 모두는 화면을 보고 있었다. 갑자기 화면이 전환된 데다가 워낙 화려한 PPT가 떠 있으니 당연한 일이었다.

"보시면 국내 주요 병원 중 명목상이든 실질적이든 중증외상센터를 운영하는 병원은 다 있을 겁니다."

"아."

그제야 교수들은 이 화면에 떠 있는 병원의 이름이 어떤 기준을 통해 선별된 것인지 알 수 있었다. 강혁은 몇몇 교수들이 고개까지 끄덕이는 것을 보며 화면을 넘겼다.

"이건 그 병원들의 성적입니다. 내원 한 시간 이내에 사망한 경우는 제외한 데이터입니다. 보통 그 안에 죽는 건 센터의 실력보다는 환자의 중증도가 훨씬 영향을 많이 미치기 때문입니다. 어떻습니까?"

이 안에 모인 교수들은 뭐가 어찌 되었든 의사들이었다. 의사들은 본능적으로 '%'가 붙은 숫자를 보면 집중하게 될 수밖에 없는 사람들이었다.

"칠성병원이 제일 높은데 50%로군."

그중 흉부외과 과장이 입을 비죽거리며 말했다. 자신의 성적과 비교해보면 형편없다는 말도 아까울 정도로 낮았기 때문이었다.

"이건 지난달 우리 센터의 성적입니다. 내원한 환자가 52명이었고 그중 한 명을 제외한 모든 환자가 생존했습니다. 평생 남의 도움을 받아야 할 정도의 후유장해를 얻은 사례도 불과 2건에 불과합니다."

“허……. 이건 대단한데.”

흉부외과 과장은 숫제 감동했다는 얼굴이었다. 하지만 원장단에 속하는 인물들은 아주 냉소적인 표정을 하고 있었다.

“지금 이걸 보여주는 저의가 뭡니까? 이만큼 잘났으니까 4억 정도는 손해 끼쳐도 된다 이겁니까?”

특히 원래도 강혁에 대한 감정이 좋지 않았던 진태림 과장의 말투엔 가시가 돋쳐 있었다. 강혁은 그녀를 보며 웃었다. 아주 기분 좋다는 듯이.

“잘났다는 얘기는 맞는데, 손해를 끼쳐도 좋다는 말은 안 했습니다.”

“그럼 이걸 왜 보여줍니까?”

“일단 우리 병원 외상센터가 잘 돌아가고 있다는 것을…… 우리 병원 분들도 알고 있어야 할 거 같아서요.”

어째 조금 이상하다는 느낌이 드는 말이었다.

“우리 병원 분들도? 그게 무슨 말이지?”

홍재훈 교수가 참지 못하고 끼어들었다. 그러자 강혁은 대답하는 대신 화면을 넘겼다. 이번에는 PPT 화면이 아니라 한국대학교 병원이 공식적으로 운영하는 SNS 계정이 보였다.

“이게……. 이게 무슨?”

그 계정에 올라온 글을 보고 평소 감정 표현이 많지 않던 최조은 원장이 책상을 쾅 내리쳤다.

“이게 뭐야!”

홍재훈 교수는 말 그대로 폭발하고 있었다.

“당신 미쳤어!”

화면에는 한국대학교 병원이 공식적으로 올린 자료가 떠 있었다.

바로 강혁이 올린 자료와 정확히 같은 내용의 자료였다.

'저희 한국대학교 병원은 이번 성취에 만족하지 않고 더더욱 노력하여 국민 여러분의 기대에 부응하는 중증외상센터를 만들도록 하겠습니다. 우선 외상 외과 전임의와 간호 인력 충원부터 약속드립니다. 감사합니다.'

자료도 모자라 이런 문장까지 쓰여 있었다.

사람들은 '대체 어떻게 공식 계정에 접근해서 이런 글을 쓸 수 있었을까' 하는 종류의 의문은 떠올리지도 못했다. 강혁은 말 그대로 멘붕에 빠진 원장 이하 원장단을 돌아보며 천천히 몸을 일으켰다.

"제가 저 글을 올린 건 정확히 이 회의가 시작할 때쯤입니다. 즉 한 시간도 채 되지 않았다는 것이죠."

"한 시간……."

"그런데 '좋아요' 수가 1만 개를 넘어가고 있죠? 아마 기사도 쏟아지고 있을 겁니다. 요새 언론들도 초조하거든요. 맨날 나쁜 뉴스만 전하려던 차에 이렇게 좋은 내용이 올라오니 얼마나 좋습니까."

"미, 미쳤어? 이런 짓을 하고 후폭풍을 어찌 감당하려고!"

"후폭풍이요?"

강혁은 영문을 모르겠다는 표정을 지으며 스크롤을 내렸다. 그러자 실시간으로 달리고 있는 댓글들이 보였다.

- 응원합니다!

- 역시 한국대! 동문으로서 자랑스럽다!

- 후원 계좌 좀 터주지.

"여기 어디에 한국대학교 병원 욕이 있습니까? 죄다 칭찬밖에 없는데요?"

"이, 이게 어딜 봐서 우리 병원 칭찬이야! 댁 칭찬이고, 중증외상센터에 대한 칭찬이지!"

홍재훈 교수의 말에 강혁은 지금까지 지어 보였던 부드러운 표정 대신 날카로운 표정으로 대꾸했다. 회의실 안의 분위기까지 싹 바뀌는 듯했다.

"그래요. 제 칭찬입니다. 이 중증외상센터에 대한 칭찬이고."

강혁은 감히 그 말에 끼어들지 못하고 있는 홍재훈 교수를 내려다보며 말을 이었다.

"그러니 적자 운운하면서 저를 탄압할 생각은 마시죠. 이 우호적인 여론이 적이 되기를 원치 않는다면."

"어, 어떻게 그 많은 적자를 감당하라는 거야!"

"후원금 많이 들어오지 않습니까? 게다가 정부 보조금까지 받는 병원이고. 매년 재단에 상납하는 금액만 조절하면 적자는 충분히 메울 수 있을 텐데요?"

재단. 왜 국립대학교 병원인 한국대학교 병원에서 '재단' 소리가 나올까. 얼핏 들으면 상당히 이상한 말이었지만 실상은 그렇지도 않았다. 기본적으로 병원은 학교 재단에서 운영하는 것이기 때문이었다. 본교 입장에서 병원의 존재 가치란 사회 환원 및 봉사에 그치는 것이 아니라 학교 재정에 보탬이 되어야만 했다. 그리고 그 보탬이 되는 정도에 따라 원장단 및 각과 과장급 교수들에 대한 평가가 달리 매겨졌다. 예민할 수밖에 없는 문제였다.

"재, 재단이라니! 당신 말조심해!"

"어디서 천박하게 돈 얘기를 하고 있어! 여긴 병원이야! 우린 의사고!"

특히나 지금까지 돈, 돈, 돈 거리던 홍재훈 교수의 목소리가 가장 컸다. 도둑이 제 발 저린다고나 할까.

"워워. 뭘 또 그렇게 예민하게들 반응하고 그러시나."

강혁은 왜 그러는지 영문을 모르겠다는 기색으로 중얼거렸다.

"예민? 먼저 돈 얘기 꺼낸 게 누군데!"

그래서 홍재훈 교수가 대뜸 소리쳤다. 하지만 강혁은 늘 할 말이 있는 사람이었다. 이 자리에서만큼은 그 누구보다 떳떳하기 때문이었다.

"돈 얘기 꺼낸 게 전가요? 제 기억으론 아닌데. 4억 적자 운운할 때는 언제고 돈 얘기했다고 화를 냅니까? 본인 말대로 사람 살리는 곳이 병원이라면 나한테 그런 얘기는 하지 말았어야죠."

"논점이 좀 흐려진 거 같은데요."

최조은 원장이었다. 그는 침착함을 되찾은 지 한참이었다.

"논점이요?"

그러나 강혁 또한 냉정함을 유지하고 있는 것은 마찬가지였다. 그는 이제 무너져버린 홍재훈 교수 말고 최조은 원장을 빤히 바라보았다.

"네. 뭐……. 백 교수님께서 우리 중증외상센터에 오셔서 최선을 다해주시고 있는 것은 알고 있습니다. 공식 계정을 통해 올려주신 자료도 그렇지만, 그 전에 병원 통계만 봐도 알 수 있지요."

"알아주셔서 감사하군요."

강혁은 '정말이지 하나도 감사하지 않다'는 듯한 표정으로 대꾸했다.

"하지만 막대한 양의 적자는 언제나 부담이 됩니다. 많아도 너무 많습니다. 솔직히 백 교수님께서도 그렇게 생각하고 계시지 않습니까?"

월 4억 이상의 적자였다. 연 단위로 치면 단순 계산했을 때 무려 50억에 달하는 적자. 병원 사업이라는 것이 원래 수익률이 그리 높지 못한 사업임을 참작해도, 어마어마한 손해였다. 강혁도 사람인지라 이런 사실을 몽땅 부정하지는 않았다.

"알고 있습니다. 그래서 심평원 측에 항의 서한과 함께 치료의 정당성에 대한 자료를 첨부하고 있지 않습니까?"

심평원 얘기가 나오자 최조은 원장의 얼굴 근육이 가늘게 떨렸다. 그렇지 않아도 강혁이 심평원에 무시무시한 두께의 항의 서한과 첨부 자료를 보내고 있다는 것을 심평원장에게 직접 들어 알고 있었기 때문이다.

'원칙이 있고, 기준이 있는데 자꾸 이렇게 나오면 곤란합니다. 이번에 한국대학교 병원 초음파 내역 중에 기준 벗어난 것도 그냥 넘어간 거 알죠? 요새 팀장들이 그거 캐보려는 거 막고 있는데……. 여기서 들쑤시고 나오면 막을 수 없어요.'

말은 존댓말이었지만 실상은 협박이었다.

"그 자료에 관해서 심평원에서 답변이 있지 않았습니까?"

"보기는 봤죠. 아주 무성의하게 '귀하의 의견은 잘 알겠으나 기준을 변경하기엔 부족하다'라고 쓰여 있더군요."

"무성의한 게 아니라 그게 사실인 것이죠."

"원래 이런 일이 있을 땐 병원 차원에서 협상에 나선다고 알고 있는데요."

일개 개인 병원이라면 심평원의 삭감 내역에 대해 감히 반기를 들 수 없었다. 하지만 한국대학교 병원 정도 되면 협상이라는 것이 가능했다.

"그 협상은 어느 한 과의 어느 한 의사한테 발생한 문제를 해결하기 위해 하는 것이 아닙니다, 병원 전체의 의견이 '이건 아니다'라고 모일 때 하는 겁니다."

"무슨 놈의 의학을 다수결로 정합니까? 다들 이게 맞다고 생각하면 그게 맞는 겁니까?"

"그런 얘기가 아니라……."

"모두가 아니라고 해도 의학적으로 맞으면 그건 맞는 겁니다. 제 치료가 그렇다고요. 환자 생존율 변화가 이를 증명하고 있지 않습니까?"

대화의 방향은 아주 일방적이었다. 만약 최조은 원장이 의사가 아니라 그냥 공무원이었다면 조금은 달랐을지도 몰랐다. 하지만 안타깝게도 그는 의사였고, 과학자였다. 구구절절 옳은 강혁의 말에 반박할 말을 찾지 못했다.

"근거 없이 협상해달라는 게 아닙니다. 제가 이미 각 케이스마다 자료를 첨부해놨습니다. 그걸 가지고 심평원과 담판을 지으란 말입니다. 개인 백강혁으로서가 아니라 한국대학교 병원 단체로서."

그 말에 몇몇 교수들이 웅성대기 시작했다. 사실 의사로 살다보면, 특히 공부를 열심히 해서 최신 지견에 따른 치료를 하다보면 심평원과 얼굴 붉힐 일이 없을 수 없었다. 하지만 그들 중 누구도 용기 있게 나서주지 못했다. 싸워봐서 아는 것이었다. 의사는 결코 정부를 상대로 이길 수 없다는 것을.

"뭐……. 제가 한번 검토해보겠습니다."

최조은 원장도 마찬가지였지만 지금 당장 강혁을 달래는 것이 필요했다. 아니, 그보다 남들 앞에서 '그렇게 보이는 것'이 중요했다. 그는 원장이었으니까.

“검토를…… 직접 하시겠다고요?”

“네. 백 교수님. 제가 검토하고 정말 심평원 측 주장에 문제가 있다는 확신이 들면 직접 해결하겠습니다.”

강혁은 의구심 가득한 눈빛으로 원장을 바라보았다. 최조은의 흔들리는 눈망울을 보고 있자니 의구심은 점점 더 짙어져만 갔다.

‘뭐, 상관은 없지……. 이번엔 그냥 이런 일이 있다는 것을 모두에게 알리는 것으로 족해.’

강혁은 원장 대신 다른 의사들을 바라보았다. 과장들은 크게 동요하지 않았지만, 얼떨결에 인원수 채우러 따라온 젊은 교수들이나 만년 적자를 기록하고 있는 과 교수들의 표정은 달랐다. 그들은 분명 마음속으로나마 강혁에게 동조하고 있었다.

그것만으로 향후 행보에 크나큰 도움이 될 것이었다. 더구나 공식 계정으로 올린 자료로 인한 여론도 있지 않은가. 이제 강혁에게 대놓고 돈 얘기를 꺼내며 공격해대진 못할 것이었다. 적어도 앞에서는.

‘뒤에선 무슨 짓을 할지 모르겠지만…….’

그런 개싸움은 강혁이 더 능할 터였다. 즉 강혁은 이번 회의에서 얻을 건 다 얻은 셈이었다.

“그렇군요. 감사합니다.”

강혁 역시 보여주기식 인사를 했다.

“후.”

그의 말에 최조은 원장은 저도 모르게 한숨을 쉬었다.

“그럼 회의는 이만 끝내죠. 다음 달에 또 뵙도록 하겠습니다.”

그 말에 거의 모든 교수가 부리나케 몸을 일으켜 회의실을 빠져나갔다. 누군가는 외래로 뛰어가야 했고, 누군가는 수술실로 달려가야만 했다. 그중에는 강혁도 있었다.

사람 살리면 같은 팀이지

“아니, 대체 그 과에 어떤 멍청이들이 지원한 거야?”

최조은 원장은 방금 한유림 교수가 가져온 서류를 훑어보았다. 매년 각 과에서 으레 가져오는 흔하디흔한 서류였다. 그러니까 사실 원장이나 기조실장이 이렇게까지 짜증 낼 이유도 없고, 가지고 온 한유림 교수가 쩔쩔맬 필요도 없단 뜻이었다.

“그……. 마취통증의학과 전문의 박경원. 이 친구는 학부도 한국대 출신에 인턴, 레지던트 전부 우리 병원에서 한 친구인데…… 지원했더군요.”

홍재훈 교수도 이해가 안 간다는 얼굴로 서류를 쭉 읽어내려갔다. 일단 성적도 꽤 괜찮았다. 인턴 성적이 A였으니 평판은 말할 것 없이 좋았다. 이만한 스펙이라면 그냥 마취통증의학과에 펠로우로 지원해도 무조건 합격이었다.

“그, 요새 마취과에서 통증 파트 미어터지지 않나? 이 친구 거기 왜 안 간대?”

최조은 원장은 한유림 교수를 마치 마네킹처럼 세워둔 채 홍재훈 교수를 향해 입을 열었다.

“그러니까요. 제가 한번 넌지시 떠봤는데, 자기는 중증외상센터에 가는 게 더 많이 배울 수 있을 거라 생각한다고 하더라고요…….”

홍재훈 교수도 한유림 교수는 그냥 허수아비 취급하기로 결심했는지 술술 대화만 이어나가고 있었다.

'이런 망할 놈들.'

한유림 교수는 고개 숙인 자신을 두고 이러쿵저러쿵 쓸데없이 입을 놀리고 있는 둘을 보며 욕설을 삼켰다. 아주 가끔은 괜히 강혁을 두둔하고 나섰나 하는 생각도 들었다. 하지만 어쩐지 이게 잘하는 짓이란 생각이 드는 것 또한 사실이었다.

'의사가……. 사람을 살려야지. 암.'

"도저히 불합격을 놓을 수는 없겠군……."

최조은 원장은 압도적인 스펙으로 중증외상 외과에 지원한 박경원의 지원서를 다시 탁자를 향해 던졌다. 이런 스펙의 지원자를 잘랐다간 두고두고 말이 나올 터였다.

'소아과랑 흉부외과에서 공공연히 백강혁을 두둔하고 나선다고 했지…….'

"다음은 이강행이라는 친군데. 연대 출신입니다."

"연대? 아, 일반 외과라고 했지. 군의관이지?"

"네. 이번 백령도 출동에서 백 교수와 함께 배로 환자 이송해 온 친구입니다."

아무래도 그때 강혁의 실력에 깊은 감명이라도 받은 모양이었다.

'꼴같잖은 짓이지…….'

최조은 원장은 그렇지 않아도 연대병원 외과 의국에서 전화까지 받은 참이었다. '대체 무슨 짓을 했기에 귀한 일꾼 하나를 빼앗아갈 수 있냐'는 내용이었다. '마음 같아서는 나도 백강혁 밑으로 사람 보내는 건 싫다'라고 외치고 싶었지만 원장 자리에 앉아서 그럴 수는 없었다.

"이 친구는 자를까?"

그러자 홍재훈 교수가 아주 곤란하다는 표정을 지었다.

“저……. 그게 말입니다. 이번 교육부 권고 사항에 한국대학교에서 교원 모집할 때 타 대학 쿼터를 무조건 지키라고 했거든요.”

“그건 본교에서 알아서 하는 거 아냐? 앤 펠로우지 교원은 아니지 않나?”

맞는 말이었다. 명찰에야 전문의나 전임의라는 명칭이 달려 있긴 했지만, 그 어떤 노동법에도 보호받지 못한 채 주 100시간 이상의 업무를 소화해야 하는 존재였다.

“그게……. 교육부 권고 사항에 보건복지부에서도 자극을 받은 모양입니다. 정식으로 내려온 공문은 아닌데……. 병원 교육부 쪽으로 전화는 왔다고 합니다. 반드시 지키도록 하고, 타 대학 출신 불합격시킬 땐 합당한 사유를 첨부해서 알려달라고…….”

“이런 미친놈들이. 병원 경영하는 데 사사건건 방해만 하는 주제에 이제 인사권까지 간섭해?”

홍재훈 교수는 ‘그게 그렇게 억울하고 분하면 가서 직접 말하라’라고 하고 싶은 마음을 애써 집어삼켰다.

“에이. 그럼 이 친구도 합격…… 이로군.”

“네. 다음은 간호 인력입니다.”

홍재훈 교수가 한 장의 서류를 펼쳤다. 원래 모집 공고에서는 8명을 원했는데, 겨우 한 명만 지원한 모양이었다. 이만하면 간호 인력 충원은 완전히 실패한 셈이라고 보면 되었다. 그제야 최조은 원장의 표정이 조금이나마 밝아졌다.

“그 괴물이 간호사들까지 설득하진 못한 모양이구만.”

“네. 이건 그냥 받아들이실 거죠? 어차피…….”

홍재훈 교수는 간호사 1년 차의 이직률을 떠올리며 의뭉스럽게 웃었다.

"그러지 뭐. 얼마나 버티는지 보자고."

"그럼 이 세 명은 일단 충원하는 걸로……."

"그래. 다들 젊어서 그런가……. 똥인지 된장인지 먹어봐야 아는 모양이야."

최조은 원장은 매달 올라오는 각 과 당직 표를 떠올리며 중얼거렸다. 대학 병원에 빡세지 않은 과가 어디 있겠냐마는, 외상 외과와 중증외상센터는 너무 심한 편이었다. 사실 매번 그 표를 볼 때마다 누구 하나 죽으면 어쩌지 하는 생각이 들 정도였다.

'그래……. 진짜 죽을 정도로 이끌어나가는 건 너무 위험해.'

최조은 원장은 이런 종류의 합리화를 통해 아까보다는 홀가분한 표정으로 도장을 찍을 수 있었다.

쾅. 쾅. 쾅.

한유림 교수는 그나마도 다행이라는 생각에 한숨을 쉬었다.

"자, 가져가요."

"네, 원장님. 감사합니다."

그러곤 서류를 받아들자마자 부리나케 원장실을 빠져나왔다. 한유림 교수의 발소리가 확실히 멀어진 것을 확인하고 최조은 원장이 입을 열었다.

"그래, 뭐 알아낸 건 있어?"

최조은 원장의 말에 홍재훈 교수는 가만히 고개를 저었다.

"아뇨. 그 인간 대체 뭘 하고 돌아다녔는지……. 해외 출입국 기록이 거의 없습니다."

"그럼 뭐야."

"다만 국경없는의사회 소속은 아니었던 거 같습니다."

"거기 소속이 아니라고? 서류에는 그렇게 나와 있었는데?"

"가끔 손 쓸 수 없는 환자가 생기면 도움을 요청할 수 있는, 일종의 자문 의사 정도로 활동했던 거 같습니다."

"그것 말고는 없어? 뭐 좀 구린 거 없냐는 말이야."

"죄송합니다, 아직은……. 대신 시끄럽게 할 방안은 떠올랐습니다."

"음. 그래? 말해봐."

"그 양반 헬기 자주 타지 않습니까?"

헬기 문이 거칠게 열리고, 주황색 옷을 입은 구급 대원들이 뛰어내렸다. 강혁과 재원도 함께였다. 심지어 강혁은 환자의 가슴 안에 손을 집어넣고 있었다.

"빨리! 최대한 빨리 수술실로! 조폭! 준비됐지!"

강혁은 흉강 안에 든 심장을 직접 쥐어짜며 외쳤다. 덕분에 환자의 혈압은 제대로 유지되고 있었다. 그야말로 신기 중의 신기라고 할 수 있었다.

"마취과는!"

"박경원 선생 대기 중입니다!"

"걔 휴가 아니야? 3월까지는 우리 직원 아닌데?"

보통 전문의를 딴 의사들에겐 레지던트 4년간의 노고를 보상하는 차원에서 유급 휴가를 주는 것이 관례였다. 한국대학교 병원도 예외는 아니었는데, 박경원은 그 휴가를 병원에서 보내고 있는 모양이었다.

"그냥 나온다고 합니다!"

"그…… 그래! 아무튼, 달려! 너무 빨리 가지는 말고! 나랑 보조

맞춰서!"

강혁의 말에 안중헌을 비롯한 구급 대원들이 한목소리로 외쳤다. 지친 기색이 역력해 보이긴 했지만 그렇다고 해서 기운이 빠져 보이진 않았다. 그들은 지금 자신들이 무엇을 하는 도중인지 똑똑히 알고 있었다. 아니, 이 자리에 있는 모두가 그랬다. 사람을, 생명을 살리고 있었다.

강혁이 움켜쥔 환자의 심장에서 피가 쭉 빠져나갔다. 심전도 기기가 연결된 모니터에는 이미 의미를 잃어버린 지 한참인 심전도 그래프가 떴다가 사라졌다.

"교수님! 이거…… 될까요?"

재원은 침대 후미 쪽을 최선을 다해 밀고 있는 중이었다. 정리되지 않은 흙바닥 위를 달리느라 침대는 무척이나 덜컹거렸다.

"뭐가 인마!"

강혁은 여전히 멈춰버린 심장을 쥐어짜면서 답했다. 뒤를 돌아볼 생각조차 하지 못한 채였다.

"벌써…… 심장 마사지하기 시작한 게 10분이 넘었는데……. 돌아올까요?"

재원은 이미 붉게 물들다 못해 피떡까지 지기 시작한 강혁의 옷소매를 보며 다시 한번 외쳤다.

이제 지겹도록 본 피였지만. 이렇게 많은 양의 피를 볼 때면 어쩔 수 없이 절망감이 스멀스멀 피어올랐다.

"너……. 너 새꺄, 초칠 생각하지 말고 일단 밀어!"

그에 반해 강혁은 절망감이 새어들 틈 따위 만들어두지 않은 참이었다. 그는 그저 이 환자를 어떻게 치료할지만 궁리하고 있었다. 곧 응급의학과 정문이 열렸다. 장미가 미리 말을 전해둔 까닭에 그들의 앞을 가로막는 것은 아무것도 없었다.

"바로! 바로 수술실로! 요원들은 접수부터 하고, 보호자 연락 다시!"

강혁은 침대를 마치 레이싱 카처럼 운전하며 외쳤다. 어찌나 급하게 침대의 방향을 전환했는지, 바닥에 스키드 마크가 남을 지경이었다.

그 바람에 대기실에 있던 보호자들이 저도 모르게 감탄을 내뱉었다. 개중에는 핸드폰을 꺼내 들고 짤막한 동영상 촬영을 하는 사람들도 있었다.

장면 자체가 충격적이지 않은가. 산 사람의 가슴 안에 손을 집어넣고 심장을 쥐어짜는 것만 해도 믿기지 않는데, 그 와중에 드리프트라니. 게다가 그 주인공이 백강혁이었다. 벌써 백령도 사건과 청담대교 버스 추락 사고가 있은 지 한 달이 지나 슬슬 잊힐 타이밍이긴 했지만 강혁 개인의 유명세는 전혀 사그라들지 않고 있었다.

강혁이 잊힐 만하면 SNS 개인 계정을 통해 언론 플레이를 하고 있었기 때문이었다. 덕분에 '#백강혁'이 붙으면 조회수가 꽤 높았다. 이번 영상 또한 대중의 관심을 끌기엔 충분했다.

- 미쳤네. 이제 침대로 레이싱하네.
- 지금 손 어디 들어간 거임?
- 심장 짜는 거 아님? 나 영화에서 본 적 있는 거 같은데.

대강 이런 종류의 댓글이 주르륵 달렸다. 하지만 정작 그 영화를 찍고 있는 당사자들은 담담하기만 했다.

"네! 그럼 수술 잘 부탁드립니다!"

중헌은 너무도 익숙하다는 듯 강혁을 수술실로 보내고 원무과로 향했다. 중헌이 그들의 백업을 도맡아주고 있는 사이 강혁은 무사히 수술실에 도달할 수 있었다. 그는 방 안에 들어서는 즉시 재원을 향해 외쳤다.

“체외 순환기부터! 아무리 나라도 이대로는 수술 못 해!”

재원은 침대 미는 것을 그만두고 체외 순환기를 향해 달려갔다. 예전 같으면 일반 외과가 어떻게 체외 순환기를 다냐고 따졌겠지만, 지금은 달랐다. 기기를 보면 흉부외과 부를 생각이 나는 것이 아니라 그냥 저절로 손이 움직였다.

‘음. 곧잘 하네.’

강혁은 딱 정석대로 움직이는 재원을 확인한 후 고개를 돌렸다.

“그리고, 마취 있어?”

“네! 대기 중입니다!”

그의 말에 박경원이 씩씩하게 외쳤다. 이미 환자 정보를 전해 들은 후였기에 약물도 다 재어놓은 상태였다.

“바로 시작해! 기도는 그냥 괜찮아서 일단 두고 있었는데……. 나 안 흔들리게 잘 집어넣어봐.”

“네. 맡겨주십시오!”

경원은 튜브를 든 채 부리나케 침대를 정위치로 옮겼다. 원칙대로라면 환자의 고개를 뒤로 젖혀서 기도를 최대한 열어둔 뒤 진행해야 했지만 강혁과 함께하는 수술에서는 원칙이 불가능할 때가 훨씬 많았다.

“부담 없이 찔러! 실패하면 저기 노예가 도와줄 거야!”

“네!”

늘 수술과의 백업이 있는 상태나 마찬가지였다. 만약 튜브가 들어가지 않는다면 기가 막히는 타이밍에 재원이 기관 절개술을 해 주었다. 그 덕에 경원은 강혁의 말대로 부담을 덜어낸 채 튜브를 집어넣을 수 있었다.

"잘 들어갔습니다!"

"좋아, 잘했어! 그럼 마취 걸고, 근 이완은 최대한 천천히! 지금도 혈압이 너무 낮아!"

"네! 알겠습니다!"

"노예! 넌 아직 멀었냐!"

강혁의 외침에 재원이 부리나케 외쳤다.

"기기 설정 다 되었습니다! 손 닦고 들어와서 바로 연결하겠습니다!"

"그래! 조폭, 네가 환자 소독 좀 다시 해줘라."

"아……. 네."

장미는 '원래 소독을 했던 건가' 하는 표정으로 고개를 끄덕였다. 워낙 급하게 가슴을 째고 손을 집어넣는 바람에 지혈이 제대로 되지 않은 모양이었다. 대량 출혈까지는 아니었지만, 상처에서는 계속해서 피가 새어 나왔고, 자연히 피부에 묻어 있던 소독약은 지워진 지 오래였다.

장미는 베타딘에 적신 거즈로 가슴을 슥슥 닦았다.

"아, 근데 교수님."

장미는 너무도 익숙하게 소독하면서 물었다. 강혁은 계속 심장을 쥐어짜면서 고개를 들었다.

"왜."

"이 환자는 뭐길래 가슴까지 열고 심장 마사지를 하고 있어요? 우리가 아무리 험하다지만……. 이건 처음이잖아요."

장미는 수술실 구석에 꿔다놓은 보릿자루처럼 서 있는 신규 간호사 한 명을 힐끔거리며 물었다. 그녀는 이번에 중증외상센터에 지원한 그 정신 나간 신규 간호사였다. 장미로서는 그녀가 최대한 오래도록 정신을 못 차리고 여기 있었으면 했다.

"처음은 개뿔. 저번 주에는 좋았냐?"

"아니, 아니……. 그때는 잠깐 하고 마셨잖아요."

장미는 안색이 점점 창백해지는 신규 간호사를 보며 재빨리 말을 꺼냈다.

"아. 그랬지. 하긴, 저번 주는 운이 좋았어. 배가 반쯤 터졌는데 살았잖아."

"에에이! 저번 주 얘기는 그만하고요!"

"어우, 조폭. 나 심장 짜고 있어. 때리면 안 돼."

"때리긴 누가 때려요? 누가 들으면 진짜 때리는 줄 알겠네!"

장미는 깐족거리는 강혁을 보며 고개를 절레절레 저었다.

"아! 아무튼. 이 환자는 왜 이렇게 오래 잡고 있는 거예요?"

"아. 이 환자 말이지."

강혁은 잠시 자신의 손이 들어가 있는 환자의 심장 쪽을 바라보았다. 불현듯 아까 헬기에서의 긴박했던 순간이 떠올랐다. 강혁처럼 경험 많은 사람조차 부르르 몸이 떨릴 정도로 긴박했더랬다.

"심장이 터졌어. 지금 손바닥으로는 거기 막고 있는 거야."

"아……. 심장이……."

장미는 '괜한 것을 물었구나' 하면서 신규 간호사의 눈치를 살폈다. 아니나 다를까 신규는 아예 고개를 돌리고 있었다. 장미가 아직 간호사로서 경력이 아주 긴 것은 아니었지만. 저런 종류의 표정이 무엇을 의미한다는 것인지는 잘 알고 있었다.

'곧 그만두겠다고 하겠는데…….'

장미는 이제는 제법 깔끔한 모습이 된 수술대를 바라보았다. 깔끔하다고 하기에는 지금 환자에게서 흘러내린 피와 베타딘 용액이 뒤섞여 있기는 했지만, 어제보단 나았다. 하필 어제 여기서 환자가 죽어 나갔다. 강혁이나 재원이 특별히 뭘 잘못해서는 아니었다. 그냥 뭘 해도 죽을 수밖에 없을 만큼 환자의 상태가 좋지 못했다.

'어제부터 나왔지, 재가…….'

신규 입장에서 생각하면 얼마나 어이가 없을까 싶었다. 출근한 첫날에 환자가 손 쓸 도리도 없이 죽어 나가고, 그다음 날엔 심장 터진 환자가 오는 곳에 지원하다니.

"야, 조폭. 뭔 생각을 그렇게 해?"

"네?"

"너 지금 내 팔뚝도 칠하고 있어. 가운 새로 사줄 거야?"

정신을 차려보니 강혁의 가운이 갈색으로 변해 있었다. 이미 피로 젖어 있는 곳 위에 베타딘을 발라 엉망이었다.

"죄, 죄송해요."

"됐어. 멘탈이나 지켜. 불안해서 그래?"

"네……?"

"어제와는 달라."

강혁은 환자 대신 수술대를 내려다보며 말을 이었다. 이 환자가 아니라 어제 죽어버린 그 사람을 떠올리고 있는 것이 분명했다. 그렇지 않고서는 이토록 처연한 표정을 하고 있진 않을 테니.

"네. 제가 언제 멘탈 터졌다고."

"안 터진 애가 가운에 소독약 칠하냐?"

강혁의 갈굼으로부터 장미를 구원한 사람은 재원이었다. 때마침 손을 다 닦고 안으로 들어왔다. 덕분에 강혁의 마수에서 벗어난 장미는 일단 일회용 종이 타월부터 재원에게 건네주었다.

"가운 줘요."

"여기."

가운도 장미가 별반 보조를 설 필요도 없을 정도였다.

"빨리해. 빨리. 나 슬슬 손 저린다."

하지만 강혁의 입에서 칭찬이 흘러나오진 않았다.

"네, 근데 손 괜찮겠어요? 바늘 옆으로 막 지나갈 텐데."

"바늘이고 나발이고 빨리해. 나 벌써 15분째 이러고 있어……. 손 저리다니까?"

강혁은 턱으로 자신의 오른손을 가리켰다. 평소와는 달리 가늘게 떨려오고 있었다.

'하긴 손바닥으로 그……. 그걸 막으면서 동시에 심장을 짜고 있는 거잖아…….'

재원으로서는 충분히 이해하고도 남았다. 그는 환자의 터진 심장을 강혁과 함께 헬기에서 보았으니까. 사실 그때 바로 즉사라고 생각을 했더랬다.

'그걸 살려서 여기까지 온 것만 해도 사실 기적이지.'

이미 세팅을 마친 체외 순환기의 인풋 쪽 라인을 환자의 폐동맥에 꽂아넣었다.

"뭘 기다리고 있어? 대동맥으로도 연결해!"

"아, 네. 근데……."

"근데, 뭐."

"심장 안 멈춰도 될까요?"

재원이 제아무리 체외 순환기 연결의 대가가 되었다지만 쿵쿵

뛰는 심장에 냅다 꽂을 정도는 아니었다. 재원은 강혁이 아니니까.

"어휴……."

강혁은 그런 재원을 보며 한숨을 쉬었다. 세상에서 제일 한심한 벌레를 바라보는 표정을 지으면서였다. 재원은 자신이 뭔가 잘못했다는 걸 깨달았지만, 그게 뭔지는 알 수 없었다.

"왜, 왜…… 그런 눈빛으로……."

"심장을……. 이 새꺄. 이미 멈춘 심장이잖아……."

강혁은 턱으로 자신의 떨리는 손을 가리켰다. 아직도 억지로 심장을 쥐어짜내고 있는 참이었다. 그 덕에 환자의 심장은 간신히 피를 온몸으로 보낼 수 있었다. 강혁의 손이 아니면 이미 죽은 지 한참이란 뜻이었다.

"아."

"알았으면 그냥 빨리 꽂아! 내가 알아서 박동 조절할 테니까."

"네, 네. 알겠습니다!"

강혁이 알아서 보조하겠다는 말보다 더 믿음직스러운 말이 있을까. 재원은 강혁의 보조에 힘입어 대동맥에 메스를 그었다. 평소라면 조금의 망설임이라도 있었을 텐데, 지금은 그렇지 않았다. 강혁이 알아서 해주겠다고 했으니.

과연 갈라진 틈새로 흘러나오는 피의 양은 극소수였다. 덕분에 재원은 곧장 아웃풋에 해당하는 라인을 당장 꽂아 넣을 수 있었다.

강혁은 그 상태에서 몇 번인가 더 심장을 짜내어 피가 새지 않는 것을 확인한 후에야 고개를 끄덕였다.

"이제 기계 틀어."

"네."

"세팅은 제대로 한 거지? 이 사람 78kg이야."

"그럼요. 저를 뭐로 보고."

재원은 아까 자신이 만졌던 기계 모니터를 가리켰다. 강혁은 그것을 한 5초 정도 보더니 어깨를 으쓱했다.

"뭐……. 아주 엉터리는 아니네. 집게로 혈관 집고 돌려."

강혁은 그 상태에서 다시 심장을 쥐어짜보았다. 폐동맥이나 대동맥으로 들어가는 피가 아예 없었다.

곧 인풋 라인을 통해 산소가 필요한 혈액이 기계로 콸콸 쏟아져 들어가기 시작했다. 그와 동시에 혈압이 출렁거리긴 했지만, 지금 마취과 의사는 경원이었다. 누가 따로 경고하기 전부터 모니터를 주시하고 있었다. 그는 다른 처치를 더 하는 대신 그저 마취 가스를 슬며시 줄임으로써 저혈압을 극복했다.

그렇게 기계로 들어간 혈액은 기계 내에서 강제로 산소를 주입받은 채 아웃풋 라인을 통해 대동맥으로 흘러 들어갔다.

"휴."

강혁은 모든 것이 제대로 된 것을 확인한 후에야 오른손을 뺄 수 있었다. 그러자 그가 틀어막고 있던 찢어진 심장이 모습을 드러냈다. 그나마 좌심실 쪽이 아니라 다행이었다.

"이걸 근데 어떻게…… 봉합하죠?"

"잠깐만. 일단 세척이나 하고 있어봐. 나 이러고 수술을 어떻게 하냐."

강혁은 자신의 오른팔을 가리켰다. 피에 물든 장갑과 가운이 축 늘어져 있었다.

"그래. 어차피 순환기 돌아가니까. 한 여덟 시간은 여유 있는 거 아냐. 천천히, 최대한 깨끗하게 닦아놔."

강혁은 그렇게 수술실 밖으로 나서려다가 돌연 뒤를 돌아보았다.

재원은 생리 식염수가 든 주사기를 들고 그를 마주 보았다.

"네?"

"혹시 모르니까 세척만 하지 말고 환자 허벅지랑 여기저기 다 닦아놔봐."

"어……. 그건 왜……."

"당겨서 못 꿰매면 뭐라도 덧대줘야 할 거 아냐."

재원이 막 양쪽 팔뚝을 다 닦았을 무렵 강혁이 돌아왔다. 그새 샤워까지 했는지 머리가 살짝 젖어 있었다. 피와 먼지, 모래 등에 잔뜩 절은 몸으로 수술을 할 수는 없는 노릇이다.

"양쪽을 닦았네?"

강혁은 흐르는 물기를 장미가 건네준 일회용 종이 타월로 닦으며 입을 열었다. 말투에 어딘지 모르게 빈정거림이 섞여 있었다.

"어……. 네."

재원은 뭔가 잘못되었나 생각을 하며 고개를 끄덕였다.

"양쪽을 닦았어. 하하."

"아……. 안 되는 건가요?"

"아니. 안 될 건 없지."

"휴."

"근데 그럴 이유가 없지. 왜 닦는지 모르는 놈이 하기 딱 좋은 헛수고지."

전문의 시험 1등의 위엄을 발휘하기 위해 머리를 맹렬히 굴리고는 있는데, 팔뚝에 대해서는 그 어떤 지식도 떠오르는 것이 없었다.

"별로 좋지도 않은 대가리는 그만 굴리시고. 일단 심장부터 보자."

강혁은 그런 재원의 손등을 툭툭 치며 심장을 가리켰다.

"네, 교수님."

"아무튼, 잘 보이네. 잘 보이는데……."

강혁은 고개를 끄덕이며 환자의 우심실을 살펴보기 시작했다.

"이렇게 보니까 진짜 엉망으로 찢기긴 했네요……."

재원은 고개를 절레절레 저어댔다. 이 상태로 정말이지 용케 살아서 왔다는 생각만 들었다. 강혁이 아니었다면 헬기에서 사망했을 터였다.

"그러니까 말이야. 다른 부위는…… 어떻게 쓸 수는 있겠지만, 여기 안 되겠는데."

"그럼 어쩌죠? 범위가 꽤 큰데요? 역시 대퇴근막으로 덮을까요?"

"대퇴근막? 뭔 소리 하는 거야?"

"네?"

재원은 당연히 대퇴근막이 맞을 거라 확신하고 있는 상태였다.

"네는 무슨 놈의 네야. 이게 좌심실이야? 그렇게 근육 덩어리냐고."

"어……. 그렇지는 않죠……."

폐로만 피를 보내는 기관과 전신으로 피를 보내는 기관은 아무래도 그 구조에 현격한 차이가 있을 수밖에 없었다. 우심실의 부상으로 얼마 되지도 않는 근육의 대부분을 손실해버린 상황이었다. 이전 한지영 때처럼 터진 부위만 막는 것으론 턱없이 부족했다.

"근데 그럼……. 도대체 어떻게 해야 하죠? 근육이 모자란 건데……."

재원은 저도 모르게 좌심실 쪽을 내려다보며 말했다. 말도 안 된

단 생각을 하면서도 좌심실 쪽의 근육을 떼다 붙이면 어떨까 하는 생각이 들었기 때문이었다.

"미쳤나, 새끼가."

당연히 미친 생각이었다. 재원은 강혁의 제지에 풀 죽은 얼굴이 되어 중얼거렸다.

"그럼 어쩌시려고요……. 방법은 있으신 거예요?"

"저기 있잖아. 근육 덩어리. 자……. 응?"

강혁은 '당연히 잘 닦아놨겠지' 하는 얼굴로 환자의 다리를 내려다보다가 인상을 썼다. 360도가 아니라 230도가량만 닦여 있었기 때문이다.

"이 새끼가 이거 빠졌네? 닦으라니까 이따위로 해?"

"저는 근막만 떼는 줄 알고……."

"내가 근막이라고 말한 적 있어?"

"아뇨……."

강혁은 고개를 절레절레 흔들다가 이내 체념했다는 표정을 지었다.

"뭐……. 어차피 이건 좌심실이 아니니까. 근육이 그렇게 많이 필요하진 않지."

"그, 그럼……. 어떻게……."

"어떻게는 무슨 놈의 어떻게야. 네놈이 닦아놓은 범위 안에서 끝내야지. 칼 줘!"

"여, 여기 있습니다!"

장미는 분위기가 심상치 않게 돌아가고 있다는 것을 인지한 후 바로 메스를 건네주었다. 강혁이 팔이나 다리를 짼 때 주로 사용하는 15번 블레이드를 끼운 채였다.

“흠.”

다행히 강혁은 그 날이 마음에 드는지 고개를 끄덕였다. 그사이 재원은 잔뜩 긴장한 얼굴로 환자의 좌측 허벅지 외측 부위를 앞뒤로 쭉 당겨주었다.

“그래. 그렇게 바짝 당겨. 마취과는…….”

강혁은 뭔가 지시하려다 입을 다물었다. 경원이 알아서 마취 심도를 올리고 있었기 때문이었다. 보아하니 근이완제도 조금 더 들어간 것 같았다. 마취 심도를 나타내는 손가락 5개가 전부 펴져 있었다.

“네?”

“아니. 아냐. 잘하고 있어.”

강혁은 만족스러운 얼굴로 메스를 그었다. 메스는 환자의 좌측 허벅지 외측에 대략 15cm가량의 절개선을 만들었다. 아래 위치한 대퇴근의 모양까지 염두에 둔 절개선이었다. 직선이 아니란 얘기였다.

‘이런 걸 어떻게 그냥 긋는 거야……. 맨날 하는 것도 아닌데.’

재원은 두 번 보고, 세 번 봐도 그저 완벽해 보이기만 하는 절개선을 보며 감탄을 흘렸다.

“뭘 그렇게 멍청한 눈으로 보고 있어. 피부 쨌으면 보조의는 뭘 해야 하지?”

강혁은 잠시 넋이 나가서 눈을 깜빡이고 있는 재원을 타박했다.

“어, 네. 네!”

재원은 어느새 가죽만 아니라 피하 지방의 절반가량 갈라진 절개 면을 보며 고개를 끄덕였다. 딱 귀신같이 메스로, 그러니까 그냥 칼날만으로 갈라도 피가 나지 않을 만한 깊이까지만 칼이 들어가 있었다.

'괴물이야, 괴물.'

이에 재원은 다시 한번 혀를 내두르면서 절개면에 후크를 걸었다.

"보비(Bovie: 전기칼) 줘."

"네. 여기 있습니다."

"팁(Tip: 메스의 블레이드와 같은 의미)은……."

"샤프로 끼워놨습니다."

"잘했네."

강혁은 폭 하고 찌르면 장갑을 낀 손가락에라도 구멍이 날 정도로 날카로운 샤프 팁을 보며 고개를 끄덕였다. 대부분의 경우 다리와 같이 커다랗고, 상대적으로 주요 장기가 없는 부위를 수술할 때는 넓적한 블런트 팁을 선호하기 마련이었다. 그건 수술하다가 피가 나더라도 대강 옆면을 가져다대면 싹 다 태우면서 지혈이 되기 때문이었다. 하지만 강혁은 블런트 팁을 쓰는 경우가 거의 없었다.

"석션 대고. 여기 미세먼지 엄청 많이 튀는 거 알지?"

강혁은 보비를 노란 지방에 가져다대며 말했다. 그 말에 재원은 급히 석션을 대며 물었다.

"미세먼지요? 여기서도 나오나요? 공장에서 나오는 거 아닌가……?"

"어휴."

강혁은 한심하다는 눈빛으로 재원을 바라보았다. 역시 '전공 바보'라는 말이 괜히 있는 게 아니었다.

"아무튼, 이게 지방에 닿으면 타면서 끊어지잖아."

"네."

"네? 아휴……. 아니다, 됐다. 무조건 미세먼지 엄청 많이 발생하니까 석션 가져다 대. 너 저번에 나온 연구 결과 봤지? 수술 시간 긴 집도의하고 짧은 집도의하고 수명 차이 좀 나는 거."

"아……. 네. 그건 봤죠."

강혁은 매주 그 주에 나온 논문 중에서 중요하다고 생각되거나, 흥미로운 사항이 있으면 팀원과 공유했다. 그중 하나가 바로 방금 말한 '집도 시간과 수명의 연관성'이었다.

"그런 게 다 이런 거 때문이라고. 오래 살고 싶으면 빨리 석션 해."

강혁의 보비는 곧 지방조직을 태운 후 밑에 있는 근육에 가 닿았다. 보비는 그냥 열을 내는 기구가 아니라, 전기가 통하는 기구였기 때문에 살짝이라도 닿은 근육 부위는 맹렬하게 수축하는 것이 정상이었다. 다행히 지금은 경원이 심도를 한껏 끌어 올린 덕에 자극에 비해 반응이 약하긴 했지만.

"흠."

강혁은 그로서는 실로 드물게 신음을 흘렸다. 계속해서 근육 부위에 보비를 가져다 대면서였다. 그러다 강혁은 어느 한 지점에서 손을 멈추었다. 그러곤 그 부위를 몇 번인가 더 자극해보았다. 상당히 넓은 부위의 근육이 대단히 거센 강도로 꿈틀거리고 있었다. 강혁은 그 부위를 가리키며 재원에게 물었다.

"어떠냐?"

"네?"

"어떠냐고. 여기."

"어……. 크네요."

"너는……."

강혁은 정말로 실망했다는 눈빛으로 재원을 바라보았다. 그제야 재원은 뭔가 잘못되었다는 것을 깨닫고 다시 한번 뚫어져라 그 부위를 바라보았다. 하지만 그 근육만 봐서는 별로 알 수 있는 것이 없었다. 그때 장미가 그의 팔뚝을 톡톡 두드렸다.

뒤를 돌아보니 장미가 다른 손으로 환자의 심장 쪽을 가리키고 있었다. 이번이 처음은 아니었지만 아무래도 멈춰 있는 심장을 보는 건 익숙해질 수 없는 종류의 일이었다. 재원은 자신도 모르게 신음을 흘리며 심장을 살폈다.

"크기가……. 우심실 결손 부위와 거의 흡사하군요……."

"그래. 그런 거지. 그럼 어째야겠냐."

"이걸 떼다가 심장에 붙입니다."

"그럼 뭐 하고 있어. 빨리 당겨."

"아, 네."

"조폭은 보비 대신 칼 주고."

"네!"

강혁은 전기칼 대신 메스를 들어 허벅지의 근육을 잘라내기 시작했다. 심장 쪽에선 어마어마게 많은 양의 근육이었지만, 허벅지에서는 극히 일부일 뿐이었다. 강혁은 근육이 수축하는 결과 방향이 손상되지 않도록 아주 신중하게 절개를 진행했다. 다른 곳도 아닌 바로 심장으로 들어갈 놈이었기 때문이었다.

'근데 그냥 이렇게 근육만 갖다 박아도 되는 건가…….'

재원은 아무리 봐도 살가죽이나 다른 것을 이어다 붙일 생각이 없어 보이는 강혁을 돌아보았다.

"좋아."

강혁은 재원의 고민을 아는지 모르는지 연신 고개를 끄덕였다. 잘라놓고 보니, 정말이지 우심실의 결손 부위와 딱 맞았기 때문이었다.

"좋아. 여기 피 잡고. 바로 심장에 이어 붙여준다."

강혁은 떼어낸 근육을 아주 조심스럽게 심장의 파손 부위에 가져다대었다. 이미 결손 부위 중 도저히 살릴 수 없다고 판단되었던 곳은 죄다 잘라낸 후였다. 모양까지 신경 써서 잘라놨기 때문에 거의 원에 가까웠다.

"자, 이걸 이렇게. 아니지. 이렇게……."

"교수님. 근데 지금 뭐 하시는 거예요?"

재원은 도무지 이해가 잘 가지 않는다는 듯한 표정으로 강혁을 바라보았다. 장미도 마찬가지였다. 이미 봉합사와 봉합 기구까지 싹 준비해놓은 그녀는 의외로 할 일이 없어진 채 무료한 표정을 짓고 있었다.

강혁은 아까부터 계속 근육 조각을 우심실 결손 부위의 면에 대고 낑낑대는 중이었다. 다른 사람들 같았으면 벌써 대강 맞춰주고 봉합에 들어갔을 텐데. 대략 5분이 넘게 시간이 지나는 중이었다. 이런 시간 낭비가 없었다.

"아, 이게……. 여기는 이렇게……."

"교수님, 뭐 하시는 거냐니까요?"

그래서 재원은 재차 물었다. 아까보다 좀 더 큰 목소리였다. 그제야 강혁은 재원이 옆에 있는 걸 깨달았다는 듯한 표정으로 답했다.

"아, 뭐 하긴. 근육 결 맞추고 있지."

"근육 결…… 이요?"

"응. 어차피 심장 근육과 대퇴근은 종류가 달라서 완전히 맞출 수는 없어. 근섬유 굵기 자체도 다르고. 하지만 어느 정도 비슷하게 해줘야……. 싱크가 맞는다고."

"싱크…… 그럼 페이스 메이커(Pace maker: 심장 전도를 도와주는 장치)는 안 다시려고요?"

심장은 쉽게 말하면 펌프다. 피를 우리 몸 곳곳으로 뿜어내는 아주 강력한 펌프. 제대로 작동하려면 단순히 심장 근육의 힘만 세다고 되는 건 아니었다. 정해진 시간에 정해진 부위만 수축해야만 했다. 그걸 소위 '싱크'라 불렀다. 싱크가 맞지 않아 심장이 제멋대로 뛰는 상황이 바로 부정맥이었다. 페이스 메이커란 그 부정맥을 조절하기 위해 심장에 연결해주는 장치다.

"페이스 메이커?"

강혁은 생전 처음 듣는 단어라는 듯 생경한 표정을 지었다.

"네. 페이스 메이커. 우심실이 너무 심하게 파손되어서……."

"뭐, 나쁘지 않은 생각이지. 페이스 메이커도……."

"가…… 감사합니다."

재원은 이게 칭찬인가 싶긴 했지만 일단 감사를 전했다. 강혁은 그런 재원을 보며 고개를 가로젓다가 말을 이었다.

"그런데 페이스 메이커를 달면 제한이 너무 많아져."

"그건…… 그렇죠."

"게다가 제거할 때 한 번 더 수술을 받아야 하고."

"그것도…… 그렇죠."

세상에 완벽한 치료가 어디 있겠는가. 다 단점이 있기 마련이었다. 더구나 페이스 메이커처럼 절체절명의 위기에서 생명을 구할 수 있는 치료일수록 그러했다.

"그럼 안 다는 게 더 낫겠지?"

"안 달면……. 죽을 거 같은데요?"

재원은 어떻게 봐도 너무 이질적으로만 보이는 허벅지 근육 조각을 바라보았다. 저게 심장 근육과 같이 뛸 수 있으리란 생각은 잘

들지 않았다. 하지만 강혁의 생각은 조금 달랐다.

"왜 죽어?"

"아니……. 당연하죠……. 처음부터 다른 부위에 있던 근육이 어떻게…… 기능을 하겠어요."

"기능하라고 지금까지 그 실험을 다 해본 건데."

"실험이요? 아……. 그……."

재원은 장난 같아 보이던 아까의 그 실험(?)을 떠올리며 고개를 끄덕였다.

"이 새끼 표정이 왜 이래."

강혁은 고개를 절레절레 흔들며 재차 심장을 내려다보았다. 동그란 구멍 안에 허벅지 근육 조각이 덩그러니 놓여 있었다. 그냥 봐서는 아무렇게나 놓은 것 같았지만 전혀 아니었다.

'전도 방향이 분명 이쪽으로 이어지지…….'

강혁은 마구 뿜어져 나오는 핏물만 봐도 환자의 산소 포화도를 알 수 있을 정도로 색에 예민한 인간이었다. 결이 아니라 근섬유까지도 어느 정도는 분간 가능했다.

'그럼 이렇게 봉합하면 돼.'

그리고 근육 조각은 정확히 그 정보들을 모조리 취합한 결과대로 놓여 있었다.

"조폭, 이제 봉합한다. 줘."

"네."

장미는 기다리기 지쳤다는 듯한 기색으로 봉합 기구를 건네주었다. 기구의 입에는 7번 실이 물려 있었다. 보통 미세 접합 수술에서 많이 쓰는 실이고, 근육을 이어주는 데는 적합하지 않았다. 바늘이 작고, 실이 얇다는 것은 그만큼 봉합력이 떨어진다는 것을 의미하기 때문이다. 자칫 잘못했다간 봉합한 부분이 다 찢어질 수 있었다.

"좋아."

하지만 강혁은 자신이 주문한 실이 마음에 드는 듯 흡족한 표정으로 봉합에 들어갔다. 봉합력이야 잘만 꿰매면 어떤 실로든 얻을 수 있지 않겠는가. 지금 그에게 가장 중요한 것은 전기 전도가 끊어지지 않게 잇는 것이었다. 그러려면 양측 조직에 더 손상이 가지 않도록 하거나, 손상을 최소화해야 했기에 얇디얇은 7번 실이 제격이었다.

"컷."

강혁은 봉합 기구를 집어 들기가 무섭게 매듭 하나를 지었다.

'하긴 시간 낭비라니……. 그건 백 교수님한테 실례되는 말이지.'

강혁은 그 후로도 별 지체하지 않고 계속 봉합을 이어나갔다. 순식간에 허벅지에서 떨어져 나온 근육 조각이 심장에 달라붙었다. 색과 질감만 빼면 원래 하나였던 것처럼 아주 자연스러웠다.

"오……."

"주접떨지 말고. 이것도 이어야지."

강혁은 감탄에 빠진 재원의 눈앞에 허벅 조각에서 이어진 혈관 다발을 들어 보였다. 동맥과 정맥 한 쌍으로 이루어진 다발이었다.

"아, 맞네. 그게 없으면 안 되겠구나."

저걸 연결해주지 않는다면 방금 이어준 근육 조각은 며칠 새에 썩어서 다시 터지거나, 감염 때문에 환자가 사망하는 등 큰 문제를 일으킬 것이다.

"근데 그걸 어디에…… 잇죠?"

"너 정말 그걸 몰라서 묻냐?"

"아니……. 심장 근처 동맥이나 정맥이……. 마땅한 것이 없잖아요…….”

재원은 아주 곤란하다는 얼굴로 심장을 가로지르는 동맥 하나를 가리켰다. 그 이름도 유명한 관상 동맥이었다. 저거 괜히 건드리다가 잘못되면 심근경색으로 사망할 수 있었다. 당연히 강혁도 그런 걸 건드릴 생각은 추호도 없었다.

“관상 동맥이 어디서 나오는데?”

“관상 동맥이 어디서……?”

“어휴. 대동맥에서 분지되잖아. 그만큼 중요한 놈이니까.”

“아……. 대동맥…….”

“그래. 어차피 지금 집게로 물어놔서 피도 안 통하고 있잖아. 엄청 쉽다고.”

재원은 관상 동맥이 휘돌아 나오는 부위 바로 아래에서 집게로 물려 있는 대동맥을 바라보았다. 그 덕에 심근에는 계속 피가 공급되고 있었다.

“가위.”

강혁은 미세 가위를 받아 대동맥에 작은 구멍을 냈다. 대충 낸 것 같은 구멍이지만 허벅 근육 조각에서 이어진 다발의 단면과 맞춘 것처럼 꼭 맞았다.

“다시 봉합. 노예는 정신 차리고. 컷 하다가 자르면 안 될 것 같은 부위가 너무 많지?”

“네. 교수님.”

강혁의 말대로 지금 재원이 가위를 가져다 대야만 하는 곳에는 주요 기관이 너무 많았다. 일단 심장, 대동맥 그리고 관상 동맥에 지금 잇고 있는 혈관까지. 이중 어느 한 곳에라도 상처를 낸다면 죽을 것이다. 물론 환자는 살 수 있었다. 강혁이 있으니까. 하지만 재원은 죽을 것이다. 강혁이 있으니까.

"오케이. 동맥 이었고. 정맥은…… 여기다 잇자."

강혁은 정맥은 폐동맥에 이어주기로 했다. 이름은 동맥이지만 사실은 정맥혈이 흐르는 곳이었다. 폐에 가서 산소를 공급받기 직전의 피들이 모이는 곳이었으니.

"이제 다 됐어. 어떠냐."

강혁은 혈관까지 싹 이어준 뒤 재원을 바라보았다. 재원은 아직 얼떨떨한 얼굴이었다.

"일단 체외 순환기 잠시 중단하고 마취과 쪽은 산소 최대한으로 주고. 심장 박동 재개하면서 어떤지 잠깐 보자고."

"그럼……."

환자 상태의 전반을 책임지는 사람은 집도의인 강혁이 아니라 마취과 경원이었다. 강혁의 말에 경원은 환자에게 주입 중인 약물과 마취 가스의 양을 천천히 조절하기 시작했다. 멈춰 있던 심장을 뛰게 만들어놓고 체외 순환기를 껐다간 환자가 죽어버릴 게 뻔했다.

"이제 슬슬 심장 근처 온도 올려주십쇼."

"아, 그럴까."

경원의 말에 강혁은 심장 근처에 채워두었던 얼음물을 제거했다. 관상 동맥만 믿고 아무 처치도 하지 않고 있다간 심근의 손상을 초래할 수 있었다. 그렇지 않아도 심장이 터진 환자인데 심근에 손상이 온다면 위험할 상황이다.

"집게도 풀어주시죠."

"벌써?"

"네. 아까부터 대강 준비 중이었습니다. 괜찮습니다."

경원은 환자의 혈압을 가리켰다. 수축기 혈압이 90이었던 것으로 기억하는데, 어느새 130을 웃돌고 있었다.

'어느 틈에 한 거지…….'

강혁은 내심 감탄했다는 기색으로 경원과 환자의 몸을 번갈아 바라보았다.

'말초 혈관을 수축시켜놨어…….'

그렇게 되면 심장이 다소 약하게 뛰더라도 얼마간 혈압을 유지할 수 있었다.

"풀었어."

"네. 그럼 기기 모드 변경합니다. 헬프 모드입니다."

경원은 강혁이 집게를 풀자마자 기기의 설정을 바꿔주었다. 알아서 전신에 피를 흘려주던 것과는 조금 다른 모드였다. 대동맥 내의 압력을 계산해서, 그저 모자라는 만큼의 힘만 실어주는 모드였다. 물론 지금은 아직 심장이 뛰고 있지 않기 때문에 설정만 바뀌었을 뿐 하는 일은 아까와 같았다.

콸콸콸. 다만 아까와 다른 점이 있다면 심장 안으로 피가 쏟아져 들어가고 있다는 점이었다.

"휴."

재원은 그 모습을 보며 안도의 한숨을 내쉬었다. 우선 심장이 터졌던 부분에서 아무것도 흘러나오지 않았기 때문이었다.

'하긴 누가 봉합한 건데…….'

"자, 이제 천천히 뛰게 해보지."

"네."

경원은 강혁의 말을 들은 즉시 심장을 멈추게 했던 약을 끊었다. 그러면서도 약간은 미심쩍은 표정이었다. 환자의 심장은 그가 약물을 주입하기 전에도 멈춰 있었으니까.

'분명 교수님이 손으로 쥐어짜고 있었어…….'

그런데 과연 이 수술을 통해 멈췄던 심장이 다시 뛸 수 있을까. 적어도 경원이 알고 있는 의학 상식선에서는 불가능한 일이었다.

'어쩐지 돌아올 거 같단 말이지…….'

하지만 경원은 그간 강혁의 수술을 함께하면서 적지 않은 기적을 보아왔다. 그래서 약물을 완전히 끊고 기대하는 심정으로 환자의 심장을 바라보았다. 그러자 곧 심장이 움직임을 보이기 시작했다. 재원은 그 심장을 보며 마른침을 삼켰다. 영영 돌아오지 않을 것만 같던 심장이 뛰고 있었다.

"뛰, 뛴다……."

처음에는 알아볼 수 없을 정도로 미약한 움직이었지만, 곧 심장은 힘차게 뛰기 시작했다.

"오……."

그 모습을 본 경원은 감탄을 금치 못했다. 심장이 뛰기는 할 거란 기대를 하기는 했던 참이었다. 하지만 이토록 완벽한 형태의 박동을 하리란 기대를 하진 않았다.

'우심실에 이식한 근육이…… 원래 있던 심근과 싱크를 이루고 있어.'

대체 어떤 마법을 부린 걸까. 분명 허벅지에 있던 근육이 박동하고 있었다. 기껏해야 수축과 이완을 통해 다리를 움직이게 할 뿐인 근육인데. 지금은 주변 심장 근육과 정확히 신호를 맞추어 뛰고 있었다.

정작 그 수술을 해낸 강혁은 아주 만족스럽진 않은 기색이었다.

'확실히 심장 근육을 바로 대체할 수는 없군.'

그의 괴이할 정도로 뛰어난 눈은 수술 후에도 능력을 발휘했다.

'아무래도 박동 능력이 떨어져. 이만한 힘이면 대강 50% 정도 수준이라고 봐야겠는데.'

제아무리 완벽하게 이어 붙였다 해도 한계는 명확했다. 남들에게는 몰라도 강혁에게는 그 한계가 보였다.

"근데……."

"근데 뭐."

강혁은 아까와는 달리 여유 있는 모습이었다.

'바보라고 하지는 않겠지.'

궁금한 것을 묻지 않고 넘어갈 수는 없었다. 모르는 것을 모르는 대로 품고 있을 거면 강혁 밑에서 개고생하면서 배우는 의미가 줄어들 테니까.

"그…… 저 근육이 계속 저 상태일까요?"

"뭔 근육? 아, 설마 이거?"

강혁은 이식한 허벅지 근육 조각을 손끝으로 톡톡 두드렸다. 재원은 심장이 철렁하는 기분을 애써 추스르며 고개를 끄덕였다.

"네. 그거. 지금은 잘 뛰는 거 같기는 한데……. 원래 허벅 근육은 계속 움직이도록 설계된 건 아니잖아요."

재원의 말에 강혁은 미소를 띤 채 입을 열었다.

"그렇지. 당장 이 환자 근육만 봐도 속근 비율이 30%는 되지."

재원은 대체 어떻게 봐야 속근 비율을 알 수 있을까 궁금했지만 묻지는 못했다.

"그러니까요. 스트레스 환경에 노출되면 지칠 것 같은데……."

"당장은 그럴 거야. 그래서 엄격하게 신체 활동을 제한해야지."

"당장은……?"

재원은 자신도 모르게 고개를 갸웃거렸다. 강혁의 뉘앙스가 어째

'나중에는 괜찮다'라는 식으로 들렸으니까.

"나중엔 괜찮아."

"어, 어떻게요?"

"그것도 몰라? 아, 너 유리피판술(Free flap: 자기 조직 이식) 보는 게 이번이 처음인가?"

"네."

재원은 '유리피판술이 뭐지' 하는 생각을 하며 고개를 끄덕였다.

"원래 근육은 이식해준 환경에 적응을 잘해. 근세포 자체가 다능성(Pluripotent: 유전학적으로는 '분화 가능성'을 뜻함)을 가지고 있는 세포라. 이것도 대략 1년 이내에 심근처럼 변할 거야."

"허……."

다능성. 재원으로선 거의 10년도 더 전에 들어본 단어였다. 생리학 시간에 잠깐 배우고 마는 개념이었으니까.

"뭘 그렇게 멍한 얼굴로 서 있어. 얼른 안 와?"

"네?"

"아, 안 닫을 거야? 이대로 둘래?"

"아, 아닙니다. 닫아야죠."

재원은 그제야 황급히 강혁에게로 따라붙었다. 강혁은 장미에게서 아까 쓰던 것보다 훨씬 큰 봉합 기구를 받아 상처를 닫기 시작했다. 경원은 봉합 속도에 맞추어 마취 가스의 양과 들어가는 약물의 양 그리고 속도를 조절했다. 우여곡절이 있기는 했지만. 오늘도 또 한 명의 환자가 살아나게 된 셈이었다.

강혁 일행만 이토록 바쁜 하루를 보낸 것은 아니었다.

"저런. 골프 치실 땐, 정말 조심하셔야죠."

한 병실에서 최조은 원장이 걱정 가득한 얼굴로 입을 열었다. 그러자 병상에 앉아 있던 중년의 신사가 허허 웃었다. 웃으면서도 인상을 찌푸리는 것을 보면 아직 통증이 남아 있는 모양이었다.

"그러게 말입니다. 젊을 땐 이 어깨로 사람 하나 둘러업는 게 일도 아니었는데……. 이젠 그 작은 골프채 하나 휘두르는 것도 어려우니, 원."

현 소방청장 오형석이었다. 그의 말에 기조실장 홍재훈 교수는 무슨 재미난 얘기라도 들었다는 듯 자지러지게 웃었다.

"에이, 뭘요. 청장님 드라이버가 300도 넘게 나간다고 하던데요."

"어쩌다 그러는 거죠, 뭐. 까불다가 이렇게 어깨나 다치지 않았습니까."

"다행히 아주 큰 부상은 아니라고 하니……. 일단 여기 진태림 교수님께 맡기시죠. 주사 치료 받다보면 깨끗하게 나을 겁니다."

"신경 써주셔서 감사합니다. 하하."

오형석 청장은 아주 점잖게 웃었다. 그러자 최조은 원장이 의미심장한 미소를 지으며 그의 손을 마주 잡았다.

"다른 것은 됐고……. 아까 말씀드린 그 두 명만 좀 어떻게 해주십시오."

"아아. 걱정 마십시오. 어차피 승진시키는 발령이라 내부에서도 말 안 나올 겁니다."

"감사합니다."

"감사는요. 그런 민원이 쌓이고 있다는 걸 알려주셔서 제가 감사하죠. 하하."

여느 때처럼 한국대학교 병원 응급의학과 스테이션의 전화벨이 울렸다. 전화가 오면 누가 받아야 한다는 규정 따위는 없었다. 있어봤자 아무도 지키지 못할 테니.

"네, 한국대학교 병원 외상 외과 양재원입니다."

마침 스테이션 근처를 지나던 재원이 전화를 받았다. 그러자 수화기에서 다급해 보이는 목소리가 사정없이 터져 나왔다.

"아! 외상 외과! 네, 여기 북한산 산중 구조대입니다!"

"북한산요……."

재원은 아무래도 불안해질 수밖에 없었다. 강혁과 함께 첫 출동을 했던 곳이 북한산이었기 때문이었다. 그러지 않으려 해도 악몽 같은 기억이 스멀스멀 올라왔다.

"네! 구조 요청자가 절벽으로 낙하하여 머리를 심하게 다쳤습니다! 현장 요원 한 명이 내려가 상태를 살폈는데……. 아무래도 같이 오셔서 처치를 해주셔야 할 것 같습니다!"

예전 같으면 상상도 못 할 상황이었다. 의료진은 병원에, 구조대는 바깥에. 이게 마치 원칙인 양 지켜졌었으니까. 하지만 강혁이 이끄는 중증외상팀이 활약하기 시작하면서 슬슬 외부에도 그 사실이 알려졌다. 재원은 잠시 심호흡을 한 후 외쳤다.

"교수님! 전화 받아보셔야 할 것 같습니다! 북한산에서 응급 환자 발생했다는 신고 전화입니다!"

"북한산? 이리 줘봐."

강혁은 중상자가 없는 틈에 응급실에서 경상 환자들을 보는 중이었다. 그는 두피 열상 환자 봉합을 마치고 전화를 받았다.

"머리가 다쳐? 알았어요. 곧 가지."

대답은 당연하게도 오케이. 강혁은 언제나처럼 중앙 구조단으로 전화를 돌렸다.

“네. 중앙 구조단입니다.”

그런데 목소리가 좀 이상했다. 안중헌이 아니었다.

‘비번인가?’

하긴 사람인데 쉬기는 해야 할 거 아닌가. 강혁은 그리 생각하며 차분히 입을 열었다.

“한국대병원 백강혁입니다. 지금 북한산에 구조 요청자가 있는데, 머리가 심하게 다친 모양입니다. 헬기 보내주시죠.”

“헬기요?”

“네, 헬기.”

“잠시만요.”

‘잠시…… 만?’

강혁은 예상치 못한 반응에 수화기를 들여다봤다. 혹시 전화를 잘못 걸었나 하는 생각까지 들었다. 그렇지 않고서야 중앙 구조단에서 환자가 있다는데 뜸을 들일 이유가 없지 않은가.

구조단에서 다시 답을 해온 것은 무려 5분이 훌쩍 지난 후였다. 아까보다 좀 더 나이든 사람의 목소리였다.

“아, 백 교수님. 그렇지 않아도 전임 팀장님한테 얘기는 들었습니다.”

“전임……?”

“네. 안중헌.”

“아.”

강혁은 그제야 안중헌이 보직 변경이 되었다는 것을 깨달았다.

‘이거 안 좋은데?’

강혁은 인상을 쓴 채 수화기를 들고 있었다. 그사이 상대는 계속해서 말을 이어나갔다.

"듣자니 지금까지 편의대로 통화만으로 헬기를 띄우셨더라고요."

"편의라니?"

"앞으로는 무조건 공문 보내십시오. 단장님 결재 없이는 구조단 헬기 못 띄웁니다."

"공문? 그게 대체 무슨 소리야!"

당장 위급한 환자가 생겼는데 공문이라니. 다급한 마음에 언성이 높아지고, 또 말은 짧아졌다. 하지만 상대는 별 반응이 없었다. 이미 이럴 줄 다 알았다는 듯한 반응이었다.

"백 교수님, 모르셨어요? 기록 보니까 헬기를 무슨 자기 거처럼 쓰셨던데. 이거 나라 재산입니다. 그렇게 함부로 쓰면 안 된단 말입니다."

"내 거처럼? 너 기록은 봤어?"

"대강은요. 직접 운전하신 기록도 있던데……. 헬기 조종 면허는 가지고 계신 건지 궁금하네요."

"이런 개……."

"아무튼, 이렇게 유선상으로는 업무 협조가 어렵습니다. 지금 당장 공문 작성해서 단장님 결재 받든지 아니면 다시 관할 구조대에 연락하든지 그렇게 하세요."

"뭐, 이 새끼야? 야! 야!"

강혁은 그 후로도 얼마간 전화기에 대고 소리쳤다. 하지만 답은 없었다. 이미 끊어진 지 오래였다.

"교수님, 설마 안 보내준다고 해요?"

대강 옆에서 대화를 들어 내용을 파악한 재원이 물었다. 걱정이 가득한 얼굴이었다. 아까 현장 요원과의 통화를 통해 구조 요청자가 얼마나 위급한 상황인지 알 수 있었으니까.

"안 보내준다는데."

강혁은 '우득' 소리가 날 정도로 이를 갈며 말했다. 그의 손아귀에 쥐어진 전화기가 마치 부서질 것만 같아 보였다.

"왜, 왜요?"

"안 팀장…… 갈렸어."

"안 팀장? 안중헌 팀장 말이에요?"

"그래."

"안 팀장님 작년에 발령받았다고 하지 않았어요?"

그 와중에 다른 간호사의 일을 돕던 장미가 조르르 달려와 물었다. 하도 강혁의 목소리가 커서 응급실 안에만 있었으면 거의 모든 내용을 다 알 수 있었다.

"그래. 근데 다른 곳으로 갔대."

"원래 1년에 한 번씩 발령 내나……? 이상하네."

장미는 긴가민가하다는 표정을 지으며 미간을 찌푸렸다.

"아니지."

"그럼요?"

"뭔가 수를 썼겠지……."

강혁은 참담한 얼굴로 천장을 바라보았다.

'기껏 돈 때문에……. 이렇게까지 나온다 이건가.'

생각 같아서는 지금 당장 원장실에 달려가 뒤엎고 싶었다.

"이런 개새끼들."

이미 강혁의 기이할 정도로 대단한 사명감에 전도된 장미와 재원은 각자 입에 담지 못할 욕을 내뱉었다.

"일단 급한 건 북한산이야. 다시 구조대 연락해. 번호 남아 있지?"

"아, 네."

재원 또한 금세 정신을 차린 후 수화기를 집어 들었다.

예상대로 요원은 숨을 헐떡이며 전화를 받았다. 바람 소리가 거세게 들리는 것으로 미루어볼 때 절벽을 따라 밑으로 내려가는 중인 듯했다.

"아까 전화 받았던 외상 외과 양재원입니다!"

"네! 지금 출발합니까? 저도 내려가고 있는데, 혈압이 80에 50이라고 합니다! 의식 없고 한쪽의 동공 반사가 소실되었습니다!"

들리는 건 안 좋은 소식뿐이었다. 재원은 더없이 어두워진 안색으로 고개를 저었다.

"그…… 중앙 구조단에서 헬기 띄우려면 공문을 보내라 해서 당장 출동은 어렵습니다."

"네? 공문을요? 그거 결재 시간 따로 있어서 오전에만 되는데? 응급 상황인데도 안 된답니까?"

"아주 강경하네요……."

"그럼……. 그럼 못 오시는 겁니까?"

수화기 너머로 '풀썩' 소리가 들려왔다. 통화 중인 요원이 이제 막 환자가 떨어진 곳에 강하를 완료한 모양이었다. 원래 같았으면 급하게 움직였어야 할 상황이지만 지금은 그저 황망한 얼굴로 전화기만 붙잡고 있었다.

"그, 그럼 차로도 안 됩니까?"

"차……. 차로 접근이 가능할까요?"

"가능은…… 할 거 같습니다. 근처 지구대에 협조 구해서 등산객들만 통제가 된다면요."

요원은 아득한 눈빛으로 절벽 위를 올려다보며 말했다. 멀리서 봐도 오가는 사람들이 많았다.

"알겠…… 습니다. 그럼 출발할 때 연락드리죠."

"네. 감사합니다. 되도록 빨리 와주십쇼. 상태가 아주 위독합니다."

"네."

재원은 그렇게 전화를 끊었다. 강혁은 그를 보며 황당하다는 표정을 지었다.

"야, 네 멋대로 간다고 그러면 어떡해? 차는 있어?"

"있어요, 차."

장미가 차분한 목소리로 말했다.

"응? 있어?"

"네. 저기."

그러곤 응급실 입구에 서 있는 구급차를 가리켰다. 한국대학교 병원에서 중증외상센터 설립을 목적으로 한 보조금을 받았을 때 마련한 고급 구급차였다.

"저거……. 언제부터 와 있었냐?"

"아까 헬기 안 된다고 하길래 미리 불러놨죠. 저 차 맨날 병원에서 놀아요."

"그, 그럼 이러고 있을 때가 아니지! 빨리 와! 빨리!"

강혁은 그 와중에도 장미에게 당부하는 것을 잊지 않았다.

"혹시 모르니까 구멍 뚫을 것 좀 줘! 저 차 전기 코드 있지?"

"네! 아마 450V까지 지원될 거예요!"

대다수의 의료 장비들을 가동하려면 220V로는 어림도 없었다. 그래서 따로 전압을 올려주는 변압기가 필요했는데, 국내에 돌아다니는 대부분의 구급차에는 이런 장치가 갖춰져 있지 않았다. 그저 환자를 이송하는 도구일 뿐, 그 안에서 어떤 처치를 하기는 어려웠다. 다행히 강혁 팀이 타게 될 구급차는 좀 다른 물건이었다.

"야, 들어가서 뭐뭐 있나 살펴봐."

강혁은 뒷문을 열고 재원을 안으로 밀어 넣었다. 어찌나 우악스러운지, 거의 범죄를 저지르고 연행되는 느낌이었다.

"교수님은요?"

"나? 나 뭐."

"뒷좌석이 편하지 않으세요? 도구도 뭐 있나 보실 수 있고……."

재원은 짧은 찰나에 구급차 구석구석을 살피며 말했다.

"무슨 소리야, 나는 앞에 있어야지."

재원은 슬금슬금 차를 돌아 걸어가더니 기어코 운전석에 앉는 강혁을 보며 절규했다.

"설마 운전하시려고요?"

이미 재원의 귀에는 강혁의 대답이 들어오지 않았다. 그가 뒷좌석에 앉아 신속하게 안전띠를 맬 때, 장미가 양손에 장비 이것저것을 들고 다가왔다.

"문 열고 들어와!"

강혁은 조수석 쪽 문을 열고 외쳤다. 장미는 왜 조수석인가 하는 생각을 하면서도 일단 차에 탔다. 이것저것 묻고 따지기에는 상당히 급한 상황이었기 때문이다.

"여기 드릴이랑 팁. 두개골 뚫을 거 같아서 이렇게 챙겼어요."

"잘했네."

"네, 그럼 잘 다녀오…… 어?"

장미는 내리려고 인사하다 말고 눈을 동그랗게 떴다. 자기가 내리지도 않았는데 차가 움직였기 때문이다.

"넌, 인마. 안전띠 왜 안 해."

"갑자기 이게 뭔 짓이에요! 전 병원에 있어야죠!"

"아니, 안 돼. 너 없으면 인원이 안 맞아."

"무슨 보드게임 하는 것도 아니고 인원을 왜 찾아요!"

더 이상 장미도 따져묻지 못했다. 강혁의 운전실력이 재원과 장미의 입을 다물게 했다. 강혁이 모는 구급차는 그야말로 질주 중이었다.

"일단 갈 때는 내가 할 거야, 운전."

"으……."

"근데 올 때는 누가 할 거냐고. 아까 딱 들어보니까, 급하잖아. 올 때 난 수술해야지. 운전은 너나 노예가 하고, 하나는 나 보조하고. 그래서 너도 있어야…… 너 뭐 하냐?"

"닥치고 앞에나 봐요!"

"빠, 빨간불!"

"괜찮아, 괜찮아."

"괜찮긴! 이 사람이 정말 돌았나!"

강혁은 장미의 욕설을 배경음 삼아 계속해서 달렸다.

강혁은 피식 웃고는 그대로 등산로를 향해 차를 몰았다. 다행히 근처 지구대에서 경찰들이 나와 인원을 한쪽으로 통제 중이었다.

딱히 차 다니라고 만든 곳은 아니었기 때문에 본격적으로 덜컹거리기 시작했다.

"어어."

"교, 교수님! 이러다 차 망가지겠어요!"

여태 두 눈을 질끈 감고 있던 재원이 황급히 외쳤다.

"어우……. 나 멀미할 거 같은데……."

급기야 장미는 얼굴이 핼쑥해진 채 중얼거렸다. 그렇지 않아도 덜컹거리던 뒷자리에 앉은 재원은 아예 말을 잃었다. 태연한 사람은 강혁뿐이었다.

"엄살 부리지 말고 전화나 걸어봐. 정확한 위치 잡아야지. 우리 이제 갈림길이라고 전해."

그 말에 앞을 돌아보니 과연 산의 각기 다른 봉으로 향하는 갈림길에 서 있었다.

"아, 알겠어요. 근데 차는 안 멈추세요?"

"한시바삐 가야 하는데?"

"이런 젠장……."

덕분에 장미는 덜컹거리는 차 안에서 조그마한 핸드폰을 보며 전화를 걸어야만 했다.

"네! 오셨습니까?"

요원은 벨이 한 번 다 울리기도 전에 전화를 받았다.

"네. 저희 지금 갈림길입니다."

"아, 거의 다 오셨네요. 저희가 내려가겠습니다!"

"어……. 환자 끌어올리신 거예요?"

"네. 근처 소방서에서 출동해주셔서요."

그 말을 듣고보니 갈림길 한쪽 입구에 서 있는 작은 소방차 하나가 눈에 들어왔다.

"뭐래?"

강혁은 그 근처에 차를 멈춰세운 후 물었다. 장미는 소방차 너머를 가리켰다.

"사고 지점이 저쪽인가 봐요. 환자는 다행히 끌어올렸답니다."

'제대로…… 올렸으려나?'

추락으로 머리를 다친 환자는 경추 부상을 동반한 경우가 많다. 때문에 환자를 운반할 때는 반드시 해당 부위를 잘 고정해야만 했다.

"저기 옵니다!"

그가 잠시 걱정에 빠져 있는 동안 장미가 다시 한번 소방차 너머를 가리켰다. 그녀의 말대로 한 무리의 요원들이 들것을 들고 뛰어오고 있었다.

"그럼 우리도 준비해야지!"

그것을 본 강혁이 급히 운전석에서 뛰어내렸다. 재원도 급히 뒷자리에서 뛰어내린 후, 뒷문을 활짝 열어젖혔다. 그러곤 차 안에 놓여 있던 침대를 아래로 끌어 내렸다. 밖에서 환자를 싣고 다시 넣을 수 있도록 고안된 침대였다.

그러는 사이 요원들이 환자가 누워 있는 들것을 들고 바쁘게 다가왔다.

"시간 없으니까 가면서 얘기하죠."

"아, 네."

현장 요원은 시원스레 고개를 끄덕이며 안으로 올라탔다. 뒤이어 강혁과 재원도 다시 뒷자리에 올라탔다. 그러자 장미는 기다렸다는 듯 차를 뺐다. 공간이 거의 없었는데, 그야말로 귀신 같은 솜씨였다.

"왜 이렇게 잘해?"

"예전에 아빠 때문에 강남에서 발렛파킹 알바 한 적 있어요."

"강남 발렛……."

재원이 아연한 표정이 되어 중얼거렸다. 어쩌면 오는 길보다 가는 길이 더 험악할지도 모르겠다는 생각이 들었다. 그가 잠시 막막한 미래에 대해 염려하고 있는 동안 강혁은 환자의 상태에 대해 요원에게 물었다.

"좌측에 동공 반사가 없었다고 했는데, 마지막으로 확인한 건 언제죠?"

"발견 당시에만 하고 그 이후로는 시행하지 않았습니다."

처음 신고가 들어온 후 무려 40분이 넘게 지나 있었다. 헬기로 왔다면 이미 병원에 거의 도착했을 시간이었다.

"노예, 네가 다시 확인해."

"소변이나 대변 본 것은 없는 거죠?"

"네. 방뇨나 방분은 없었습니다."

강혁은 재차 환자의 바지 근처를 매만지며 고개를 끄덕였다. 그나마 좋은 사인이었다. 척수의 심각한 손상을 아예 배제할 수 있었으니까.

"다행이군. 보호자랑 연락은?"

"아직…… 아직입니다."

"혼자 온 건가? 같이 온 사람이 없었어요?"

"네. 평일엔 이런 등산객이 더 많습니다."

"그럼 계속 연락 좀 취해주세요. 우린 일단 이 환자 처치부터 할 테니까."

"네. 그렇게 하겠습니다."

현장 요원은 강혁이 말하는 처치가 무엇인지 감히 짐작조차 못한 채 고개를 끄덕였다.

재원은 가운 주머니에서 이발기를 꺼내 강혁에게 건네주었다. 충전도 완벽했고, 길이 설정도 2mm로 맞춰진 상태였다. 강혁은 무척이나 능숙하게 환자의 머리카락을 밀기 시작했다.

"어?"

요원은 눈을 동그랗게 떴다가 이내 고개를 저었다.

'어차피 병원 가면 밀 텐데……. 여기서 미리 미나 보지.'

시간을 최대한 아끼기 위해서가 아니겠는가.

"아, 동공 반사 어때?"

강혁은 머리카락을 엄청난 속도로 밀며 재원을 바라보았다.

"네. 왼쪽은 없고……. 이미 확장되어 있습니다. 유두부종도 일부 관찰되었습니다. 오른쪽은 아직 확인됩니다만, 이쪽도 유두부종이 있고 정상 소견보다 조금 느립니다."

"반사가?"

"네."

"서둘러야겠네."

일단 유두부종이 있다는 건 뇌압이 상승해서 눈에까지 영향을 주고 있다는 뜻이었다. 게다가 동공 반사 저하라니.

'뇌 기능이 떨어지고 있다는 증거…….'

뇌에 직접 손상이 있었다면 손쓸 도리가 없었다. 다만 뇌출혈로 인해 일시적으로 발생한 거라면 희망이 있었다. 물론 그 희망을 살리려면 최대한 빠른 수술이 필요했다.

'이미 상당히 늦었어.'

헬기가 있었더라면 얘기가 달라졌을 텐데. 생각할수록 안타깝고 또 화가 났다.

'개새끼들.'

하지만 어쩌겠는가. 이미 늦었고, 환자는 눈앞에 있는데. 강혁은 서둘러 머리카락을 밀었다.

"닦겠습니다."

재원은 기다렸다는 듯 베타딘으로 반들반들해진 머리를 닦기 시작했다.

'어?'

요원은 아까보다 조금 더 놀란 표정으로 둘을 바라보았다. 머리카락 미는 것까지야 그러려니 했는데 벌써 베타딘이라니. 하지만 두 사람이 너무 급박해 보여서 도무지 중간에 끼어들 수 없었다.

"빨리, 빨리!"

강혁은 국소 마취제 용량을 재면서 재원을 재촉했다. 그러다 문득 달리는 차 안이라고 하기에는 일련의 작업이 너무 수월하다는 생각이 들었다.

"야, 조폭! 지금 운전하고 있는 거지? 왜 이렇게 차가 고요해?"

"엄청 밟고 있어요! 그냥 제가 교수님보다 운전을 훨씬 잘해서 그런 거니까 그냥 닥치고 수술이나 해요!"

"다, 닥쳐?"

"원래 운전대 잡으면 좀 거칠어지니까 이해하시고!"

장미의 운전실력 덕에 강혁은 부담 없이 드릴을 꺼낼 수 있었다.

"오케이. 이제 거의 다 됐어."

강혁은 종잇장처럼 얇아진 두개골을 보며 고개를 끄덕였다. 반투명한 뼈 사이로 불그스름한 뇌막이 보였다. 드릴로 더 파고들 수도 있었지만, 차 안에서는 아무래도 위험했다. 워낙 뼈가 얇아진 상태라 그런지 핀셋만으로도 부러뜨릴 수 있었다.

"음. 이거 안 좋은데."

강혁은 뇌막을 검지로 살짝 눌러 안쪽을 살피며 말했다. 출혈이 있다면 뇌막 바깥이나, 그 안쪽으로 피가 비쳐 보여야만 했다. 하지만 지금은 전혀 보이지 않았다.

"그냥 뇌가 안쪽에서 충격을 받아서 부은 거야. 이런 망할."

출혈이 원인이면 피를 제거하면 될 일이었다. 하지만 이렇게 뇌가 전반적으로 부은 경우엔 다른 방법이 필요했다.

"강하제를 넣을까요?"

"아니……. 아냐. 수액만으로는 부족해."

강혁은 요원이 간신히 연결해놓은 라인을 보며 중얼거렸다. 몸에 물이 부족한 것도 아닌데, 이 상황에 물까지 때려 붓다가는 폐에 물이 찰 수 있었다.

'그럼 폐렴으로 연결되겠지…….'

안 그래도 머리도 다쳤는데 거기에 폐렴이라니 안 될 말이었다.

"일단 스테로이드 주고."

"주고요?"

"척수에 구멍 뚫자."

"네?"

"귀먹었어? 척수에 구멍 내자고."

"하, 하지만……."

재원은 방금 강혁이 뚫어놓은 두개골 구멍의 안쪽을 들여다보았다. 강혁의 말대로 그 어디에서도 출혈의 흔적을 찾아볼 수 없었다.

'최악의 상황…….'

"하지만, 뭐."

"의미가…… 있을까요? 그런다고…… 이만한 부종이 해결될까요?"

재원은 인위적으로 뚫어놓은 구멍을 통해 마구잡이로 빠져나오려 하는 뇌 조직을 가리켰다. 그나마 대뇌 피질의 평평한 부분에 뚫어놓은 구멍인데도 그랬다.

재원의 말을 뒷받침이라도 하듯 모니터에서 알람이 울렸다. 혈압이 더 떨어지고 있었다. 그런데도 심장 박동 수는 요지부동이었다. 아예 조절 능력이 상실했다는 것을 의미했다. 뇌압 상승이 동반된 상황에서 이러한 소견이 시사하는 바는 단 하나라고 보면 되었다.

"뇌간 탈출이…… 진행 중이잖아요……."

재원은 모니터와 강혁을 번갈아 보며 말했다. 뇌간 탈출이라는 말에 강혁의 얼굴이 조금 굳어졌다.

"그래도 해볼 수 있는 건 해봐야지."

강혁이 입버릇처럼 중얼거리는 말 중 하나였다. 재원도 그의 제자로서 열심히 따르려 하는 말이었다. 하지만 오늘만큼은 울컥하는 마음이 치밀어 올랐다.

"백날 우리만 해볼 수 있는 걸 해보면 뭐 합니까?"

그래서 늘 가슴 속에 품고 있던 생각을 내뱉고야 말았다.

"뭔 소리야?"

강혁은 그의 속내를 대강 짐작하고 있으면서도 굳이 물었다. 그러면서도 손은 이미 바삐 움직여 환자의 허리를 약간 틀어놓고 있었다. 재원 또한 강혁이 하고 있는 것을 굳이 방해하지는 않았다. 도리어 자세 잡는 것을 살짝 도우며 답했다.

"병원에서는 맨날 적자 과다, 뭐다 하면서 구박이나 하고……. 그리고 오늘도 보세요. 나라에서도 별생각이 없잖아요."

"헬기 때문에?"

"네. 공문이라니……. 이게 대체 말이나 되는 얘깁니까? 사실 따지고 보면 지금 이 환자 상태 나빠진 것도 다 헬기가 없어서예요. 헬기만 제때 떴어도…… 기회가 있었을 거라고요."

모든 질환에는 골든 아워라는 게 있는 법이었다. 뇌의 경우 길어야 한 시간, 짧게는 20분이었다.

"다들 내팽개치려고만 하는 중증외상센터에서 저희끼리만 최선을 다하는 게 얼마나 의미가 있을까 하는 거죠."

"재원아."

강혁은 아주 나지막한 목소리로 재원을 불렀다. 재원은 강혁이 그의 제대로 된 이름을 부른 것이 거의 처음이라는 것을 느끼며 황급히 고개를 끄덕였다.

"그 얘기는 이따 하자. 내가 술 살게."

"술…… 이요?"

강혁이 술 얘기를 하다니. 회식은커녕 식사조차 함께하는 일이 드문 사람 아닌가.

'쥐도 새도 모르게 죽이려고 그러나?'

뭔가 불길한 예감이 재원의 머릿속을 헝클었다. 그렇다고 고개를 젓기에는 너무 희귀한 제안이었다.

"조폭, 너도 같이 가."

"네? 아, 네."

강혁은 재원이 미처 가부를 결정하기도 전에 장미의 참석까지 정해버렸다. 장미가 워낙 흔쾌히 응했기 때문에 재원으로서는 도저히 거절할 명분을 찾지 못했다.

"일단 잡아. 바늘 들어간다."

정신을 차리고보니 강혁은 이미 스파이날 니들이라고 불리는 바늘을 잡고 있었다. 대개 좁고 깊은 구조물에 접근해야 할 필요가 있을 때 사용하는 바늘이었다.

강혁은 별 망설임도 없이 바늘을 푹 찔러 넣었다.

“조금…….”

재원은 너무 깊이 들어간 건 아닌가 하는 생각에 저도 모르게 중얼거렸다.

“조금 뭐.”

그때 마침 바늘 끝에 맑고 투명한 액체가 맺혔다. 뇌척수액이었고, 바늘이 제대로 들어갔다는 뜻이었다.

“아뇨……. 아닙니다.”

“암튼, 라인 안 빠지게 잘 잡고 있어. 고정해야지.”

제아무리 장미가 운전을 잘한다 해도 과속 중이지 않은가. 흔들리는 와중에 바늘이 빠지지 않게 붙잡는다는 것은 어려운 일이었다.

“잘했어.”

강혁은 그렇게 버텨준 재원에게 칭찬을 건넨 후, 실크 테이프로 라인을 단단히 고정했다. 그러곤 라인에 작은 드레인 주머니를 연결했다.

강혁은 ‘콸콸’이라는 표현을 써도 좋을 정도로 쏟아져나오는 뇌척수액을 보며 고개를 끄덕였다.

‘그나마 잘 나온다는 건 위안이 되는데.’

문제는 뇌척수액이 전체 뇌압 상승에서 차지하는 부분이 그리 크진 않을 거라는 점이었다. 전반적인 뇌부종이 핵심이었으니까.

“얼마나 남았지?”

강혁은 환자의 들것 중간을 살짝 접어 머리가 허리보다 높이 있도록 만들며 장미에게 물었다. 그녀는 아주 부드럽게 브레이크를 밟으며 답했다.

“이제 다 왔어요.”

“오. 벌써?”

구급차는 응급실 앞에 기가 막히게 멈추어 서 있었다. 아예 뒷문 열리는 곳이 정문으로 향하게끔 방향까지 맞춘 채였다. 강혁과 재원, 요원들은 누가 먼저랄 것도 없이 차에서 내려 환자를 실은 침대를 밖으로 뺐다.

“여기, 여기로!”

장미는 어느새 안쪽에 있던 이송용 침대 하나를 끌고 오고 있었다. 강혁과 재원은 환자 밑에 깔린 들것을 들어 그 침대로 옮겼다. 요원은 그사이 원무과로 달려가 환자 접수를 의뢰했다.

“수술실로 갈까요?”

재원이 강혁을 바라보며 외쳤다. 강혁은 한심하다는 듯한 표정을 지으며 말했다.

“기본이 안 됐구나.”

“네?”

“치료의 기본은 진단이야, 진단. 이 멍청이들아.”

늘 진단은 현장에서 내리고 병원에서는 치료부터 시작하던 양반이 아닌가. 강혁은 얼빠진 표정을 하고 서 있는 재원을 보며 고개를 저었다.

“교수님! 신경과에서 기다리고 계십니다!”

“어? 벌써 왔어?”

강혁이 들어서자마자 장미가 외쳤다. 두 명의 신경과 의사가 와 있었다. 휴대용 뇌파 검사기기를 가지고.

‘둘이 왔네?’

이상한 일이었다. 공식 협진 요청은 아직 나가지도 못한 상황인데 이렇게 신속하게, 한 명도 아니고 둘이나 왔다니.

“반갑습니다, 백 교수님. 최준용입니다.”

주변에 별 관심이 없는 강혁에게는 당연히 낯선 이름이었다. 아무리 봐도 레지던트라기에는 연배가 있어 보였다. 명찰을 보니 역시나 교수였다.

"교수님이 직접 오셨군요. 감사합니다."

"감사는요. 안 그래도 어떻게든 도울 방도가 없는지 고민하던 차였습니다."

"도와요?"

"회의 때마다 아주 인상 깊게 보고 있었거든요. 저희 과도 뭐 수면 파트 말고는 딱히 잘나가는 과는 아니라……."

신경과는 뇌졸중 중 주로 뇌경색을 보는 과였다. 즉 자칫하면 환자가 죽을 수 있는 질환을 보는 과라고 보면 되었다. 우리나라의 보험 제도 특성상 이런 과는 돈을 벌지 못했다. 이를테면 동병상련의 처지에 있다는 뜻이었다.

"아무튼, 오셨으니까 이 환자 좀 봐주시죠."

강혁은 최준용 교수의 선망 어린 눈빛을 살짝 피하며 말했다. 약간 부끄러운 모양이었다. 특히 오늘은 그랬다. 환자 상태가 좋지 못했으니까.

최준용 교수는 흔쾌히 고개를 끄덕이며 환자에게로 다가갔다. 머리에는 구멍이 나 있었고, 목에는 기관 절개가 되어 있었으며, 등 뒤에도 배액 관이 삽입되어 있었다.

'별짓 다 하셨구나.'

그야말로 이 환자를 살리기 위해 발버둥 쳤다는 것을 알 수 있었다.

최준용 교수는 애써 안쓰러운 감정을 숨긴 채 레지던트에게 뭔가 지시했다. 그러자 레지던트는 꽤 능숙한 손길로 뇌파 기기를 환자의 머리에 연결했다. 뇌파 검사 모니터를 지켜보는 최준용의 표정이 그리 밝지 못했다.

"좀 어떻습니까?"

"전반적으로 기능이 크게 떨어져 있습니다……."

"어느 정도죠?"

"감각기는 그나마 괜찮습니다. 근데……."

"혹시 모터가?"

"네. 아마 깨어나더라도 평생 수발을 받아야 할 겁니다……."

깨어날 수 있을지 어떨지조차 미지수인 상황이었다. 지금은 그 누구도 환자의 생사를 장담할 수 없었다.

"저, 교수님."

다들 낙담한 기색이 된 가운데, 장미가 조심스레 강혁을 불렀다.

"응?"

"보호자…… 도착하셨다고 하는데……."

장미는 딱히 보기 좋은 몰골은 아닌 환자를 돌아보았다. 아직 환자복으로 갈아입지도 못한 상황이었다.

"지금 나가지. 검사, 감사했습니다. 추가적인 검사도 잘 부탁드립니다."

강혁의 말에 최준용 교수는 웃으며 고개를 끄덕였다.

"네. 따로 협진 요청하실 필요 없이 저희가 알아서 추적 관찰하겠습니다."

"감사합니다."

강혁은 재차 감사의 뜻을 표한 후 중환자실 입구를 향해 발을 옮겼다. 더없이 착잡한 기분이었다.

'조금만 빨랐다면.'

중환자실 특유의 약 냄새와 함께 시끄러운 기계 소리가 귀를 꽉 채웠다. 그 안에는 방금 실려 온 김동수 환자가 누워 있었다. 가장 상태가 좋지 않은 만큼, 가장 많은 기기를 달고 있었다.

"인공호흡 기기 세팅 마쳤고, 혈압 조절에 대해서는 아무래도 약이나 수액으로는 어려울 것 같아 에크모 요청했습니다."

재원은 환자 바로 옆에 앉아 있다가 강혁이 다가오는 것을 보고 말했다.

"수고했어. 신경과에서는 공식적인 답변도 주기로 한 거지?"

"네. 아까 여기서 다 작성하고 갔습니다. 매일 와서 확인하겠다고 했습니다. 다만……."

"다만, 뭐."

"뇌사 가능성까지 염두에 둬야 할 것 같다고……."

재원은 최 교수가 뽑아놓고 간 긴 종이를 가리켰다. 거기엔 높은 산봉우리처럼 보이는 파형이 주기적으로 떠 있었다.

"계속 자극을 주고 있는데 전혀 변화가 없는 것으로 볼 때, 가능성이 크다고 합니다."

"이런 젠장."

"뭐……. 일단은 급성기니까 두고 보자고는 했습니다."

"그래……. 할 수 있는 건 해야겠지. 에크모, 연결해줘. 그래야 뇌압 조절이 쉬워질 테니."

"네."

에크모는 하루만 연결해도 수천만 원이 소요되는 어마어마하게 비싼 장비였다. 게다가 국가에서는 에크모를 연결하고도 환자가 살아나지 못하면 이에 대한 돈을 청구하지 못하도록 못을 박아놓았다. 이 때문에 에크모라고 하는 기적의 장비가 국내에 한해서만큼은 많이 이용되지 못하고 있었는데, 한국대학교 병원은 예외였다. 강혁이 적자가 나든 말든 써제꼈으니까.

강혁의 핸드폰이 울렸다. 주머니에서 꺼내보니 화면에 익숙한 이름 석 자가 떠 있었다. 전 중앙 구조단 팀장, 안중헌이었다.

"음?"

안중헌 팀장과의 통화는 꽤 여러 번 해보았지만 전부 출동에 관한 것들이었을 뿐 개인적인 통화는 한 번도 없었다.

'게다가 이젠 내근직으로 옮겨졌다던데…….'

강혁은 잠시 고개를 갸웃거리다 이내 전화를 받았다.

"안 팀장, 오랜만이네."

그러자 착 가라앉은 목소리의 중헌이 인사를 건네왔다.

"네, 오랜만입니다. 교수님."

"감기 걸렸어? 목소리가 왜 이래?"

중헌은 늘 목소리에 힘이 넘치는 사람이었다. 심지어 밤샘 출동을 할 때도 그랬다. 그런데 지금은 아예 맛이 가버린 느낌이었다.

"들었습니다. 오늘 일."

중앙 구조단에서 헬기 출동 요청을 거절했다는 걸 들은 모양이었다.

"아. 헬기 말인가."

강혁의 목소리도 툭 가라앉았다.

"환자는……. 어찌 됐습니까?"

강혁은 잠시 망설였다. 의료진이 환자에 대해 누설하는 것은 어찌 되었든 비밀 유지 서약을 어기는 셈이었다. 하지만 한 팀이나 마찬가지였던 중헌에게 대충 둘러대거나 거짓말하는 것은 더욱 마음이 불편했다.

그냥 의료진도 아니고 가장 의지가 되는 의료진이었다.

"뇌사까지 생각하고 있어."

"혹시…… 현장에서……."

중헌은 차마 말을 제대로 잇지 못했다. 하지만 강혁은 그의 말을 알아들을 수 있었다.

'현장에서 이미 그렇게 판정이 된 것인가를 묻는 거겠지.'

달리 말하면 헬기가 출동하지 않아 지체된 것이 영향을 미친 게 아니길 바라고 있다는 뜻이었다. 강혁은 선뜻 '그렇다'라고 말하지 못했다.

"그땐 괜찮았어. 이송에 시간이 너무 걸려서……. 골든 아워를 놓친 셈이지."

"그렇습니까……."

"뭐 하러 이런 걸 묻고 그래. 마음만 아프게. 거기 자리 좋다며. 이왕 간 거 좀 쉬지."

강혁은 잔뜩 풀 죽어버린 중헌의 목소리에 고개를 절레절레 저었다.

"아뇨. 그럴 수는 없습니다."

"뭘 또 그럴 수가 없어."

"제가 20년 가까이 구급 요원 노릇 하면서 가장 보람 있었을 때가 언젠지 아십니까? 교수님하고 출동 나갈 때입니다. 현장에서 환자만 제때 구하면 교수님이 반드시 살렸으니까요. 근데 그게 지금 다 어그러지게 된 상황 아닙니까."

"하지만……. 당장은 해결이 안 돼."

'하지만 해봐야겠지.'

"교수님, 혹시 시간되십니까?"

중헌은 잠시 침묵을 지키다 대뜸 이렇게 물었다.

"응, 돼. 오늘 애들이랑 술 한잔할 거야. 너도 올래?"

"어…… 그럼 팀 회식 아닙니까? 제가 가도 될지……."

중헌은 무척이나 당황한 목소리였다. 그에 반해 강혁은 너무나도 평온한 목소리였다.

"같이 사람 살리면 팀이지 뭐."

"같이……."

"아까 말했잖아. 나랑 출동해서 사람 살리면 보람 있다고. 나도 좀 느끼긴 했거든. 특히 오늘은 뼈가 저리네."

강혁은 이제 에크모를 연결하고 있는 환자를 돌아보았다.

"아무튼, 오는 걸로 알고 있을게. 우리가 어디 멀리는 못 가거든."

"알고 있습니다."

365일 풀 당직을 서고 있는 팀이 아닌가. 그런 팀의 회식이 병원에서 멀리 떨어질 수는 없었다.

"그러니까 병원으로 일단 와. 우리 이 환자 정리되면 바로 나갈 거야. 이따 보자고."

강혁은 전화를 끊고 재원을 돌아보았다. 마침 재원은 기기 연결을 끝내고 몸을 일으키려던 참이었다. 곧 에크모가 돌아가기 시작했다.

"이제 이건 필요 없겠네."

해서 강혁은 아까 재원이 혼자 기관 절개해 넣은 튜브를 뽑았다. 보통은 이렇게 되면 안에 있던 가래가 뿜어져 나와야 정상인데, 지금은 그렇지 않았다. 그저 고요했다. 환자는 숨을 쉬고 있지 않기 때문이었다.

'반쯤 죽었다고 봐야겠지.'

에크모를 달았다는 것 자체가 살 확률이 희박하다는 것을 의미한다고 보면 되었다.

"이제 만니톨 때려 부어. 스테로이드 더 주고."

"네."

"그리고……. 일단 머리 부었으니까 항생제 삼제 요법으로 시작해."

"네."

강혁은 약이 잘 들어가고 있는 것과 안정된 활력 징후를 확인하며 고개를 끄덕였다. 이게 과연 얼마나 효과를 낼 수 있을지는 미지수였다. 뇌는 한번 손상되면 다시 돌아오지 않았으니까. 다만 완전 손상이 아니기를 기대하며 진행하는 치료일 뿐이었다.

"적어도 오늘내일 어떻게 되지는 않겠네요."

재원도 안정 그 자체라 할 수 있는 활력 징후를 보며 말했다.

"그럼 경원이 데리고 회식이나 가자."

"근데 교수님, 근데 어떻게 회식을……."

"가까운 데서 할 거라니까."

"술은요? 술 한잔하자고 하셨잖아요."

"어, 한잔할 거야."

"설마……."

그 '한잔'이 문자 그대로의 '한 잔'인가 하는 생각이 들었다. 재원이 잠시 행동을 멈춘 사이, 경원이 중환자실 안으로 들어왔다. 늘 그렇듯 수술복에 짤막한 감색 가운을 걸친 채였다.

"어, 경원이 왔네. 가자."

강혁은 중환자실 바로 앞에 위치한 자신의 연구실 안에 들어가 종이가방 하나를 들고 나왔다. 딱 봐도 상당히 묵직해 보였다.

"이건……. 뭐예요?"

"환자가 주셨어."

"환자가……. 이거 발렌타인 30년인데요?"

"어, 놓고 가셨더라. 누군지도 몰라. 외래 끝나고 오니까 있더라고."

강혁의 외래는 외상 외과답지 않게 꽤 붐비는 편이었다. 오는 족족 살려내니 환자가 쌓일 수밖에 없었다. 더구나 그중 몇몇은 이제 오지 않아도 된다는 말을 몇 번이나 했는데도 계속 왔다.

"김영란법에 걸릴 텐데요?"

"청탁받은 게 없는데 뭐가 문제야."

"아니……."

"어디 가서 말할 거야?"

"아뇨……."

"그럼 됐지. 따라와."

강혁이 데리고 간 곳은 엘리베이터 앞이었다. 모두의 얼굴이 갸우뚱해질 수밖에 없었다. 그들이 있는 곳이 1층이었으니까.

"어……. 나가야 회식을 하죠?"

"아니, 여기서도 할 수 있어."

"그게 무슨……."

강혁은 어리둥절한 표정의 사람들 눈앞에 키 하나를 흔들며 말했다.

"내가 몇 번 가봐서 아는데, 우리 병원 기조실장실 전망 좋더라."

강혁은 엘리베이터 한쪽에 부착되어 있는 바코드 인식기에 아이디카드를 찍으며 답했다. 그러자 엘리베이터는 자동으로 17층을 향해 올라가기 시작했다.

"어……."

장미가 그 모습을 보며 고개를 갸웃거렸다. 이 엘리베이터는 재단 이사들이나 원장, 부원장 그리고 기조실장만 사용할 수 있었다. 사용이 승인된 카드를 찍지 않으면 움직이질 않았으니까.

"아, 이 카드?"

강혁은 그녀의 의문을 다 알고 있다는 듯한 표정으로 손에 들고 있던 카드를 흔들었다.

"호…… 홍재훈 교수님 카드잖아요……."

재원이 뜨악한 얼굴로 강혁을 돌아보았다. 강혁의 부름이라면 어디든 따라왔던 경원도 깜짝 놀란 얼굴이 되었다.

"서, 설마?"

"훔친 거예요?"

장미가 눈을 동그랗게 뜬 채 물었다. 카드를 들고 있는 게 다른 사람이라면 조금 좋은 방향으로 생각해볼 여지라도 있을 텐데, 강혁이 들고 있으니 다른 생각은 들지 않았다. 그저 어떻게 훔친 걸까 하는 의문만 들었다.

"이놈들이 나를 뭘로 보는 거야."

강혁은 그런 팀원들을 돌아보며 성을 냈다. 모두 입 밖으로 내지 않았지만, 한마음 한뜻이었다.

'도둑놈이요…….'

"자, 일단 내리자."

곧 엘리베이터는 17층에 도착했다. 기조실장실은 엘리베이터 바로 앞에 있는 방이었다. 오늘은 기조실장 홍재훈 교수가 자리를 비웠기 때문에 비서도 없었다.

"좋네. 들어가자고."

강혁은 뭔가 둘러댈 일이 없어졌단 생각에 기분 좋게 웃으며 기조실장실 안으로 들어섰다. 출입문 역시 아이디카드를 가져다대니 잠금장치가 열렸다.

"와……."

그 안에 들어선 재원이 감탄을 내뱉었다. 일반 외과라는 큰 규모의 과장 한유림 교수 방에는 여러 차례 가본 적이 있었다. 그의 방도 일반 교수들 방에 비하면 훨씬 크고, 소파며 테이블이며 구색은 갖추고 있었다. 하지만 이곳과 비할 바는 아니었다.

"진짜……. 좋긴 좋네요."

장미는 홀린 듯 창가로 걸어갔다. 강혁이 말했던 것처럼 전망이 어마어마했다. 시야를 가리는 건물이 없어 한강까지 시원하게 보였다.

"좋지? 여기 앉아."

강혁은 마치 자기 방에라도 온 것처럼 자연스럽게 소파에 앉으며 사람들에게 자리를 권했다.

"네, 교수님."

경원이 제일 먼저 강혁의 맞은편에 자리를 잡았다. 그를 시작으로 재원과 장미도 소파에 앉았다.

"저, 근데."

입을 연 사람은 재원이었다. 강혁은 '그럼 그렇지' 하는 표정으로 그를 바라보았다.

"왜, 인마."

"회식인데……. 먹을 건 없나요?"

"아. 먹을 거."

재원의 말대로 테이블 위에는 입가심용 박하사탕만 놓여 있었다. 강혁은 껄껄 웃으며 자신의 핸드폰을 톡톡 두드렸다.

"벌써 중헌 팀장한테 말해놨지. 곧 먹을 거 들고 여기로 올 거야."

"네? 안중헌 팀장이요?"

"그래."

"아니……. 그분한테 먹을 걸 사 오라고 시켰다고요?"

"돈 주면 되지. 뭐가 문제야?"

"아니, 그게 문제가 아니라……."

엄밀히 말하면 손님 아닌가. 근데 손님한테 먹을 걸 사 오라고 하다니.

똑똑. 그때 누군가 문을 두드렸다. 문득 남의 방에 들어와 있다는 생각이 머릿속을 스쳤고, 다들 입을 다물었다. 오직 강혁만 너무도 당당하게 몸을 일으켰다.

"왔어?"

"네, 교수님. 저 왔습니다."

"휴."

문밖에서 들려온 목소리는 중헌의 것이었다. 그제야 나머지 팀원들은 안도의 한숨을 쉬었다.

"뭘 좋아하시는지 몰라서 이것저것 사 왔습니다."

중헌은 양손 가득 치킨과 피자를 들어 올리며 말했다.

"잘했어, 잘했어. 이거면 최고지 뭐."

강혁은 음식들을 받아들며 답했다.

“역시 그렇죠? 한국 사람은 치킨이죠.”

중헌은 사람 좋은 미소를 보이며 테이블에 음식들을 올려두었다.

“자. 안 팀장은 저기 앉고. 일단 술부터 따르자.”

강혁은 종이컵을 하나씩 나눠주었다. 당연하게도 제대로 된 종이컵은 아니었다. ‘소변 검사용’이라고 큼지막하게 쓰여 있는 종이컵이었는데, 그 누구도 이를 이상하게 여기는 사람은 없었다. 병원에서 지내본 사람들은 여기에 무언가를 담아 마시는 행위에 익숙했으니까.

“어우……. 술이, 참 좋은 술이네요.”

중헌은 발렌타인을 보자마자 너스레를 떨었다. 그 말에 강혁이 허허 웃었다.

“그치?”

“뭐, 그래도 오늘 같은 날도 있잖아.”

강혁의 말에 재원은 잠시 고개를 갸웃거렸다.

‘오늘도 출동 다녀왔는데…….’

심지어 바로 조금 전까지 그 환자를 돌보다 온 참인데.

‘하긴 나만 해도……. 오늘은 할 만하다고 생각하긴 했지.’

재원은 자신도 모르게 강혁을 따라가는 스스로를 떠올리며 몸서리를 쳤다. 그사이 강혁은 모두의 컵에 술을 따라주었다.

“자, 일단 건배하자. 중증외상센터를 위해!”

“위, 위하여!”

강혁의 입에서 건배라는 말이 나오다니. 상당히 어색한 상황이었다. 하지만 재원은 외과 회식에서 어느 정도 단련된 몸이었다. 경원은 낮에는 마취, 밤에는 만취라는 별명을 가진 마취과였고, 장미는 원래 주당이었다. 덕분에 금세 장단을 맞추어 술을 마실 수 있었다.

중간에 끊어야 했지만.

“아, 참. 너무 급하게 먹지 마. 이거 한 잔으로 오늘 버텨야 해. 아, 안 팀장은 계속 마셔도 되고.”

“이거 한 잔으로요?”

“환자 오면 어쩌려고. 고주망태 돼서 내려갈래?”

“아…….”

이럴 거면 왜 술을 깠고, 왜 회식이라고 한 걸까 하는 생각이 들었다. 강혁은 의문이 가득한 재원을, 그리고 나머지 팀원들을 돌아보며 입을 열었다.

“아무튼, 오늘 술 한잔하자고 한 건 말이야…….”

그가 이런 말을 꺼낸 적은 처음이었다. 때문에 모두 마른 침을 삼키며 그의 입을 바라보았다.

“왜 남들은 중상자를 다 포기했는데, 우리만 죽자 살자 살리려드냐는 말, 했었지?”

재원은 당황하며 손사래를 쳤다.

“교, 교수님. 아까 그건 제가 흥분해서…….”

“아냐. 아냐. 충분히 들 수 있는 의문이지. 거기에 대한 내 생각을 말해주고 싶어서. 지극히 내 개인적인 경험이지만…… 어차피 외상외과 전문의가 되고, 또 중증외상팀의 팀원이 되려면 이런 생각을 한 번쯤은 해볼 필요가 있어.”

모두 입을 다물고 강혁을 바라보았다. 다 그렇겠지만 특히 재원은 숨소리 하나 내지 못하고 있었다. 평소 강혁의 모습이 아니라, 수술실에서 한창 집중하고 있을 때의 표정이었으니까. 늘 보조의로 들어가던 재원은 습관적으로 더 긴장할 수밖에 없었다.

“중증외상센터에서 일하다보면 다들 한 번쯤은 이런 생각을 하게 되지.”

강혁은 일행을 돌아보았다. 다들 소변 컵에 담긴 양주를 내려놓고만 있었다. 오직 강혁만이 한 모금 맛을 보는 중이었다.

“음.”

그는 잠시 그 맛을 음미하다가 이내 말을 이었다.

“왜 아무도 신경 쓰지 않는 죽음 때문에 이런 고생을 하는 걸까. 뭐 이런 생각 말이야.”

‘아무도 신경 쓰지 않는 죽음’이라니. 묘하게 가슴 한쪽을 불편하게 하는 단어 선정이었다. 하지만 이 자리에 있는 누구도 이에 대해 토를 달지는 못했다. 실제로 모든 정책 입안자들이나 병원 관계자들은 말로만 언급할 뿐, 아직도 변한 건 없었으니까. 오늘만 해도 충분히 살 수 있던 사람이 뇌사를 걱정하는 상태에 빠지고 말았으니.

“난 개인적으로……. 이게 내 업보라고 생각해.”

강혁은 침묵 속에서 잔을 내려놓았다. 비록 소변 검사용이라고 쓰인 작은 종이컵에 불과했지만. 툭 하고 탁자를 내리치는 소리가 방 안에 가득 울리는 듯했다. 적어도 이 방 안에 있는 사람들에겐 그러했다.

“업보…… 요?”

묵묵히 듣고만 있던 재원이 고개를 갸웃거리며 물었다. 강혁은 그런 재원을 보며 희미한 미소를 지어 보였다.

“그래, 업보.”

“왜……. 왜요?”

재원은 설마 이 백강혁이 실수로 사람을 죽인 적이라도 있는 건가 싶어 말끝을 흐렸다. 장미나 경원 그리고 중헌도 비슷한 생각을 하며 숨을 죽였다.

"그때가…… 그래, 벌써 20년도 더 됐네."

강혁은 먼눈을 한 채 중얼거리듯 말했다. 이미 시선은 창밖을 향하고 있었는데, 딱히 풍경을 보는 것 같진 않았다. 그의 과거 어딘가를 헤매는 듯했다.

"내 아버지는 환경미화원이셨어."

환경미화원이라는 말에 장미가 침음을 뱉었다. 바로 얼마 전, 지나던 트럭에 치여 내원했던 중증외상 환자가 바로 환경미화원이었으니까. 그뿐만이 아니라, 꽤 여러 차례 실려 온 것을 본 기억이 있었다.

"미화 작업 도중 버스에 치였고, 돌아가셨지."

"아."

이번엔 재원이 탄식을 내뱉었다. 강혁이 자신에 관한 이야기를 하는 것 자체가 거의 처음인데, 그 얘기가 아버지의 죽음으로 시작될 줄은 꿈에도 몰랐다. 얼떨결에 이 회식에 참여하게 된 중헌도 비슷한 표정이었다. 무슨 말을 해야 할지 모르는 것은 물론이고 손을 어디에 둬야 할지조차 모르겠다는 얼굴이 되어 있었다. 경원은 그저 술만 홀짝이고 있었다. 딱히 맛을 음미하는 것처럼 보이진 않았다. 그저 뭐라도 해야 강혁의 말을 좀 더 어색하지 않게 들을 수 있을 것 같았다.

"그땐…… 그냥 그런가 보다 했었지. 아니, 그보단 실감이 안 났다고 해야 할까. 아버진 내게 남은 유일한 가족이었으니까."

"유일한……?"

재원은 저도 모르게 생경한 단어인 듯 되뇌었다.

"어머니는 내가 아주 어릴 적 돌아가셨거든. 기억에도 없어."

"아……."

"아무튼, 그땐 그저 살아남는 게 우선이었어. 뭐든지 열심히 했지. 공부도, 알바도."

살아남는 게 우선이라니. 그런 생각은 적어도 재원이나 경원은 단 한 번도 품어본 기억이 없었다. 둘은 비교적 유복한 가정에서 자라나 평탄하게 의대에서 공부하고 의사가 되었으니까.

"우연히 무안대학교에서 열린 지역 내 장학 퀴즈에서 장원하고, 무안대로 진학하면 전액 장학금에 용돈도 주겠다는 제안을 받았어. 무안대라…… 그리 좋은 대학이 아니란 건 알고 있지만 어쩌겠어, 돈을 준다는데."

"아……. 그래서……."

재원은 그제야 의문 하나가 풀리는 기분이었다. 늘 강혁과 같이 우수한 사람이 왜 무안대학교 의대를 나왔을까 하는 생각을 했었다. 물론 의대는 어디나 점수가 높기는 했지만, 강혁의 능력을 보면 한국대학교 정문도 쉽게 부수고 들어올 수 있을 것 같았다.

"그렇게 의대에 진학하고 공부하다보니……. 그때가 되어서야 알겠더군."

강혁은 거기까지 말하곤 종이컵에 담긴 술을 한 모금 더 삼켰다.

"내 아버지는 그렇게 죽지 않을 수 있었다는 걸 말이야."

"아……."

누가 먼저랄 것 없이 탄식을 흘렸다.

"근데 여전히 아버지 같은 환자들이 계속 죽어가고 있다는 거야. 웃기지 않아? 대한민국 의료는 이제 세계 어디에 내놔도 꿀리지 않는 수준인데 말이야."

강혁은 그리 말하며 술을 한 모금 더 삼켰다.

"멀리 갈 것도 없지. 이 병원 간이식센터만 해도 전 세계에서 배우러 오잖아? 미숙아 생존율도 세계 최고 수준이고."

"그건 그렇죠……."

"하지만 중증외상 환자들은 어떻지?"

강혁의 말에 그 누구도 속 시원히 말할 수가 없었다. 그는 거기까지 말한 후 천천히 치킨이 담긴 상자를 열었다. 무게 잡고 말을 하고는 있지만, 빈속에 술만 먹으니 부담이 되는 모양이었다.

"어우. 아무튼, 그래. 난 내 아버지 같은 환자가 더는 없었으면 좋겠어. 그게 내 바람이고……. 그렇게 되게 하려고 노력하는 거야."

강혁이 치킨 다리를 우적거리며 말하자 분위기가 다소 누그러졌다.

"그래서 이렇게 죽으라고 하시는 거였군요."

장미가 치킨 조각 하나를 집어 들며 입을 열었다. 강혁도 치킨을 먹으며 답했다.

"뭐……. 하다보면 나름대로 재미도 있어. 우린 똑같은 수술 두 번 하기가 쉽지 않잖아."

"하긴 그렇죠. 저만 해도 뭐……. 여기 와서 처음 해본 수술이 수십 가지는 되니까."

재원도 고개를 끄덕이며 치킨을 입으로 가져갔다.

"너희도 고민은 좀 해봐. 다 나 같은 사정이 있지는 않겠지만……. 이 힘든 길을 괜히 간다고 생각하면 더 버티기 힘들잖아."

강혁은 시리아로 떠나기 전, 무안대학교에서 겪었던 좌절을 떠올리며 입을 열었다. 그때 강혁은 지역 거점 병원이 된 무안대학병원의 외상 외과 창설과 중증외상센터 설립을 위해 열심히 일했더랬다. 하지만 결국 그를 제외한 모든 의료진이 사퇴하는 것으로 막을 내리고 말았다. 보상 없는 희생은 언젠가 파국을 맞기 마련이었으니까.

"네. 교수님 말씀 마음에 새기고 열심히 일하겠습니다."

강혁의 말에 늘 에프엠인 경원이 파이팅 자세를 취했다. 입안에는 치킨이 한가득이었다.

"저도 교수님을 도와야 하는데……. 이렇게 한직에 밀려나서 죄송합니다."

중헌은 어렵게 대화에 끼어들었다. 그를 초대한 강혁이 고개를 저었다.

"아냐, 아냐. 사실 중앙 구조단에서 그렇게 해준 게 이상한 일이긴 했지. 원래는 병원에도 닥터 헬기가 하나쯤은 있어야 하는 건데."

강혁은 그 말을 하면서 원장단의 얼굴을 떠올렸다. 헬기 이착륙대도 지어주지 않는 놈들인데, 헬기를 사줄 리 만무했다.

'뭐, 이제 한동안은 헬기 출동은 물 건너간 셈인가.'

그나마 병원에 있는 구급차의 시설이 괜찮은 게 다행이었다. 그래봐야 닥터 헬기에 비할 바는 아니지만. 표정이 다시 어두워진 강혁을 향해 중헌이 재차 입을 열었다.

"그래서 말인데요."

"응?"

"제가 이래 봬도 꽤 발이 넓은 편이거든요. 적어도 소방청 내에서는."

"그래서?"

중헌의 나이대에 이런 성격이라면 그럴 만했다. 특히 후배들의 전폭적인 지원을 받을 유형이었다. 중헌은 본인이 직접 일을 하는 스타일이었으니까.

"경기 소방청 쪽 구조단에 제 1년 후배가 이번에 들어갔는데……. 닥터 헬기 놀고 있는 게 너무 아까운 모양이에요."

"거기도 있어?"

"EC 225 기종은 아니고 AW 139 기종이긴 하지만, 한 대 있습니다."

"한 대……."

"부족하긴 하지만, 아시잖습니까. 어차피 아무도 안 쓰고 있습니다."

중앙 구조단의 EC 225 기종도 거의 반쯤 놀리는 상황이었다. 경기 소방청이라고 해서 상황이 다르리란 법은 없었다.

"그건 잘됐군. 아니, 잘된 일이 아닌가?"

"뭐…… 생각하기 나름 아니겠습니까? 아무튼, 그 친구가 교수님 활약상을 듣고 아주 관심이 많습니다. 소방청장이 문제지만……."

중헌은 청장이 중앙 구조단 헬기가 백강혁 개인택시냐고 하면서 성을 냈다는 이야기를 전해 들었다. 자세한 상황은 모르지만, 자신의 갑작스러운 인사이동과 백강혁에 대한 협조가 밀접한 관련이 있다고 확신했다.

"청장이 뭐라 말하든 나는 관심 없고. 그 친구 연락처 뭔데?"

"여기 있습니다. 제가 따로 또 얘기도 전해놓겠습니다. 관심만 있으시다면요."

"관심? 말해 뭐해. 중증외상센터에서의 핵심은 '헬기를 이용한 이송'이야. 그게 없으면 모든 게 어그러져."

병원까지 용케 실려 온 환자를 살리는 것 또한 중요한 일이긴 했다. 하지만 애초에 우리나라의 복잡한 도로 사정을 뚫고 병원에 도착할 때까지 살아 있는 환자가 드물었다.

'골든 아워가 중요한 환자들을 살리기 위해선 헬기가 필수야.'

강혁이 외국에서 경험한 것처럼, 같은 환자라도 이송이 얼마나 걸리냐에 따라 예후는 극명하게 갈렸다.

"그럼 제가 얘기 넣겠습니다."

"고마워. 그래도 어느 한쪽에서는 도움을 받긴 받네."

"말씀하셨잖습니까, 저도 팀이라고. 힘닿는 대로 돕겠습니다."

"그래. 든든하군."

거대 권력이 하지 못하는 일을 아니, 하지 않으려는 일을 개미들이 애쓰고 있었다.

AW 139 기종을 토대로 만들어진 닥터 헬기가 한국대학교 병원 외곽의 테니스장 위로 내려앉고 있었다. 자연히 프로펠러의 풍압에 의해 먼지가 사방으로 휘날렸다. 범위는 생각보다 넓었고, 근처 민가에까지 피해를 주기에 충분했다.

"빨리, 빨리!"

하지만 헬기 안에 있는 사람 중 누구도 그런 것에 신경 쓸 겨를이 없었다.

"제가 먼저 내려서 환자 받겠습니다!"

"아, 김 팀장!"

중헌이 소개해준 경기 소방청 후배의 이름은 김강률이라 했다. 체격이 다부진 중헌보다도 머리 하나 정도가 더 컸다. 강혁과 비슷할 정도의 체격이었다.

"오케이. 그럼 바로 달리자."

"네!"

환자는 주조 관련 제품을 만드는 공장의 인부였다. 천장에서 떨어진 칼날에 목이 상했는데, 그 깊이가 심상치가 않았다. 일단 급한 대로 숨길만 확보하고 병원으로 이송해 온 참이었다.

환자는 목에 기관 절개가 되어 있는 상태긴 했지만, 의식은 또렷한 편이었다. 거의 20cm가 넘는 칼날이 끝이 보이지 않을 정도로 깊이 들어갔는데도.

"임펜딩 럽처 가능성이 아주 커!"

강혁은 그런 환자의 발치에 선 채 외쳤다.

"이런."

"속도 높이겠습니다!"

그들은 들것을 들고 최선을 다해 달리기 시작했다. 강혁이 말하는 임펜딩 럽처가 어떤 혈관에 닥친 문제인지는 너무 자명한 일이었기 때문이었다. 특히 다른 구조 현장에서 해당 혈관이 터지는 것을 본 적이 있는 강률은 다리에 힘이 들어갈 수밖에 없었다.

"이쪽으로!"

미리 연락을 받고 만반의 준비를 마치고 있던 장미가 강제로 열어둔 응급실 정문 쪽에 서서 외쳤다. 뒤로는 응급의학과 레지던트와 간호사 몇 명이 대기 중이었다. 중증외상 환자는 중증외상팀에서 보라는 기조실장의 엄명이 있긴 했지만. 비교적 젊은 레지던트들은 그 말을 들으려 하지 않았다. 드르륵. 침대가 거친 신음을 내며 응급실 안쪽으로 들이닥쳤다. 세 명의 장정이 최고 속도로 달리고 있었기 때문에 곧 처치실에 도착이었다. 그사이 강혁은 결정을 내려야만 했다.

'칼날로 인한 열상……. 현장에서 본 칼날은 거의 송곳 같은 형태였어.'

강혁은 아까 헬기에서 있었던 급박한 상황을 떠올렸다. 돌연 환자가 쌕쌕거리기 시작했고, 동시에 산소 포화도가 뚝 떨어졌었다. 강혁이 재빨리 흉강에 바늘을 꽂고 기관 절개를 했기에 망정이지, 좀 더 늦었다면 헬기에서 내린 건 싸늘한 시신이었을 것이다.

'적어도 폐를 찌를 정도까지는 들어갔다는 거지…….'

목에 세로로 꽂힌 칼이 폐에 닿았다는 것만으로도 여러 가지 가능성을 생각할 수 있었다. 물론 그중 좋은 것은 단 한 가지도 없었다. 경동맥 파열, 식도 파열, 기도 손상, 대동맥 파열, 심장 파열 등. 좋지 못한 상황들의 이름이 줄줄이 떠올랐다.

'경동맥 파열이 임박했어. 시간이 없어…….'

다른 사람들이라면 눈치채기 어려웠겠지만 강혁의 예민한 눈에는 혈행의 변화까지 보였다. 그가 볼 때 칼이 꽂힌 좌측의 경동맥 흐름이 조금 꼬이고 있었고, 곧 뭔가에 의해 방해를 받고 있다는 뜻이었다. 지금 그걸 방해할 만한 놈은 칼날뿐이었다.

"교수님, 어떡할까요?"

재원은 침대가 응급실 로비에 들어서자마자 강혁을 향해 물었다. 여기서 좌측으로 틀면 수술실이 있는 중증외상센터, 우측으로 틀면 일반적인 응급실이었다. 엑스레이부터 해서 CT, MRI 등 각종 검사가 가능한 곳이었다.

"음."

강혁은 짤막한 신음과 함께 결정을 내렸다.

'터지면 그 자리에서 막는다. 이대로 들어가는 건 자살 행위야.'

예상되는 위험이 있기는 했지만, 범위를 모르고 수술에 들어간다는 것은 미친 짓이었다.

"일단…… CT 찍고! 그다음에 수술실로 간다. 경원이한테도 그렇게 알려!"

"CT실 대기 중입니다! 저는 수술실 가서 준비 마무리하겠습니다! 혹시 추가로 준비해야 할 사항 있을까요?"

장미는 씩씩하게 수술실 쪽으로 달리며 물었다. CT실까지 미리 대기하게 해놓다니. 강혁에게는 더할 나위 없이 든든한 팀원이었다. 하지만 강혁은 칭찬은 환자 살리고 난 후로 미루고 지시사항을 전했다.

"개흉까지 염두에 둬야 해! 다 꺼내놔!"

"네, 알겠습니다!"

"자, 우리는 빨리 CT실로! 김 팀장은 환자 접수랑……, 보호자 연락 부탁해!"

"네, 교수님. 맡겨주십쇼."

강률은 오는 내내 환자에 관해 조사한 결과물을 들고 원무과를 향해 달렸다.

"응급의학과! 수액 좀 달아줘! 아직 라인 하나밖에 없어!"

"아, 네!"

이번엔 응급의학과 쪽에서 대기 중이던 간호사들과 레지던트 한 명이 달려들었다. 침대는 여전히 멈추지 않고 달리는 중이었지만 그들은 침착하게 라인을 연결하고, 동맥혈 검사를 포함한 여러 검사를 시행했다.

"쉭."

"어?"

"의식이……. 있네요?"

냅다 바늘을 찔러대던 간호사 하나가 이렇게 물었다. 꽤 놀란 표정이었다. 강혁이 이송해 온 환자, 특히 헬기를 타고 온 환자 중엔 단 한 번도 의식이 있던 적이 없었기 때문이다.

“아. 아직은 있어. 그러니까 꽉 잡고 해야 해.”

강혁은 대수롭지 않다는 투로 말했다. 환자는 ‘저런 말을 할 게 아니라 설명을 하고 찌르든가, 하라는 말을 해야 하는 게 아닌가’ 하는 생각이 들었다.

“쉬쉬.”

기관 절개를 한 환자였기에 무슨 말을 해도 바람 소리만 새어 나올 뿐이었다.

“아, 네!”

환장할 일은 간호사들 또한 강혁의 지시를 별로 이상하게 여기지 않는다는 뜻이었다. 이게 바로 응급실이나 중환자실 간호사들이 병실이나 외래 간호사들과 크게 다른 점 중 하나였다. 이들은 생명을 살려야 한다는 거대 목표에 경도된 나머지 다른 것들까지 세세하게 신경을 쓰지 못하는 경향이 있었다.

“좋아. 수액 둘에…… 동맥혈에 정맥혈도 나간 거지?”

강혁은 CT실 입구에 선 채 간호사와 레지던트에게 물었다. 그러자 레지던트가 고개를 끄덕였다.

“네! 동맥혈은 검사 나오는 대로 알려드리겠습니다. 정맥혈 검사는…… 풀 랩(Full lab: 모든 검사, 실제로 모든 검사는 아니고 응급한 검사 전부를 칭함)으로 나가면 될까요?”

“그래. 빨리 나가줘!”

“네! 교수님!”

레지던트는 자기 과 교수도 아닌 강혁을 향해 깍듯하게 인사를 건넨 후 컴퓨터를 향해 달려갔다. 그사이 강혁은 기사의 도움을 받아 환자를 안쪽으로 옮겼다.

“쉭쉭.”

"아아, 가만히 계셔요. 검사할 거니까."

"쉭……."

"그래, 가만히."

환자는 대체 뭐가 터진다는 거냐고 끊임없이 묻는 중이었다. 하지만 강혁과 재원은 자기 편한 대로만 해석했다. 그래야 일이 진행될 테니. 그렇게 환자의 불안 속에 CT 검사가 시작되었다. 조영제를 넣지 않고 머리만 찍던 Brain CT와는 많이 다른 검사였다. 이건 조영제도 들어가는 데다가, 범위가 목, 흉부를 포함하고 있었다.

"어디……. 어떻지……?"

강혁과 재원은 실시간으로 전송되어 오는 영상을 두근거리는 마음으로 보았다. 제발 폐까지는 몰라도 종격동이나 대동맥까지는 건들지 않았기를 바라면서.

"어."

그때 강혁이 허파에 바람 빠지는 소리를 내었다.

"왜, 왜요?"

"이거…… 이거 조영제 새잖아!"

"네? 아!"

조금 전 컷만 해도 괜찮았던 경동맥에서 하얀 조영제가 새고 있었다. 조영제란 혈관을 도드라져 보이게 해주는 약물이었다. 다시 말해 피에 섞여서 돌아다니는 놈이라는 얘기이고, 그게 샌다는 것은……?

"럽처(Rupture: 파열)! 럽처야!"

럽처. 아까의 임펜딩 럽처가 드디어 파열로 이어졌다는 뜻이었다. 강혁과 재원은 누가 먼저랄 것도 없이 조정실을 뛰쳐나가, CT실로 들이닥쳤다. 천장에 달린 스피커를 통해 기사의 긴박한 목소리가 들려왔다.

“아, 아직 촬영 중입니다! 방사선……!”

기사는 무심결에 자신의 가슴팍에 달린 배지를 바라보았다. 방사선 영향 아래 근무하고 있다고 여겨지는 직원들은 모조리 이 배지를 차고 있었다. 하지만 기사가 볼 때 방사선에 가장 무방비로 노출되는 사람들은 인턴들이었다. 요즘 들어서는 중증외상센터의 저 두 사람이었고.

“지금 그게 문제가 아니야! 노예! 활력 징후 챙겨!”

“혀, 혈압 떨어집니다! 호흡수……. 자발 호흡 소실! 의식 없습니다!”

“이런 망할! 일단 앰부 연결해서 짜!”

“네!”

재원은 이미 몸을 날려 CT실 안에 있는 앰부를 꺼내 오는 참이었다.

“기사! 검사는 계속해!”

강혁의 외침에 기사가 얼빠진 얼굴이 되었다. 그의 목소리가 천장에 달린 스피커를 통해 흘러나왔다.

“검사를…… 계속하라고요?”

“그래! 어차피 예상했던 거야! 이왕 일 터진 거 검사라도 제대로 되어야지!”

“아……. 네! 알겠습니다.”

기사는 기계를 멈추려고 스위치에 갖다 댔던 손을 뗐다. 그러곤 계속해서 검사를 진행했다. 재원이 빠르게 앰부를 연결한 덕에 호흡이 아예 멈추지는 않았지만 혈압은 점점 떨어지고 있었다.

“수액 더 연결해놓길 천만다행이지…….”

강혁은 간호사가 연결해준 수액 중 하나를 쥐어짜며 중얼거렸다. 그냥 식염수가 아니라 하트만 솔루션이었다. 수술실에서 주로 쓰이는 수액인데, 혈압 조절하는 용도로도 쓸 수 있었다. 응급실에서 근무한 지 꽤 오래된 간호사가 직감적으로 판단하고 연결한 것이다. 여러모로 다행이라 할 수 있었다.

"얼마나 남았지?"

강혁은 기사를 보며 물었다.

"아직 5분 남았습니다!"

"그럼 응급의학과에 알려! 심폐 소생술팀 이쪽으로 보내고 입구에서 대기하라고!"

"네!"

기사는 곧 책상에 연결된 무전기를 통해 방송을 내보냈다. 대학병원 응급실에서 근무하는 기사들은 이런 상황에 어느 정도 익숙했다.

"코드 블루, 코드 블루. 본관 응급 CT 촬영실."

빠르게 방송이 나갔고, 강혁은 그사이 박혀 있는 칼날이 안쪽을 더 찌르지 않도록 방향을 조절해가면서 환자의 경부를 조심스럽게 눌렀다.

'대강 여기쯤이었지.'

비록 아주 잠깐 본 영상이었지만, 강혁은 경동맥의 위치를 가늠할 수 있었다. 그는 어느 정도 감을 잡고 꾹 눌렀다. 그러자 널뛰기하던 혈압이 어느 정도 안정을 되찾았다. 재원은 계속 앰부를 쥐어짜면서 물었다.

"거기……, 거기예요?"

"그래. 다른 손상만 없으면 괜찮은데……."

강혁은 어쩐지 불안하다는 눈빛으로 환자의 가슴 쪽을 바라보았다.

'저 안 어딘가에 칼날 끝이 박혀 있겠지. 저런 식으로 폐에 닿아 있는 이물질은 호흡할 때마다 조금씩 안으로 전진하게 되어 있어.'

폐는 호흡할 때마다 수축과 이완을 반복하기 때문이다. 그 때문에 한번 틀어박힌 것은 점점 더 깊숙이 들어가기 마련이었다.

"어쩌죠?"

재원이 계속 앰부를 쥐어짜며 물었다.

"어쩌긴! 일단 중심 정맥관 잡고…… 물 주면서 바로 수술실 가야지!"

"어, CT 영상은요?"

"네가 봐, 일단! 나 대신 이거 누를 수 있는 놈이 있을 거 같아?"

강혁의 말에 재원은 고개를 떨구었다. 강혁의 말마따나 그처럼 효과적으로 누를 수 있는 사람은 없었으니까. 지금 이 상황도 기적 같은 일이었다.

"검사 끝났습니다. 바로 소생술팀 안으로 보내겠습니다."

"오케이! 수고했어요!"

기사의 말이 채 끝나기도 전에 촬영실 문이 열리고 응급의학과 소속 팀원들이 안으로 들이닥쳤다.

"어……. 일단 중심 정맥관 하나만 좀 잡아줘. 저기 앰부도 좀 맡고."

강혁은 밀고 들어온 레지던트 하나를 향해 말했다. 레지던트는 활력 징후만 보고도 코드 블루 상황은 지나간 것을 깨달았다. 아마 다른 사람이 호출한 것이었다면 욕을 한 사발 늘어놓았겠지만, 강혁이 판단한 것이라면 의심의 여지가 없었다. 강혁의 실력에 대해

익히 알고 있는 레지던트는 그저 하라는 대로 할 뿐이었다.

“그리고 소변줄도! 혈압 때문에 아이오 맞춰야 해!”

“네.”

그렇게 강혁의 지시대로 착착 일이 돌아가기 시작했다. 중심 정맥관과 소변줄이 동시에 들어가고 있었다. 재원은 앰부를 맡기고 조정실로 뛰어들어가 영상을 확인하는 중이었고, 강혁은 경동맥의 파열된 부분이 흔들리거나 더 새지 않도록 꽉 잡고 있었다.

“이런…….”

영상을 확인하던 재원이 다급한 목소리로 외쳤다.

“교수님! 대동맥을…… 찌르고 있습니다!”

“뭐? 대동맥? 이런 젠장!”

강혁은 재원에 말을 두 배는 더 큰 목소리로 반응했다.

“야야! 아직도 못 잡았어? 빨리 수술실 가야 해! 방금 못 들었냐!”

초조해진 강혁의 지랄발광을 온전히 받아내야 하는 응급의학과 레지던트로서는 그다지 반갑지 않은 변화였다.

“아……. 네! 최대한 빨리하겠습니다.”

“아오……. 속 터져. 거기! 그래, 거기! 찔러! 아니, 멍청아. 1mm 옆에, 아까 고민하던 곳!”

“네…….”

강혁이 개뿔 실력도 없으면서 성질만 부리는 사람이라면 그나마 마음이 편했을 터였다. 하지만 이 자리에 있는 모두가 알고 있었다. 적어도 응급실 근처에서 강혁의 말은 길이요 진리라는 것을.

폭. 강혁이 하라는 대로 했더니 귀신같이 피가 맺혔다. 색이 너무 붉지 않고, 맺히는 속도가 적당한 것으로 볼 때 동맥은 아니었다.

"됐어! 소변줄은?"

"아까 연결했습니다. 지금은 소변 아주 잘 나옵니다!"

"좋아, 좋아! 바로 간다! 나 이거 잡아야 하고, 노예는 앰부 짜야 하니까. 누가 침대 좀 밀어줘!"

"네. 교수님!"

드르륵. 다시 한번 침대는 굉음을 내며 복도를 내달리기 시작했다. 초조한 마음에 앞까지 나와 있던 장미가 침대를 인계받아 같이 달리며 외쳤다.

"일단 마취 준비는 끝났고요! 혹시 몰라서 체외 순환기도 준비해 뒀습니다."

"아, 잘했어!"

"근데 영상은 어때요? 어땠길래 코드 블루가 난 거예요?"

장미가 괜히 여기까지 왔겠는가. 코드 블루란 언제 들어도 의료진의 가슴을 철렁 내려앉게 하기에 충분한 위력을 갖고 있었다.

"경동맥이 터졌어."

"경동맥……. 아, 그래서 목을……."

장미는 큰일이라는 생각에 입술을 질끈 깨물었다. 그런 그녀를 향해 강혁이 덧붙였다.

"그리고 다음은 대동맥이 될 것 같아."

"네?"

"대동맥이라고."

강혁은 여전히 경동맥을 누른 채 말했다. 그러는 사이 응급의학과 레지던트와 간호사가 침대를 수술실 안으로 쑥 밀어넣었다. 이미 만반의 준비를 마치고 있던 경원이 조르르 달려왔다.

"영상 전송된 거 봤는데…… 이게 대체 무슨 일입니까?"

그의 말에 고개를 돌려보니, 과연 마취과 모니터에 영상이 떠 있었다. 목에 꽂혀 들어간 칼날이 금속성 물질이라 영상에 노이즈가 심하긴 했지만, 그렇다고 해서 손상 범위를 특정 짓기 어려울 정도는 아니었다.

"일단 마취 걸겠습니다."

"그래. 최대한 호흡수를 낮춰."

"호흡수를요? 혈관 손상 때문에 산소 공급이 많이 필요한 상황일 텐데요?"

대동맥은 아직 터지기 직전이라고 짐작되고 있지만, 경동맥은 터지지 않았는가. 강혁의 하얗게 질린 손가락이 그것을 증명하고 있었다. 주요 혈관이 다친 경우, 필연적으로 몸의 혈관을 도는 혈액의 양이 줄어들 수밖에 없었다. 이걸 보상하려면 동일한 양의 혈액 속에 함유된 산소의 양이라도 늘리는 것이 최선이었다.

"네 말이 맞기는 하지만. 지금은 안 돼."

"출혈이 밖으로 분출되지 않아서요? 그건……. 그건 이유가 되지 않습니다."

평소 경원은 강혁의 말이라면 일단 듣고보는 사람이었다. 하지만 환자를 보는 현장에서는 스스로가 납득이 되어야만 움직이는 편이기도 했다. 이 점은 재원과 정반대라 할 수 있었다. 재원은 일상에서는 사사건건 시비 거는 편이었지만 수술실 안에서는 절대 충성이었으니까.

"영상을 보니까 경동맥은 이미…… 3cm 이상 찢겼습니다."

경원은 결연한 눈빛으로 환자의 목을 바라보았다. 딱히 피가 밖으로 분출되지 않더라도 위기 상황으로 볼 수 있었다. 아니, 목처럼 주변 공간이 부족한 곳은 주변의 주요 장기들을 압박할 위험 때문에 오히려 피가 안쪽으로 번지는 것이 더 큰 문제였다. 지금이야 강혁의 기막힌 압박으로 출혈이 최대로 억제되고 있긴 하지만, 제대로 몸을 돌고 있는 피의 양이 줄어들고 있다는 뜻이었다.

"너도 모르는구나."

강혁은 그런 경원을 보며 고개를 가로저었다. 대체 뭘 모른다는 걸까. 경원은 고개를 갸웃거리며 물었다.

"무, 무슨 말씀이십니까?"

"케이스 리포트 된 사례가 있어. 송곳 형태의 흉기가 폐까지 박힌 상황에서는 폐의 이완과 수축 때문에 점점 더 안으로 들어가. 이 환자도 처음부터 대동맥에 박혔던 건 아니라고."

강혁의 말에 여태 앰부만 짜고 있던 재원이 거들었다.

"그, 그래! 처음 발견했을 땐 칼날 손잡이 부분이 조금이나마 보이긴 했어."

아직도 기억이 생생했다. 헬기를 타고 도착한 현장에 쓰러져 있던 환자. 목 근처에 박힌 반짝이던 정체불명의 물질. 그리고 그 주변에 흩뿌려져 있던 적은 양의 출혈.

'무심결에 뽑으려 했다가 한 대 맞았지.'

재원은 자신의 손목을 바라보았다. 강혁에게 맞아 빨갛게 부었던 건 가라앉은 지 한참이었다. 강혁에게 서운한 마음은 조금도 들지 않았다. 오히려 감사할 따름이었다.

'하마터면 환자 죽일 뻔했어.'

만약 그때 칼날을 뽑았다면 애초에 뚫려 있던 경동맥에서 피가 터져 나왔을 테니. 그랬다면 아무리 강혁이 있다 해도 제대로 된 설비가 없는 현장에서 경동맥 파열을 해결하진 못했을 거고, 환자는 죽었을 거다.

“그런 문제가 있군요. 알겠습니다. 최대한 호흡수 조절하겠습니다!”

금방 상황을 이해한 경원이 움직였다. 일단 결심이 선 이상에는 별 망설임이 없었다.

“가스 연결합니다. 근이완제 들어갑니다. 혈압 약간 흔들리니까 놀라지 마세요.”

예의 그 훌륭한 마취 실력으로 곧 환자의 활력 징후를 지배하기 시작했다. 제대로 된 마취과 의사의 마취를 한 번이라도 본 사람은 ‘지배’라는 표현이 얼마나 적절한지 알 수 있었다.

“일단…… 지금 상황에서 혈압 잡았습니다. 수축기 90으로 유지하겠습니다. 경동맥 처치 들어갈 때는 미리 얘기해주세요. 저도 보고 있기는 하겠지만…….”

누가 그랬던가. 손은 눈보다 빠르다고. 그 말을 실감할 수 있는 곳 중 하나가 바로 강혁의 수술실이었다. 눈으로 본다, 싶으면 이미 저만치 앞서가고 있었다. 경원으로서는 곤욕을 치른 적이 한두 번이 아니었다.

“알았어. 일단……. 소독부터 하자. 환자 옷 그냥 싹 잘라버려.”

강혁은 어느새 수술 장갑을 단단하게 끼고 있었다. 그의 말에 재원이 고개를 끄덕이며 막가위로 환자의 웃옷을 잘라내었다. 바지 쪽은 이미 중심 정맥관과 소변줄 때문에 반쯤 벗겨져 있었다.

서걱서걱. 강혁은 가위질 소리를 들어가며 환자에게 연결된 여러 수액 라인을 살폈다. 하트만 솔루션이 무려 세 개나 달려 있었다.

‘아까 다들 급하긴 급했나 보구만…….’

대뜸 경동맥이 터졌고, 곧 대동맥도 위험하다고 했으니 당연한 일이었다. 누가 먼저랄 것도 없이 혈압부터 잡기 위해 수액을 달았을 테지. 그 덕에 혈압은 잡긴 했지만, 다른 게 많이 미흡했다.

"조폭. 항생제 연결하자. 칼날은 소독이 안 됐어."

"아, 아! 네. 어떤 걸로 할까요?"

"세프트리악손에 메트로니다졸."

"네. 교수님."

세프트리악손이란 3세대 세파계 항생제로서 광범위 항생제의 대표 주자 격이라고 볼 수 있다. 웬만한 균은 이거 하나로 거의 처리할 수 있을 정도니까. 하지만 혐기성 세균에 대해서만큼은 약한 모습을 보였는데, 메트로니다졸을 같이 쓰면 커버가 되었다.

"혈액 검사는 어떻게 됐지?"

강혁은 장미의 지시로 신규 간호사가 항생제를 연결하는 것을 보며 경원에게 물었다. 경원은 재빨리 창을 띄워 검사 결과 목록으로 들어갔다.

"음……. 대부분 안 뜨긴 했는데……."

"혈액형. 그건 떴겠지."

혈액 검사를 보내면 한꺼번에 뜨는 줄로만 알겠지만. 실은 그렇지가 않았다. 검사실 인력과 기기는 한정돼 있었고, 검사별로 걸리는 시간이 다르기도 했다. 그래서 대개 진단검사의학과와 임상과는 제일 급한 검사부터 진행하기로 암묵적 합의가 되어 있었다.

"네. B형입니다."

"B. 오케이. 혈액은행에 B형 혈액 5팩만 주문해줘."

"네, 교수님."

5팩이면 거의 2L정도였다. 성인 남성 몸의 혈액 전체가 거의 5L 정도니까, 그 절반쯤 되는 양이었다. 하지만 경원은 그것도 적다는 생각이 들었다.

'대동맥…….'

레지던트 시절 흉부외과 수술에서 대동맥 박리 환자가 수술대 위에서 죽는 모습을 본 기억이 있었다. 아무리 피를 여러 개 달고 최선을 다해 짜내도 별 소용이 없었다. 뿜어져 나오는 속도가 워낙 압도적이었으니까. 하지만 이번 집도의는 그냥 외과 의사가 아니라 강혁이었다.

'그래도 백 교수님이라면……. 어떻게 하실 수 있겠지.'

경원은 미심쩍은 생각을 애써 물리치고 혈액 5팩을 주문했다. 그 사이 환자의 옷가지가 전부 잘려나갔다. 강혁은 그 즉시 베타딘 소독액을 이용해 상부 전체를 닦아냈다. 거의 쏟아붓는 듯한 느낌이었다.

"뭐 해, 빨리 가서 손 닦고 들어와. 노닥거릴 시간 없는 거 잘 알잖아."

"아, 네."

강혁은 넋 놓고 자신이 소독하는 것을 지켜보던 재원을 밖으로 몰아냈다. 비단 재원에게만 하는 말은 아니었다. 자기 자신에게 하는 말이기도 했다.

'결국, 못 깨어나고 있어…….'

강혁은 자기도 모르게 1주 전 구급차에 싣고 왔던 환자를 떠올리고 있었다. 아무리 복기해봐도 치료나 처치에는 문제가 없었다. 오히려 완벽하다고 볼 수 있었다. 신경과의 전폭적인 지원 덕에 치료 도중 이루어진 검사도 적절했다. 하지만 그런 노력을 비웃기라도 하듯 환자의 상태는 안 좋아지고만 있었다. 종장에 다다랐다고 해도 과언은 아닐 터였다.

'지금이라도 심사 들어가면 뇌사 판정이 나올 거라고 했지.'

아침 회진 때 마주친 최 교수의 말이었다. 담담히 던진 말이었지만 잊기는 힘들었다.

'이 환자까지 잃을 수는 없지.'

강혁은 각오를 다잡은 채 다시금 환자를 내려다보았다. 이미 베타딘 용액에 절어버리다시피 한 상태였다. 그때 재원이 안으로 들어왔다. 손에서 물을 뚝뚝 떨어뜨리면서였다. 장미는 거의 반자동으로 그에게 일회용 종이 타월을 건넸다. 곧 재원은 수술복과 장갑까지 낀, 완전무장 상태가 되었다.

"자, 내가 손을 놓을 수가 없어."

강혁은 자신의 오른손을 턱으로 가리켰다. 그 이유가 무엇인지는 일일이 말해줄 필요도 없었다.

"네, 교수님."

"그래서……. 일단은 이대로 수술 들어가야 해."

"저 혼자요?"

재원은 자신 없다는 기색으로 강혁을 바라보았다. 여태 수많은 수술에 들어갔고, 그중에는 일부분이나마 혼자 한 수술도 꽤 있었지만, 아직도 100% 자신을 갖진 못했다. 아마 이런 환자를 눈앞에 둔 상황이라면 대부분의 외과 의사들이 그럴 수밖에 없을 것이다.

"네가 왜 혼자야. 내가 있는데. 왼손은 노냐?"

"왼손은…… 거들 뿐이라는 말도 있는데."

"그걸 농담이라고……. 너 모쏠이지?"

"네? 아, 아니에요."

재원은 아무리 봐도 팩트에 뼈를 맞은 얼굴로 고개를 흔들었다.

"일단 경동맥 파열부터 해결하자. 식도고 뭐고 멀쩡한 곳이 있을까 싶긴 한데……. 급한 대로 여기부터 해."

"네, 교수님. 음……."

재원은 잠시 망설이다가 이내 마커를 집어 들었다. 강혁은 늘 한 번에 칼질하는 편이지만, 원칙적으로는 재원이 맞았다. 손에 자신이 없으면 원칙을 고수해야만 했다.

"그래, 딱 거기. 잘 보네, 이제."

"경동맥 파열……. 사실 처음 보는 건 아니잖아요."

"좋은 일은 아닌데. 아무튼, 잘하네, 이제."

재원은 그간 강혁의 수술에서 보아온 경험을 토대로 선을 긋고, 그 선을 따라 절개를 넣었다. 살가죽이 날카로운 칼날에 의해 베어 나갔다. 핏물이 주르륵 새어 나오긴 했지만 그리 방해가 되진 않았다. 강혁이 왼손을 이용해 거즈로 즉각 닦아냈다.

"자, 이쪽으로 쑥 들어가. 아니, 미친놈아. 메스 말고. 보비로."

"아, 네."

게다가 강혁의 왼손은 가이드까지 철저했다. 이미 절개면을 적절한 방향으로 당겨 경동맥을 향해 전진할 수 있도록 해주었다. 타는 소리와 함께 근육이 일부 끊어졌다. 만약 강혁이었다면 그냥 적당히 옆으로 젖히긴 했겠지만, 강혁은 제자의 미숙함을 알고 있었기에 탓하지 않았다.

'혈관이나…… 제대로 봉합하면 장땡이지…….'

제발 그것만은 제대로 할 수 있길 바랐다.

"그만! 그만! 새꺄! 그만!"

곧 강혁의 외침이 수술실을 가득 채웠다. 놀란 표정의 재원이 강혁을 돌아보고 있었다. 물론 모든 손을 수술 부위에서 떼어낸 채였다.

"왜, 왜요?"

영문을 모르기는 장미도 마찬가지였다. 그도 그럴 것이 아직 재원은 흉쇄유돌근을 완전히 젖히기도 전이었기 때문이었다. 이걸 젖혀야 경동맥이 나온다는 것은 일종의 상식이었다.

"손가락으로…… 방금 네가 칼 들이댔던 곳 한번 눌러봐."

비로소 흥분을 가라앉힌 강혁은 나지막한 목소리로 말했다. 왼손 검지로 흉쇄유돌근의 경계 부근을 가리키면서였다. 재원이 조금 전 보비를 가져다댔던 곳 딱 그 부위였다.

"네."

재원은 수술실에서만큼은 예스맨이었기에 고분고분 시키는 대로 따랐다. 그리고 아까보다 훨씬 더 놀랐다는 표정을 지어 보였다.

"헐."

"지금……. 경동맥이 정상이냐? 칼에 베인 상태 아냐. 주행이 바뀌었을 가능성을 염두에 둬야지!"

"아."

"아? 이 새끼 이거, 그냥."

강혁은 왼손으로 수술 기구를 집으려 애를 썼다. 하지만 일찌감치 눈치챈 장미가 수술 기구를 죄다 빼놓은 상황이라 딱히 잡히는 게 없었다.

"운 좋은 줄 알아라."

"네……."

"게다가 인마. 지금 내가 누르고 있잖아. 그럼…… 특별히 더 잘 봐야지."

"네."

"아무튼, 딱 이전까진 잘했으니까. 계속해봐."

강혁의 말에 재원은 '정말 이대로 계속해도 되나' 하는 표정을 지어 보였다. 그러자 강혁은 깊게 고개를 한 번 끄덕임으로써 그의 의지를 되살려주었다. 비록 한 번 실수할 뻔하긴 했지만, 실제로 사고를 친 것은 아니니까. 이만하면 잘하고 있는 셈이었다.

"음."

해서 재원은 다시 수술에 돌입했다. 다만 아까보다는 꽤 느려져 있었다. 강혁으로서는 갑갑증이 도질 수밖에 없었다.

'시간 끌수록 대동맥이……. 아니, 아니지.'

어차피 아까부터 계속해서 기계 호흡을 유지하는 중이었다. 경원이 최대한 호흡수를 조절해주고 있긴 하지만, 어찌 되었든 숨을 쉬고는 있지 않은가. 그 말은 칼날이 계속 안으로 들어가고 있다는 뜻이었다.

'이미 뚫리긴 했을 거야.'

시간을 냉정하게 계산해보면 그러했다.

'이미 뚫은 상태에서는…… 더 전진하기는 어렵지.'

폐처럼 뭉글뭉글한 조직을 헤쳐나가는 것이 아니지 않은가. 대동맥은 나름 단단한 근육으로 싸여 있는 조직이었다. 그 말은 여기서 시간이 좀 지체되어도 괜찮다는 의미였다.

"병 걸렸냐? 손이 왜 이렇게 느려?"

그래서 강혁은 안 해야지, 안 해야지 하다가 결국 핀잔을 던졌다.

"교수님 왼손 하나만으로 하는 것보다는 낫지 않아요?"

"뭐, 인마?"

"그렇잖아요. 어차피 저한테 맡겼으면……. 일단 좀 보시죠."

"와, 나 이……. 조폭, 뭐라고 좀 해봐."

강혁은 말문이 턱 막히게 하는 재원을 가리키며 장미에게 구원을 구했다. 하지만 그는 알지 못했다. 본래 팀이라는 건 팀장 빼고

다 친하게 지내는 곳이라는 것을.

“양 선생님 말이 맞는 거 같은데요?”

“얘도 이러네? 경원아, 너밖에 없다.”

“죄송합니다. 교수님. 양 선생님 말이 맞는 것 같습니다.”

“이런 개…….”

강혁은 욕설을 내뱉으려다 입을 다물었다. 마침내 재원이 그가 맡은 수술에서 가장 중요한 부분과 맞닥뜨린 것을 보았기 때문이다. 좌우로 벌어진 흉쇄유돌근과 사각근 사이로 경동맥이 모습을 드러냈다. 영상에서 본 것처럼 3cm가량 찢겨 있었다. 그 사이로 피가 찔끔찔끔 새어 나오는 중이었다. 강혁의 오른손이 정확하게 그 혈관을 누르고 있는 덕이었다.

“자, 이제부터 중요하다.”

강혁은 아까 농담 던지던 것이 무색할 만큼이나 진중한 얼굴로 말했다. 재원도 더 깐죽거리지 않았다.

“네, 교수님. 일단, 집게로 집을까요? 뇌 기능만 버텨준다면…… 괜찮을 것 같은데요.”

재원의 말에 강혁이 잠시 고민에 빠졌다.

‘원칙은 경동맥을 막고도 뇌파가 정상을 유지하는지를 봐야 하지.’

원칙은 지키라고 있는 것이었다. 별것 아닌 것처럼 보여도 그 원칙이 만들어지기까지 수많은 시행착오와 전문가들의 데이터가 모였을 테니. 하지만 그렇게 중요한 원칙도 모른 척 넘어가야 할 급박한 순간이 있기 마련이다. 지금이 그랬다.

‘이미 내가 누른 지 한참이야.’

막대한 양의 출혈이 예상되는 상황이 아닌가. 이런 상황에 뇌파 검사 기기를 가져올 시간이 어디 있겠는가. 그저 틀어막을 뿐이었다. 이제 와 집게로 집든 어쩌든 별반 차이를 보이진 않을 터였다.

'나이가 젊으니……. 괜찮길 바라야지.'

강혁은 단단히 버티고 있는 활력 징후를 보며 고개를 끄덕였다. 만약 머리에 뭔가 이상이 생겼다면 지금쯤 사달이 나지 않았겠는가.

"집어. 대신 최대한 빨리. 빨리 봉합해야 해."

"네."

강혁이 말을 꺼내자마자 장미가 혈관 집게를 재원에게 건네주었다.

"땡큐."

재원은 짤막하게나마 고마움을 표하며 집게를 받아 경동맥을 집었다. 강혁은 위아래 모두 잡히자마자 손을 떼어냈다. 그러자 마침내 경동맥이 찢긴 상처의 온전한 모습을 볼 수 있었다.

"그나마…… 칼날이 워낙 날카로워서 상처는 좋네."

"네, 그러게요."

상처를 보고 '좋다'는 표현이 어울리는지 모르겠지만, 지저분하게 찢긴 것보다는 훨씬 나은 상황이었다.

"봉합 일단 해볼 수 있겠지?"

"네, 교수님."

"그래. 그럼 먼저 하고 있어. 나도 손 닦고 올게."

강혁은 장갑 하나만 덜렁 끼고 있었다. 감염이니 뭐니 따지고 들면 할 말이 없을 상황이었다. 하지만 어쩌겠는가. 위생 수칙 자체가 결국 사람 생명 살리자고 하는 짓인데……. 더 급박한 일부터 처리한 뒤 신경 써야 할 때도 종종 있는 법이었다.

"네, 다녀오십쇼."

강혁이 손 세정을 마치고 다시 안으로 들어가보니 재원이 벌써 1cm가량을 봉합해둔 상황이었다. 예전 같으면 어디서 꿔다놓은 보릿자루처럼 멍하니 있었을 텐데, 이만하면 가히 괄목할 만한 성장이라고 볼 수 있었다.

"오호."

강혁은 그가 해놓은 봉합을 보며 작게 감탄을 내뱉었다. 강혁에 비하면 아직 턱없이 부족한 수준이지만, 객관적으로 보면 썩 훌륭했다.

"저 좀 늘지 않았습니까?"

워낙 많은 시간을 함께한 둘이 아닌가. 재원은 이제 강혁의 작은 표정 하나만 봐도 무슨 생각을 하고 있는지 대충 알 수 있었다. 방금 내뱉은 감탄사가 자신을 향한 칭찬이라는 것도 귀신같이 알아챘다.

"늘긴 늘었지. 그렇게 굴리는데 안 늘면 되겠냐?"

"말이 끝까지 고운 법이 없으시네요, 정말."

"일단 비켜. 잘하긴 하는데, 아직 너무 느려."

"제가 할 수 있을 거 같은데……."

재원은 엉거주춤한 자세로 대꾸했다. 약간 비키긴 했지만 완전히 비키지는 않은, 뭔가 어정쩡해 보이는 모습이었다.

'꿀에 집도의라고 욕심부린다 이거지.'

강혁은 반쯤 대견해하는 얼굴로 그를 바라보았다. 하지만 욕심도 부릴 때와 장소를 가려야 하는 법이다. 적어도 지금은 아니었다.

"야, 대동맥 기억 안 나? 이게 메인이 아니야."

"네……."

재원은 아쉽다는 기색이었지만 몸은 순순히 물러났다. 재원은 5

분도 넘게 끙끙대던 봉합이었는데, 강혁의 손이 닿자마자 끝나버렸다. 게다가 자세히 보니, 좀 더 깊숙한 쪽에 있던 식도의 열상도 봉합되어 있었다.

'무슨 놈의 수술을 타짜처럼 해…….'

이거야말로 '손은 눈보다 빠르니까'의 결정판이 아닌가. 집게를 풀자 혈관을 통해 피가 흐르기 시작했다. 강혁이 봉합한 혈관에서 피가 새는 법은 없었다.

"좋아. 닫는 건 이따가 닫고."

강혁은 더없이 완벽하게 끝난 봉합을 보며 말했다. 장미는 그 자리에 식염수에 적신 거즈를 쑤셔넣었다. 노출한 채로 두면 바짝 마르면서 조직에 손상이 오기 때문이었다.

"아까 저기서 나만 칼날 안 보이는 건 아니지?"

강혁은 환자의 우측 가슴 쪽에 자리한 후 재원을 바라보았다.

"네. 저도 안 보였습니다."

재원은 그의 맞은편에 선 채 고개를 끄덕였다. 이제 칼날은 더 이상 목에 남아 있지 않았다.

"역시 가슴을 열기는 해야겠구만……."

강혁은 씁쓸한 표정으로 칼을 집어 들었다. 그러곤 환자의 가슴골을 따라 죽 내리그었다. 곧 얇은 살가죽이 완전히 갈라져 좌우로 열렸다.

"톱."

"여기 있습니다. 25,000rpm으로 속도 조절해뒀습니다."

장미가 바로 전기톱을 건네주었다.

"좋아. 물 뿌려. 바로 간다."

곧 소름 끼치는 소리와 함께 가슴뼈가 갈려나갔다. 여느 때처럼 아래쪽 구조물에는 전혀 손상을 주지 않는 절묘한 톱질이었다. 덕분에 재원이 가슴뼈를 좌우로 벌리자마자 안쪽 구조물을 확인할 수 있었다. 딱히 보기 좋은 광경은 아니었다.

"이 미친 칼날이 심장까지 찌르려고 하네?"

"아후."

재원이 자신도 모르게 한숨을 내쉬었다. 강혁의 말마따나 칼날이 대동맥을 뚫고 안으로 깊이 박혀 들어가 있었기 때문이다.

'물리적인 손상만 문제가 아니야…….'

물론 물리적인 손상이 아무것도 아니란 것은 아니었다. 대동맥이란 곳을 괜히 대동맥이라고 부르겠는가. 그만큼 중요하다는 의미였다.

'감염이라도 생기면 끝장인데.'

강혁은 환자가 일하던 현장을 떠올렸다. 강철을 다루는 곳이라 그런지 분진과 연기가 상당했다. 그곳에서 쓰던 칼이었으니, 육안으로 볼 때 아무리 깨끗하더라도 상당히 오염되었을 게 분명했다.

'일단…… 최대한 빨리 이놈부터 제거해야겠지.'

강혁은 심장 입구까지 닿을락 말락 하고 있는 칼날로 시선을 돌렸다.

"교수님. 바로 봉합하실 건가요? 아니면 덧대실 건가요?"

"잠깐만 기다려봐. 보채지 좀 말고."

"아니……. 급하다고 성화 부리실 땐 언제고……."

재원은 급하다며 자리까지 비키게 하더니 정작 가만히 시간을 보내고 있는 강혁을 원망스럽다는 눈으로 바라보았다.

'봉합하게 되면…… 어찌 되었든 칼날을 뺄 때 충격이 더 클 수밖에 없어. 게다가…….'

집게로 집어두면 어느 정도 보완되겠지만, 그 외에도 지나치게 길게 난 상처가 문제였다.

'옆면을 긁으면서 들어가 있어……. 자칫하면 박리나 파열이 생길 수도 있어.'

그에 반해 덧대는 것은 이런 단점을 모두 보완할 수 있는 방법이다. 하지만 덧대는 데 쓰이는 물품이 문제였다. 혈관이 무슨 옷도 아니고, 헝겊으로 기울 수는 없는 노릇이니까. 그래서 만들어진 것이 인조 혈관, 우리나라에서는 흔히 고어텍스로 불리는 신소재였다. 이 인조 혈관 개발로 죽지 않고 살아난 사람이 한둘이 아니었다. 단점이 있다면 공급이 불안정하다는 것이다. 고어 메디컬사(社)에서는 대한민국의 보험 수가에는 도저히 단가를 맞출 수 없다고 하여, 매년 극히 제한된 수량만을 공급했고, 이제 그마저도 다 끊긴 상황이었다.

'에이. 내가 언제 뒷일 생각하고 환자 봤나.'

강혁은 이내 결론을 내렸다. 언제나 그가 지키고자 하는 대원칙 '눈앞의 환자부터 살리고 보자'라는 것을 지키기로.

"우리 고어텍스 재고 얼마나 있지?"

"아……. 고어텍스요?"

강혁의 말에 장미가 잘 모르는 듯 얼굴을 찌푸리며 대답했다.

"우리 과에는 비치된 거 없어요. 원래 있었는데 중앙 공급팀에서 수거해 갔어요."

사실 고어텍스가 부족하다는 말이 돌기 시작한 시점은 수년 전이었다. 고어 메디컬사에서 요구하는 가격과 우리 정부가 줄 수 있는 금액의 차이가 너무 컸다. 실제로 고어텍스 혈관 한 토막에 80만 원이 넘었으니 비싼 편이기는 했다. 하지만 그걸 10만 원대에 공급하라는 우리 정부의 요구도 고어 메디컬사에서는 받아들이긴 어려웠다.

"그럼 중앙 공급실 가서 구해 와. 하나만."

"그거…… 순순히 내줄까요?"

이번엔 재원이 고개를 내저으며 답했다. 원내 외과계 펠로우들이 모여 있는 단톡방에 심심하면 올라오는 주제가 바로 고어텍스였다.

"이제 우리 병원도 딱 1개 남았다고 들었는데……."

"1개? 이런 망할."

강혁은 욕설과 함께 다시 환자의 대동맥을 내려다보았다. 고작 인조 혈관 하나라고 생각할 수 있지만, 상황에 따라 한 생명과 치환될 수 있는 귀한 물건이었다.

때마침 환자의 대동맥에서 기이한 소리가 들려왔다. 남들이야 작디 작은 이 소리를 듣지도 못했겠지만, 강혁의 귀에는 선명하게 들렸다.

"1개고 나발이고 빨리 가져와!"

"왜, 왜요?"

장미는 여태 침착하게 잘 있다가 갑자기 소리를 질러대는 강혁을 놀란 눈으로 바라보았다. 강혁은 급한 대로 손바닥으로 대동맥을 누르며 다시 한번 외쳤다.

"빨리! 터진다! 아니, 이미 터졌다고 봐야 해!"

"뭐, 뭐가……?"

"누르는 거 안 보이냐!"

"아, 네네! 알겠습니다!"

"빨랑 튀어 가!"

그제야 사태 파악이 된 재원이 수술복도 벗지 못한 채 밖으로 뛰어나갔다. 그러자 장미도 황망한 얼굴로 외쳤다.

"저, 저는…… 뭘 할까요?"

"넌! 너는! 너도 뛰어! 생각해보니까 네가 훨씬 빠르잖아!"

"아, 네!"

그 말에 장미도 밖으로 뛰쳐나갔다. 과연 뜀박질 소리만 들어도 재원과는 차원이 달랐다. 힘있게 땅을 굴러대는 것이 얼마 안 가서 따라잡을 게 뻔했다.

"어?"

아니나 다를까 곧 재원의 힘 빠진 목소리가 들려왔다. 장미는 그의 곁을 쏜살같이 앞질러 가며 외쳤다.

"혹시 모르니까 계속 뛰어요! 나로는 약발이 안 먹힐지도 모르니까!"

"약발? 아, 알았어요!"

재원은 그제야 장미가 밖에서는 그저 평범한 간호사로만 통한단 사실을 떠올렸다. 병원 내에서도 간호사보다는 의사가 가야 해결되는 일들이 꽤 있었다. 일종의 악 · 폐습인데, 잘 고쳐지지 않았다.

장미는 빠른 속도로 본관 지하 2층에 있는 중앙 공급실로 향했다. 모든 병동, 모든 수술실, 그 외 모든 센터에서 쓰이는 기구를 소독하고 관리하는 곳이었다.

"어떻게 왔어요?"

입구에 있던 직원이 퉁명스러운 기색으로 물었다. 장미는 그녀에게 아주 조심스럽게 말했다.

"네! 저는 중증외상센터 간호사 백장미입니다."

"중증……? 흐음."

직원은 턱 밑을 긁으며 얼마 전 공급실 실장에게 들었던 얘기를 떠올렸다.

'중증외상센터에서 따로 공급 요청 들어오면 일단 묵살해. 원장실에서 내려온 지시야.'

회의 때마다 하도 들은 얘기라 기억하는 건 그리 어려운 일이 아니었다. 직원은 일단 팔짱부터 낀 채 장미를 바라보았다.

"왜요?"

"고어텍스 요청 드리려고 합니다."

"고어텍스?"

이 또한 너무 익숙한 단어였다. 병원 전체를 통틀어 3개 남았을 때부터 각 과에게 관리를 맡기는 대신 중앙 공급실 소관으로 관리를 해오고 있었으니까.

"그건 좀 곤란한데요."

"대동맥 파열이 의심되는 상황입니다! 그게 없으면 환자가 죽어요!"

환자가 죽는다는 말에 직원은 잠시 움찔했다. 하지만 이내 냉정함을 되찾았다.

"실장님 승인이 필요한 사안이에요. 고어텍스는."

"승인……. 지금 어디 계신데요? 제가 직접 받을게요."

장미는 중증외상센터 전에는 응급의학과에 있던 몸이었다. 그때도 각 과에 부탁해야만 하는 처지였으니 조직에 속한 사람이 이런 말을 할 때 어떻게 대응해야 하는지 잘 알고 있었다.

'마냥 기다리다가는 환자가 죽겠지.'

"무슨 일이야?"

마침 지나던 중년 사내가 장미와 직원을 향해 물었다. 가슴팍에 박힌 명찰을 보니 바로 이 사람이 실장이었다. 장미는 직원과 실랑

이하기를 관두고 그에게 달려들었다.

"실장님이시죠! 저는 중증외상센터 백장미 간호사라고 합니다."

"음. 그런데요?"

실장 역시 팔짱을 낀 채 장미를 바라보았다.

"고어텍스 요청 드립니다. 대동맥 파열 진행 중인 환자가 있습니다."

"고어텍스……? 그건 원장님 승인이 있어야 할 텐데."

실장은 미안하다는 표정을 지으며 그녀를 지나쳐 가려 했다. 그 때 덜컥 문이 열리더니 재원이 숨을 씨근덕거리며 들어왔다.

"자, 잠깐……."

"뭡니까?"

실장은 자신의 옷깃을 잡은 재원을 보며 물었다. 재원은 잠시 이마에 흐른 땀을 닦은 후 말을 이었다. 맨날 일만 하느라 운동은 못하고 인스턴트만 처먹은 결과라 할 수 있었다.

"잘 못 들었는데……. 지금 고어텍스 못 주겠다고 하신 겁니까?"

"아, 중증외상센터에서 오셨구나. 네. 못 준다고 했습니다. 승인이 필요합니다."

"사람……, 사람 생명 살리는 일에 무슨 승인이…… 필요합니까?"

재원은 마치 강혁이 이 자리에 있는 것처럼 느껴지는 말을 내던졌다. 비록 숨이 차서 발음과 목소리는 형편없었지만, 어딘지 모르게 울림이 있는 말이었다. 하지만 아예 관심이 없는 사람에까지 닿지는 못했다.

"필요합니다. 병원은 막무가내로 돌아가는 조직이 아니니까요."

"이런……."

재원의 말에 감화된 사람은 그의 동료이자 전우인 장미뿐이었다. 그녀는 체념한 표정의 재원을 지나쳐 실장의 뒷덜미를 잡았다. 강혁이 봤다면 역시 조폭이라면서 좋아했을 만한 장면이었다.

"잠깐만!"

실장은 상당히 당황한 얼굴로 외쳤다.

"뭐, 뭡니까? 볼일 끝난 거 아닙니까? 못 준다니까요?"

"아뇨. 받아갈 겁니다."

"아니……. 내가 안 준다는데 무슨 수로."

"가져갈 거예요. 환자가 죽어가고 있어요."

장미는 그대로 실장을 놓아둔 후, 저벅저벅 안쪽으로 들어갔다. 한국대학교 병원의 중앙 공급실답게 아주 잘 관리되고 있었다. 덕분에 담당자가 아니어도 원하는 기구를 찾기가 그리 어렵지 않았다.

"어, 어! 당신! 미쳤어? 잘리고 싶어?!"

장미는 금세 고어텍스를 손에 들고 돌아왔다. 실장이 아직 당황한 가슴을 가라앉히기도 전이었다. 그녀는 그 고어텍스를 가슴에 폭 감싸 안은 채 대꾸했다.

"사람 살리는 일로 잘려야 한다면요."

"아니……."

"그럼 이만. 저희는 진짜 급해서. 가요, 양 선생님."

장미는 누구에게 잡힐세라 급히 중앙 공급실을 나서자마자 문을 닫았다. 재원은 굳게 닫힌 문을 걱정스럽게 바라보았다. 자세히 귀를 기울여보니 실장의 투덜거리는 목소리가 들렸다.

"괘, 괜찮을까요?"

"안 괜찮을 건 또 뭐 있어요."

"잘릴 수도…… 있다잖아요."

재원은 정말로 잘릴 수도 있다는 생각에 사로잡혔다. 그러자 장미가 그의 어깨를 툭툭 두드려주었다.

"노예, 노예 하니까 진짜 노예 마인드가 되셨네."

"뭐, 뭐예요?"

"그렇게 발끈하지 마시고요. 왜 그렇게 걱정을 해요?"

"걱정이 안 되게 생겼어요?"

둘은 대화를 하면서도 수술실을 향해 빠른 속도로 이동했다.

"이런 일로 우리 자르겠다고 하면 백강혁 교수님이 가만히 계시겠어요? 그 성격에?"

"아."

"다른 교수님이면 몰라도, 백 교수님은 아닐걸요."

재원이 아까보다는 기운을 차린 기색으로 중얼거렸다. 모두가 우려했던 회의에 들어가서도 크게 한 방 먹이고 온 사람 아닌가.

"오케이. 기운 났네. 그럼 체력 맞춰서 뛰어와요! 나는 먼저 가서 있을 테니까!"

"어, 어?"

장미는 다시 한번 재원의 등을 두드려준 후 앞으로 쌩하고 달려나갔다. 크록스를 신고 있는데도 발 구르는 소리가 심상치 않았다.

"이게 진짜 걸크러쉬인가."

재원은 금세 시야에서 멀어진 장미의 뒷모습을 보며 어딘지 모르게 나사 빠진 얼굴로 중얼거렸다.

"이 새끼들은 고어텍스 본사로 갔나, 왜 이렇게 안 와."

한편 그 시각 강혁은 심기가 아주 불편한 상황이었다. 아까부터 계속 욕을 해대는 통에 수술실 분위기는 험악해지고 있었다. 반쯤 터진 대동맥을 맨손으로 누르고 있으니 그럴 만도 했다. 경원이 느긋하게 말했다.

"교수님, 이제 겨우 10분 지났습니다……."

"한 건물에서 왜 10분이나 걸려!"

"그, 여기 건물이 많이 크고……."

"내 걸음으로 걸으면 5분도 안 걸려!"

"그야……."

경원은 뭐라 반박하려다가 재원의 말이 떠올라 입을 닫았다.

'백 교수님은 답정너야. 오래 말 섞어봐야 좋을 게 없어.'

당시에는 재원이 스승에게 너무한다 싶기도 했지만, 강혁을 겪으면 겪을수록 그런 말이 괜히 나오는 건 아니구나, 생각했다.

강혁은 성질을 부리면서도 손끝에 전해지는 압박감을 섬세하게 모니터링하고 있었다. 경원이 너무 훌륭하게 상태를 유지하고 있어 그나마 화가 좀 누그러진 듯했다.

'확실히 잘한단 말이야.'

생각해보면 그냥 레지던트만 끝내고 전문의를 땄으니 경험이 많은 것도 아닌데, 어쩌면 이렇게 능수능란하게 마취할 수 있을까.

'천재…… 란 얘기겠지.'

현대 의학은 너무 방대하고, 또 깊어서 이제 더는 천재가 나오기 힘든 시스템이란 말도 있었지만 이렇게 갑자기 툭 튀어나오는 천재들이 종종 있었다. 같은 교육을 받고, 같은 수련 과정을 거쳐도 아웃풋은 전혀 다른 인재들. 그런 인재가 다른 자리를 마다하고 불모지나 다름없는 중증외상센터에 온 것은 강혁에게 기적 같은 일이었다.

"새끼. 잘하고 있어."

"네?"

경원이 영문도 모른 채 칭찬을 받고 있을 때, 수술실 문이 열렸다.

먼저 안으로 들어선 사람은 수술복은커녕 장갑이나 마스크, 모자조차 벗지 못하고 뛰어갔다 온 장미였다. 그녀로서는 꽤 드물게 숨을 헐떡이고 있었다.

"가져왔습니다!"

"잘했어! 그거 일단 여기다 풀어두고, 손 씻고 들어와."

"네."

장미는 연신 숨을 몰아쉬면서도 고어텍스가 오염되지 않도록 기구대 위에 조심스럽게 풀어두었다.

"좋아. 사이즈도 얼추 맞겠네."

강혁이 고개를 끄덕이며 말했다. 고어텍스는 인조 혈관으로, 주된 용도는 기존에 있던 혈관을 아예 대체하는 것이었다. 사이즈별로 만들어져 있었는데, 다행히 지금 가져온 것은 잘 자르면 대동맥에 덧대는 용도로도 쓸 수 있는 굵기였다.

"조폭! 빨랑 와! 이거 잘라야 해!"

"알겠습니다!"

강혁은 급한 마음에 방금 밖으로 나간 장미를 불러 제꼈다. 장미는 대답과 함께 고개를 끄덕이며 차디찬 물에 손을 닦았다.

"휴."

장미는 고개를 절레절레 젓고는 혼자 수술복을 걸치기 시작했다. 모든 보조 간호사는 수술실에 들어오자마자 혼자 멸균 상태를 유지하며 가운을 입고, 장갑 끼는 법까지 숙지하게 되었다.

"그, 그거 빨리하고 일단 저거 세로로 딱 잘라."

"지금 최대한 서두르는 거 보이죠? 애초에 그거 가져오는 것도 대판 하고 왔구만.”

“대판 해? 누구랑? 상대 살았어?”

강혁의 말에 장미는 어처구니가 없다는 듯 웃었다. 장미는 뭔가 졌다는 기분과 함께 입을 비죽거렸다.

“공급실장이죠. 고어텍스 못 주겠다고 하는 거 그냥 억지로 가져왔어요.”

“미친놈이? 대동맥 얘기 했는데도?”

“뭐……. 일단 의료진은 아니잖아요. 심각성을 모르겠죠.”

물론 완전히 모르지는 않았을 터였다. 안 가져가면 죽는단 말을 했으니까. 하지만 장미는 굳이 그런 말을 보태진 않았다.

“심각성을 모르면 되나? 병원에서 일하는 놈이.”

“아무튼, 자. 이제 반으로 잘랐어요.”

장미는 강혁이 주문한 대로 자른 인조 혈관을 핀셋으로 집어 들었다. 이제는 원통이 아니라 직사각형 모양으로 변해 어딘가에 덧대기에 안성맞춤이었다.

때가 된 듯 대동맥의 균열이 한층 더 벌어졌다. 이제 얇디얇은 벽 하나만 보였다. 강혁이 아닌 다른 사람의 눈으로 봐도 파열이 임박한 것을 알 수 있을 정도였다.

“지랄 났네.”

장미는 습관적으로 욕을 내뱉는 강혁에게 일단 고어텍스를 건네주었다. 강혁은 장갑으로 누르고 있던 것을 고만두고, 고어텍스를 가져다대었다.

“실은 몇 번?”

장미는 6번 실과 7번 실 사이를 왔다 갔다 하며 물었다.

“7……. 아니, 6.”

"오."

"뭐가 오야. 지금 너무 급해서 그래."

"여기 있습니다."

"오케이. 노예 오면 말 한마디 하지 말고 손 씻고 오라고 해. 지금도 조마조마하다."

"네."

강혁은 고어텍스를 기우며 장미에게 신신당부했다. 파열이 예상되는 범위가 5cm도 넘었다. 아무리 강혁이 빠르다 해도 재봉틀이 아닌 이상 이걸 순식간에 봉합하는 건 무리였다.

강혁은 울렁거리기 시작한 대동맥의 혈관 벽을 보며 빠르게 손을 움직였다. 자칫 어느 한 곳이라도 터진다면 그날로 끝장이었다. 대동맥은 그런 기관이었다.

약 3분쯤 지났을 무렵 재원이 등장했다. 그는 미리 손을 씻은 후였다. 체력은 모자랄지언정 머리가 달리지는 않았다.

"조폭, 노예한테도 실 줘."

"바로 투입하라고 하셨어요."

"아, 알았어요."

그래서 재원은 숨 돌릴 틈도 없이 수술에 투입되었다.

"내 손에 방해되지 않게, 되도록 빨리. 하지만 절대 새지 않게 해."

강혁은 그런 재원에게 거의 불가능해 보이는 주문을 했다. 하지만 재원은 그 주문을 재빨리 접수했다. 덕분에 두 사람은 혈관 벽이 터지기 직전 동시에 덧대는 작업을 완료할 수 있었다. 강혁은 단단해진 혈관을 내려다보며 입을 열었다.

"이제 이 망할 놈의 칼날 빼자."

"네. 근데……. 어떻게 빼죠?"

"어휴."

강혁은 별 모자란 놈 다 보겠다는 얼굴로 재원을 바라보며 집게로 칼날을 집었다. 그러곤 칼날이 박혀 들어간 방향의 정반대로 빼내기 시작했다.

"뭐 하고 서 있어? 목 쪽으로 가."

"아? 네."

그제야 재원은 환자의 목 쪽으로 올라갔다. 잠시 기다리고 있으려니 칼날 손잡이가 얼추 보이기 시작했다.

"그거 무턱대고 당기진 말고. 경동맥이랑 식도 찢으면서 들어온 놈이란 걸 잊지 마."

"네."

강혁은 칼날이 빠져나가면서 생긴 대동맥의 구멍에 손가락을 가져다 댄 채 말했다. 다른 수술실이었다면 이것도 큰일이었겠지만, 강혁이 있는 이상 수술은 끝난 거나 다름없었다.

"완전히 뺐습니다."

"다친 데 없지?"

강혁은 아무렇지도 않게 구멍을 막은 후 재원에게 물었다.

"네."

"좋아. 닫고 나가자."

강혁은 이 말을 하고서야 비로소 웃었다. 그의 미소를 본 신규 간호사가 조르르 다가가 입을 열었다.

"저, 교수님."

"응?"

"아까 중환자실에서 연락이 왔습니다."

"아까? 중환자실이면 바로 말했어야지!"

"아니……. 그게……. 환자가 이미 뇌사 판정 검사를 받고 있다는 얘기라서요……."

"아……."

뇌사 판정이라는 말에 강혁이 고개를 떨구었다. 강혁은 혹시 하는 생각에 신규 간호사를 바라보며 물었다.

"누가…… 검사 중인 거지?"

"최준용 교수님이 '한국장기조직기증원' 코디의 도움을 받아 검사 진행 중이라고 했습니다."

"최준용……. 흠."

강혁은 그간 보아온 최준용 교수의 모습을 떠올렸다. 상당히 열심인 것은 물론이고 실력도 좋았다. 일단 뇌파 판독 능력이 국내 제일 수준이라고 할 정도였다. 그런 사람이 이유 없이 코디를 불렀을 것 같지는 않았다.

"그 뇌사 판정 검사 한참 걸릴 거거든? 지금 어느 정도 했는지 알아봐."

"네, 교수님."

신규 간호사는 즉시 전화기를 들고 중환자실로 전화를 돌렸다. 그사이 강혁은 재원에게로 시선을 돌린 채 환자의 벌어진 가슴을 톡톡 두드렸다.

"노예, 넌 닫자. 최대한 빨리."

그 말에 재원은 조금은 섭섭한 표정을 지어 보였다. 잠깐 숨 좀 돌리려니까 '빨리빨리'를 입에 담고 있는 강혁이 야속했다.

"어차피……. 뇌사 판정 들어갔다는데, 조금 천천히 가면 안 될까요?"

"이 새끼가. 남의 환자냐? 뭐 옆 병동 환자야?"

"아니……. 그건 아니지만……."

'너무 힘들잖아요'라는 말을 애써 삼켰다. 몰래 눈알을 굴려 강혁의 눈치를 살펴보니, 이미 눈깔이 약간 돌아 있었다. 어떻게든 빨리 나가서 환자 상태를 두 눈으로 확인하고 싶은 게 분명했다.

"아니면 빨리 봉합이나 해. 우리 환자야."

하지만 강혁이 계속 보채는데 당해낼 사람은 없었다.

"드릴."

강혁은 일단 드릴로 가슴뼈 양측에 작은 구멍을 줄지어 뚫었다.

'슬슬 나갈 준비 해야겠네.'

경원은 드릴 소리를 들으며 마취 가스를 조절하기 시작했다. 수술실에서 아예 깨워서 나갈 건 아니지만, 수술할 정도로 깊이 잠재우는 것과 중환자실에 가기 위해 재우는 것은 다르기 때문이다. 이 조치를 어떻게 취하는가에 따라 환자가 중환자실에 가서 섬망을 일으킬 가능성이 크게 달라지니까.

"자, 나는 이제 여기 닫을 테니까, 넌 목 닫아."

강혁은 슬그머니 얇디얇은 5번 실을 집어 드는 재원을 보며 말했다.

"깝치지 말고 4번으로 해, 너는."

재원은 잠시 망설이다가 이내 고개를 끄덕였다.

"네……."

"레이어 잘 맞추고. 피부 울면 알지?"

"네네. 저도 이제 봉합 잘해요……."

수술 마무리에서 봉합은 기본 중의 기본이었다. 1년 차 들어가자마자 선배들에게 지겹도록 듣는 소리였고, 재원 자신도 후배들에게 그렇게 가르쳤다. 하지만 지금 와서 보니, 단 한 번도 스스로 해낸 적이 없었던 것 같았다.

"그래도 이제 등신 같지는 않네."

강혁은 재원이 한 땀 한 땀 최선을 다해 봉합한 목의 상처를 보며 중얼거렸다. 처음 듣는 사람이라면 욕인지 칭찬인지 헷갈리겠지만, 중증외상팀원들의 반응은 달랐다. 우선 장미가 재원을 보며 감개무량하다는 표정을 지었다.

"성공했네요, 선배님."

다음은 경원이 축하의 인사를 건넸다. 신규 간호사도 차마 입을 떼지는 못했지만 존경스럽다는 듯한 눈빛이 되었다. 그리고 대망의 주인공 재원은 훌쩍거렸다. 수술실 분위기는 일순 숙연해졌다. 그동안 얼마나 조리돌림을 당했으면 '등신 같지는 않다'라는 말에 저런 반응을 보일까.

"이놈이 돌았나. 환자 수술하면서 울어."

그 분위기에 찬물을 끼얹은 사람은 역시나 강혁이었다.

"에이. 일단 다 닫았으니까. 데리고 나가자. 아, 그리고 뇌사 판정은 어떻게 됐어?"

강혁은 재원을 저만치 밀어내고는 신규를 돌아보았다. 갑자기 화살이 자신에게 튈 줄은 모르고 있던 신규가 잠시 어깨를 움츠렸다.

"지금 30분 정도 평탄 뇌파 확인한 후, 뇌사판정위원회 열렸다고 합니다."

강혁은 그 말을 듣고 작게나마 피어오르던 희망의 불씨를 껐다. 평탄 뇌파가 30분 이상 계속되었다는 것은 이미 뇌의 기능이 정지했다는 뜻이었으니까. 이대로 시간이 조금 더 지나면 환자의 심장과 폐도 움직임을 멈출 것이다.

"알았어. 일단, 나가자."

이미 경원이 즉각 나갈 수 있도록 약물 조절을 해둔 덕에 수술을 마친 환자는 곧장 중환자실로 향할 수 있었다.

중환자실 안으로 들어서자마자 인공호흡기 소리가 들려왔다. 고개를 돌려보니 예의 그 환자가 누워 있었다. 스스로 눈을 감지도 못해 거즈를 덧대어 종이테이프로 감겨준 눈. 혹시 몰라 억제 장치를 감아두긴 했지만 단 한 번도 움직이지 못한 팔과 다리. 어쩌면 처음부터 환자는 죽음을 목전에 두고 있었는지도 모른다. 강혁을 비롯한 의료진과 보호자의 고집으로 붙잡고 있었을 뿐.

"뇌사판정위원회는 어디서 열리고 있지?"

강혁의 말에 옆에 있던 간호사가 중환자실 한쪽을 가리켰다. 작은 탕비실 겸 회의실로 사용하는 공간이었다. 그 안에 최준용 교수, 처음 보는 의사 그리고 코디까지 셋이 들어가 있었다.

"오케이. 노예, 넌 나랑 가자."

"아……. 네."

재원은 선선히 강혁을 따라나섰다.

강혁은 노크도 없이 문을 벌컥 열고 방으로 들어섰다. 처음 보는 의사는 대단히 놀란 표정을 지었지만, 최준용 교수와 코디는 덤덤했다. 이미 강혁의 환자라는 것도 알고 있었고, 강혁이 이런 사람이라는 것도 잘 알고 있었기 때문이다.

"이 환자, 정말 뇌삽니까?"

강혁은 일단 최준용 교수를 바라보며 물었다. 최준용은 씁쓸한 표정과 함께 고개를 끄덕였다.

"네. 뇌파 확인했습니다. 제가 직접 신체 검사도 했고요."

신체 검사란 동공 반사, 뇌간 반사 등의 소실과 호흡의 회복성이 없음을 확인하는 과정을 의미했다.

"근데 코디가 왔다는 건……. 뭐, 고인께서 생명 나눔 신청자셨나?"

강혁은 질문을 바꿨다. 그러자 내내 앉아 있던 코디가 몸을 일으켰다. 일전에 강혁과 함께 생명을 살리는 데 동참했던 사람이었다.

"네. 생전에 신청했었습니다."

강혁이 아무 말 없이 고개만 끄덕이는 것을 보던 코디가 다시 입을 열었다.

"그런데 문제가 하나 있습니다."

"문제?"

"보호자 동의가…… 아직 안 되었습니다."

"보호자 동의가 안 되었어? 근데 어떻게 뇌사판정위원회를 열었지?"

강혁은 의문 가득한 눈빛으로 코디와 최 교수를 바라보았다. 그러자 코디가 무척 의외라는 표정을 지어 보였다.

"절차를 알고 계십니까?"

"기본 아닌가? 아무리 당사자가 생전에 기증을 희망했다고 해도, 보호자 동의 없이는 불가할 텐데?"

"그……."

코디는 잠시 우물쭈물했다.

"어찌 된 거죠?"

강혁은 코디 대신 최준용 교수를 바라보았다. 최 교수는 뒤통수를 만지작거리며 답했다.

"그……. 아까는 동의가 되었었는데, 중간에 마음을 바꾸셨어요."

"중간에 바꿔? 뭔 일이 있었나?"

이번엔 코디가 대답했다.

"기증하기로 했다고 친구분들에게 메시지를 보낸 모양입니다. 근데 그 친구 중 한 명이 하필 이 기사를……."

강혁은 코디가 자신의 핸드폰에 띄워둔 기사를 보았다.

"아, 이거."

강혁도 알고 있는 기사였다. 조금씩이나마 늘고 있던 장기 기증 건수를 그야말로 한 번에 뚝 떨어뜨린 기사였으니까.

"이거 한국장기조직기증원이랑은 관계없는 기사잖아? 게다가 이 이후로 더 강화했다며, 기증자 예우."

"네. 그건 그런데……. 아시잖습니까. 일반인들은 장기 기증 단체가 여러 개 있다는 것도 모릅니다. 게다가……."

"게다가?"

"저는 저 보호자분이랑 딱히 라포(Rapport: 신뢰가 쌓인 관계)가 없어서."

강혁의 고개가 절로 최준용 교수를 향해 돌아갔다. 최준용 교수는 그나마 이 환자가 입원해 있는 내내 매일같이 봐준 의사였으니까. 하지만 그도 고개를 절레절레 흔들었다.

"저도 그…… 보호자 면담은 못 해서요."

"에이, 답답하게……. 보호자 어디 계시지? 내가 가지."

강혁은 도로 회의실 문을 열며 말했다. 그러자 순간 정적이 흘렀다. 모든 사람이 강혁을 바라보고 있을 따름이었다. 제아무리 천상천하 유아독존 백강혁이라 해도 움찔할 수밖에 없었다.

"왜? 내가 라포 제일 좋아."

아무도 말을 못하고 있자 보다 못한 장미가 나섰다.

"교수님은 사람 설득 잘 못하잖아요."

그러자 강혁이 버럭했다.

"내가 왜 못해? 지금 한유림 과장이 우리 편 들게 된 거 몰라서 그래?"

"그게 설득인가……. 그냥 딸 살려줬으니까 보은하는 거죠."

장미의 일침에 강혁은 잠시 말을 잇지 못했다. 하지만 강혁도 마냥 지고 있지만은 않았다.

"아, 그래. 원장단 회의! 거기서 내가 얘기해서 인력 충원도 되고, 어? 됐잖아."

이건 사실이긴 했다. 아무도 성공하지 못할 거라 생각했던 걸 이루어내긴 했으니까. 하지만 설득을 했다고 할 수는 없었다.

"그건……. 보통 그런 걸 설득이라고 부르진 않죠."

"그럼 뭐라고 하는데?"

"사기?"

"사기라니, 얘가 못 하는 말이 없네?"

"그럼 협박?"

"협박. 음."

듣고보니 설득보다는 협박에 가깝단 생각이 들었다.

'보호자한테…… 그럴 수는 없지.'

"그럼 누가 가. 여기 나 말고 라포 쌓인 사람 있어?"

강혁의 말에 모두의 시선이 재원을 향했다.

"양 선생님이 보호자 면담은 도맡아서 진행했죠."

"아, 그랬나?"

"'아, 그랬나'가 아니죠. 교수님이랑 얘기하면 보호자분들이 딱 두 가지 반응만 보이잖아요."

화내거나 울거나. 그래서 장미가 특단의 조치를 취한 것이다. 웬만

하면 재원이 면담하고, 그가 불가능할 땐 장미가 하기로. 강혁도 최소한의 양심은 있는 사람인지라 묵묵히 고개만 끄덕일 따름이었다.

"아, 그럼 제가 가나요?"

뜬금없이 중책을 떠안게 된 재원이 다소 떨리는 목소리로 물었다. 어찌나 신뢰감이 안 가는지 장미조차 고개를 갸웃거려야 했을 정도였다.

"진짜 내키지는 않네요……."

재원은 장미의 말을 애써 못 들은 척 넘기며 코디를 바라보았다. 장기 기증 신청을 했던 환자의 유지에 따라 장기를 기증할 수 있도록 보호자를 설득하라는 것. 상황은 이해했지만 막막했다.

"근데 무슨 말을 해야 하죠?"

코디는 매우 난감한 표정을 지으며 주섬주섬 책자를 뒤적거렸다. 강혁이 힐끔 보니 모두 장기조직기증원에서 만든 홍보용 책자들뿐이었다. 일반인에게는 도움이 될지 몰라도 의사에게까지 참고가 될 만한 것은 아니었다.

"아아. 그거 말고. 이거나 보지."

해서 강혁은 자신의 핸드폰을 건네주었다. 어떤 의사의 영상이었다.

영상을 다 보고 나자, 재원의 표정이 약간은 달라져 있었다.

"어때, 할 수 있겠어?"

그는 강혁의 말에 담담히 고개를 끄덕였다. 강혁은 그의 어깨를 두드리며 말을 이었다.

"그래. 고귀한 희생인 거야. 오늘만은 나보다도 많은 사람을 살리시는 거다. 기증자분 아니면 아무도 살리지 못할 사람들을."

"네, 교수님."

재원은 고개를 끄덕이며 해야 할 말을 정리했다. 그러곤 천천히 밖으로 나갔다. 문 앞엔 앉지도, 서지도 못한 채 눈물을 쏟아내고 있는 보호자가 있었다.

영웅도 쓰러진다

중증외상팀이 뇌사 판정 환자를 보낸 지도 벌써 3일째였다. 아무래도 신경이 쓰였는지, 코디는 각각 이식받은 환자의 경과를 매일 간략하게나마 강혁에게 전달해주고 있었다. 다행히 모든 환자가 별 문제 없이 회복 중이었다.

기증을 마친 환자의 장례식장은 꽤 한적한 편이었다. 찾아올 사람이 아주 많지는 않은 모양이었다. 드문드문 한국장기조직기증원 측에서 나온 사람들이 보였다. 그들은 홀로 남은 보호자를 도와 장례를 돕고 있었다.

"저기 계시네."

강혁은 빈소에 있는 보호자를 발견하고 서둘러 안으로 들어갔다. 그러곤 일단 국화꽃을 놓아 고인에 대한 예를 표했다.

'감사합니다.'

그 후 보호자에게 다가가 인사했다.

"힘들진 않으십니까?"

"잘 모르겠어요……. 정신이 없어서."

다행히 보호자는 생각보다 씩씩해 보였다. 이식 받은 환자들의 경과가 좋다는 말이 힘이 되는 모양이었다.

그때 강혁의 휴대전화가 울렸다. 응급실이었다. 강혁은 손안에서 울고 있는 핸드폰을 잠시 내려다보았다. 보호자는 강혁이 얼마나 중요한 일을 하고 있는지 잘 알고 있었다. 응급실에서 걸려온 전화라면 누군가의 생명이 걸린 문제일 가능성이 크다는 것도.

'우리 그이도……. 이렇게 신고 전화가 들어갔겠지.'

안타깝게도 죽고 말았지만 그 과정에서 강혁과 중증외상팀이 얼마나 급하게 움직였고, 얼마나 고생했는지는 설명하지 않아도 다 알 것만 같았다.

"받으세요, 전화."

보호자는 애써 슬픔을 감추고, 씩씩한 얼굴로 핸드폰을 가리켰다.

"아, 네. 그럼 실례…… 하겠습니다."

강혁은 고개를 숙여 감사를 표한 후 곧장 전화를 받았다.

"백강혁입니다."

"네, 교수님! 경기 소방청 구조단에서 요청이 왔습니다. 공장에서 지게차에 치이는 사고가 발생했다고 합니다."

"지게차?"

지게차라는 말에 강혁은 이곳이 장례식장이라는 것도 잊고 목소리를 높였다. 지게차 사고는 지게차의 특징적인 모습 때문에 중증외상으로 이어지는 경우가 아주 많았다. 이어지는 상대방의 말은 강혁을 더욱 경악하게 만들었다.

"그리고 환자가 아직 어린아이입니다."

"어린아이? 아니, 공장에 왜 어린애가 가 있어?"

지게차가 돌아다니는 공장에 어린애라니. 그의 목소리에 재원과 장미, 경원 모두 강혁에게 다가왔다.

"그게……. 자세한 사항은 저도 잘 모릅니다."

응급실에서 전화를 건 이는 레지던트 4년 차였다. 직접 신고를 받은 게 아니라 모르는 것은 당연한 일이었다.

"이 새끼야, 너 의사 아니야? 일반인이냐? 지게차 사고는 어떤 상황에 어떻게 다쳤는지가 이후 처치에 얼마나 중요한지 몰라?"

"그……. 죄송합니다. 제가 미처 묻지 못했습니다."

한국대학교 병원은 전국의 암 환자들과 각종 위중한 병을 가진 환자들이 모이는 대형 병원이었다. 그 바람에 정작 사고를 당해 정말 응급한 상황에 처한 외상 환자들은 다른 병원으로 보내지는 경우가 많았다.

"너, 나 다녀올 때까지 공부해놔."

강혁은 그렇게 말하다 갑자기 재원과 장미, 경원을 돌아보았다. 그야말로 난데없이 사나운 눈초리를 받게 된 셋은 영문을 모르겠다는 얼굴이 되었다.

"너희도 지게차 사고 본 적 없지?"

세 명은 강혁의 물음에 꿀 먹은 벙어리가 되었다.

"다음 주부터 매주 월요일 아침 6시 콘퍼런스다. 뭘 알아야 환자를 살리지."

"하……."

전화를 붙잡고 있던 레지던트 4년 차는 한숨을 쉬었다.

"방금 그거 한숨이야?"

"아뇨, 아닙니다. 감사…… 합니다."

감사할 만한 일은 맞았다. 그렇지 않아도 응급의학과 내에서도 백강혁에게 체계적인 교육을 받고 싶다는 말이 나오던 참이었으니까.

'아무리 그래도 그렇지 새벽 6시에 콘퍼런스라니…….'

"그래, 감사하지? 다음 주 콘퍼런스는 네가 한다. 지게차를 주제로."

"네, 네?"

레지던트 4년 차는 화들짝 놀라서 물었지만, 강혁은 이미 전화를 끊고 테니스장으로 향하고 있었다.

헬기는 요란한 소리를 내며 테니스장에 내려앉았다. 누가 들어도 시끄러운 소리였다.

“에이, 저거 또 지랄이네.”

병원 담장 너머 주택가에 있던 누군가가 욕설을 내뱉으며 창문을 툭 하고 닫았다. 전에도 하나둘 불만을 가진 사람들이 있기는 했다. 다만 대세는 아니었다. 저게 사람 살리는 헬기라는 것을 어렴풋이나마 알고는 있었으니까. 하지만 이젠 상황이 많이 달라져 있었다. 얼마 전 찾아온 누군가 때문이었다.

“저, 저 망할 놈.”

급기야 헬기 출동을 하고 있는 강혁과 재원을 향해 저주를 퍼붓기까지 이르고야 말았다.

“빨리! 빨리! 너 왜 이렇게 굼떠졌어?”

“요새 살쪄서 그래요.”

강혁과 재원은 주민들의 욕이 난무하고 있다는 건 꿈에도 모른 채 급히 헬기 위로 뛰어올랐다. 최대한 빨리 날아오르기 위해 여전히 프로펠러가 돌아가고 있는 중이었다.

“맨날 라면만 먹으니까 그렇죠.”

재원은 오늘 아침 식사도 컵라면으로 때운 현실을 떠올렸다. 아침부터 라면이라니. 생각하니 눈물이 앞을 가렸다.

“진짜 무겁네. 나 좀 도와줘.”

그의 말에 김강률 팀장이 강혁을 도와 재원을 헬기 위로 끌어 당겼다. 그도 재원의 의외의 무게에 놀란 표정을 지었다.

“올라왔다. 가자, 가!”

김강률 팀장은 바닥에 널브러진 재원을 두고 기장에게 외쳤다.

헬기가 뜨면서 더 거센 바람이 주변으로 휘몰아쳤다.

"에이. 짜증 나."

"저거 안 그러더니 요새 왜 계속 떠?"

주민들의 욕설은 헬기가 완전히 하늘로 날아오를 때까지 계속되었다.

누구보다 감각적으로 예민한 강혁은 곧 피비린내를 느낄 수 있었다.

'너무 진한데.'

흘러나온 피의 양이 적지 않은데다가 사고 후 시간이 꽤 흘렀다는 걸 짐작할 수 있었다. 피 냄새는 산화되면서 점점 지독해지기 마련이었으니까. 자연히 발걸음이 빨라질 수밖에 없었다. 뒤따르던 재원이 신음을 흘렸다. 사고를 당한 아이의 몰골이 너무도 끔찍했기 때문이었다. 왜 강혁이 아이인지 어른인지, 또 사고를 당할 당시의 자세를 확인하는 것이 중요하다고 했는지 바로 알 수 있는 현장이었다.

'허벅지……. 허리까지 죄 찢어졌어…….'

키가 큰 어른이라면 정강이 쪽 부상으로 그쳤겠지만 아이는 지게차 포크에 허벅지 근처를 찔린 뒤 넘어지는 바람에 허리까지 찢어진 상태였다. 주변에 있던 어른들이 옷가지들을 가져와 누르고 있었지만 역부족이었다.

"뭐 해! 따라 와!"

강혁은 넋 나간 얼굴이 된 재원을 불렀다. 그는 어느새 아이의 의식 수준을 살피고 있었다.

"아, 네!"

"넌 상처부터 처치해! 허벅지부터! 대강이라도 처치하고 침대로 태운다!"

"네!"

재원도 잠시 당황하긴 했지만, 금세 극복하고 처치에 나섰다. 상처를 누르고 있던 손을 치우자마자 피가 쏟아졌다. 애초에 그리 효과적으로 누르진 못해 거의 지혈되지 않았다. 그들은 의사가 아니었기에 누굴 탓할 수도 없었다.

"여기 손 좀!"

재원의 요청에 김강률 팀장을 비롯한 구조 요원들이 우르르 달려들었다. 그들은 신속하게 수액을 연결하고, 아저씨들을 대신해 상처를 틀어막기 시작했다.

"서지셀(Surgicel: 지혈용 거즈) 있죠?"

재원의 말에 김강률 팀장이 고개를 끄덕이며 서지셀을 건네주었다. 무척 고가의 용품이었는데, 경기 소방청 헬기에 실려 있는 것은 결코 우연이 아니었다. 강혁이 미리 챙겨다 실어두었기 때문이다. 물론 그에 대한 금전적 부담은 강혁과 중증외상센터의 몫이었다. 소방청도 병원도 보건복지부도 응급 처치에 소모되는 물품에 대한 어떤 지원도 해주지 않았으니까.

"음……. 여긴 멎는데……."

서지셀이 괜히 비싼 건 아니었다. 스멀스멀 흘러나오는 피, 즉 우징에는 거의 절대적이라 할 만큼의 위력을 보여주었다. 하지만 혈관이 찢긴 부위까지 멎게 만드는 건 무리였다.

"눌러야 할 거 같은데요?"

재원은 김강률 팀장의 의견대로 서지셀을 써도 멎지 않는 부위는 눌러서 지혈하기로 했다. 그사이 강혁은 아이의 의식 상태와 전신 상태의 점검을 마쳤다.

'의식도 없고, 통증에 반응도 없어. 그나마 동공 반사가 있는 건 다행이고……. 하지만…… 혈압이 잡히질 않아.'

피를 너무 많이 흘려서 저혈량성 쇼크가 온 듯했다. 흘린 피를 대체하려면 역시나 피가 필요했다.

"아이 혈액형! 혹시 아는 사람 있습니까!"

강혁은 이미 검붉게 물든 재킷을 벗어던지며 외쳤다. 그러자 아까부터 헬기로 홀린 듯 천천히 걸어오던 사내가 달려왔다.

"어어, 보지 마! 보지 말라고!"

주변 사람들이 말렸지만 소용없었다. 아이 아버지였다. 아내도 없이 홀로 키우던 아이가 자신이 일하던 현장에서 다친 상황이었다.

"O형입니다! O형!"

보호자는 절망과 죄책감에 눈물을 흘리면서도 강혁에게 아이의 혈액형에 대해 외쳤다.

"일단 헬기에 태우지. 여기서 시간 끌면 끌수록 위험해져."

"네!"

재원과 요원들은 아이를 이송용 침대에 옮겼다. 그렇지 않아도 작디작은 아이의 몸인데 피까지 많이 흘려서 그런지 너무 가벼웠다. 재원은 손에 느껴지는 아이의 무게에 나직한 한숨을 쉬었다. 아직 죽기엔 너무 어린 나이였다.

"제, 제발……. 힘내렴."

강혁은 재원의 옆에서 달리는 와중에 작은 주사기를 들고 아이의 팔에서 피를 조금 뽑아냈다.

"지, 지금 뭐 하시는 겁니까?"

마침 맞은편에서 뛰고 있던 김강률 팀장이 눈을 동그랗게 뜨고 물었다. 달리고 있는 상황에서 채혈이 가능하다는 것도 놀랍긴 했지만. 그것보단 대체 왜 이러는 건지가 더 궁금했다.

"뭐 하긴, 피 뽑지."

"그러니까 그걸 왜……?"

"일단 태워, 태우고 말하지."

정신을 차려보니 침대는 어느새 헬기 앞에 도달해 있었다. 근처에 있던 아저씨들도 침대 미는 것을 도운 덕이었다.

"야, 이놈아! 눈 좀 떠봐라!"

그중에는 눈물 흘리는 이들도 적지 않았다. 강혁의 마음이 영 좋지 못했다. 아버지가 살아 있을 때 함께 일하던 아저씨들이 떠올랐기 때문이다.

'엄마 없이 큰다고 참 잘 챙겨주셨었지…….'

"교수님! 올라오세요!"

웬일로 먼저 올라간 재원이 손을 뻗었다. 강혁은 그제야 현실로 되돌아올 수 있었다.

"어? 어. 그래."

"괜찮아요? 몸 안 좋으신 거 아니에요?"

"아니. 야, 너 혈액형 뭐냐?"

강혁은 재원에게 뜬금없는 질문을 던졌다.

"저는 AB형이요."

"AB? 이런 쓸데없는 놈."

"아니……. 혈액형 가지고 그러기예요?"

"다른 사람들은 어때? O형 없어?"

강혁은 구조 대원들에게도 물었지만, 애석하게도 O형은 없었다.

"나뿐인가."

강혁은 나지막이 한숨을 쉬고는 아이를 돌아보았다.

"야, 내 피 좀 뽑아봐."

"에? 교수님 피를 수혈하시려고요?"

"해야지. 혈압 안 잡히잖아."

"그럼……. 가서 수술은 누가 하고요?"

"어차피 10분이면 가. 그동안 그렇게 많이 나오지도 않아."

그 말은 수혈도 하고 수술도 직접 하겠다는 말이었다.

"팀장은 병원에 연락해 줘. O형 준비하라고."

강혁이 이런저런 지시를 내리는 사이, 재원은 재빨리 강혁의 팔에서 피를 뽑았다.

"아까 내가 뽑은 거랑 반응 좀 봐봐."

재원은 강혁이 뽑아둔 아이의 피와 방금 자신이 뽑은 강혁의 피를 섞었다. 같은 혈액형이라고 해도 간혹 거부 반응이 일어나기도 했다. 다행히 두 피는 일치했다.

"좋네. 연결해."

"진짜……. 괜찮으시겠어요?"

재원은 주삿바늘을 집어 들면서도 망설였다.

"빨리하라니까!"

하는 수없이 재원은 강혁의 팔뚝과 아이의 팔뚝을 라인으로 연결했다. 강혁의 혈압이 아이의 혈압을 압도했기 때문에 피는 무척 빠른 속도로 수혈되었다.

"이렇게 하면 근데…… 양을 가늠할 수 없잖아요……."

재원이 라인을 타고 흘러들어가는 피를 보며 걱정스러운 말투로 물었다. 강혁은 고개를 절레절레 흔들었다.

"괜찮아, 나는 안 죽어."

정작 당사자인 강혁은 담담한 얼굴이었지만 그걸 지켜보는 사람들은 그럴 수가 없었다.

“내가 걱정되면 환자 혈압 떨어지지 않게 지혈이나 확실히 해.”

‘이 양반은 힘들면 화를 안 내는구나.’

재원은 강혁이 하던 대로 우선 두꺼운 봉합사를 이용해서, 벌어진 상처를 강하게 오므려주었다. 그러자 피부색이 곧장 하얗게 탈색되는가 싶더니 피가 더는 흘러나오지 않았다. 이대로 오래 두면 피가 통하지 않아 피부 끝이 괴사할 위험이 있었지만, 급하게 지혈할 수 있는 좋은 방법이었다.

“이제 거의 다 왔습니다.”

헬기가 착륙하는 동안 강혁은 자신의 팔에 꽂혀 있던 바늘을 뽑고, 알코올 솜으로 짓눌렀다. 아이의 팔에 꽂힌 라인 끝에는 캡을 씌워 둔 후였다. 그 바람에 헬기 바닥에 강혁의 피가 몇 방울 흩뿌려졌다.

“괜찮으시겠어요?”

김강률 팀장이 바닥의 혈흔을 보며 걱정스럽게 물었다.

“괜찮지, 그럼. 피 조금 뺐다고 이상이 오겠어? 헌혈 다들 해봤잖아?”

김강률 팀장도 주기적으로 현혈을 하는 사람이었지만, 강혁의 말에 동의할 수는 없었다.

‘헌혈한 날은 출동은커녕 운동도 못 하게 되어 있지.’

괜히 그런 원칙을 만들어놨겠는가. 문제가 생길 위험이 있기 때문이다. 잠시 생각에 빠졌던 김강률 팀장이 정신을 차렸을 때 강혁은 이미 헬기에서 뛰어내린 뒤였다.

“뭐 하고 있어? 침대 내려야지!”

"알겠습니다!"

"이쪽, 이쪽으로!"

재원이 헬기에서 내린 침대를 끌고 병원 쪽을 향해 부리나케 달리기 시작했다. 그 무리엔 미리 마중 나온 장미도 끼어 있었다.

"O형 혈액 5팩 준비해두었습니다!"

그녀는 재원을 도와 침대 머리 쪽을 끌면서 외쳤다. 강혁은 후미에 붙어 달리며 고개를 끄덕였다.

"잘했어! 근데 넌 여기 왜 왔어?"

강혁이 바라본 이는 경원이었다. 의문과 핀잔이 동시에 섞인 질문이었다. 수술 준비나 하고 있을 것이지, 왜 왔냐는 투였다.

"주신 정보에 아이 키나 몸무게가 없어서요! 나이만으로 마취하기엔 요즘 애들 편차가 너무 큽니다."

"오."

강혁은 조금 놀랐다는 눈빛을 띠며 고개를 끄덕였다. 경원이 그런 것까지 세심하게 챙긴다는 것에 놀랐지만, 자신이 그런 중요한 부분을 놓칠 만큼 경황이 없었다는 것에 더 놀랐다.

'아까부터 아버지 생각이 나서 그런가.'

"일단…… 기도 확보하겠습니다. 미약하게나마 자발 호흡이 있어서 산소 포화도가 유지되고는 있지만, 그래도 이대로 두는 건 불안합니다."

그사이 경원은 빠르게 아이의 목에 작은 튜브를 찔러넣었다. 한쪽 귀로는 청진기를 통해 튜브가 제대로 들어갔는지 확인했다. 침대는 거친 노면을 지나 응급실 안으로 들어서는 중이었다.

"교수님, 바로 들어갑니까?"

장미가 갈림길에 들어서자마자 외쳤다. 그 말에 강혁은 말없이 고개를 끄덕였다.

"네, 그럼 수술실로!"

"아, 혹시 모르니까, 초음파는 들여놔줘."

"초음파……. 네! 요청하겠습니다!"

장미는 씩씩하게 외치며 침대를 수술실 쪽으로 냅다 끌었다. 방 안쪽에는 신규 간호사와 다른 파트에서 지원 나온 간호사들이 분주하게 준비 중이었다. 이제 겨우 여덟 살인 아이가 지게차에 치여 사경을 헤매고 있는 응급 상황에 바쁘지 않으면 그게 이상한 일이었다.

아이를 실은 침대가 방으로 들이닥쳤다. 장미는 그와 동시에 신규 간호사를 향해 물었다.

"준비, 다 됐어?"

"네! 말씀해놓으신 거 다 준비해놨습니다!"

"좋아. 난 바로 스크럽 들어갈 테니까, 너는 포터블 초음파 하나만 구해 와!"

"초음파……. 네! 알겠습니다!"

신규가 신규라 불리는 이유는 따로 있는 게 아니었다. 그녀는 당연히 초음파가 어디 있는지, 어떻게 빌려야 하는지 몰랐다. 하지만 어떻게든, 최대한 빨리 가져와야 한다는 사실은 잘 알고 있었다. 여긴 중증외상센터니까.

"교수님! 마취됐습니다!"

경원이 어느새 마취 가스를 틀며 외쳤다. 그러자 강혁은 입고 있던 와이셔츠를 거의 찢어내듯 벗으며 답했다.

"소독하고 있어! 손 닦고 바로 들어온다!"

강혁의 목소리는 여느 때와 다름없이 우렁찼고, 또렷했다. 덕분에 재원을 비롯한 의료진 모두는 적잖이 안심할 수 있었다.

'난 또……. 헌혈하느라 많이 힘드신 줄.'

재원은 그리 생각하며 급히 아이의 상처를 베타딘 소독액으로 닦아내기 시작했다. 아까 헬기에서도 닦긴 했지만, 계속해서 흘러내리는 피와 더불어 착륙할 때 발생한 먼지로 인해 다시 오염이 된 상황이었다. 이럴 때면 늘 강혁의 말이 떠올랐다.

'지원받은 돈으로 병원 설비 갖출 게 아니라 일단 이송 체계부터 정비했으면 이럴 일도 없지. 이착륙장도 없는 중증외상센터는 대체 뭐냐.'

'망할 놈들.'

재원은 강혁에게 전염이라도 된 듯 속으로 욕을 하며 아이의 몸을 닦았다. 이미 장미가 이송하면서 아이의 옷을 죄 잘라둔 덕에 소독은 그리 어렵지 않았다.

"후."

강혁은 그런 재원을 두고 방을 빠져나오자마자 한숨부터 쉬었다. 그러곤 아주 미세하게 떨려오고 있는 자신의 손을 내려다보았다.

'혈압이 괜찮았던 걸로 볼 때 양이 많이 빠져나간 건 아닌데…….'

너무 급하게 쥐어짠 게 문제였던 것 같다. 헌혈하는 와중에 손을 쥐었다 폈다 하면서 힘을 주었으니 대체 어느 정도의 속도로 얼마만큼의 피가 아이에게 들어갔는지 가늠이 되지 않았다.

'분당 120회…….'

강혁은 잠시 자신의 노동맥을 짚은 채 멈춰 있다가 중얼거렸다. 워낙 운동을 많이 한 데다가 타고난 건강 체질이기도 한 강혁의 평상시 심장 박동 수는 분당 60회 미만이었다. 즉 지금 심장 박동 수가 두 배나 된다는 거였다.

'그래도 덕분에 아이가 살아서 왔어……. 이제 살아서 나가게 해줘야겠지.'

거기까지 생각이 미친 강혁은 손목에서 손을 뗀 후, 반쯤 벗겨져 있던 와이셔츠를 완전히 벗어던졌다. 탈의실에 가서 다른 수술복을 입고 들어오기엔 시간이 부족한 까닭이었다. 좀 더 솔직히 말하자면 체력도 아까웠다. 어지간하면 움직이는 행위 자체를 줄이고 싶었다.

무릎으로 버튼을 누르자 여느 때처럼 차디찬 물이 흘러나왔다. 평소 같으면 별로 문제가 되지 않았겠지만. 몸이 안 좋은 상태에서 찬물로 손과 팔을 씻어내려니 매우 고통스러웠다.

'이런 망할 새끼들.'

강혁은 주어가 불명확한 욕설과 함께 손 세척을 마쳤다. 그러곤 물을 뚝뚝 떨어뜨리며 방 안에 들어섰다. 당연하게도 소란이 일었다.

"교, 교수님……. 이게 뭔 짓이에요."

"옷은……. 옷은 입으라고 있는 건데."

그나마 재원은 황당하다는 반응이 전부였다. 하지만 장미나 경원은 그보다 더 당황스러운 기색이 역력했다. 일단 웃옷을 벗고 수술실에 들어오는 사람을 본 게 처음이었다. 그리고 강혁의 몸이 너무 좋았다.

"수술복 입으러 언제 탈의실까지 가. 빨리 입혀주기나 해."

"어……. 그……. 알겠습니다."

장미는 그래도 프로였다. 곧 당황스러움을 극복하고 강혁의 맨몸에 수술 가운을 입혀주었다. 가까이서 보니 근육의 탄력이 더더욱 세밀하게 느껴져 조금 어이가 없기는 했다.

'대체 언제 운동을 하는 거야.'

백강혁과 양재원의 스케줄은 그녀가 빤히 잘 알고 있지 않은가. 쓰러져 잠자기에도 바쁠 텐데. 어떻게 이런 일이 가능한 건지 의문이었다.

"장갑."

"아, 네."

곧이어, 강혁은 곧 중상과 싸울 수 있는 완전무장을 갖추었다. 그는 천천히 아이에게로 걸어가며 재원을 내보냈다.

"너도 옷 갈아입을 생각하지 말고 바로 들어와."

"저도 옷을 벗고 들어오라는 뜻이…… 겠죠?"

재원은 피와 먼지로 범벅이 된 자신의 와이셔츠를 보며 물었다. 강혁은 그런 재원을 '왜 그런 소리를 하냐'는 듯한 얼굴로 바라보았다.

"그럼 그대로 들어오려고?"

"아뇨, 그건……. 안 되죠."

웃옷을 벗고 맨몸으로 들어오는 것도 안 될 거 같긴 했지만. 자기 스승이 먼저 솔선수범한 이상에야 어쩔 도리가 없었다. 해서 재원은 미리부터 단추를 풀며 밖으로 향했다. 손 닦는 곳 옆으로 반쯤 찢어진 강혁의 와이셔츠가 눈에 들어왔다. 그야말로 상남자, 아니, 쌍남자였다.

'기운 펄펄 넘치시는 거 같네. 역시 내가 교수님 몸 걱정할 때는 아니지.'

재원은 아까 강혁이 방으로 들어설 때 보여준 거의 완벽에 가까운 몸에 비하면 많이 부끄러운 자신의 몸을 내려다보았다. 그래도 처음 외상 외과 지원했을 때만 해도 형편없는 편은 아니었는데. 여기 와서 구르다보니 배가 불룩 나오고 있었다.

'그래, 밑에 하나 들어오면 나도 운동 좀 하자…….'

재원은 잠시 자기반성의 시간을 갖고 손을 닦아내었다. 그러곤 강혁이 그랬던 것처럼 다시 수술실 안으로 들어갔다.

"어우……."

"선배……."

어쩐지 아까와는 반응이 많이 달랐다. 단지 이미 벗은 몸을 봐서 그렇다기엔 지나치게 시큰둥하다고 해야 할까. 어딘지 모르게 안쓰러워하는 기색이 역력했다. 특히 장미는 짠하다는 눈빛이었다.

"양 선생님……."

"왜 수술 가운을 그렇게 슬픈 눈으로 줘요?"

"가서 거울 보면 알 거예요."

"음."

상당히 기분 상하게 하는 발언이었다. 하지만 마냥 뚱해 있을 수는 없었다. 그가 잠깐 손 닦고 오는 사이 강혁이 드랩을 마쳤기 때문이었다. 정말이지 더럽게 빠른 사람이었다.

"빨리 와. 급하다."

아니나 다를까 강혁은 재원이 아주 약간 뭉그적거리는 모습을 보이자마자 채근했다. 해서 재원은 최대한 빨리 무장을 마치고 강혁의 맞은편에 가 섰다.

"이렇게 보니까……. 진짜 심하긴 하네요……."

재원은 피가 씻겨나가고 말끔히 소독된 아이의 환부를 내려다보며 중얼거렸다. 오히려 붉은 피가 없어서 그런가 상처가 훨씬 안 좋게 보였다. 강혁은 그런 재원을 다소 의외라는 눈빛으로 바라보았다.

'얘도 확실히 늘긴 느는구나.'

보통 외상에 익숙하지 않은 사람들은 상처를 볼 때, 상처 그 자체보다 다른 것에 시선을 빼앗기기에 십상이었다. 예를 들면 피라든지, 환자의 비명이라든지. 하지만 외상에 익숙해진 의사는 그런 부수적인 것에 시선을 빼앗기지 않고 오로지 상처만을 바라볼 수 있게 된다.

"그렇지? 특히…… 여기는 좀 심각해."

강혁은 아이의 복부 중앙 쪽을 가리켰다. 번 거즈를 넣어놨는데도 스멀스멀 피가 새어 나오고 있었다.

"지게차 포크가…… 완전히 내려온 상황이 아니었나 봅니다."

재원의 말에 강혁이 고개를 끄덕였다.

"그래. 흠."

재원의 눈에는 그저 피만 새어 나오는 것으로 보였지만, 강혁에게는 피에 섞여 배출된 다른 색의 액체까지 보였다.

'이건 아마도 소변이겠지. 이 정도면 방광이 손상되었을 가능성이 커. 게다가…….'

피에 소변만 섞여 있는 것이 아니었다.

'직장까지…….'

강혁의 손은 더 빨라질 수밖에 없었다.

"일단 잡을 수 있는 출혈부터 싹 잡아."

"네, 교수님."

"다리 쪽은 둘이 동시에 가고, 배 쪽은 내가 집도한다."

"네. 맡겨주십쇼."

외과 의사 중 수술을 맡기는데 마다할 사람은 없을 것이다. 특히 그 수술이 자신이 해본 종류이고, 그 수술을 내주는 이가 스승이라면 더더욱. 덕분에 재원은 의욕이 넘치는 얼굴로 장미에게 바이폴라를 넘겨받아 본격적인 지혈에 들어갔다.

강혁도 장미에게 받은 바이폴라로 지혈에 돌입했다.

'체력 배분을 신경 써야 하는 상황이 올 줄이야.'

마음 같아서는 순식간에 다리를 잡고 배로 옮겨가고 싶었다. 하지만 지금 그랬다가는 정작 중요한 수술을 마치기도 전에 헉헉댈 것이 뻔했다. 그나마 재원이 조금 쓸 만해진 것이 다행이라 할 수 있었다. 그렇지 않았다면 무리해서라도 혼자 다 해야 했을 테니.

"코(지혈)."

그와 동시에 타는 소리가 나더니 재원이 바이폴라를 대고 있던 곳에서 하얀 연기가 피어올랐다. 강혁은 잠시 하던 것을 멈추고 재원이 지지는 곳을 바라보고 있었다. 위치 선정부터, 타이밍까지 거의 완벽했다.

'적혈구 하나까지 잡는 지혈은 아니지만……. 그래도 쓸데없는 곳까지 지져대고 있지는 않구만.'

바이폴라를 이용해 지혈하는 데 익숙하지 않은 초보 의사들이 흔히 저지르는 실수가 바로 '되는대로 싹 지지는 것'이었다. 그렇게 하면 수술하기에 편해지는 것은 사실이었다. 피가 안 나니까. 하지만 문제는 수술 후였다. 우선 지진 부위는 상처가 쉽게 아물지 않았고, 그 주변으로는 열 손상이 발생해, 환자가 굳이 겪지 않아도 될 감염의 원인이 되기도 했다. 곧 다리 쪽의 지혈이 마무리되었다. 찢어진 근육과 살까지 봉합하려면 시간이 훨씬 많이 소요되겠지만, 강혁은 완전히 끝내지 않고 배부터 보기로 했다.

'저건 노예 혼자서도 할 수 있어. 여차하면 한유림 과장한테 말해서 레지던트 빌려와도 되고.'

하지만 배는 아니었다. 다른 방법이 없었다. 오직 강혁만이 볼 수 있었다.

"자, 올라가자."

"네."

아직 강혁의 몸 상태를 모르는 재원은 평소처럼 그가 하라는 대로 움직였다.

"천천히, 아주 천천히 빼봐."

"네, 교수님."

재원은 강혁의 말을 따라 번 거즈를 아주 조금씩 배 속에서 꺼내기 시작했다.

"으……."

그와 동시에 아주 역한 냄새가 수술실 안을 가득 메웠다. 이유가 뭔지 굳이 배 속을 들여다볼 필요도 없었다. 빼낸 거즈 끝에 갈색 물질이 묻어 있었으니까. 그건 대변이었다.

"역시 그런가."

이미 예상하고 있던 강혁을 제외한 모두가 경악했다. 변이 나왔다는 건 어딘가 장이 터졌단 얘기였고, 배 안쪽이 엉망이 되었을 가능성이 크단 얘기였으니까.

"얼 빼지 말고 거즈 완전히 빼. 조폭은 소독액 10%로 희석해서 데운 샐라인(Salline: 식염수) 준비하고. 세척하면서 수술 진행한다."

"네! 교수님."

둘은 씩씩하게 대답한 후 각자 맡은 일을 진행했다. 재원이 또 하나의 번 거즈를 빼자 이번엔 지린내가 가득 풍겨 왔다.

"방광까지……. 이런 씨……."

재원은 수술실인 것도 잊고 욕설을 내뱉을 뻔했다. 대장에 이어 방광까지 손상되었다는 건 아이의 상태가 매우 위독하다는 의미였고, 살아나더라도 심각한 장애가 생길 확률이 높단 뜻이었다. 강혁은 등줄기를 타고 흘러내리는 식은땀을 애써 무시하며 재원에게 말했다.

"정신 차리고 상처 벌려. 조폭, 너는 소독액 주고. 수술은 이제 시작이야."

지게차 포크에 의해 찢어진 길이 약 15cm가량의 상처가 죽 하고 벌어졌다.

"우……."

그러자 냄새가 한층 더 지독해졌다. 강혁은 잠시 벌어진 아이의 배를 내려다보았다. 치골 바로 상부에 생긴 상처는 공교롭게도 하복부 중앙에 있었다.

'어쩌다 이렇게 된 걸까.'

강혁은 험한 공장 이쪽저쪽을 놀이터처럼 뛰어다녔을 아이를 떠올렸다. 마치 자신이 어린 시절 아버지를 따라 그렇게 돌아다녔던 것처럼.

'야! 거기 가면 위험해!'

하도 많이 들어서 귀에 딱지가 앉겠다 싶었던 말. 그땐 그 소리가 왜 그렇게 재미나게만 느껴졌을까.

강혁은 아이가 사고를 당한 현장을 머릿속으로 상상해보았다. 아마 아이에게는 나름대로 쌓인 경험이 있었을 것이다. '이곳은 안전하다, 저기는 다칠 수도 있다'와 같은. 하지만 아무리 위험한 곳이라도 오랜 시간이 지나면 익숙해질 수밖에 없겠지.

'그래……. 처음 충돌한 지점이 바로 배였어. 허벅지에서 타고 올라간 게 아니라…….'

지게차는 공장 내에서 절대 서행을 유지하게 되어 있었다. 특히 아까 본 공장 내부는 협소했으니 딱히 법 때문이 아니더라도 빠르게 다니진 못했을 것이다.

'먼저 배를 들이받고……. 브레이크를 밟았지만, 애가 넘어지면서…… 깔렸구나.'

강혁은 그제야 아이의 상처 하나하나가 정확히 눈에 들어오기 시작했다.

"저, 교수님?"

그때 재원이 강혁을 불렀다. 좀처럼 멈추는 법이 없는 강혁이, 생각에 잠겨 있었던 것이다. 다들 걱정스럽다는 눈빛으로 강혁을 바라보고 있었다. 확실히 오늘 백강혁은 좀 이상했다.

"뭘 그렇게 봐? 어려운 케이스라서 그래. 나라고 다 쉽겠어?"

강혁은 자신의 속내를 드러내 보이지 않기 위해 태연한 표정을 지으며 손사래를 쳤다.

"네. 교수님. 그럼 어떻게……."

재원은 여태 아미로 아이의 상처를 벌리고 있었다. 강혁은 다시 한번 상처 내부를 들여다보다가 이내 고개를 저었다. 평소 같으면 이만한 절개면 틈새로도 어떻게 해볼 텐데. 지금은 상황이 좋지 못했다.

'방광에 직장까지……. 자칫 잘못하면 아이는 평생 불구가 되거나 죽을 수도 있어. 이러고 싶진 않지만…….'

강혁은 본래 수술할 때부터 수술 후 회복까지 염두에 둬가면서 수술을 하는 부류의 의사였다. 그만큼 그에겐 실력이 있었다. 하지만 이번 케이스에 한해서만큼은 아이를 살리는 것, 그것에만 집중하기로 했다.

"일단 메스. 상처부터 더 벌려야겠어."

"아……. 네."

장미는 준비해뒀던 샤프 모스키토를 내려놓은 후, 급하게 메스에 블레이드를 끼워 건네주었다. 강혁은 그 메스를 이용해 상처의 폭을 좀 더 늘렸다. 수술을 위해 상처를 더 크게 만드는 일은 최대한 지양했던 강혁이었다.

'이런 건 처음 보는 거 같은데…….'

묵묵히 아미를 당기고 있던 재원은 살짝 고개를 갸웃했다. 원래 외상 처치에서 시야 확보를 위해 꽤 자주 쓰는 방법이었지만 적어도 강혁이 상처를 늘리는 건 처음 보는 일이었다. 강혁은 좌우로 약 5cm정도씩 절개를 했고, 상처를 벌리고 있던 재원은 비슷한 힘만으로 상처를 두 배쯤 벌릴 수 있었다.

수술실 안에 들어와 있던 의료진 모두 아이 배 속을 훨씬 쉽게 들여다볼 수 있었다. 강혁의 예상대로 방광이 많이 상해 있었다. 좀 더 정확한 표현을 쓰자면 앞뒤로 뚫려 있었다. 그 바로 뒤에 위치한 직장에도 구멍이 나 있었고, 그 구멍에서 대변이 새어 나오는 중이었다.

"조폭, 소독액 희석한 거 있지?"

"아, 네."

멍하니 배 속을 들여다보고 있던 장미가 답했다. 배 세척용 스포이트에 담아두었던 소독액을 강혁에게 건네주자 그가 말했다.

"이거 최대한 더 만들어봐. 보면 알겠지만, 지금 장난 아냐. 알지?"

"네, 교수님."

장미는 결연한 얼굴로 고개를 끄덕였다. 수술 부위에 땀만 떨어져도 난리가 나는 곳이 수술실 아닌가. 거기에 변이라니. 속된 말로 '똥타미네이션(Contamination: 오염, 여기에 똥을 붙인 합성어)'이라고 부르는 상황이 벌어진 것이다.

"야, 넌 상처 더 벌려. 한 손으로는 석션 들고."

"네."

강혁은 재원에게 준비를 시킨 후 스포이트를 이용해 소독액을 들이붓기 시작했다. 곧 아이의 작은 복강에 물이 가득 차올랐고, 이물질이 떠올랐다. 재원은 그것들을 와이드 석션 팁을 이용해 모조리 빨아들였다.

"하나 더."

강혁은 미처 아이 배 안에 있던 소독액이 다 빠져나가기도 전에 장미를 향해 손을 내밀었다. 빈 스포이트는 이미 수술대 위에 던져둔 후였다. 장미가 스포이트를 건네주면, 강혁은 소독액을 쏟아부었다. 스포이트를 이용해 물을 뿌리는 방식이라 벽 쪽에 붙은 이물질들도 그리 어렵지 않게 세척할 수 있었다.

"이제 몇 번째지?"

"열 번째입니다."

"그래, 그럼 이만하고……. 직장을 보자."

강혁은 아까에 비하면 눈에 띄게 깨끗해진 아이의 배 안을 향해 시선을 옮겼다. 계속 스포이트로 물을 뿌려대느라 바빴던 강혁과는 달리 재원은 계속 상처 부위만 뚫어지라 바라보고 있었다.

"음……. 장루를 빼야 할 거 같습니다."

"장루라……."

장루란 임시로 배에 구멍을 내고 대장을 빼내어 변을 보게 하는 수술을 말했다. 강혁은 재원의 의견을 곱씹으면서 직장을 살폈다. 거의 4cm가량의 상처가 나 있었다. 말이 4cm이지. 아이의 작은 직장에 실로 어마어마한 크기의 상처가 난 것이다.

"오케이. 일단 여기부터 봉합하고. 실 좀 줘봐."

강혁은 건네받은 봉합 도구로 직장 상처 봉합에 들어갔다. 빠르게 직장의 상처를 봉합한 강혁은 잠시 그 부위를 응시했다.

'봉합 자체는 잘 됐지만……. 장루를 빼지 않는 건 역시 무리겠지……'

"네 말대로 장루 빼자."

"아……. 네!"

강혁은 핀셋으로 대장을 집고는 집은 부위 위아래를 명주실을 이용해 묶었다.

"핀셋이랑 메젬바움(Metzembaum Scissors: 수술용 가위)."

강혁은 핀셋 하나로 대장을 집은 후 재원을 향해 입을 열었다.

"잡고 있어."

그리고 방금 재원에게 잡도록 한 부위의 반대편을 핀셋으로 집었다.

"자른다."

강혁은 장력이 발생한 장을 서걱서걱 잘라내었다. 그러곤 소장에서부터 이어져 온 방향의 대장을 아이의 배 밖으로 쑥 빼내었다. 강혁은 마무리 작업을 하는 대신 재원을 바라보았다.

"할 수 있지?"

장루 정도야 외과 레지던트 때부터 수도 없이 해왔던 재원이었다.

"물론이죠."

강혁은 재원이 할 수 있는 건 최대한 그에게 미루고 있었다. 아무도 알아채지 못했지만 미세한 손 떨림이 점점 더 심해지고 있었기 때문이었다.

'아무래도 한국 와서 너무 무리한 모양인데…….'

시리아에 있을 때도 힘들었던 것은 매한가지였다. 하지만 그땐 전투가 없을 땐 거의 하루 종일 쉴 수 있었다. 가끔 용병들과 같이 훈련하면서 체력이 훨씬 강해졌다. 그렇게 쌓은 체력이 한국에 와서 고갈되어 가고 있었다. 전쟁터보다도 빡세다니.

"교수님, 그럼 이제 방광인가요?"

"그래야지. 일단……. 요관은 괜찮아. 그나마 다행이지."

요도가 다치게 되면 재건도 재건이지만, 성 기능에 큰 문제가 생길 수 있었다.

"그럼 바로 봉합할까요?"

재원은 또다시 행동을 멈춘 강혁을 향해 말했다. 재원의 고개는 경원 쪽으로 돌아가 있었다. 잠시 눈을 마주친 경원이 급히 고개를 끄덕였다. 강혁이 뭔가 이상하다는 것에 동의한다는 뜻이었다.

"아, 그래야지. 봉합하고……."

강혁은 완전히 망가진 방광을 보며 한숨을 쉬었다.

"기능……. 돌아오겠죠?"

재원 또한 걱정스럽긴 매한가지였다. 이렇게 심하게 다친 경우 평생 요실금에 시달리거나, 최악의 경우 소변줄을 달고 살아야 하는 경우도 있다. 강혁이 지금껏 최소한의 에너지 소모만으로 수술을 이끌어온 이유가 여기에 있었다. 강혁은 아이를 그런 비참한 지경에 이르게 할 생각이 전혀 없었다. 강혁이 눈을 빛내며 말했다.

"돌아올 거야. 내가 봉합할 거니까. 노예, 넌 내가 알려주는 부위만 당겨."

"아……?"

"근육 결대로 봉합한다. 그럼 기능 저하를 최소화할 수 있어."

장미가 봉합 기구를 건네주었다. 강혁은 봉합을 시작하려다가 작은 신음을 흘렸다.

'다리가……. 아프네.'

강혁은 선 채로 아무리 힘든 수술을 하더라도, 집도하고 있을 때만큼은 통증을 느끼는 경우가 없었다. 심지어 배가 고프지도 않고, 목도 마르지 않을 때도 많았다.

"의자, 의자 좀 줘."

"의자…… 요?"

강혁이 이런 요구를 한 것은 처음이었다. 신규 간호사는 구석에 처박혀 있던 의자를 밀고 들어왔다. 강혁은 그 위에 앉으며 저도 모르게 앓는 소리를 내었다.

"괜찮아요?"

그제야 강혁이 확실히 이상하다는 것을 깨달은 재원이 이렇게 물었다.

"괜찮아, 아직은."

"아직은, 이라뇨? 이거……."

"일단 끝내고 얘기해. 솔직히 힘들거든? 시간 끌면 안 돼."

"어…… 어, 네. 네, 알겠습니다."

강혁의 입에서 힘들다는 말이 나올 줄이야. 재원은 무척 놀라 당장 보조에 집중했다. 경원도 긴장한 얼굴로 마취 기기를 만지작거렸다. 강혁이 실수라도 하면 수술이 크게 어그러질 수 있었다.

'노예……. 아니, 양 선배님이 잘하긴 하지만…….'

그건 어디까지나 다른 과, 다른 동기에 비해 잘한다는 뜻이었다. 아직 객관적인 기준으로 보면 완성된 외상 외과의라고 하기엔 부족함이 있었다.

'배 위에서…… 신경도 이은 몸이야. 여기서 이걸 못하는 건 말이 안 돼.'

강혁은 미세한 손 떨림을 최대한 줄이기 위해 의자에 앉고, 허리는 등받이에 붙인 상태였다.

"잘 봐. 너도 나중에 비슷하게는 해야지."

강혁은 힘겨운 와중에도 재원에 대한 가르침은 잊지 않았다. 재원은 그게 얼마나 큰일인지 모르지 않았다. 해서 고개도 끄덕이지 못한 채 답만 했다.

"네, 교수님."

"수술 부위는 안 보여도 손은 보일 거 아냐. 내가 어떻게 움직이는지 잘 봐."

"네, 네. 교수님. 근데……."

"근데 뭐."

"이건 유언 같은 건 아니죠?"

"뭐, 이 미친놈이."

"아니……. 사람이 안 하던 짓을 하면 죽는다니까……."

듣고보니 그렇긴 했다.

"이때 즐겨. 내일이면 또 조질 테니까."

강혁은 다시 한번 기적을 만들어내기 위해 손을 움직였다. 그가 손을 움직이면 바늘은 보이지도 않을 거 같은 근섬유 뭉치를 뚫었다. 그리고 정확히 원래 이어져 있던, 그러나 지금은 끊어진 반대편 근섬유를 뚫고 나왔다.

그렇게 당긴 근육은 원래 모양대로 착착 맞붙었다. 강혁은 수술의 어려움을 표현하듯 연신 한숨을 토해내며 손놀림을 이어갔다. 불가능해 보이던 봉합은 어느새 방광 뒤편에 이어 앞편으로 이어지고 있었다. 재원은 이 마법과도 같은 광경을 보며 그저 감탄만 늘어놓고 있지는 않았다.

'손을……. 손을 보라고 했지.'

집중하고보니, 그것도 손만 보니 이전에는 볼 수 없던 것들이 보이는 느낌이었다. 뭔가 알 듯 말 듯한 기분이 계속되었다. 조금 더 하면 껍데기가 깨질 것 같은 그런 말랑한 기분이. 그때 강혁이 봉합기구를 내려놓았다. 거의 떨어뜨렸다는 표현이 더 맞을 것 같은 느낌으로.

"끝. 나머지는……. 네가 좀 해라."

그러곤 의자를 뒤로 밀어 수술대를 훅 하고 벗어났다.

"제, 제가 다요?"

"그래. 너 할 수 있잖아. 난……. 난 한숨 자야겠다."

"어?"

재원은 강혁이 장난이라도 치는 줄 알고 잠시 기다렸지만, 강혁은 정말로 의자에 앉은 채 곯아떨어져버렸다. 강혁이 이토록 넋을 놓고 잠에 빠진 모습은 처음 보는 일이었다.

"진짜…… 주무시네? 괜찮은 건가?"

이쯤 되니 황당함을 넘어서 불안하기까지 했다. 그렇지 않아도 오늘 좀 이상한 모습을 자주 보이지 않았던가. 헬기 위에서는 헌혈까지 하지를 않나. 그 후로는 멍 때리는 모습까지.

"이, 일단 심전도라도 해볼까요?"

어느새 경원이 다가와 물었다. 그도 어지간히 불안해 보이는 기색이었다. 조금 전까지 멀쩡해 보이던 양반이 느닷없이 의자 뒤로 엎어져 잠들었으니 당연한 일이었다.

"그, 그래. 빨리 인턴 불러!"

"네!"

마취과라 그나마 손이 자유로운 경원이 재빨리 응급의학과 스테이션에 전화를 걸었다. 언제나 그렇듯 매우 급박해 보이는 목소리였다. 어딘지 모르게 짜증도 섞여 있었다.

"네, 여보세요?"

응급의학과에 일하다보면 이렇게 될 수밖에 없었다. 전화상으로 전달되는 이야기는 죄다 나쁜 얘기들뿐이었으니까. 경원은 잠시 미안한 마음을 접어두고 입을 열었다.

"아. 저 중증외상센터 마취과 펠로우 박경원입니다."

"아, 아…… 경원이 형? 어쩐 일이세요?"

레지던트 4년 차의 목소리가 갑자기 공손해졌다. 경원도 상대가 누군지 알자 좀 편하게 말할 수 있었다.

"응. 다른 게 아니라, 우리 수술실로 인턴 하나만 보내줄 수 있어?"

"인턴이요?"

레지던트는 대번에 곤란하다는 표정을 지으며 주변을 돌아보았다.

응급실은 응급실대로 아수라장이었다. 중증외상센터로 넘겨지는 환자만큼 중한 외상 환자는 없었지만, 오히려 바깥을 다친 것보다 심각한 환자들도 많았다. 심근경색, 뇌출혈, 급성케톤혈증 등등. 지금 레지던트 눈에 보이는 것만 해도 그랬다.

"지금은 좀……."

"환자가 백강혁 교수님이야."

"네? 교수님이요?"

"그래. 뭐……. 진짜 이상한 건지 어떤 건지는 모르겠는데……."

경원은 여전히 의자 위에 널브러져 있는 강혁을 바라보았다.

"일단 보내줘. 심전도랑 같이."

"아…… 알겠습니다."

백강혁이 다른 과에서는 개차반으로만 유명했지만 그의 활약을 직접 두 눈으로 목도한 응급의학과 사람들에게는 거의 신이나 다름없었다. 그런 사람이 쓰러지다니, 안 될 일이었다.

그사이 인턴은 수술실 앞에 도착했다.

"어……."

하지만 수술실은 처음인지라 멀뚱히 문 앞에 서 있기만 했다. 안쪽에서 그 모습을 본 장미가 재빨리 문을 열어주었다.

"밑에 발 넣으면 열려요."

"아, 감사합니다. 선생님."

'인턴은 의사 인생에 있어 가장 겸손한 시기'라는 말에 걸맞게 머리가 발끝에 닿을 듯이 고개를 숙이며 안으로 들어섰다.

"저기. 저기 심전도 재면 돼요. 나랑 같이 해요."

"아니……. 제가 하겠습니다."

"못 미더워서 그런 게 아니라, 급해서 그래요."

"아, 네."

인턴은 심전도를 끌어 강혁 옆에 도달했다. 마침 신규 간호사도 다른 방에 놓여 있던 수동 혈압계를 들고 들어왔다.

"아, 일단 혈압부터 재자. 아, 교수님……. 사람 불안하게 하네……."

"어……. 혈압이……. 90에 60입니다."

신규 간호사가 혈압을 재서 결과를 알려주었다.

"뭐? 아니…… 왜 이렇게 낮아?"

사람들의 반응에 신규는 몸을 움츠리며 말했다. 어지간히 자신이 없어 보이는 얼굴이었다.

"어……. 다시. 다시 재볼게요."

"그래. 다시 재봐요."

신규는 아까보다 더 손을 떨었다.

"아니, 이거 내가 잴게. 네가 양재원 선생님 보조해. 어차피 닫는 거라 기구 드릴 것도 없어."

보다 못한 장미가 나섰다. 경원도 잘됐다는 듯 고개를 끄덕였다.

"아, 그래줄래요?"

"네. 바로 잴게요."

장미는 경력에 걸맞게 순식간에 혈압을 쟀다.

"아……. 90에 60 맞는데요?"

"이런 망할. 빨리 심전도!"

"네!"

"그리고, 수액 준비하시고! 라인 연결하면서 피 검사도 나갑시다!"

"네!"

"그리고……."

경원은 강혁의 가슴팍에 심전도 패드를 붙이면서 잠시 강혁의 아랫도리를 바라보았다. 그래도 교수인데 그렇게까지 해도 되나 하는 생각이 들었다. 하지만 지금은 응급이었다.

'그래. 내가 쓰러졌다면. 교수님은 지체하지 않고 꽂았을 거야.'

경원은 눈을 꽉 감고 인턴에게 지시를 내렸다.

"폴리(Foley: 소변줄)…… 꽂자."

"네? 폴리요?"

"너 미쳤냐? 소변줄이라니. 진짜 뒈진다."

경원의 말에 모두가 경악했고, 뒤에 있던 재원이 가장 강렬한 반응을 보였다.

"아니……. 수액을 넣고 혈압 조절하는데 소변줄을 안 넣고 어떻게 합니까."

경원은 원칙주의자였다. 특히 의료적인 부분에 있어서는 굽힐 줄을 몰랐다. 강혁 앞에서도 스스로 납득하지 못하면 질문하고 확인할 정도였으니, 재원의 공갈협박을 듣고 물러설 리 없었다. 게다가 경원의 대답은 재원이 생각해도 맞는 말이기는 했다.

"일단 선생님은 아이 수술 마무리하는 거만 신경 쓰세요. 여긴 제가 해결해볼게요."

"그래, 알았다……. 난 모른다……."

재원은 차마 바라볼 수가 없어 고개를 돌렸다. 그사이 경원과 인턴은 강혁의 주변에 어설프게나마 가림막을 만든 후 작업에 들어갔다.

다행히 강혁에게 소변줄 넣는 것은 그리 어렵지 않았다. 아직 전립선 비대가 없을 나이인 데다가, 완전히 축 늘어져 있어 근 이완이 되어 있었기 때문이었다. 경원은 소변줄을 통해 흘러나오는 소변을 보며 안심한 얼굴로 고개를 끄덕였다. 조금 색이 진해서 탈수가 의심되는 상황이기는 했지만, 그래도 소변이 잘 나오고 있다는 건 신장 쪽에는 큰 문제가 없다는 뜻이었다.

"심전도 결과 나왔습니다."

경원이 소변줄을 살피는 사이에 인턴은 심전도를 찍었다.

"음……. 전도 자체는 정상인데…… 박동이 빠르구나. 확실히 헌혈이 무리가 되었던 모양인데."

경원은 심장 박동 수가 110까지 올라가 있는 것을 보며 중얼거렸다. 그의 말대로 전도 자체는 정상이었다. 심장이 상한 것도 아니라는 얘기였다.

"그럼 혈액 손실량만 맞추면 되겠는데……. 수혈 여부는 검사 보고 결정해야겠네."

"네, 지금 나갑니다."

고개를 돌려 보니 장미가 이미 혈액을 채취한 뒤 수액을 연결하는 중이었다. 주사기 하나 정도의 양이면 어지간한 검사는 다 나갈 수 있었다.

"좋네요. 근데…… 교수님을 어디로 옮기죠?"

경원의 말에 다들 생각에 잠겼다. 병실을 잡는 건 무리였다. 일단 강혁이 쓰러졌다는 걸 다른 과가 아는 것이 부담이었다. 응급의학과는 같은 편이라고 봐도 무방했으니 괜찮았지만, 강혁을 잡아먹지 못해 안달 난 사람들에게까지 소문낼 필요는 없었다. 그때 장미가 말했다.

"그냥 우리 중환자실 침대로 옮기죠. 어차피 자리 남는데."

"아, 그게 좋겠네요. 우리가 두고 보는 게 제일 낫지."

"그럼 옮길까요? 아직 아이는 다 못 닫았으니까……."

"그래요. 그럼 인턴 샘, 부탁할게."

경원이나 장미는 아무리 강혁의 일이라 해도 지금 당장 수술실을 떠날 수 없었다. 일단 지금 검사한 것만 보면 심각한 문제는 아니고, 과로와 헌혈로 무리를 한 게 원인인 듯했다.

"네, 알겠습니다."

인턴은 신속하게 강혁을 휠체어로 옮긴 뒤 중환자실로 갈 준비를 했다. 그때까지도 강혁은 깨어나지 못하고 있었다. 아까 바늘을 꽂아넣을 때나, 소변줄을 넣을 때 잠시 움찔거리기는 했지만, 그 외에는 계속 곯아떨어져 있었다. 거기까지 생각이 미치자 경원은 또다시 불안해졌다.

'방금 휠체어로 옮길 때도 충격이 상당했을 텐데 일어나질 못 하시네…….'

경원은 잠시 고민하다가 막 방을 나가려는 인턴을 불러 세웠다.

"안 되겠어. 혹시 모르니까. Brain CT까지는 찍고 가자. 내가 전화해둘 테니까 바로 CT실로 가."

"아……. 네."

경원은 CT실에 전화를 걸어 상황을 알렸다.

인턴이 강혁과 함께 이동한 지 얼마 지나지 않아 곧 CT실에서 촬영한 영상이 수술실 컴퓨터로 전송되었다.

"다행히……. 이상은 없네. 진짜 그냥 너무 힘들어서 쓰러지신 거 같은데."

"하긴 무리하셨지. 나보다도 적게 자는데."

재원은 답답한 마음에 짤막한 한숨을 쉬었다. 그러곤 방금 완전히 닫힌 아이의 배를 톡톡 두드렸다. 절개 면 한쪽 끝에는 장루가 아주 깔끔하게 잘 만들어져 있었다. 임시용으로 만든 것이고 그러기를 희망하고 있지만, 만에 하나의 경우 영구적으로 사용해도 좋을 만큼이나 단단해 보였다.

"다 됐다."

"그럼 바로 나가도록 하죠."

"아, 준비됐어?"

"그럼요."

강혁의 빠른 수술 속도에 비하면 재원은 많이 느린 편이었다. 거기에 맞춰 환자 상태를 조절하는 건 경원에게는 일도 아니었다.

"그럼 바로 가자."

재원, 경원 그리고 장미는 환자가 누워 있는 침대를 끌고 중환자실로 향했다. 현장에 함께 갔던 재원은 얼핏 아이 아버지의 얼굴을 보았다.

'엄청 걱정되고 궁금할 테지…….'

"아, 먼저 가요. 전 보호자 만나고 따라갈게요."

"아……. 네, 선생님."

장미는 재원의 배려심에 살며시 웃으며 고개를 끄덕였다. 강혁이 환자를 이동할 땐 거의 보지 못한 광경이었다. 강혁은 오로지 환자를 살리는 데에만 주력할 뿐, 다른 곳에는 신경을 못 쓰는 인간이니까.

"아버님…… 되시죠?"

재원은 더 이상 울지도 못할 만큼 눈이 벌게진 보호자에게 다가서며 물었다. 보호자는 반쯤 정신이 나간 듯한 얼굴로 고개를 들었다. 아이에 대한 걱정과 죄책감이 뒤섞인 표정이었다.

"네, 네…… 맞습니다. 어, 어……."

보호자는 차마 어찌 되었냐는 말을 하지 못했다. 그저 기름때 묻은 자신의 손을 연신 만지작거리고 있을 뿐이었다.

"저……."

재원은 잠시 그 손을 잡아준 뒤 입을 열었다.

"아이는 살았어요."

재원은 그의 얼굴을 빤히 들여다보며 자신 있게 말해주었다.

"아, 아……."

보호자는 무엇보다 듣고 싶었던 말을 들었는데도 특별한 반응은 보이지 않았다. 그저 의미를 알 수 없는, 하지만 어떤 뜻인지 다 알 수 있는 말만 더듬더듬 말할 뿐이었다.

"아……. 가, 감……."

"지금 당장 보여드리고 싶지만, 아직 정리 중이에요."

재원은 부드러운 목소리로 말을 이으며 중환자실을 바라보았다. 제아무리 깔끔하게 수술을 끝냈다 해도 막 수술실을 나온 환자의 몰골은 끔찍하기 마련이었다. 여기저기 피가 묻은 것은 물론이고, 라인들이 몸 여기저기 연결되어 있었으니까.

"아마 15분 정도면 될 겁니다. 그때 아이 보시면서 또 설명드리겠습니다."

재원은 말을 마치고 나서 중환자실을 향해 뚜벅뚜벅 걸었다. 아이 상태도 그렇고, 강혁의 상태도 궁금했지만 뛰지 않았다.

'안 그래도 불안해할 텐데…….'

일부러 천천히, 차분하게 걸었다. 보호자는 그런 재원의 뒷모습을 물끄러미 바라보다가, 그가 중환자실 문 안으로 들어가기 전에 입을 열었다. 아까부터 한참을 입에 머금고 있던 말이었다.

"가, 감사합니다……."

재원이 들어섰을 때 중환자실에서는 한창 정리 중이었다. 그 옆 침대에 누운 강혁은 그야말로 쥐 죽은 듯 잠들어 있었다. 어떻게 알았는지 한유림 교수도 와 있었다.

"어떻게 된 거야?"

한유림 교수는 걱정스러운 눈으로 강혁을 보며 재원에게 물었다. 언제는 잡아먹지 못해 안달이더니.

"너무 무리하신 모양이에요. 오늘 헬기에서 이 아이한테 헌혈까지 하시고……."

"뭐? 그게 뭔 소리야?"

같이 있던 재원도 잘 이해되지 않는 행동이었다. 재원이 아는 대로 설명을 하자 상황을 이해한 듯한 표정을 지었다.

“그래……. 하여간 유별나다니까. 그래서, 수술은 잘됐어?”

“네. 뭐……. 장기적인 예후는 지켜봐야겠지만, 일단 고비는 넘겼습니다.”

“대단하긴 해, 그치?”

“그럼요. 실력은 최고죠.”

“너무 모나서 문젠데……. 거참…….”

한유림 교수는 방금도 원장에게 한차례 깨지고 오는 길이었다. 어딘지 모르게 기분이 좋아 보였는데, 그 이유를 어쩐지 알 것 같았다.

“무슨 일이라도 있는 겁니까?”

재원은 1년 가까이 한유림 교수 옆에서 배운 제자답게 표정만 보고도 뭔가 일이 있다는 걸 알 수 있었다. 한유림 교수는 잠시 쓰러져 있는 강혁을 바라보다가 중환자실 내 회의실로 재원을 이끌었다. 문이 닫히자마자 이내 심각한 표정으로 재원을 돌아보았다. 함께 따라온 경원과 장미도 긴장해 마른침을 꿀꺽 삼켰다.

“지금 경기 소방청 보조로 출동 나가고 있지?”

“아, 네. 오늘도……. 그렇게 다녀왔습니다.”

“민원이 들어 오고 있는 모양이야.”

“민원이요? 무슨 민원이요?”

“저기 헬기 착륙장 근처 주민들한테. 누가 서명까지 받아서 단체로 구청장한테 민원을 넣었다는데……. 이게 아무래도…….”

한유림 교수는 그리 말하면서 슬쩍 위를 바라보았다. 보이는 것은 천장뿐이었지만 그 자리에 있는 모두는 그 뜻을 알아들을 수 있었다. 원장 선에서 시작된 일이라는 걸.

'경기 소방청 헬기 협조 요청 불가.'

이 청천벽력과도 같은 소식은 김강률 팀장에게도 전해졌다. 강률은 무거운 발걸음으로 서장실로 걸어갔고, 노크를 했다.

"들어와."

안 그래도 성질 더럽기로 소문난 서장이었다. 강률은 아랫입술을 깨물고 문을 열었다.

"너 인마. 너 뭐 하는 새끼야?"

아니나 다를까 첫마디부터 욕이었다.

"무슨…… 말씀이신지."

하지만 성질이라면 강률도 어디 가서 밀리는 사람이 아니었다. 그러니 뻔히 중앙 구조단 팀장이 좌천되는 것을 보고도 자원해 나서지 않았겠는가.

"진짜 몰라서 물어? 어?"

"자초지종을 말씀해주셔야……."

청장은 어이가 없다는 듯 고개를 절레절레 저었다.

"인마. 내가 오늘 아침에 출근하자마자 청장님한테 얼마나 깨졌는지 알아?"

서장도 충분히 직급이 높은 사람이었다. 하지만 청장에게는 그저 아랫사람일 뿐이었다.

"청장님…… 이요?"

"그래! 너 인마, 왜 경기도 헬기를 가지고 서울로 날아가서 지랄이야, 지랄이?! 민원이 쇄도해서 청장님이 거기 구청장한테도 한 소리 듣고, 나까지……! 어? 너 미쳤어? 왜 거기까지 날아가?"

그제야 강률은 대강 무슨 일이 벌어졌는지 짐작할 수 있었다.

'민원이 들어갔다, 이건가.'

하지만 이상한 일이었다. 출동 빈도로만 따지면 안중헌 팀장이 있을 때, 즉 중앙 구조단이 강혁과 함께할 때가 훨씬 많았다. 근데 왜 이제야 민원이 들어갔을까.

"너 뭔 생각하길래 눈알을 굴려? 빨리 죄송하다고 안 해?"

강률은 당연히 잘못했다고 생각하지 않았다.

"헬기 출동 시 구조 요청자에 대한 치료가 가능한 병원으로 이송하는 것이 원칙 아닙니까? 저는 그 원칙을 지켰을 뿐입니다."

"거기만 병원이야? 여기는 병원 없어?"

"이쪽에도 병원은 있지만 같이 출동해줄 의사가 없죠. 백강혁 교수님처럼 완벽하게 초기 치료를 해줄 수 있는 의사는 더더욱 없고요."

백강혁의 이름이 나오자 서장의 표정이 더욱 일그러졌다.

"그놈의 백강혁! 니가 개인 기사야? 그놈이 가라면 가고, 오라면 오게?"

"기사라뇨? 어쨌든 사람 살리자고 그러는 거 아닙니까? 그리고 백강혁 교수님이 살린 환자들, 다 우리 서 관할 내의 주민들이란 말입니다!"

"이 자식이 누군 뭐 구조 안 해본 줄 알아? 왜 멀쩡한 구급차는 두고 자꾸 헬기를 띄워?!"

"중증외상에서……."

강률은 거기까지 말하다 돌연 입을 다물었다. '쇠귀에 경 읽기'라는 말이 떠올랐기 때문이었다.

'명색이 소방서장이라는 사람도 이렇게 중증외상에 대한 개념이

없으니…….'

"아무튼, 이제 헬기 더는 못 내줘."

서장은 그리 말하면서 헬기 키를 책상 위에 올려두었다. 그 말은 곧 키를 압수해놓겠다는 뜻이었고, 앞으로 헬기가 뜨려면 그의 허락이 필요하다는 뜻이었다. 강률은 자신도 모르게 입을 씰룩거렸다. 그러자 서장이 손가락으로 강률의 입을 가리키며 못을 박았다.

"너 지금 그 입 놀리면 여기 못 있는다. 알아서 처신해."

"그……."

"알아서 처신하라고 했어."

"알겠습니다."

그가 할 수 있는 저항이라곤 그저 조금 세게 문을 닫는 것뿐이었다. 강률이 그렇게 수모를 겪는 동안, 한국대학교 병원 중증외상센터 팀원들도 가만히 있지만은 않았다.

"뭐라도 해야죠. 보셨잖습니까? 구급차로는 부족해요."

경원이 무슨 말을 하는지 재원도 잘 알았다. 제때 출동했지만 환자를 살리지 못한 거의 유일한 사건. 그날 하필 헬기가 아니라 구급차로 현장에 갔고, 환자를 구하지 못했다. 우연이 아니었다. 골든타임을 놓친 것, 그게 이유였다.

"그렇다고 우리가 뭘 어떻게 하겠어. 일단 한유림 과장님이 말씀해보신다고 하니까 기다리는 수밖에 없지."

그 말에 장미가 한숨을 쉬었다. 적잖이 어두운 얼굴이었다.

"한 과장님도 백 교수님 두둔하면서 완전히 눈 밖에 나셨던데요, 뭐. 외과에서도 이번에 과장 새로 뽑는다고 했다면서요."

"그건……. 그건 그렇지."

"근데, 과장 교체하는 명분이 뭐래요?"

한숨을 쉬던 경원이 재원에게 물었다. 재원은 어처구니없다는 듯한 표정을 지으며 대답했다.

"이번에 2년 차 도망간 거."

"도망……? 외과는 맨날 미달 나고 도망가잖아요."

"그러니까. 왜 갑자기 그 책임을 과장에게 묻느냐고. 음……?"

재원은 얘기를 하다 말고 귀를 쫑긋거렸다. 그뿐만 아니라 장미나 경원도 그랬다. 어디선가 짐승 울부짖는 듯한 소리가 났기 때문이다. 아니면 화가 아주 많이 난 사람의 목소리랄까.

장미가 소리 나는 회의실 바깥쪽으로 고개를 돌렸다. 침대 위에 누워 있던 강혁이 어느새 일어나 앉아 있었다. 자신의 소중한 부위에 꽂혀 있는 소변줄을 가리키면서.

"이게 시발, 무슨 짓이야아아아아아아아!"

"어이구."

"빠, 빨리 가보죠."

"그러게 소변줄은 넣지 말라니까……."

셋은 혼비백산한 채 회의실을 빠져나갔다. 이미 강혁 근처에 있던 간호사들은 얼빠진 표정이었다. 거의 무공서에 나오는 사자후를 정면으로 맞은 듯한 기분이었기 때문이었다.

"이게……. 이게 뭐야아아아아아아!"

사실 생각해보면 그럴 만한 일이기도 했다.

"교수님. 일어나셨어요?"

그 와중에 재원이 생글생글 웃으며 다가갔다. '웃는 얼굴에 침 뱉으랴'라는 속담을 떠올리면서였다.

"미친놈이. 왜 처웃어! 웃기냐?"

이번엔 경원이 나섰다.

"괜찮으세요?"

그는 '호랑이에게 붙들려 가도 정신만 차리면 된다'라는 속담을 떠올리는 중이었다.

"괜찮겠냐? 이거, 이거 어떤 새끼가 꽂았어어?!"

경원 역시 호통 한 방에 넋이 나간 채 뒤로 물러섰다.

"그럼 내 차례인가."

그러자 뒤에 있던 장미가 목을 이리저리 꺾어대며 앞으로 나서려고 하자 강혁이 더욱 심하게 지랄 발광을 했다.

"너, 넌 오지 마! 뭘 보려고 그래!"

"아니, 전 간호사잖아요."

강혁은 계속해서 소리치다가 돌연 한풀 꺾인 상태가 되어 경원을 바라보았다. 생각해보니 소변줄 꽂힌 채로 소리치는 게 참 처량하다는 느낌이 들었기 때문이었다.

"미친놈들아!"

"대체……. 대체 누가 이런 짓을 한 거냐?"

해서 강혁은 잔뜩 성난 얼굴로 재원과 경원 그리고 장미를 향해 물었다. 셋은 묵묵부답이었다. 따지고 보면 공범이었으니까.

"교수님, 교수님 잠든 게 아니라 혼절하셨었습니다."

그중 재원이 용기를 내어 입을 열었다.

"혼절? 야, 내가 잠이라고 하면 잠이야!"

"무슨 놈의 잠을 CT 찍는데도 모르게 주무세요……. 평소에 병원에서 잘 때는 전화기 벨 울리면 바로 받으시면서."

"아니, 잠깐 푹 잤다고 소변줄을 꽂아? 이런 미친……."

강혁은 계속 소리를 질러대다가, 돌연 입을 다물었다. 장미 뒤로 침대에 누워 있는 아이를 발견했기 때문이다. 아이는 장루를 단 채

새근새근 잠들어 있었다.

"재는 좀 어때? 괜찮아?"

강혁이 헌혈까지 해가면서 살린 아이가 아니었던가. 아이의 상태가 궁금할 수밖에 없었다.

"아, 경과 아주 좋습니다. 그렇지 않아도 아까 포스트 오피(Post op: 수술 후) CT 찍었는데, 보시겠습니까?"

바로 그때 중환자실 문이 열렸고, 한유림 교수가 들어왔다. 얼굴이 잔뜩 상기된 것으로 볼 때, 갔던 일이 전혀 해결되지 않은 모양이었다.

"어. 어. 마침 잘됐네. 백 교수 일어났구나."

그는 넋 나간 얼굴의 강혁을 향해 다가왔다.

"과장님이 여긴 어쩐 일로?"

"어쩐 일은……. 아, 못 들었구나? 하긴 경황이 없었겠지."

한유림 교수는 잠시 고개를 내젓다가 이내 입을 열었다.

"그……. 경기 소방청 쪽에서 지원 오던 헬기 말이야."

"네. 김강률 팀장."

"그것 때문에 민원이 들어와서 여기 구청장이 컴플레인을 한 모양이야. 그래서…… 당장 오늘부터 지원이 안 된대."

"네? 이런 미친놈들이?"

강혁이 막 다시 욕을 내뱉으려 할 때쯤, 병원 벽면에 붙어 있는 TV에서 긴급 속보가 흘러나왔다.

"남수단에 파병 중인 한빛 부대원 일부가 무장 단체와의 싸움에 휘말렸다는 소식입니다!"

모두 TV를 보고 있으려니, 곧 전화벨이 울렸다. 전화기 바로 앞에 있던 장미가 반사적으로 전화를 받았다.

"한국대학교 병원 중증외상센터 중환자실 간호사 백장미입니다."

그녀의 말에 전화를 건 상대가 아주 다급한 투로 말했다. 반말이었다.

"거기 백강혁 교수 있나?"

"계시긴 계시는데, 누구신데요?"

"누구는 무슨 누구! 빨리 바꿔요!"

하도 목소리가 크다보니 옆에 있는 사람도 죄 들을 수 있었다. 강혁은 장미에게 전화기를 넘겨받았다.

"백강혁인데요."

상대가 그랬던 것처럼 상당히 퉁명스러운 목소리였다. 그러자 대번에 상대 말투가 바뀌었다.

"아이구, 우리 백 교수님. 공사다망한 와중에 전화 받아주셔서 감사합니다."

"말 길게 늘이지 말고, 용건만 말합시다."

"네. 저는 보건복지부 정책과장으로 있는 박기태입니다. 국방부 요청으로 환자 이송 및 치료에 나서야 하는데……. 장관님께서 교수님을 콕 지정하셨습니다."

"흠. 이현종 대위 건인가요?"

강혁은 TV 화면에 뜬 '여전히 수색 중'이라는 자막을 보았다. 아무래도 언론에까지 자세한 내막이 전달되고 있지는 않은 모양이었다. 속칭 '엠바고(보도유예)'가 선포되었거나, 아니면 아예 정보가 넘어가지 않고 있을 터였다. 아프리카라는 지역 특성상 후자일 가능성이 컸다.

"아, 아……. 알고 계시는군요. 그럼 얘기가 빠르겠습니다. 네, 바로 그 건입니다."

"구출은 된 겁니까?"

"아뇨, 아직 작전은 진행 중입니다."

"작전 중이라……."

강혁은 눈을 가늘게 뜬 채 TV를 바라보았다.

'작전을 진행 중인데……. 벌써 치료할 의사를 찾는다라.'

"그렇습니다. 저희가 전해 듣기론 이현종 대위 상태가 상당히 나쁜 것 같습니다."

"그래서 정확히 내가 뭘 하면 됩니까?"

"미리 그쪽에 가서 대기하시다가, 구조가 되면 응급 처치 후 국내로 이송해주시면 됩니다. 물론 국내에서의 치료도 부탁드립니다."

"대체 이현종 대위는 왜 거기까지 들어간 거래?"

UAE, 즉 아랍에미리트에 주둔 중이던 아크 부대 일부가 이미 남수단에 진입해 있었다. 아크 부대는 한빛 부대와는 달리 예멘 내전으로부터 보호를 위한 무장을 한 상황이었다. 인도주의적 파병이 아닌, 전투를 목적으로 한 파병 부대라는 뜻이었다. 때문에 무장 수준이 한빛 부대와는 궤를 달리하고 있었다.

"그……. 민간인 보호를 위해 들어간 것으로 알고 있습니다."

아크 부대에서 파견되어 온 장강호 중령의 질책과도 같은 질문에 이원용 소령이 다 죽어가는 목소리로 답했다. 그러자 장 중령의 목소리가 한껏 더 높아졌다.

"민간인? 여기에 무슨 민간인이 있어? 설마 남수단 사람들 얘기하는 건 아니지?"

"아……. 그건 아닙니다. 원래 한빛 부대가 주둔하고 있는 곳은 유엔 주둔 지역 아닙니까."

"그건……. 그건 그렇지."

장 중령은 밤새 이곳으로 이동하는 도중 들었던 브리핑을 떠올리며 고개를 끄덕였다.

"때문에 민간인 단체 구호 활동도 꽤 활발합니다. 아무래도 군부대만으로는 부족해서 저희도 상호 보완적인 관계를 맺고 있고요."

"그래서?"

"이번에 국경없는의사회에서 저희 부대 의료 봉사를 돕고 있었단 말입니다. 아무래도 한빛 부대 지원이다보니……. 국경없는의사회 소속 한국인들이 많이 왔어요. 언어 문제도 있고, 그렇지 않겠습니까?"

"그런데 문제가 생긴 거죠."

"갑자기 보코하람이 들이닥쳤다, 이건가."

"네."

"경계 안 해? 어떻게 그만한 무리가 코앞까지 들이닥치는데 몰라?"

유엔군의 협조를 통해 입수한 정보에 따르면 이번 사달을 일으킨 보코하람의 병력은 무려 500명이 넘었다. 이만한 무리의 움직임은 위성을 통해서도 충분히 감지할 수 있었다. 그런데 작전 중인 군부대가 이를 몰랐다니. 이해가 잘 가지 않았다.

"경계야……. 당연히 하고 있죠."

하지만 이원용 소령도 당연히 할 말은 있었다. 아크 부대가 제아무리 예멘 내전 안정을 빌미로 아랍에미리트에 주둔 중이라고는 해도 실제 전투에 나서지는 않고 있지 않은가. 내전 지역이 아닌,

아랍에미리트의 경비와 치안 유지가 주목적이라고 보면 되었다. 그쪽에 비하면 이쪽 남수단은 그야말로 무정부 상태나 다름없었다. 상황이 아예 다르다고 봐야 한다는 얘기였다.

"하지만 민간인 틈에 섞여서 움직이는 통에 감별이 거의 불가합니다. 특히 이번처럼 작정하고……. 나선 경우에는 그렇죠."

"아무튼, 놈들 중에서 일부가 뛰쳐나와서 국경없는의사회를 덮쳤다 이거지?"

"네. 무장이라곤 전무한 상태였으니 대응은 불가했을 겁니다. 현장에서 현지인 조력자 두 명이 즉사했고, 한국인 여섯을 포함한 민간인 열 명이 납치당했었습니다."

"이현종 대위가 그들을 구출하고……. 시간을 버느라 타이밍을 놓쳤군, 그래."

"네. 애초에 전투 목적으로 나가 있던 게 아니라서 탄약도 부족했을 겁니다. 부대원들의 수도 턱없이 적었고요."

이현종 대위는 잘 싸웠다. 그의 활약이 아니었다면 지금 방송에 나오는 사람들의 명단은 고스란히 민간인의 것으로 대체되어 있었을 터였다.

'조금만 먼저 도망갔으면 잡히지 않았을 텐데.'

물론 그가 계속 싸우지 않았다면 민간인들은 결코 안전 지대로 이동하지 못했을 터였다. 더불어 무장하고 있지 않던 한빛 부대원들도. 결국, 이 자리에 있는 한국인 태반은 그에게 목숨 빚을 지고 있는 셈이었다.

"그나마 위치 파악이 된 것이 다행이로구만."

"네. 아마 보코하람은 전 대원이 위치 전송기를 달고 있다는 것을 모르고 있을 겁니다."

아프리카에서 작전을 수행한다는 것은 그 작전이 무엇이든 관계없이 목숨을 걸고 있다는 것을 의미했다. 때문에 전 부대원은 위치 추적이 가능하도록 전송기를 달고 있었다. 다행히 그 전송기들은 제 역할을 충실히 해주고 있는 상황이었다.

이원용 소령은 동맹이자 아프리카 내에서조차 막강한 영향력을 행사하고 있는 미국이 보내준 위성 사진을 모니터에 띄웠다. 군사위성에서 보낸 사진이라고는 믿기지 않을 만큼 선명했다.

"무장한 적은 대략 20명 정도 됩니다."

"아주 적진 않군. 혹시……. 저기 누워 있는 게 이현종 대위인가?"

제아무리 해상도가 좋다고는 해도 얼굴까지 구분이 되진 않았다. 하지만 계급장을 보면 얼추 알 수 있었다.

"네. 아마 그렇다고 생각됩니다."

"만약 다쳤다면 최대한 빨리 작전에 나서야 합니다. 사진상으로 보면 적은 최소한의 경계만 하고 있을 뿐, 실제 추적이 이루어지고 있다고 생각은 못 하는 것 같습니다."

"그럴 테지. 우리 대원들 대기 중이지?"

"네."

이원용 소령은 고개를 끄덕이며 다른 모니터를 가리켰다.

"현재 1km 거리를 두고 대기 중입니다."

"헬기는?"

"청해 부대 산하 충무공 이순신함에서 링스 헬기 두 기를 인계받았습니다. 현재 수단 정부 인가를 받아 이동 중입니다. 대통령께서 직접 통화하셨다고 합니다."

충무공 이순신함. 이미 절체절명의 순간 나라를 지켰던 명장은 죽어서도 나라를 위해 싸우고 있는 셈이었다.

"그럴 테지. 국민적 관심이 쏠려 있으니……."

사건 직후 대대적인 보도가 있었을뿐더러, 이현종 대위의 살신성인까지 보도가 되자 관심이 폭발적으로 쏠려 있었다. 이런 사람을 구하지 못한다면 대한민국 국민으로서 부끄러워서 살겠냐는 반응이 줄을 이었다.

"링스 헬기, 20분 후 작전 지역 돌입한다고 합니다."

"20분이라. 그럼 바로 작전 수행하도록 하지."

"미군 무인기 화면 전송받을 수 있도록 요청하겠습니다."

"그래. 이럴 땐 든든하구만."

곧 무인기에서 전송되는 적외선 촬영 화면이 모니터에 떴다. 여기뿐 아니라 아크 부대원들에게도 실시간으로 전송 중이었다. 그들은 목표 지점을 하늘에서 바라보는 시야의 도움을 받아 빠르게 이동했다. 곧 아크 부대원 현장 지휘관, 안병주 대위가 적외선뿐 아니라 육안으로도 적병 위치를 확인할 수 있었다.

"전원 위치로. 신호에 맞춰 단숨에 돌입한다."

"알파, 자리 잡았다."

"베타, 온."

"감마, 온."

곧 아크 부대원들은 현재 경계 중인 테러범을 적어도 이 대 일로 마크할 수 있는 위치에 자리했다. 여전히 칠흑 같은 어둠이 깔린 상황이었다. 테러범들은 그저 형식적인 경계를 서고 있을 뿐이었다.

"돌입, 개시."

안병주 대위는 손을 들어올렸다가 툭 하고 떨어뜨렸다. 탕. 탕.

총소리는 난잡하게 울려퍼지지 않았다. 정밀하게 조준된 사격으로 인해 경계에 나서고 있던 테러범들은 비명 한번 지르지 못한 채 바닥에 누웠다. 거의 동시에 일어난 일이었다.

"뭐, 뭐야!"

그와 함께 잠들어 있던 테러범들이 부리나케 일어났다. 제아무리 소음기가 달려 있다고는 해도. 영화에서처럼 정말 소음이 없는 것은 아니었기 때문이었다. 그들은 일어나는 놈들마다 한 방씩 총알을 쑤셔 박으며 빠르게 가운데 놓인 인질들을 향해 돌진했다.

"이런 젠장!"

하지만 모두 예상대로 움직이는 것은 아니었다. 테러범 중 셋이, 이현종 대위와 다른 부대원 셋이 뒤에 실려 있던 트럭에 올라타고는 도망하기 시작했다.

"적 도주한다! 헬기, 추적 바란다!"

안병주 대위는 다른 인질들을 구출해내며 무전기를 통해 외쳤다. 무전을 들은 링스 헬기 두 대가 빠르게 현장을 향해 접근했다. 곧 요란한 소음과 함께 추적을 위한 불빛이 쏘아졌다.

"확인했다. 추적하겠다."

두 헬기는 아주 당연하리만치 금세 트럭의 뒤를 따라잡고, 경고 사격을 날렸다. 기껏해야 힘없는 주민들을 상대로만 무력을 행사했던 저열한 무리가 감당하기엔 무리가 있는 압박이었다. 깜짝 놀란 테러범이 자기도 모르게 브레이크를 세차게 밟아버렸다. 그 바람에 트럭은 아무것도 없는 개활지를 형편없이 구르며 멈추어섰다.

"적 트럭, 도주 중 전복."

헬기로부터 무전을 들은 안병주 대위는 나머지 부대원에게 인질로 잡혀 있던 한빛 부대원들의 수습을 맡기고 다른 이들과 함께 빠르게 이동하기 시작했다.

"적 상태와 우리 인질 상태는 어떠한가?"

"현재 확인 중이다."

링스 헬기 두 대는 사고 지점을 선회하며 상황을 살피기 시작했다. 그리고 곧 부대원 하나를 붙잡고, 머리를 겨누고 있는 테러범을 확인할 수 있었다.

"가까이 오면 죽인다! 빨리 돌아가!"

놈은 명백히 겁먹은 기색으로 외쳐 댔다. 더 자극했다간 총을 쏠 것이 분명했다. 이미 수백에 달하는 민간인조차 학살한 놈들이 아닌가. 뭐든지 할 수 있는 놈들이라고 봐야 했다.

"곤란한 상황이다. 적이 인질을 붙잡고 협박 중이다."

안병주 대위는 부대원과 함께 계속해서 달려가며 대꾸했다.

"저격은 불가한가?"

"상대가 너무 인질과 가깝다. 게다가 적이 하나가 아니라 셋이다."

"알겠…… 다. 일단 접근하겠다."

"카피."

안병주 대위는 무거운 목소리로 답한 후, 최선을 다해 달렸다. 곧 헬기가 빛을 비추고 있는 지점을 확인할 수 있었다. 무전을 통해 전해 들은 대로 적 셋이 한 명의 인질을 겨누고 있었다. 나머지 인질은 바닥에 누워 있었는데, 상태가 어떤지는 파악이 불가했다. 다만 트럭 뒤에 실려 있다가 전복되었으니, 아주 성하지는 않으리란 것 정도는 알 수 있었다.

"산개한다."

안병주 대위는 잠시 상황을 보고 있다가 손바닥을 폈다. 그러자 아크 부대원들은 번개처럼 흩어져 포위하는 모양새를 갖추었다. 하지만 아까처럼 함부로 돌입에 나서지는 못했다. 상황이 달랐다.

'자칫하면 죽는다…….'

안병주 대위가 걱정하는 것은 자신의 목숨이 아니었다. 이미 작전에 나선 이상 그런 걱정은 사치였으니까. 다만 인질로 잡힌 병사가 걱정이었다.

'음?'

그때 누워 있던 인질 중 한 명이 움직이는 것이 보였다. 이현종 대위였다.

'뭘……. 하려는 거지?'

끊임없이 손가락을 꿈지럭대는 것이, 수신호를 보내려는 듯했다.

'자기가…… 덮칠 테니, 그사이에 구하라. 안 돼, 그건!'

안병주 대위는 대번에 고개를 저었다. 적은 멀리서 봐도 흥분했음을 알 수 있을 정도로 격앙되어 있었다. 이 상황에서 양손이 묶인 채로 덮쳐? 그건 자살 행위였다. 하지만 뒤이어진 메시지를 듣고보니 고민이 되기는 했다.

'이대로 있다간 다 죽는다, 이건가…….'

그 말을 듣고보니 적은 언제라도 방아쇠를 당길 준비가 되어 있었다. 실제로 안병주 대위나 다른 아크 부대원들도 녀석들을 살려둘 생각일랑 추호도 없었고. 심지어 대통령도 자신의 뜻을 이렇게 전해왔더랬다.

'대한민국은 테러범에게 돈으로 협상할 생각은 전혀 없다. 대한민국이 테러범들에게 줄 수 있는 건 죽음뿐이다.'

안병주 대위는 그와 같은 의견에 전적으로 동감하는 바였다. 그는 소음기가 달린 소총을 고쳐 잡으면서 이현종 대위를 바라보았다. 이현종 대위는 이미 마음을 정했는지 천천히, 아주 천천히 움직이고 있었다.

등잔 밑이 어둡다고 했던가. 테러범들은 이현종 대위의 움직임을 결코 파악하지 못하고 있었다. 이제 적들은 한계에 다다른 것이 분명해 보였다. 대적할 수 없는 상대에 해당하는 헬기가 두 대나 자신들 머리 위에 떠 있는 상황이니 당연한 일이었다. 언제 자포자기한 심정으로 총을 갈겨댈지 알 수 없었다.

"이거 더 기다리면 위험하겠는데."

그 모습을 본 안병주 대위가 부대원들에게 신호를 날렸다. 언제든 돌입할 수 있도록 자세를 취하라는 뜻이었다. 테러범 중 하나가 이렇게 중얼거렸다.

"다 죽이고……. 우리도 죽는다."

그러자 다른 하나가 사뭇 비장한 눈빛을 보이며 말했다. 다른 놈들도 동의한다는 뜻으로 고개를 끄덕였다. 그러곤 방아쇠를 쥐고 있던 손을 천천히 움직이기 시작했다.

"돌입할까요?"

분위기가 심상치 않음을 깨달은 부대원이 이렇게 물어왔다. 안병주 대위는 당장이라도 달려들고 싶은 심정을 애써 억누른 채 고개를 저었다. 방금 이현종 대위와 눈이 마주쳤기 때문이었다. 그는 이미 죽음을 각오하고 있었다.

'셋 다 죽느냐……. 아니면 하나만 죽느냐…… 인가.'

해서 안병주 대위는 일단 대기 신호를 내렸다. 아크 부대원들은 훈련받은 대로 대기했다.

테러범 중 하나가 병사의 머리에 총구를 가져다댔다. 그의 말투와 표정에서 이건 절대로 위협이 아니란 것을 느낄 수 있었다. 죽음을 직감한 병사는 눈을 감았다. 그리고 그때 이현종 대위가 달려들었다.

"도망가! 너희까지 죽을 필요는 없어!"

붙들려 있던 병사를 저만치 밀쳐 내면서였다.

그와 동시에 테러범들의 총구에서 불꽃이 튀었다. 앞뒤 재지 않고 마구잡이로 갈겨댄 탓이었다.

"끄아아……."

이현종 대위는 곧 벌집이 된 채 바닥에 쓰러졌다. 혹 무의미한 죽음이 된 것은 아닐까 하는 걱정을 담은 채로. 하지만 그가 만들어 낸 잠깐의 틈은 결코 짧은 것이 아니었다.

"돌입, 돌입! 전원 사살해버려!"

안병주 대위는 그 틈을 헛되이 하지 않기 위해 사력을 다해 외쳤다.

부대원들도 같은 심정이었다. 눈앞에서 아군을 잃은 그들은 눈에 불을 켜고 테러범들을 주살했다. 테러범들은 각자 총상을 십여 개씩 입은 채 모로 쓰러져갔다. 다행히 이현종 대위를 제외한 인질들은 무사했다. 이현종 대위의 바람대로, 털끝 하나 다치지 않았다.

"인질들 보호해!"

안병주 대위는 다급하게 외치며 이현종 대위에게 달려갔다. 아직도 감지 못한 눈이라도 감겨주기 위함이었다. 그렇게 달려간 안 대위는 이현종 대위를 끌어안자마자 사방을 향해 소리치기 시작했다.

"사, 살아 있다! 빠, 빨리! 빨리 이송해!"

- 이런 건 어떻게든 구하러 가야 하는 거 아님?

- 이게 리얼 살신성인이지……. 영웅이다, 영웅.

줄지어 붙은 댓글처럼 지금 이현종 대위는 대한민국의 영웅이 되어 있었다. 전부 각자도생의 길에 바쁜 지금, 목숨을 바쳐 부하들을 살려낸 군인의 이야기는 모두를 감동에 빠지게 하기에 충분했다. 국민의 관심이 지나치다 싶을 정도로 쏠려 있는 사안이었다. 그런 사안은 필연적으로 정치적으로 연결되게 되어 있었다.

"그러니까……. 여기 백강혁 교수를 보내자, 이건가?"

대통령이 최필두 보건복지부 장관을 향해 물었다. 말 많은 이들이 최필두의 장관 임명 건을 두고 보은 인사가 아니냐고 할 정도로 둘의 친분은 두터운 편이었다.

"네. 실력 하나는 끝내주는 친굽니다."

"뭐……. 나도 대강은 들어 알고 있지."

"이봐, 최 장관. 아니, 필두야."

"네."

"이번 일은 실패하면 안 되는 일이야. 그건 알고 있지?"

대통령은 무음으로 돌려놓은 TV를 가리켰다. 총 12개의 채널이 동시에 떠 있었는데, 모조리 이현종 대위에 관한 얘기만 하고 있었다.

"네, 알고는…… 있습니다."

"그래. 이런 종류의 일에서는 책잡힐 만한 일을 해서는 안 돼. 그래야 실패해도 면피가 된다고."

"그건……. 네, 그렇죠."

이건 그냥 배 위에서 수술하고, 교통사고 난 환자 살리는 것과는 차원이 달랐다. 강혁이야 다 같이 사람 살리는 일인데 뭐가 다르냐고 하겠지만. 적어도 이 자리에 있는 사람들에겐 아니었다. 이번 사건이 백배, 아니 천배는 더 중요했다.

'만약 살린다면 어떻게 될까.'

다들 좋아할 것 같이 보이겠지만, 어떤 사람들은 무안대학교 출신 의사도 살릴 수 있을 정도로 경미한 상처였는데 호들갑을 떨었다고 조롱할지도 몰랐다.

'실패한다면……?'

생각하기도 싫을 정도로 끔찍했다.

"환자 상태 파악해서 연락 넣어. 비행기 편은 우리가 알아서 오늘 안에 뜨도록 만들어놓는다고 해."

"아……. 네. 장관님. 그렇게 하겠습니다."

비서관은 부리나케 현재 이현종 대위의 신병을 확보하고, 그를 책임지고 있는 장 중령에게 전화를 걸었다. 장 중령은 시차가 무색하게 느껴질 만큼이나 금세 전화를 받았다.

"네, 아크 부대 장강호 중령입니다."

"아, 저 외교부 김기범 과장입니다."

"아, 네……. 외교부에서는 어쩐 일로……?"

"이현종 대위 이송 건 때문입니다. 지금 치료 가능한 의료진을 파견할 예정인데, 환자 상태 어떻습니까?"

"상태…… 말입니까?"

장강호 중령은 즉시 답하지 못하고 신음을 흘렸다. 아직도 현장에서 헬기로 실려 온 이현종 대위의 몰골이 눈만 감으면 떠올랐기 때문이었다. 솔직히 왜 아직도 안 죽고 있는지 모를 지경이었다.

"일단……. 한빛 부대 군의관들이 수액 달고 해서……. 응급 처치는 해둔 상황입니다. 하지만 현지 병원이 사정이 워낙 열악합니다."

"그건 알고 있습니다. 우리 측에서 협조 공문 보내놔서 국경 이동에는 차질 없지 않습니까?"

남수단의 상황은 누구보다 외교부가 잘 알고 있었다. 괜히 여행 금지 구역으로 지정해놓은 것이 아니었으니까. 있어야 할 것은 하나도 없고, 없어야 할 것은 빼놓지 않고 있는 곳이 바로 그곳이었다.

"네, 급한 대로……. 제가 있던 UAE 쪽 '왕립 쉐이크 칼리파 병원'으로 이동 중입니다만."

군의관이 무려 네 명이나 딸려서 갔지만 그들이 큰 도움이 될 것 같지는 않았다. 장 중령 생각에, 이현종 대위에게는 의사가 아니라 천사가 필요할 것 같았다.

"이제…… 서너 시간 내로 도착할 겁니다. 병원 연락은 저희가 해 두었습니다."

"UAE…… 그쪽이 아무래도 낫겠죠. 그럼 상태는 전혀 모릅니까?"

"아뇨. 군의관이 작성해준 기록이 있습니다."

"그거라도 말해주시죠. 받아 적겠습니다."

"네."

장강호 중령은 한빛 부대에 파병을 와 있던 단기 군의관이자 정형외과 전문의가 적어주고 간 소견서를 읊었다. 그에 따르면 이현종 대위의 상황은 대강 이러했다. 우측 팔에 총상 두 개, 그중 하나는 골절을 동반하고 있으며 탄환은 박힌 상황. 좌측 팔에 총상 하나, 이 역시 골절을 동반하고 있으며 탄환은 박힌 상황. 복부에 총상 세 개, 이 중 두 개는 관통했으며 하나는 박혀 있는 상황. 좌측 허벅지에 총상 두 개, 이 중 하나는 골절을 동반하고 있으며 탄환은 박힌 상황.

"그렇군요."

의료에 관해서는 문외한인 외교부 비서관이 듣기에도 상처는 엄중해 보였다. 일단 총상이 총 8개나 된다는 말이었으니까. 이 정도로 총을 맞고 살아나는 건, 영화에서나 있을 법한 일인 것 같았다.

강혁은 보건복지부 정책과장 박기태의 설명을 듣고 바로 팀원들에게 설명했다. 세 사람은 이런저런 의문을 품는 대신 무조건 강혁을 따라나서기로 했다. 짐을 꾸리고 출발하기 직전, 응급의학과 로비를 가로질러 가는데 누군가 그들을 막아섰다. 홍재훈 기조실장이었다. 귀신이라도 본 것처럼 안색이 하얗게 질려 있었다.

"바, 방금 전화 받았는데……. 이현종 대위 건으로 협조 공문 받은 거 있어요?"

얼굴만 그런 게 아니라 목소리도 파르르 떨려왔다. 적지 않게 놀란 모양이었다.

"받았죠."

그에 비하면 강혁은 심드렁하기 짝이 없었다.

"거, 거절한 거지?"

"아뇨? 왜 거절을 해야 합니까?"

"아니……. 그 환자 상태 나도 전달받아서 아는데……. 총알을 무려 8발이나 맞았다고 하지 않나. 어차피 죽을 텐데 거기 괜히 손대서 구설에 오를 일이 뭐가 있어!"

이건 비단 기조실장만의 생각은 아니었다. 최조은 원장을 비롯한 원장단 그리고 다른 교수들의 생각도 이러했다. 생명을 다루는 일이니만큼 성공에 따르는 보수보다 실패에 따르는 비난이 훨씬 클 수밖에 없었기 때문이었다. 게다가 그냥 환자도 아니고. 현재 대한민국의 영웅으로 떠오른 사람이 얽혀 있는 일 아닌가. 무조건 거절하는 편이 옳았다.

“구설수? 뭐 그런 복잡한 일까지 생각을 해야 합니까?”

“복잡하다니, 복잡하다니! 뭐가 복잡하다는 거야! 그냥 조금만 생각해보면 딱 답이 나오는 문제 아니야! 민간에서 안 나서면 어련히 군 병원이 나설 거 아냐? 왜 설쳐, 설치기를!”

“환자가 죽어가고 있고, 그 연락이 왔으면 의사로서 당연히 응해야지. 무슨 그런 생각까지 한단 말입니까?”

강혁은 그리 말하면서 힐끔 벽에 걸린 시계를 바라보았다. 홍재훈 교수와 실랑이를 벌일 시간따위 없었다. 이대로 두었다가는 제일 빠른 비행기를 놓치게 될 수도 있었고, 늦게 가면 이송이 아니라 운구를 해야 할 수도 있는 일이었다. 강혁은 그런 홍재훈 교수를 저만치 밀어버렸다.

“더 할 말 없으면 비켜요. 바쁘니까.”

홍재훈 교수는 하릴없이 옆으로 밀려난 채 멀어져가는 강혁의 뒷모습을 바라보고 있어야만 했다. 다만 이대로 보낼 수는 없다는 생각이 들기는 했는지. 강혁이 완전히 병원을 빠져나가기 전에 이런 소리를 외쳐대기는 했다.

“그, 그 환자 죽기만 해봐! 내가 어떻게 해서든 너 자른다!”

응원해도 모자랄 판국에 저주를 퍼부은 셈이었다. 강혁과 팀원들은 병원 앞에 있던 택시에 올라탔다. 그러곤 기사에게 목적지인 인천공항을 말해준 후 재원을 돌아보았다.

“너 총상 본 적은 있어?”

“어…… 아뇨. 본 적이 있으면 이상한 일 아닌가요.”

적어도 대한민국에서는 그러했다. 치안만큼은 세계 어느 나라와 비교해도 우수한 편에 속했으니까.

"그럼 새꺄, 공부해야지. 공부. 딴 거 생각할 시간이 있어?"

강혁은 그런 재원을 보며 프린트된 서류 몇 장을 건네주었다.

"이거 내가 시리아에 있을 때 정리했던 리뷰 논문이야. 가는 동안 돌려봐."

"돌려…… 보라고요?"

"조폭이랑 경원이는 뭐, 총상 봤겠냐?"

그 말에 장미와 경원도 고개를 숙였다. 그의 말대로 단 한 번도 본 적이 없었으니까.

"그러니까 꽥꽥거리지 말고 공부나 해둬. 나도 생각 좀 정리하고 있어야 하니까. 잡생각 끼어들게 만들지 말라고."

'팔, 다리, 배에 8개의 총상……. 안에 박힌 탄환이 거의 절반…….'

'과연 내가 도착할 때까지……. 살아 있을까. 그러기만 한다면 기회가 있을 텐데.'

그야말로 '내가 갈 때까지만 살려놔'라는 대사를 외치고 싶은 심정이었다.

눈앞에 왕립 쉐이크 칼리파 병원이 우뚝 서 있었다. 돈 많기로 소문난 나라에서 '왕립'을 붙였으니 당연한 일이겠지만. 외관만 보면 어마어마하게 화려했다.

"환자는 어디 있죠?

강혁은 서둘러 차에서 뛰어 내리며 물었다. 직원은 직접 답하는 대신 앞을 가리켰다. 군복 위에 하얀 가운을 걸친 군의관이 서 있었다. 아무래도 한빛 부대에서부터 따라온 군의관인 듯했다.

"안녕하십니까, 백 교수님. 저는 정형외과 전문의 이동주라고 합니다."

"이동주 선생. 환자는?"

"ICU(Intensive Care Unit: 중환자실)에 있습니다. 제가 안내하겠습니다."

"상태는 어떻죠?"

"괴사성 근막염에……. 각종 감염……. 그리고 다발성 장기 부전까지 오고 있습니다."

"이런 망할."

강혁은 욕설을 내뱉으며 이동주의 뒤를 따랐다. 조용하던 복도가 삽시간에 소란스러워졌다. 이동주 대위는 강혁을 대동한 채 중환자실로 향했다. 안쪽엔 이현종 대위 치료를 전담하고 있던 것으로 보이는 내과 의사가 보였다.

"아, 백강혁 교수. 난 윤재호라고 합니다."

"반갑습니다. 환자 상태는 어떻습니까?"

강혁은 윤재호 내과 의사의 눈도 보지 않은 채 물었다. 그는 중환자실 안에 들어오면서부터 이미 환자에게만 집중하고 있었다.

"아무래도 감염원을 제거하지 못하고 있다보니……. 항생제를 써도 점점 나빠지고만 있어요."

"항생제는 어디까지 들어갔습니까?"

"반코(Vancomicin: 내성 균주에 대한 항생제)."

"이런……. 소변은, 소변은 잘 나옵니까?"

강혁은 환자를 살펴보면서 즉시 빈혈이 있다는 것을 알 수 있었다. 입술, 혀 그리고 눈꺼풀 색이 그러했다.

"아직은…… 그렇습니다."

"그런데."

한참 환자를 살피던 강혁이 어리둥절하다는 듯한 표정을 지었다.

이만한 중증외상 환자라면 응당 달고 있어야 할 것이 보이지 않았기 때문이었다.

"수혈은……. 하지 않고 있는 겁니까?"

"피가 없습니다."

"피가……. 없어요? 병원이 이렇게 큰데?"

"문화가 그렇다고 합니다. 수혈이 극히 어렵습니다."

"아, 여기 아랍이지. 이런 망할."

현대 의학은 '의학' 딱 하나만 뚝 떨어뜨려놓고 생각할 수는 없는 문제였다. 다른 분야와는 달리 사람 생명에 깊이 관여하고 있었으니. 그만큼 문화와 사회 분위기에 영향을 받았다. 그 영향이 늘 긍정적인 것은 아니었다. 지금 그런 것처럼.

"그나마 아크 부대원들하고 저기 이동주 군의관이 나서서 헌혈하긴 했는데. 혈액형이 맞는 사람이 셋뿐입니다. 더는 무리예요."

'그렇다면 최대한 빨리 이송하긴 해야겠는데.'

사실 처음 병원 외관과 중환자실 시설만 보고 굳이 이송해야 할까 하는 생각을 했던 것도 사실이었다. 시설만 따지고 보면 한국대학교 병원에 절대 밀리지 않았으니까. 하지만 피가 없다니. 이건 중차대한 문제였다.

"일단……. 감염 조절을 하는 게 좋지 않겠습니까? 항생제를 쏟아붓는 건 명백히 한계가 있습니다."

고민에 빠진 강혁을 향해 윤재호 내과 의사가 조심스럽게 말했다. 이곳에 있는 의사들 중 쓸 만한 사람들이 다 내과뿐이라 답답하던 참이 아니었던가. 제일 급한 건 역시 수술이었다.

"그렇죠. 수술실은 준비되어 있습니까?"

"네. 병원에서 협조를 받았습니다."

“그럼 바로 들어가죠. 일단…….”

지금 당장 탄환을 빼내는 건 무리였다. 저렇게 깊숙이 들어가 있는 데다가, 염증까지 동반하고 있는 걸 무작정 뺄 수는 없는 노릇이었으니까.

“일단은 일차적으로 감염 제어를 위한 수술만 하겠습니다. 경원아, 환자 파악해서 마취 준비해.”

“네, 교수님.”

“조폭. 너는 수술실 가서 물품 점검하고. 동영상 봤으면 알 거야. 대강 뭐, 뭐 필요한지.”

“네, 교수님.”

“노예, 너는 나랑 같이 환자부터 옮기자.”

“네.”

강혁은 그리 말하고 나서 재원과 함께 환자를 내려다보았다. 재원은 자신도 모르게 신음을 흘렸다. 이현종 대위의 상태는 중하다는 말이 부족할 지경이었다. 도저히 방송에서 나오던 그 훤칠한 청년이라고 믿을 수 없을 정도로 변해 있었다.

‘살 수……. 있을까?’

재원은 아주 자연스럽게 그가 늘 품게 되는 생각을 떠올렸다. 벌써 강혁과 함께 다니면서 ‘기적’을 여러 차례 경험한 그였지만. 그런 그도 비관에 젖을 정도로 상태가 좋지 못했다.

“마취 시작하겠습니다.”

경원은 어렵게 중환자실 침대에서 수술실 침대로 옮긴 이현종 대위를 내려다보며 말했다.

‘원래 체중이 68kg으로 되어 있었는데.’

경원은 그 짧은 새에 확인한 환자 기록을 떠올렸다. 지금은 무려

4kg이 늘어서 72kg이었다. 그 말은 이현종 대위의 출혈을 어떻게든 따라잡기 위해 물을 때려부었단 얘기라고 보면 되었다. 그리고 그 물은 혈관 안에도 흐르고 있겠지만, 조직 곳곳에 퍼져 있을 터였다. 예를 들면 폐와 같은.

경원은 이현종 대위의 폐 음을 청진하며 고개를 가로저었다. 아마 중증외상센터에 오기 전의 그였다면 이 상황에서 마취는 절대 불가하다고 했을 터였다. 하지만 강혁과 함께 구르면서 새롭게 깨달은 바가 있었다. 세상엔 무조건 수술부터 해야 하는 때가 있다는 것을.

"자, 기기 연결합니다."

해서 경원은 일말의 망설임도 없이 이현종 대위의 목 안으로 꽂혀 있던 튜브를 마취 기기에 연결했다.

"좋아."

강혁은 그 모습과 마취 기기에 떠 있는 1회 호흡량을 보며 고개를 끄덕였다. 경원은 한 번에 많은 양의 가스를 주입하는 대신, 조금씩 여러 번에 나누어서 주는 방식을 사용하고 있었다. 물이 가득 찬 폐는 무리하게 확장시키다가 돌이킬 수 없는 손상을 야기할 수 있었으니까.

"자, 그럼 빨리 시작하자. 일단…… 소독부터 하지."

"네, 교수님. 근데……. 오늘 범위를 어떻게 설정하실 건지……."

재원은 장미에게서 베타딘 용액을 받아 든 후 이렇게 물었다.

"범위? 범위는 전부지."

'설마……. 오늘 여기서 끝내나? 미쳤……. 아니, 아니지. 교수님이라면……. 아닌데? 피도 없는데?'

해서 혼란스럽다는 얼굴로 멍하니 있었다. 그러자 강혁은 한심하다는 표정을 지으며 고개를 저었다.

"범위가 전부일 뿐. 완전히 다 하겠다는 건 아냐. 뭔 생각을 하는 거야, 너. 공부 안 했냐, 오면서? 그냥 놀았어?"

"아, 아뇨. 아닙니다."

강혁은 베타딘 용액을 이용해 이현종 대위의 모든 환부를 깨끗이 소독하기 시작했다. 워낙 상처가 좋지 않다보니, 소독도 쉽지만은 않았다. 강혁은 안에 여전히 탄환이 박힌 환부가 많다는 것을 잊지 않았다.

"일단 칼 들어갈 부위만 꼼꼼하게 하고. 나머지는 소독약이 닿는 느낌만 줘."

"아……. 네. 어차피 감염이 심한 부위라……."

"그래. 오늘은 감염 정리가 우선이야."

강혁은 새빨갛게 부어올라 마치 살이 아니라 자동차 시트 가죽처럼 변한 허벅지를 닦으며 대답했다.

어느새 갈색 베타딘 용액으로 샤워를 하다시피 한 이현종 대위가 보였다.

"우선 여기부터 가자."

강혁은 이현종 대위의 우측 팔부터 가리켰다. 총상은 모두 두 개였으며, 그중 하나는 위팔뼈 골절을 동반하고 있었다. 골절을 일으킨 탄환은 뼈에 박혀 있었다.

"네. 근데……. 피가……."

"한 팩 있어."

"있어요? 아까 제가 듣기론……."

병원 관계자는 이제 더 이현종 대위에게 줄 피는 없다고 단언한 상황이었다.

"저기 피 주머니 대기 중이잖아. 아주 신선하다고."

강혁은 대수롭지 않다는 듯한 표정으로 같이 온 공무원 한 명을 턱짓으로 가리켰다.

"설마……."

"왜 그런 눈빛으로 보냐? 넌 헌혈 안 해봤어?"

"아니……. 해보긴 했는데."

재원이 잠시 혼돈에 빠진 사이, 강혁은 메스를 슥 하고 그었다. 두 개의 총상 중, 탄환이 아직 박혀 있는 쪽이었다.

"닦아."

워낙 염증이 심한 상태였기 때문에, 살이 갈라지자마자 피가 훅 하고 터져나왔다. 거기에 더해 묘한 냄새까지 흘러나왔다. 어딘가에 농이 잡힌 게 아니라 조직 전체에 염증이 퍼져버린 모양이었다.

"괴사성 근막염…… 이 왔구나, 역시."

"그럼…… 그럼 어쩌죠?"

모든 게 완벽히 세팅된 곳에서조차 사망률이 50%에 가까운 질환이었다.

"어쩌긴 최대한 해결 봐야지. 넌 잡아당기기나 해."

"여기 있지. 이거."

몇 번 슥슥 칼질을 하나 싶었는데, 어느새 총알을 정확히 찾아낸 것이었다. 그에 더해 이미 총알을 켈리를 이용해 빼내고 있었다. 그 주변에는 전혀 손상을 입히지 않으면서였다.

"뭘 그런 눈으로 보고 있냐?"

강혁은 '덜그렁' 소리와 함께 총알을 기구대 위에 떨어뜨리면서 물었다.

"어디 멜로 드라마에나 나오는 얼굴을 하고 있어. 재수 없게."

"재수 없다뇨. 너무하시네."

"잔말 말고 세척이나 해. 아까 총알 있던 부위. 보이지?"

"아, 아! 네."

그제야 재원은 총알이 박혀 있던 부위에서 샛노란 고름이 흘러나오고 있다는 것을 알 수 있었다. 눈치 빠른 장미가 미리부터 세척액을 만들어둔 덕에 재원은 즉시 세척에 들어갈 수 있었다. 옅은 갈색빛을 띤 액체가 누런 고름을 사정없이 씻어내려갔다. 그렇게 몇 번인가 세척하자 상처가 눈에 띄게 좋아져 있었다. 우선 부기가 확 가라앉았다.

"와……. 이게……. 이렇게 좋아지긴 하네요."

"감염원 제거하는 게 가장 중요하지."

그게 쉽지 않은 것이 문제긴 했지만. 아마 다른 사람 같았으면 총알을 제거할 때, 옆에 어디라도 손상을 주긴 줬을 터였다.

"근데 뼈는 어떻게 하죠? 바로 맞추나요?"

"아니. 미쳤냐?"

강혁은 예나 지금이나 바로 답을 주는 법이 없었다. 일단 틀리면 욕부터 박았다.

"이건 개방형 골절 중에서도 완전 악성이잖아. 절단면 사이에 균이 좀 들어가 박혔을 텐데, 그걸 지금 맞춰? 환자 죽이려고 작정했냐?"

"아니……. 아니죠……."

"아무튼, 지금은 안 돼. 그렇다고 이대로 두기도 좀 그러니까…… 일단 일로 와봐. 어깨 잡으라고. 내가 대강 뼈 맞추긴 할 테니까."

이현종 대위의 우측 위팔뼈는 우여곡절 끝에 맞춰질 수 있었다.

"일단 여긴 됐고……. 경원아. 환자 상태 어떠냐."

"아직은 수혈 없이 버틸 수 있는 상황입니다. 근데 더 피 나면 들어가긴 해야 합니다."

"이제 겨우 팔 하나 했는데."

"그럼 무조건 수혈이 필요하죠."

경원의 말에 모두의 고개가 수술실 밖으로 돌아갔다. 노심초사하고 있던 공무원의 얼굴이 핼쑥해졌다. 불길한 예상이 단순히 예상으로만 남아 있지 않을 것 같았기 때문이었다.

"잡아 와."

강혁은 그의 예상을 현실로 만들어주는 발언을 훅 하고 내뱉었다.

"교수님. 잡아 오라뇨……. 누가 보면 진짜 피 빼려고 잡아 오는 줄 알겠네."

"그거 맞는데."

재원은 강혁과 더 말 섞는 것을 포기하고 수술실 문 아래에 달린 홈에 발을 쑥 하고 집어넣었다. 그러자 수술실 문이 드르륵 소리를 내며 열렸다.

"오시랍니다."

"아……."

공무원은 올 것이 왔다는 표정을 지었다. 나라를 위해 일하다가 쓰러진 사람을 위해 피를 나눠주는 게 아깝지는 않았다. 그냥 무서워서 그렇지.

"알겠습니다."

"저기 누우시면 돼요."

공무원은 재원을 다소 원망스럽다는 듯한 눈빛으로 보다가 이내 침대에 누웠다. 공무원은 나직이 한숨을 쉬었다. 아까 생각 없이 말해준 혈액형이 이런 결과로 다가올 줄이야. 두 눈을 질끈 감고 있으려니 장미가 다가와 팔뚝을 칭칭 감았다.

"어? 이렇게 바로 하나요?"

"지금 수술 중이잖아요."

장미는 그리 말하면서 턱으로 뒤쪽을 가리켰다. 그곳엔 마치 떼인 돈 받으러 온 사람처럼 당당한 강혁이 서 있었다. 바늘은 훅 하고 그의 살갗을 뚫고 들어왔다.

그가 그렇게 체념에 가까운 생각을 하는 사이 이현종 대위에게로 라인이 연결되었다. 그러자 단순히 바늘이 꽂혀 있을 때와는 많이 다른 느낌이 전해져왔다.

"어……. 빨려 나가는데."

"네. 그러려고 거기 누우신 거예요."

"좀 빠른 거……. 아니에요?"

"조절하면서 넣으니까 너무 걱정 마세요."

장미는 그리 말하면서 경원을 가리켰다. 경원은 아주 약간은 죄스럽다는 얼굴을 하며 고개를 끄덕였다.

그 후로도 공무원이 뭔가 불평을 쏟아내기는 했지만, 강혁은 들은 체도 하지 않았다.

"이제 좌측. 여긴 팔뚝……. 뼈 구조가 좀 복잡한 곳인데. 약간 어려울 수도 있겠다."

"아까 CT 보니까 분쇄 골절이긴 했습니다."

"거의 뭐, 최악이지."

탄환이 박혔는데 거기에 더해 뼛조각이라니. 게다가 팔뚝은 위팔보다 심장에서 거리가 더 멀었다. 그래서일까. 염증 정도가 비할 수 없이 심각했다.

"반드시 해결하긴 해야 해. 지금 안 째면 나중엔 팔 잘라야 한다.”

“네, 교수님.”

강혁의 메스는 이번에도 날카롭고, 또 유려하게 살갗을 갈랐다. 검붉은 피가 마구잡이로 흘러나왔다. 하지만 예상했던 것처럼 많은 양은 아니었다. 강혁이 기가 막히게 깊이 조절을 했기 때문이었다.

“좋아. 그렇게 닦고…… 벌려.”

벌어진 상처 안을 조심스럽게 후벼 파기 시작했다. 딱히 칼이나 다른 도구를 이용해서가 아니었다. 그의 오른손 검지만을 이용하는 중이었다.

‘이미……. 이쪽 뼈는 이대로는 못 붙여줘.’

팔뚝을 구성하는 두 개의 뼈는 관절과 넓적한 근육으로 연결되어 있었다. 하지만 지금은 두 개의 뼈 모두가 하나의 총알로 인해 박살이 나면서 중간 부위가 뚝 하고 끊어져 있었다. 그 범위가 거의 5cm 정도는 되었기 때문에, 절대로 그냥 이어줄 수는 없게 된 셈이었다.

‘나중에 다른 곳에서 뼈를 떼어 와서 이어줄 생각을 하면…….’

언제나 그렇듯 강혁은 환자를 단편적으로만 보지 않았다. 지금 당장 처치도 중요하긴 하지만. 더 중요한 것은 그 이후의 삶이 아니겠는가. 강혁은 결코 이 젊은 애국자이자 의인에게 불구의 삶을 남겨주고 싶지 않았다.

‘그럼 일단 총알과 함께 뼛조각을 최대한 제거하고……. 남은 뼈도 차라리 깔끔하게 더 절단해야겠어.’

그렇게 계획을 세운 강혁은 아까보다도 더 빠르게 손을 놀려댔다. 곧, 마법처럼 속 썩이던 총탄이 모습을 드러냈다.

“이놈이네.”

강혁은 녀석을 쑥 하고 빼내고는 거기에 그치지 않고 주변에 잔뜩 흩뿌려져 있는 뼛조각들을 제거해냈다. 그 수가 무려 스무 조각을 넘어갈 지경이었다. 이 충격으로 인해 팔뚝이 끊어지지 않은 게 다행이라는 생각이 들었다.

'혈관도…… 다치긴 했는데……. 너무 감염이 심해서 오히려 피가 많이 안 났군.'

감염과 출혈로 인해 구획의 압력은 심히 증가한 상황이었지만, 오히려 그 압력 때문에 동맥에서도 피가 더 흘러나오지 못한 모양이었다.

그리고 압력이 사라져버린 지금. 피가 콸콸 쏟아져나오기 시작했다. 아마 강혁이 미리 손상된 혈관을 보고 있지 않았다면 출혈은 걷잡을 수 없이 커졌을 터였다. 하지만 그는 피가 흘러나올 듯할 때 이미 덥석 혈관을 집고 있었다.

"연결…… 하실 건가요?"

"아니. 어차피 여긴 우회 혈관 많잖아. 얜 그냥 묶을 거야. 나중에…… 쓸 일도 있고."

"나중이요?"

재원은 이렇게 절망적인 상태에서 나중을 생각하는 게 가당키나 한가, 하는 생각이 들었다. 재원은 아까 중환자실에서 이현종 대위를 처음 봤을 때의 느낌을 아직도 잊지 못했다.

'억지로……. 생을 이어다 붙여놓은 느낌이었어.'

강혁은 단 한 줄기 가능성이라도 있으면 결코, 환자를 포기하지 않는다는 것을. 심지어 그 환자나 보호자보다도 더 오래, 그리고 더 강하게 희망을 품고 있다는 것을.

"멍하니 있지 마. 네가 시야를 확보해줘야 내가 수술을 잘할 수 있다고."

강혁은 그 상태에서 즉시 환부를 세척할 것을 지시했다. 그러곤 나머지 상처를 살폈다. 재원이 최선을 다해 팔뚝 쪽을 씻어내리는 동안 강혁은 일단 배부터 봤다. 아무리 봐도 이쪽이 가장 위험해 보였으니까.

'색이……. 변하고 있어.'

총알 구멍을 통해 안을 들여다보니 장의 색이 좋지 않았다. 상당 부분 들어내야 할 것으로 보였다. 그 말은 곧 초대형 수술이 될 거란 얘기였다.

'여기선…… 안 돼. 아무리 나라도 피 없이는 못해.'

강혁은 뛰어난 의사였다. 하지만 그도 인간이었다. 신은 아니었다.

'그럼……. 다리라도 해결을 봐야겠군.'

강혁은 그 생각을 하며 다리 쪽으로 넘어갔다. 그러곤 인상을 잔뜩 찌푸렸다.

'다리라도, 라는 표현을 써도 되려나.'

이런 생각이 들 정도로 상태가 좋지 못했다.

'총상이야. 괜히 어설프게 헤집다가는 신경이나 혈관을 다치게 할 수도 있어.'

강혁이 심각한 얼굴로 계획을 잡는 동안 재원은 세척을 마무리했다.

"노예, 이리로 와봐."

"이번에는 피가 좀 많이 날 거 같거든?"

"아, 네."

"그러니까……. 조폭 네가 상처를 당기고. 나는 가르고, 너는 지져라. 동시에 해야 해. 안 그럼 죽어."

"도, 동시에요?"

재원은 살짝 자신 없다는 투로 되물었다.

“야, 내가 오죽하면 너한테 그런 말을 하겠어. 꾸물거리지 말고 빨리해. 지금은 누구 손이라도 필요해.”

“아뇨. 네. 하겠습니다.”

해서 재원은 금세 체념한 기색으로 고개를 끄덕였다. 강혁은 그런 재원에게서 고개를 돌린 채 공무원 쪽을 바라보았다. 얼떨결에 피 주머니 신세가 되어버린 그는 안색이 파리했다. 강혁은 그런 그를 똑바로 바라보며 말했다.

“저 양반 봐라. 시간 끌면 이현종 대위도 죽고 저 사람도 죽는 거야.”

그 말에 공무원이 큰소리를 냈다.

“죽어? 죽는다고?”

“아, 뭘 그렇게 흥분하고 그래요. 시간 끌면 죽는다고. 누가 지금 당장 죽는다고 했나.”

강혁은 금세 신경을 꺼버리고는 메스를 쥐었다.

“자자, 집중해, 집중.”

“아, 네.”

강혁은 곧장 메스로 허벅지를 갈랐다. 붉게 부어오르다 못해 검붉은 벽돌색이 되어 있던 허벅지에서는 그 비슷한 색상의 피가 줄줄 흘러내렸다. 그 양은 강혁이 예고했던 것처럼 적지 않았다.

피가 줄줄 흘러나오고 있는 상황에서 정확한 출혈 지점을 잡아서 지지는 것은 생각보다 훨씬 어려운 일이었다.

‘이걸 어떻게 하냐고.’

칼이 지나가면 피가 줄줄 새어 나왔다. 평소 강혁의 절개라면 귀신같이 출혈이 적었거늘. 지금은 레지던트 1년 차가 시행하는 투박한 메스질처럼 피가 너무 많이 나왔다. 염증으로 인한 여러 인자 때문에 근처 혈관들이 죄다 확장되어 있기 때문이었다.

하지만 막상 칼을 대고 있는 강혁은 전혀 포기하는 기색이 보이지 않았다. 시뻘겋게 물들고 있는 수술 시야에도 아랑곳하지 않고 칼을 긋고 있었다. 그리고 그렇게 칼이 지나간 자리 끝에는 계속 말썽을 불러일으키고 있던 탄환이 있었다.

'그래……. 나도 할 수 있어.'

훨씬 더 어려운 작업을 해내는 사람도 있지 않은가. 재원도 최선을 다해 지져 나가기 시작했다.

"새꺄! 지금 살만 싹 태웠잖아!"

물론 처음부터 순조롭지는 않았다.

중력의 법칙은 지구 위에 있는 물체라면 누구라도 자유로울 수 없는 법칙 아니던가. 흘러나오는 핏방울마저도 그러했다. 출혈의 방향은 무조건 위에서 아래로 향하게 되어 있었다. 누구나 알아야 할 것 같고, 또 누구나 알고 있는 법칙이지만. 이걸 실제 수술에 적용하는 데에는 시간과 경험이 필요했다.

"오. 처음으로 출혈 지점만 지졌어."

재원은 아주 빠르게 비결을 습득해나가고 있었다. 강혁은 이미 깊숙이 박혀 있던 탄환을 제거해내고, 주변 고름을 정리하는 중이었다.

"석션."

"여기 있습니다."

강혁은 석션을 넘겨받아 계속해서 고름을 빨아들이며 말했다.

"노예, 넌 세척하고."

"네."

"조폭, 넌 계속 당겨."

"네."

재원이 갈색 베타딘 용액을 대형 스포이트로 쏴댈 때마다 노란 농이 상처 부위에서 씻겨 내려왔다. 그럼 강혁은 그것을 석션으로 모조리 뽑아냈다.

"계속, 계속해."

강혁은 계속해서 다른 상처 부위를 짓누르면서 말했다. 검붉게 부어 있던 흉측한 허벅지가 조금씩 가라앉았다. 하지만 재원은 탄환이 박혀 있던 부위가 못내 마음에 걸렸다. 우리 몸을 지탱하는 데 있어 가장 중요한 뼈 중 하나인 허벅지 뼈가 부러져 있었기 때문이었다.

"허벅지 뼈는……. 어쩌죠?"

"지금 그런 거 신경 쓰지 말고. 저건 어차피 여기선 못해."

"그럼 이송 가는 겁니까?"

"그래야지."

재원은 그제야 강혁이 이미 한국으로 돌아가 수술을 마무리할 생각을 품고 있다는 것을 깨달았다. 그 말은 곧 이 환자가 당장 어떻게 될 확률은 크게 줄었단 말이기도 했다.

"아, 근데……."

재원은 한참 스포이트를 뿌려대다가 고개를 갸웃거렸다. 스스로 생각해도 멍청하기 그지없는 질문인 것 같아 망설여졌지만, 이럴 때 묻지 않으면 기회가 없었다.

"상처는 안 닫으실…… 거죠?"

"몰라서 묻는 건 아니지? 설마? 전문의 맞지?"

"혹시나 해서 묻는 거죠……."

"닫으면 큰일 나지. 지금 냄새 맡아봐. 뭐가 자랄 거 같냐?"

경험 많은 의사들은 냄새와 농의 형태만으로도 어느 정도 분간이 가능했다. 지금 이현종 대위 몸에서 자라고 있는 균주는 혐기성, 즉 공기를 싫어하는 균이었다. 이럴 땐 차라리 개방해놓고, 매일 소독을 하는 것이 큰 도움이 되었다.

"아무튼, 이제 그만하지. 더 하면 죽겠어."

"네? 환자 상태는……."

재원은 마취과 쪽 모니터를 바라보며 중얼거렸다.

"거기 말고, 저기."

강혁은 턱으로 공무원 쪽을 가리켰다. 아직 혈압은 정상이었지만 심장 박동 수가 서서히 뜨고 있었다. 몸에 무리가 가기 시작했다는 얘기였다.

"아, 그렇군요."

"베타딘 소킹(Betadine soaking: 베타딘 용액에 적신 거즈를 상처에 집어넣는 것) 하고 나간다."

강혁은 그리 말하며 장미를 돌아보았다.

소킹(Soaking: 소독액을 적신 거즈를 상처 안에 밀어넣어두는 행위)은 어지간한 감염 질환에서는 이제 더는 사용하지 않는 방법이었다. 심지어 대학 병원에서 일하는 의사라 해도 단 한 번도 본 적이 없을 수도 있었다. 심각한 감염을 다루어야만 하는 외과, 정형외과 그리고 감염내과 정도나 되어야 해본 경험이 있을까. 그래서인지 재원조차 아주 익숙해 보이진 않았다.

"으……."

그는 정체 모를 신음을 내며 이현종 대위 상처 안에 들어가 있던 거즈를 빼내었다. 분명 들어갈 때는 갈색 베타딘 용액에 완전히 절어 있었거늘. 지금은 누렇게 변해 있었다. 조직 내에서 흘러나온 농 때문이었다.

"이거……. 이대로 될까요?"

재원은 걱정스럽다는 눈빛으로 장미를 돌아보았다. 장미 또한 잔뜩 굳은 표정으로 다리 쪽 상처에서 거즈를 빼고 있었다. 그쪽이라고 해서 별다른 차이가 있지는 않았다. 노랗게 변한 것은 마찬가지였다.

재원은 이현종 대위에게 잔뜩 달린 기구들 중 활력 징후를 나타내는 모니터를 바라보았다. 처음 왔을 때와 비교하면 그야말로 크나큰 발전을 보이고 있었다. 우선 체온이 39도에서 37.2도 정도로 떨어져 있었다. 거기에 더해 심장 박동 수도 분당 100회 이상을 넘나들던 것이 90회 정도로 떨어져 있었다.

장미는 마스크를 꼈음에도 불구하고 훅 하고 끼쳐오는 악취에 고개를 저으며 거즈를 빼내었다. 탄환을 빼낸 팔, 다리 쪽의 상처 모두 이랬다. 그나마 여기는 다행이라고 볼 수 있었다. 배 쪽은 여전히 탄환이 박혀 있었으니까.

"이걸…… 여길 어떻게 해결 보긴 해야 할 텐데."

재원은 배에 난 세 개의 상처에 각각 베타딘 솜을 부드럽게 넣었다가 빼며 중얼거렸다. 각각의 상처에 솜이 들어갔다가 나올 때마다 색이 노랗게 변했다. 이 드레싱을 세 시간마다 시행 중이었다. 하루로 치면 8번인데, 도저히 한 사람이 감당할 수는 없는 노릇이었다. 그래서 그나마 단독으로 상태 파악이 가능한 재원과 보조에 능한 장미가 한 짝을 이루었다. 나머지 짝은 당연히 강혁과 경원이었다. 그렇게 두 팀이 돌아가며 소독 중이었다.

'확실히……. 교수님이 하고 난 다음에는 상태가 더 좋단 말이지.'

재원은 거즈가 빠져나온 공간 틈새를 통해 상처를 들여다보며 생각했다. 바로 그때 등 뒤에서 잔뜩 갈라진 목소리가 들려왔다. 고개를 돌리지 않아도 누군지 알 수 있었다.

"아, 교수님."

"그……. 일단 탄환 제거한 곳은 많이 좋아졌습니다."

"그래? 좋아져?"

강혁은 재원 뒤에 우뚝 선 채 다시 질문을 던졌다. 그러자 조금 불안해지기 시작했다. 뭔가 강혁이 원하는 답을 한 게 아니란 느낌이 들었다.

"어……. 네. 좋아…… 좋아진 거 아닌가요?"

"아까부터 계속 소독하고 있었던 거 아니냐? 왜 상태를 나한테 물어?"

"아니……. 교수님이 그렇게 말씀하시니까 잘 모르겠단 생각이 들어서요."

"아주, 모르는 게 벼슬이시지. 벼슬이셔."

그러곤 재원을 발로 툭 하고 걷어차서 옆으로 밀어내었다.

"가위 줘봐."

장미는 벌써 간단한 수술 도구 세트를 풀어놓고 있었다. 최근 강혁이 소독 때마다 찾다시피 하는 I&D(Incision and Drainage: 절개배농) 세트였다.

"와……. 엄청 빠르네."

"네가 느린 거지."

강혁은 핀잔을 주며 장미가 건넨 가위를 받아 들었다.

"흠."

가위에도 참 여러 종류가 있는데 장미가 건넨 것이 마음에 드는 모양이었다. 미세 수술이나 코 수술 시에 쓰는 아주 작은 가위였다.

"잘 봐. 삐쳐서 숨어 있지 말고."

조금 전에 재원이 깨끗하다고 했던 상처 부위에서 문제가 있는 곳들이 거침없이 잘라나가기 시작했다. 신기하게도 그렇게 잘린 부위에서는 피가 흘러나오지 않았다.

"왜 이런다고 생각하냐?"

강혁은 불친절한 질문을 던졌다. 하지만 이제 꽤 잔뼈가 굵은 재원은 찰떡같이 알아먹었다.

"괴사…… 군요."

"그래. 그렇게 잘 아는 놈이 여길 보고 괜찮다고 해?"

"아니……. 눈에 안 보이잖아요. 그런 건."

재원은 답을 하면서도 참 이상하단 생각이 들었다. 괴사 부위라고 들었는데도 여전히 재원의 눈으로 분간하기는 불가능했다.

'뭐냐고, 대체. 뭐가 비밀이냐고.'

재원은 고개를 갸웃거리며 강혁과 상처 부위를 번갈아 바라보았다.

"자 보라고. 잘 봐."

남들이 보지 못하는 걸 본다는 건 상당히 여러 가지 면에서 이점을 발휘하는 법이었다. 심지어는 남들이 보고 있지만, 미처 깨닫지 못하는 것도 다 알 수 있었다.

"어……. 아……. 이렇게 하면 대강은 알 수 있겠네요."

재원은 강혁이 물에 적신 거즈로 상처의 단면을 다소 거칠게 문대고 있는 것을 보며 중얼거렸다. 거즈는 휴지처럼 부드러운 것이 아니었기 때문에 저렇게 문대면 상처를 줄 수 있었다. 아주 약간의 상처일 뿐이었지만. 그것 만으로 이 부위가 괴사한 곳인지, 아닌지를 구분할 수는 있었다.

"그래. 이렇게 죽은 부위를 제거하면 어떻게 되지?"

"피가 안 가는 곳이 줄어듭니다."

"그럼?"

"피 안에 있는 각종 면역 세포들……."

재원은 답을 하다 말고 이현종 대위를 돌아보았다. 처음 왔을 때보다는 몰골이 다소 나아져 있었지만. 여전히 끔찍했다. 도저히 이현종 대위에게 이 사나운 균주들과 싸워 이길 만한 힘이 남아 있을 거 같진 않았다.

"그리고 저희가 쏟아붓고 있는 항생제들이 닿겠죠."

"그래. 바로 그거야. 그래야 상처가 좋아지겠지."

"근데 계속 여기서 이렇게 버틸 수 있을까요?"

재원은 아까 장미에게 던졌던 말을 그대로 강혁에게 던졌다. 한 가지 차이가 있다면 상대에게 바라는 반응이었다. 장미에게는 공감을 원했고. 강혁에게는 답을 원했다. 강혁은 팀장인 동시에 스승이었고 또 리더였으니까.

"안 되지. 이송해야 해. 대한민국으로."

"버티면 버틸수록 좋진 않을 거 같은데."

"당연하지. 그걸 말이라고 하냐. 빨리 수혈 가능한 곳으로 가서 배부터 정리해야 해. 팔하고 다리도 두어 번 더 수술해야 하고."

방금 강혁의 입에서 나온 이 말이 얼마만큼의 무게를 갖는지. 강혁을 모르는 사람들은 결코 모를 터였다. 하지만 재원은 알 수 있었다.

'이 환자 상태가……. 내 생각보다도 더 안 좋구나.'

강혁은 정말 죽음을 목전에 둔 사람도 단 한 번의 수술로 살려내는 마법을 부리는 사람이었다. 그런데 그런 사람이 여러 차례의 수술을 언급했다? 이건 보통 일이 아니었다.

"그럼……. 언제 갈 수 있을까요?"

재원은 강혁이 환자 진료 보는 것 외에도 외교부 직원 등과 계속 해서 연락을 주고받고 있다는 것을 아주 잘 알고 있었다.

"몰라, 아직도."

그리고 돌아오는 대답은 싸늘하기 그지없었다. 환자를 보고, 그 환자에 대해 걱정할 때 짓던 표정과는 전혀 다른 표정이었다.

"아직도요……?"

"그래. 뭘 협의 중이라는데. 그냥 건너 들어서는 잘 모르겠어. 뭐가 문젠지."

"흐음……. 그럼……. 어쩌시려고요?"

재원은 어느새 환자 드레싱을 모두 마치고 일어서고 있는 강혁을 보며 물었다. 의사가 아니라 전장으로 나가는 군인과도 같은 얼굴이었다.

"화상 회의가 있다더라고."

"네."

"거기 가보려고."

"아…… 오래요?"

"아니. 그냥 들어갈 거야."

"아니……. 국가기관 회의에 그냥 가겠다고요?"

재원은 허리를 숙이고 있던 자세 그대로 강혁을 향해 물었다. 강혁은 막 그를 지나쳐 가는 중이었다.

"내가 뭐 테러한대? 그냥 회의에 들어가겠다는 거지."

'초대받지 않은 회의에 들어가는 게 일종의 테러가 아닐까요?'라는 말이 입안에서 맴돌았다. 하지만 재원은 차마 입을 열 수 없었다. 일단 워낙 오랫동안 허리를 숙이고 있느라 몸을 제대로 가눌 수가 없었다. 직접 소독하거나, 소독하는 것을 보고 있을 땐 집중하느라 모르고 있던 통증이 한꺼번에 몰려오는 그런 느낌이었다.

"끄응……."

강혁은 그런 재원을 한심하다는 눈빛으로 바라보다가 이내 중환자실을 나섰다.

"선생님. 그건 뭐예요, 진짜."

"아파서요."

"진짜 아파요? 왜 이런대?"

장미는 자신의 손등으로 재원의 이마를 짚으며 물었다. 얼굴에 '이 사람이 돌았나' 하는 말이 쓰여 있는 듯했다.

"뭐, 제가 뭘요. 왜 이래요. 갑자기."

재원은 뭔가 잔뜩 부끄러운 듯한 기분이 들어 얼굴을 뒤로 뺐다. 하지만 장미가 조폭으로 불리는 데는 다 이유가 있었다.

"가만히 있어봐요."

"어, 어. 숨 막히는데."

정신을 차려보니 재원은 어느새 헤드록을 당하고 있었다. 그리고 귀에 거의 반강제적으로 체온계가 꽂혔다. 뭔가 당하는 느낌이었는데, 기분이 썩 나쁘지만은 않았다.

'뭐지. 무슨 일이 벌어지고 있는 걸까.'

재원은 당황스러움과 당혹스러움에 얼굴이 새빨개져버렸다. 정작 일을 벌이고 있는 장미는 태연하기 그지없었다.

"이상하네. 열은 없는데."

그녀는 체온계에 멀쩡히 찍힌 36.4를 보며 미간을 찌푸렸다. 그러다 얼굴이 벌겋게 달아오른 재원을 보며 화들짝 놀랐다.

"왜, 왜 이래요? 진짜 몸이 안 좋은 모양인데?"

장미와 재원은 열을 재니 안 재니 티격태격했고, 누군가 안으로 들어섰다. 경원이었다.

"참 좋을 땝니다, 선배님."

그는 한참 전부터 보고는 있었는지 묘한 웃음을 지으며 이렇게 말했다. 멀리서 들을 땐 남녀가 좋아서 떠드는 것과 크게 다르지 않게 들리는 모양이었다.

"아냐, 아냐! 그런 거."

"아니에요! 그런 거. 절대!"

그런데 왜 이럴까. 손을 황급히 저어대던 재원은 자신보다 더 거칠게 손을 저어대는 장미를 보고 있자니 조금은 씁쓸한 생각이 들었다.

"아무튼, 뭐……. 백 교수님이 회의 들어가 있는 동안 환자 잘 보라고 하셔서요. 선배님 계셔서 별일 있지는 않겠지만."

"어, 어. 그래."

"근데……. 회의 가셔서는 대체 무슨 말을 하시려나요?"

재원은 잠시 눈을 감고 생각에 잠겼다. 지금까지 강혁이 여러 높으신 양반들을 만나 했던 이야기들이 저절로 떠올랐다. 그걸 '이야기를 했다'라고 해야 할지, 아니면 '행패를 부렸다'라고 해야 할지는 조금 헷갈리기는 했지만.

"하아."

떠올리다보니 점점 더 머리가 아파져 오는 기분이었다. 강혁이 가서 제대로 된 이야기를 할 가능성이 점점 더 떨어지는 것만 같았다.

"머리 아파요? 역시 열을 재봐야겠어."

"그, 그만해요!"

그렇게 재원이 때아닌 수난에 빠져 있을 무렵, 강혁을 앞에 두고 있는 외교부 직원도 곤욕을 치르고 있었다.

"아니……. 예정된 분이 아니면 들어가시면 안 된다니까요?"

그가 강혁을 막아서고 있는 곳은 영사관 회의실 앞이었다. 대체 무슨 수를 써서 여기까지 왔는지가 의문이었다.

"내가 환자를 보고 있는데, 환자 이송 계획을 모르고 있다는 게 말이나 됩니까?"

강혁은 필사적으로 그를 막아서고 있는 직원에게 물었다.

"아니……. 그런 사정은 알겠지만. 아무튼, 회의 참석 요청을 받지는 않으신 거잖아요."

"몰라서 그랬을 겁니다. 내가 여기 있는 줄 알았다면 무조건 불렀을걸요?"

"아니 어떻게 그렇게 확신합니까?"

"이현종 대위의 상처와 현 상태에 관해서는 내가 제일 아니까. VIP도 그거 궁금해하지 않아요? 맨날 물어볼 거 같은데."

VIP란 당연하게도 대통령을 의미했다. 그리고 그 대통령이 이현종 대위에 관해 궁금해하는 것은 맞는 말이었다. 온 언론은 이현종 대위에 관해서 끝도 없이 떠들어대고 있었고, 온 국민의 관심도 그에 쏠려 있었다. 척박한 21세기에 보기 드문 영웅이었기 때문이었다. 지금 분위기에서 이현종 대위가 죽기라도 한다면 바로 대통령의 무능함과 연결될 것이 뻔했다.

"그……. 잠시만요."

"그래, 이럴 거면서 막아서셨어."

강혁은 잠시 고민하다가 안으로 뛰어 들어가는 직원을 보며 씨익 웃었다. 보통 사람 같으면 그가 뭔가 다른 답을 들고 올 때까지 기다리겠지만 강혁은 그냥 따라 들어갔다.

"저, 백강혁 교수님께서 참가 요청을 하십니다. 어떻게 할까요?"

직원이 이런 질문을 할 때는 강혁은 이미 안에 들어와 있었다.

"저분?"

"네?"

직원은 뒤를 돌아보았다. 그러곤 비명을 질렀다.

"왜, 왜 벌써 들어오셨어요!"

"어차피 들어오게 될 텐데요, 뭐."

강혁은 그런 직원의 어깨를 툭툭 두드리고는 너무도 자연스럽게 한자리 차지하고 앉아버렸다.

"허허, 이거 참."

영사는 잠시 그렇게 웃다가 이내 손을 내저었다.

"뭐, 어차피 환자에 관한 얘기를 드리긴 해야 하니까……. 이왕 이렇게 되신 거 들어오시죠."

"그럽시다. 언제 시작이죠?"

"이제 곧입니다. 연결하죠."

영사의 말에 따라 화상 채널이 열렸다. 모니터 세 개가 동시에 켜졌는데, 그중 하나는 좀 익숙한 얼굴이었다. 바로 최필두 장관이었다. 나머지 하나는 외교부 장관 그리고 또 하나는 청와대 대변인이었다. 그야말로 어마어마한 회의라고 보면 되었다.

"아이고, 고생 많으십니다."

으레 그러하듯 일단 겉치레부터 하며 회의가 시작되었다. 강혁은 그 모습을 보며 비웃음 가득한 얼굴로 고개를 저었다. 제일 고생하고 있는 의료진은 제쳐 두고 자기들끼리 치하하고 있는 꼴이라니. 어처구니가 없었다.

"그, 이제 슬슬 본론으로 들어가죠."

그나마 의사 출신이기도 한 최필두 장관이 강혁의 눈치를 보았다. 덕분에 회의는 즉시 본론으로 넘어갈 수 있었다. 바로 이현종 대위의 이송 건이었다.

"환자 상태는……. 어디 보자."

최필두 장관은 역시나 의사답게 환자에 대해 제대로 파악하고 있었다. 매일 아침 이현종 대위에 관한 경과 기록과 간호 기록 그리고 활력 징후를 전달해주고 있었는데, 이를 완벽하게 숙지하고 있었다.

"역시 최대한 빨리 이송해야 하겠습니다. 수혈이 불가한 지역에서 치료가 가능한 상태는 아닙니다. 그래서 지금 이송 가능한 방안을 생각하고 있기는 합니다만……."

외교부 장관이 최필두 장관의 말을 받았다. 어째 좀 걸쩍지근했다. 말끝을 흐린다는 건, 그 뒤에 이어질 말이 부정적일 것임을 암시했으니까.

"우선 국적기 업체에서 항공기 의자를 떼어내는 작업을 해줄 수는 있다고 합니다. 다만 비용과 소요되는 시간이 너무 많습니다."

"얼마나 됩니까?"

"대략 2주. 그리고 비용은…… 대략 5억 정도 됩니다."

"5억? 미쳤나?"

최 장관과 외교부 장관은 서로 대화를 주고받으며 탄식하기를 반복했다.

"공군 수송기는 기상 조건에 따라 뜨고 내리는 것이 어렵고……. 환자를 실어 나르기는 또 너무 좁습니다."

2주 후에는 이현종 대위가 살아 있을 리가 없었다. 강혁은 더 두고 보기 어렵다는 기색으로 입을 열었다.

"이송이 아니라 운구라도 할 생각입니까?"

당연하게도 아주 날카로운 어조였다. 그 말에 외교부 장관이 다소 움찔하며 대꾸했다.

"방법이 없지 않습니까. 방법이."

"방법이 왜 없습니까? 설마 대한민국에 에어 앰뷸런스가 한 대도 없다는 건 아니겠죠?"

"에어 앰뷸런스? 그게 뭡니까?"

"이런, 시발."

결국 재원이 우려하던 사태가 터지고야 말았다. 제아무리 약식으로 진행되는 화상회의라고는 하지만 모든 발언을 기록하는 속사들까지 동원된 국가기관 회의였다.

'아……. 한번 참을 걸 그랬나.'

강혁은 모니터 너머의 반응과 이곳 두바이 영사의 반응이 크게 다르지 않음을 느끼며 아랫입술을 깨물었다.

"뭐, 뭐라고요?"

외교부 장관은 자신의 귀가 제발 잘못되었길 빌며 되물었다.

'엎질러진 물이지.'

강혁은 마이크를 집어 들었다.

"뭐, 욕 좀 했습니다. 환자 이송을, 그것도 항공 이송을 해야 하는 상황인데 에어 앰뷸런스조차 모르고 있으니 욕먹어도 싸죠."

"그……. 이……."

외교부 장관은 차마 뭐라 할 말을 제대로 찾지 못했다. 아마 머릿속이 새하얗게 탈색이 되었을 터였다. 그 누가 감히 면전에 대고 쌍욕을 할 수 있겠는가.

"에어 앰뷸런스는 없습니다, 백 교수님."

그나마 최필두 장관은 침착했다. 그라고 왜 에어 앰뷸런스부터 찾지 않았겠는가. 하지만 참으로 놀랍게도, 대한민국에는 에어 앰뷸런스가 단 한 기도 없었다. 강혁은 그게 도저히 믿기지 않는지 재차 물었다.

"어디에 없다는 거죠? 정부 기관에?"

"아뇨. 대한민국 전체에 없습니다."

"허……."

강혁은 그야말로 어처구니없다는 표정을 지어 보였다. 최 장관은 그의 일그러진 얼굴을 보며 변명하듯 몇 마디를 보태었다.

"아시다시피 대한민국은 국토가 그렇게까지 넓은 편은 아닙니다. 닥터 헬기만으로 전국적 운용이 가능하기 때문에……."

"그 닥터 헬기가 제대로 돌아가고 있다고 생각합니까?"

"네? 그렇게 지시했는데요."

최필두 장관은 전혀 영문을 모르겠다는 얼굴이었다. 그는 분명 부처 회의에서 그렇게 말했기 때문이었다. 물론 그가 말한 것이 정말로 말단까지 퍼져서 잘 이루어지고 있는지 확인까지 해보진 못했지만.

"뭐, 그건 그럼 돌아가서 얘기하도록 하고."

'중요한 건 이현종 대위야.'

강혁은 조금 전까지 그가 직접 소독하고 온 이현종 대위를 떠올렸다. 심각하다는 말도 부족할 정도로 심각한 상황이었다. 아마 강혁이 오자마자 1차 수술이라도 하지 않았다면 이미 싸늘하게 식어버렸을 터였다.

그가 잠시 자조적인 미소를 띠고 있는 사이, 최필두 장관이 말을 이었다.

"그래서 저희가 운용 가능한 자원을 활용하고자 하는 겁니다, 백 교수님."

나름대로 최선을 다하고 있다는 뜻이었다.

"그래서……. 운용 가능한 자원 중에…… 제일 가능성 있는 게 국적기 여객기라는 거죠?"

"네, 그렇습니다. 현재로서는……."

"근데 그것도 비용이 문제가 되고?"

"네."

강혁은 아까 장관들의 대화에서 튀어나온 무자비한 가격을 떠올렸다. 그냥 떴다 내리는 것뿐임에도 5억을 훌쩍 넘었다.

'5억 원이 적은 돈은 아니지…….'

5억 원이면 현재 대한민국에서 죽어 가는 사람을 100명도 살릴 수 있는 금액이었다.

"외국의 에어 앰뷸런스를 빌리는 건 안 됩니까?"

강혁은 잠시 고민에 빠져 있다가 입을 열었다. 그러자 최필두 장관의 표정이 기묘하게 변했다. 왜 이제까지 그 생각을 못 했나 하는 표정이었다.

"아……. 그건……. 그건 알아봐야겠습니다. 외교부 장관님, 가능하시겠습니까?"

"음? 아, 아."

아직도 욕 한 마디 먹은 걸로 정신이 나가 있던 외교부 장관이 급히 고개를 끄덕였다.

"한번……. 한번 알아보죠."

"소요 시간은 얼마나 되겠습니까?

강혁은 이현종 대위에게 남은 시간을 가늠해가며 물었다. 그의 생각에 지금처럼 최선을 다해 소독하고, 별짓을 다 한다 해도 5일이 한계였다. 최대한 빨라야 한다는 것은 굳이 강조할 필요도 없었다.

"그……."

다급한 강혁의 어조와는 반대로 외교부 장관은 잠시 눈을 깜빡거렸다. 애초에 에어 앰뷸런스가 있는지조차 몰랐던 그가 아니었던가. 다행히 장관 뒤에 있던 비서는 꽤 유능한 사람이었다. 그는 에어 앰뷸런스 얘기가 나왔을 때부터 이미 연락처를 수배해두고 있었다.

"일정 조율이나 비용 조달 문제까지 다 따지면……. 아무래도 4일에서 5일은 걸릴 것 같습니다."

그가 속삭여주고 나서야 외교부 장관은 마이크를 잡고 강혁의 질문에 제대로 된 답을 할 수 있었다.

"최대 5일입니다."

"5일……."

강혁은 고개를 가로저으며 5일이란 단어를 되뇌었다. 누가 보더라도 상당히 곤란해 보이는 기색이었다. 최 장관이 급히 물었다.

"이현종 대위가 버틸 수 있겠습니까?"

"5일은 너무 긴데……. 여기서 가는 시간도 있으니까 말이죠."

적어도 10시간은 걸릴 거란 얘기였다.

"그럼 최대한 빨리 부탁드리죠, 외교부 장관님."

최필두 장관이라고 해서 왜 이현종 대위의 생명을 살리고 싶지 않겠는가. 그도 장관이기 이전에 한 사람의 의사였고, 또 한 사람의 국민이었다. 영웅이 된 군인을 살리고자 하는 마음은 강혁과 크게 다르지 않았다. 해서 상당히 간절한 어조로 물었다. 그러자 외교부 장관도 거기서 더 어렵다는 말을 하진 못했다.

"알…… 알겠습니다. 백방으로 알아보도록 하겠습니다."

"그럼, 일단 오늘 회의는 여기서 끝내도록 하죠."

최 장관의 말을 끝으로 회의는 끝이 났다. 문을 밀고 나오는 강혁은 상당히 복잡한 심경이었다. 애써 회의에 참석했는데, 소득이 있는 건지 없는 건지 헷갈렸기 때문이었다.

"교수님, 애쓰셨습니다."

그런 그를 향해 누군가 고개를 숙였다. 고개를 돌려 보니, 아까 전까지만 해도 강혁이 못 들어가게 필사적으로 막던 그 직원이었다.

"무슨 말이에요?"

"그나마 했던 얘기 또 하고, 또 하던 회의가 조금 바뀌었거든요."

"아하."

강혁은 그 말을 듣자마자 뭔가 알 것 같은 기분이 들었다. 아마 회의를 열기는 해야 했을 터였다. 하루가 갈수록 이현종 대위에 대한 취재 열기가 뜨거워져가고 있다고는 전해 들었다. 언론과 여론의 압박에 정부로서는 뭔가 하고 있다는 액션을 해야만 했을 터였고, 그런 의미에서 각 부처의 장이 모이는 회의는 그 자체만으로도 면피가 되었을 것이다.

'이른바, 쇼인가.'

"아무튼, 오늘 교수님 덕분에 회의가 조금 다른 방향으로 나갈 수 있었습니다. 감사합니다."

외교부 직원은 다시 한번 고개 숙여 강혁에게 인사했다. 회의에 매일 참석하기는 했지만 단 한 마디도 하지 못했던 답답함이 어느 정도 해소된 모양이었다. 강혁은 직원을 향해 어색한 미소를 지어 보이곤 영사관을 빠져나왔다. 중동의 해는 여전히 뜨거웠다. 그런 태양이 서쪽으로 넘어갈 땐 늘 세상이 끝나는 건 아닌가 하는 착각에 빠져들곤 했다. 안타깝게도 그날만큼은 그게 그냥 착각만으로 끝나지 않았다. 바로 그날 밤 영사관으로부터 걸려온 전화 한 통은 강혁의 머릿속을 온통 뒤흔들어놓기에 충분했다.

"방금…… 뭐라고 했지?"

"외교부에서 백방으로 알아봤는데…… 일단 중동 근처에는 현재 운용 중인 에어 앰뷸런스가 없는 모양입니다."

"무슨 소리야! 여기처럼 에어 앰뷸런스가 뻔질나게 뜨는 곳이 어딨다고!"

중동은 세계적인 분쟁 지역 아닌가. 선진국에서 파병되어 온 병사들도 상당히 많았다. 그들이 다치면 본국으로 이송하기 위한 수단으로 에어 앰뷸런스가 꽤 많이 배치되어 있었다.

"지금……. 지금 하필이면 모두 임무 수행 중이라고 합니다."

에어 앰뷸런스가 해야 할 임무가 달리 뭐가 있겠는가. 그들은 맡은 바 소임을 다하기 위해 사람 생명을 살리고 있을 뿐이었다. 다만 그 생명에 이현종 대위가 끼어 들어가지 못했을 따름이었다.

"지금 알아본 게 사설도 포함인가?

"아, 아뇨. 일단 동맹국 군사 시설을 중점적으로 문의한 것으로 알고 있습니다."

"이게 무슨 답답한 소리야! 한시가 급한데! 사설도 문의해야지!"

강혁은 잔뜩 격앙된 기색으로 외쳤다. 그 바람에 옆에서 선잠을 자던 재원과 경원 그리고 장미 모두 깨고 말았다.

"사설은…… 사설은 비용 때문에……."

"죄송합니다, 교수님. 일단 더 알아보도록 하겠습니다."

강혁은 사과를 듣고서도 한참을 우두커니 서 있다가 입을 열었다. 달빛에 비친 얼굴이 일견 섬뜩해 보일 지경이었다.

“아니, 됐어요. 애초에 기대한 내가 잘못이지. 내가 알아서 이송할 겁니다. 일정 결정되면 연락할게요.”

“네? 사설은 적어도 7억에서 8억입니다, 교수님!”

“알아서 한다니까!”

강혁은 성질을 내며 전화를 끊었다.

“아이 씨.”

팀원들이 옆에서 빤히 보고 있다는 걸 깨달은 강혁은 괜히 재원에게 성질을 부렸다.

“뭐, 뭘 봐! 뭘 봐, 새꺄!”

“교수님 보고 있죠.”

늘 말 한 마디를 지지 않는 재원이 대꾸했다.

“말을 말자, 말을 마.”

“근데, 교수님.”

“왜.”

이번엔 경원이었다. 그는 재원과는 달리 늘 공손하기 그지없었다.

“그……. 저희도 다 들었거든요. 에어 앰뷸런스를 어떻게 알아서 하시려는 겁니까?”

“네, 한두 푼 하는 것도 아니라면서요. 교수님…… 거지, 아니, 돈 없지 않아요?”

장미가 경원을 거들고 나섰다. 당연하게도 그녀답게 다분히 도발적인 말투였다.

“내가 돈이 없긴 뭐가 없어!”

교수 월급이 얼마든 7~8억을 아무렇지 않게 턱턱 내놓는 것은 상상조차 할 수 없었다.

“내가 뭐 돈을 여기서만 버냐?”

“그럼 어디서 버는데요? 교수님 국경없는의사회 있다가 오셨잖아요.”

“아, 참. 너희 아직도 그렇게 알고 있지.”

그러곤 영문 모를 소리를 했다.

“네? 그렇게 알고 있다뇨?”

재원이 새된 소리로 물었다. 그렇지 않아도 ‘저 괴팍한 백강혁이란 사람이 정말 봉사 단체에서 있었던 것 맞냐’고 물어본 동기들이 한둘이 아니었다.

“내가 아직 얘기 안 했었나?”

강혁은 핸드폰을 들여다보며 아무렇지 않은 듯 말했다.

“아직 얘기 안 한 거 같은데요? 저는 교수님 국경없는의사회에서 있던 걸로만 알고 있었는데.”

그나마 재원보단 용기 있는 장미가 대꾸했다. 그녀 또한 왜인지 모를 배신감에 몸을 부들부들 떨고 있었다. 재원이 들었던 질문을 왜 그녀라고 해서 안 들어봤겠는가. 그때마다 그게 맞다고 하기는 했는데. 그게 결코 쉬운 일은 아니었다. 강혁의 인성은 그야말로 개차반이었으니까.

“그런가, 흠.”

아까부터 계속 핸드폰만 들여다보던 강혁이 고개를 들자 경원을 제외한 두 사람이 그를 째려보고 있었다.

“뭘 그렇게 성질을 내? 내가 어디 있었던 게 그렇게 중요한가?”

“중요하죠! 교수님 처음에 다른 과랑 바득바득 싸울 때, 그래도 국경없는의사회에서 봉사하다 온 사람이라고 제가 얼마나 쉴드 쳤는데!”

장미가 그랬던 것은 강혁 또한 아주 잘 알고 있었다. 그 덕분에 그나마 간호사들 사이에서는 강혁 평판이 꽤 좋은 편에 속한다는 것 또한 알고 있었다.

"뭐, 그게 아주 거짓말은 아니니까."

"아주 거짓말은 아니라니? 그럼 대체 뭔데요?"

"일단 앉아봐. 어차피 지금 당장 연락이 될 거 같지는 않으니까."

강혁은 핸드폰으로 메시지를 보낸 후, 침대에 걸터앉았다.

"이거…… 무슨 의미냐고 물었었지?"

강혁은 팔뚝에 새겨진 문신을 가리켰다. 십자가에 기이한 불꽃 문양이 있는 그런 문신이었다. 아무리 봐도 국내에서 보기는 드문 모양이었다. 장미가 고개를 끄덕였다.

"이건……. 이건 총알을 피하게 해준다는 문신이야."

"총알이요?"

재원이 눈을 동그랗게 뜬 채 물었다. 얘기가 뜬금없이 튀어도 유분수지. 왜 갑자기 총알 얘기가 나온단 말인가.

"그래. 용병들은 이런 문신 많이들 해."

"용병……?"

이번엔 경원도 참기가 어려웠는지 고개를 갸웃거렸다. 총알, 용병 모두 의사와는 거리가 너무 먼 단어 같았다.

"그래. 내가 시리아에 있었다고 했지? 그건 사실이야. 시리아에만 있었던 건 아니었지만."

"그럼 뭐예요?"

"나는 소말리아에도 있었고, 남수단에도 있었고. 소코비아에도 있었어."

방금 강혁이 나열한 지역은 모두 분쟁 지역이었다.

"나는 블랙 워터스. 다국적 군수 회사에 고용된 외상 외과 전문의였다."

"아……?"

둘러앉아 강혁의 말을 듣고 있던 셋은 거의 동시에 입을 벌렸다.

"그럼……. 국경없는의사회는요?"

"국경없는의사회는 단독으로 분쟁 지역에 들어갈 수 없어. 거긴 민간단체고, 또 봉사 단체니까. 알지?"

봉사 단체들은 너무 위험한 곳으로는 진입이 불가했다. 갔다가 잘못 잡혀가기라도 하면 봉사가 아니라 민폐가 될 테니.

"하지만 치안이 안정되고 나면 들어와서 활동하지. 실제로 꽤 많은 도움이 되기도 하고."

강혁은 잠시 창밖을 바라보았다. 자칫 인간성을 잃어버리기 쉬운 전쟁터에서. 국경없는의사회 소속 사람들은 그에게 여러모로 의지가 되어주었다.

"하지만 만능은 아니야. 일단 시설이 달리지."

"아. 그렇겠네요. 사실……. 뭐 이동 수술 차량이 있다고 듣긴 했지만, 그래도 열악하다고 했어요."

"그래. 주로 백내장 수술을 하지. 너도 알겠지만, 열악한 나라에서 백내장은 거의 치료가 불가능하거든."

치료가 어려울 뿐만 아니라 실제 유병률도 높았다. 그런 국가에서 시력을 잃는다는 것은 그냥 거기에 그치지 않고, 삶을 송두리째 빼앗기는 것과 크게 다름없었다.

"그러다가 너무 큰 외상 환자가 생기면 교수님이 도와주셨던 거예요?"

"그렇지. 감당 안 되는 환자는 내가 갔지. 물론 우리 쪽 일이 없을 때로 국한되어 있긴 했지만."

그렇게 파견된 강혁은 무보수로 사람을 살려냈다. 덕분에 강혁에게 붙여진 별명까지 있을 정도였다.

'난폭한 천사.'

그곳 사람들은 강혁을 존경과 경외를 담아 이렇게 불렀다.

"그렇구나……. 어쩐지……."

장미는 이제야 강혁의 인성이 이해가 된다는 듯한 얼굴이었다. 봉사 단체가 아니라 용병단이었다니, 강혁의 비정상적으로 거친 모습도 설명이 되었다.

"뭐가 어쩐지야? 거, 심히 기분 나쁜데."

"솔직히 교수님도 알죠? 봉사랑 교수님은 안 어울리는 거."

강혁은 아니라고는 차마 말을 하지 못했다. 그렇게 말을 하기엔 블랙 워터스에서 받은 돈이 너무 막대했기 때문이었다. 원체 연봉도 높은 데다가 사람 살릴 때마다 인센티브도 받았다. 최고의 외과 의사들이 모인 블랙 워터스에서도 비교 대상을 찾기 어려울 만큼 실력자인 강혁이 받은 돈은 그야말로 어마어마했다. 블랙 워터스는 사람 목숨을 돈으로 치환하는 악독한 사업을 하고 있을지언정 그 사람의 목숨값에 대해 정당한 대가를 지불하는 곳이었다.

"어, 전화 오는데요?"

한창 대화를 나누고 있으려니 탁자 위에 올려둔 강혁의 핸드폰이 울렸다.

"오랜만이네, 월터."

강혁은 꽤 밝은 표정으로 상대의 이름을 불렀다. 남들에게는 당연한 일이겠지만. 강혁에게는 드문 일이었다.

'엄청 친한 사람인가 본데.'

재원은 능숙한 영어를 구사하고 있는 강혁을 보며 생각했다.

'하여간 알면 알수록 모르겠는 사람이야.'

난데없이 용병단에 소속되어 있었단 말이 나올 줄 누가 알았겠는가.

"닥터 백. 정말 오랜만인데. 한국에 들어가서 바빴던 모양이야? 전화도 안 하고."

월터는 섭섭하다는 듯 말했다. 강혁은 그런 그의 말을 듣고는 피식 웃었다. 전쟁터에 있을 때보다 더 바빴으니 황당할 만도 했다.

월터는 강혁과 제법 오랜 시간 함께했던 사람답게 강혁에 관해 꽤 잘 알고 있었다. 해서 다짜고짜 용건부터 물었고, 강혁은 전혀 당황하지 않았다.

"네가 나한테 진 목숨 빚. 이제 갚을 때가 된 거 같다."

"목숨 빚?"

월터는 그게 무슨 소리냐는 듯 되물었다. 그러자 강혁은 한쪽 입꼬리를 말아 올렸다.

"그래, 목숨 빚."

"나는 다친 적이 없는데……?"

"너 말고, 네 대원들. 여기서 이름 다 불러줘?"

"아."

강혁의 말에 월터는 잠시 말을 잇지 못했다. 강혁이 말대로 그의 여러 대원들이 죽음의 문턱까지 갔다가, 강혁의 손에 강제로 이끌려 살아난 녀석들이었기 때문이었다. 그가 아니었다면 모두 죽었을 목숨이었다.

"그들 말고도 블랙 워터스가 나한테 진 빚은 너무 많지?"

"그건……. 그건 그렇지."

월터는 전화기를 든 채 맥없이 고개를 끄덕였다. 한때는 혼자서 열 명도 넘는 테러범 진지를 쳐부수고 나왔던 대단한 용병이었다. 아마 그가 이런 태도를 보이는 사람은 강혁 말고는 자기 아내뿐일 터였다.

"뭘…… 원하는데?"

"에어 앰뷸런스."

"에어 앰뷸런스? 자네 한국 아냐?"

월터는 대체 그 조그마한 나라에서 왜 에어 앰뷸런스를 요청하는 건지가 궁금했다.

"지금은 두바이 근처에 있어."

"두바이……? 뭐야, 한국에서 일할 거라더니. 그새 다른 곳에 붙었어?"

월터는 깊은 배신감이 느껴진다는 듯한 목소리였다. 그에 반해 강혁은 태연하고, 또 여유로운 목소리로 대답했다.

"아니, 한국에서 일하는 거 맞아. 최근 남수단에서 일어난 보코하람 사건 들어봤지?"

"보코하람? 아……. 한국군 몇 명이 민간인 구하다가 당했다고 하던데."

"그중 한 명이 부상이 너무 심해. 여기선 치료가 안 돼. 본국으로 돌아가야 해."

"거기서 안 돼? 자네가 있는데?"

그게 대체 무슨 소리냐고 묻는 것만 같은 어조였다. 적어도 월터에게, 아니, 블랙 워터스에게 강혁은 거의 신과 같은 존재였기 때문이었다. 그가 메스를 쥐고 나선 날에는 사망자가 나오지 않았다. 현장에서 즉사만 피하면 된다는 말이었다. 심지어 총알이 빗발치는 전장에 와서 용병들을 구해가기까지 했다. 월터는 강혁이 취미로 배운 헬기 조종으로 자신의 목숨을 구했던 것을 기억했다.

'생각해보니까 내 목숨도 빚지긴 했네.'

다친 적은 없지만, 아예 몸 성히 데려온 적은 있었다. 자신이 반 장난식으로 새겨 준문신을 믿고서.

'멍청이……. 총알 피하게 해주는 문신이 어디 있다고.'

그걸 퇴임할 때까지 믿을 줄은 몰랐더랬다. 월터가 잠시 회상에 빠져 있는 동안 강혁은 재차 말을 이었다.

"그래. 내가 있어도 여기선 무리야. 그러니까 보내줘."

"에어 앰뷸런스를? 그건 아무리 나라도……."

"너 이제 이사잖아? 주주기도 하고."

"그건 또 어떻게 알았어."

"그리고 새끼야. 문신 아무것도 아닌 거, 왜 아직도 말 안 하냐?"

"아, 알고 있었구나."

월터는 몸을 부르르 떨었다. 명색이 델타포스 출신에, 현역이었는데도 강혁과 대련했을 땐 단 한 번도 이긴 적이 없었기 때문이었다. 강혁이 괜히 '난폭한 천사'라고 불렀겠는가.

"그러니까, 보내. 오랜 친구 하나 잃고 싶지 않으니까."

"꼭 죽이겠다는 말로 들리는데."

"못 본 사이에 머리 좋아졌네. 이사가 돼서 그런가."

"하아."

월터는 한숨을 쉰 채 손짓으로 비서를 불렀다.

"네, 교관님."

월터는 이사가 된 이후에도 교관 일을 하고 있었고, 교관으로 불리는 것을 더 좋아하는 진짜 군인이었다. 해서 비서는 그를 여전히 교관이라고 불렀다.

"우리 에어 앰뷸런스 현황 좀 알아봐. 두바이랑 가까운 곳으로."

"네, 넵."

비서는 비서답지 않게 경례를 붙인 후 컴퓨터를 켜 키보드를 두들겨 댔다. 강혁은 수화기 너머로 들려오는 대화와 뒤이은 키보드 소리를 들으며 잠시 기다렸다.

'역시 용병들은 생명의 소중함을 더 잘 아는구만.'

목숨이 돈으로 치환되는 일을 해서 그럴까? 강혁은 오히려 그곳에서 더 생명이 존중받는다는 느낌을 받은 적이 여러 번이었다. 물론 일단 적으로 규정된 자들의 목숨은 파리보다도 못하게 여기는 치들이었지만. 적어도 아군에게는 달랐다.

"있긴 있네."

곧 월터에게서 반가운 소식을 들을 수 있었다.

"있어?"

"응. 근데 정비하고……. 장비 채우고 하면 내일 아침에나 거기 떨어질 거 같은데. 괜찮아?"

괜찮고 말고 따질 것도 없었다. 지금 돌아가는 꼴로 봐서는 대한민국 정부에서는 단 한 대의 에어 앰뷸런스조차 구해오지 못할 것이 뻔했으니까.

"내일 아침이라."

"그게 최선이야. 우리도 조종사부터 정비할 친구까지 지금부터 찾아봐야 해. 자네 이름 대면 뭐…… 해줄 놈이 한둘이 아니긴 하지만."

"알았어. 그럼 그렇게 해줘. 두바이 공항으로 오면 돼. 행정적인 건 일단 알아서 해봐. 우리도 힘 좀 써볼 테니."

"알았어. 그럼 내일 9시쯤까지는 보내도록 하지."

"월터."

"응?"

"고맙다."

강혁은 그렇게 말한 후 민망하다는 듯 전화를 황급히 끊었다. 월터는 이미 끊어진 전화기에 대고 계속 이렇게 외치고 있었다.

"야, 너 진짜냐? 한국 가더니 미쳤어? 고맙다고 했어? 아, 이거 녹음할걸!"

진귀한 광경을 자기만 들은 것이 안타깝다는 듯이. 그렇게 끊어진 전화에 대고 마구 외쳐대다가 비서의 말을 듣고서야 정신을 차릴 수 있었다.

"저……. 9시까지 여덟 시간밖에 안 남았습니다."

"하."

'시간 못 맞추면 어떻게 될까.'

보통은 별일 없을 터였다. 여긴 위험하기로 소문난 시리아였고, 상대가 평범한 한국인이었다면. 하지만 강혁이라면 얘기가 달라진다.

'휴가라도 내서 여기로 오겠지.'

두 번, 세 번도 올 놈이었다. 성질이 더러운 것도 무서웠지만 집요한 면은 사람 돌아버리게 할 정도로 심했으니까.

"빠, 빨리! 빨리 정비하고 조종사 수배해!"

"혹시 근무 외 시간이라도 흔쾌히 해줄 만한 명단이 있을까요?"

"명단? 아. 그래. 여기서…… 여기서 골라봐. 다는 기억 안 나는데."

월터는 빠르게 볼펜을 들고 이름들을 죽죽 써나갔다. 모두 강혁에게 자기 목숨 빚을 졌거나, 친구 또는 동료의 목숨 빚을 지고 있는 녀석들이었다. 비서는 고개를 끄덕이며 그걸 보고 있다가 이내 입을 벌렸다. 그 수가 너무 많았기 때문이었다.

"뭘 그리 놀라? 그때가 우리 전성기였던 거 몰랐어?"

"듣기는…… 했지만……."

작전에 나가 다쳐서 돌아온 대원들 모두 완벽하게 치료가 되니 어찌 전성기가 오지 않을 수 있었겠는가. 비슷한 규모의 다국적 군수 회사에서 죽어나가는 용병의 수는 비교가 안 되었다. 자연히 우수한 용병들을 대거 보유할 수 있었고, 승승장구할 수 있었다. 그야말로 블랙 워터스는 강혁에게 어마어마한 빚을 지고 있었다.

"이중에서 아무나 전화 연결되는 놈 불러. 거절하는 놈은 없을 거야."

"네, 교관님."

월터는 비서가 막 전화기 쪽으로 가는 것을 보고 급히 소리쳤다.

"아! 술 먹고 있는 놈은 안 돼!"

"술이요? 본인들이 당연히 안 된다고 하지 않을까요?"

"아냐. 이 새끼들 중에는 백강혁이 부른다고 하면 취한 상태로도 갈 놈들 많아. 딱 들어서 술 취한 거 같으면 그냥 끊어."

"네, 알겠습니다."

월터는 고개를 끄덕이는 비서에게서 시선을 돌려 밖을 내다보면서 중얼거렸다.

"그 새끼 앞에서 주정 부리다가 골로 간 놈들이 한둘이 아니란 말이야……."

"어떤 새끼가 뒷얘기를 하나?"

홀가분한 얼굴로 전화를 끊은 강혁은 귓구멍을 후비적거리며 인상을 썼다.

"어, 어떻게 된 거예요?"

묵묵히 듣고만 있던 재원이 황급히 물었다.

"어떻게 되긴. 내일 아침까지 에어 앰뷸런스 올 거야. 외교부 직원한테는 내가 알릴 테니까, 너희는 가서 이현종 대위 상처나 좀 봐. 가면서 소독할 거랑 혹시 응급 상황 터지면 대처할 수 있도록 약 다 챙기고."

"지, 지금 공항으로 갈 준비를 하라고요?"

"9시에 비행기 오기로 했어! 최대한 빨리 준비해서 가야 해!"

이 소식을 들은 이동주 대위가 기함할 듯한 표정을 지었다. 분명히 그가 알기로는 아직 이송 일정을 조율 중이었다. 최악의 경우 이순신함을 이용해 이송해야 할 수도 있다는 말까지 었었는데, 새벽에 갑자기 나타난 강혁에게서 9시에 비행기가 온다는 얘기를 들었으니 놀라지 않을 수 없었다.

"그……. 무슨 비행기가 오는 겁니까?"

"에어 앰뷸런스. 아, 이렇게 말하면 모르나? 그냥 구급 항공기라고 보면 돼."

이동주 대위에게 전달사항을 전한 후 강혁은 이현종 대위의 상처를 살폈다. 이미 팀원들이 한 차례 정리한 터라 눈으로 보기에는 깨끗했다. 하지만 그 안에는 여전히 썩어들어가는 살은 물론, 미처 제거하지 못한 탄환도 있었다.

'견뎌라. 갈 때까지만 견뎌.'

강혁은 이현종 대위의 이마를 짚은 채 중얼거렸다. 뜨끈한 열이 손바닥을 통해 온전히 전해져왔다.

'물을 그렇게 쏟아붓고……. 드레싱을 그렇게 하고 있는데도 열이 난다 이거지.'

"얘기 들었습니다. 9시에 간다고?"

고개를 들어보니 지금까지 이현종 대위의 내과적 처치를 담당해 준 내과 의사 윤재호였다.

"아, 네. 그렇게 됐습니다."

"잘된 일이긴 한데……."

윤재호는 어두운 표정으로 중얼거렸다.

"가는 동안 내과적 처치는 누가 하려고 합니까? 그래도 10시간 이상 걸릴 텐데."

"정확히는 14시간이죠."

강혁은 그리 말하며 다시 이현종 대위를 돌아보았다. 물론 강혁도 어느 정도 내과적 처치가 가능한 사람이었다. 그가 배우고 익힌 외상 외과학은 외상 환자 처치의 전반을 다루고 있었으니까. 하지만 아무래도 평생 중환자 의학을 전공한 사람에 비하면 부족했다. 윤재호 또한 그러한 사실을 모르지 않았다. 그는 잠시 고민하더니 작은 쪽지에 무언가를 끼적거리곤 간호사에게 건네주었다. 윤재호는 그녀가 쪽지를 가지고 사라지는 것을 물끄러미 바라보다가 말을 이었다.

"제가 따라가죠. 내일 외래긴 한데, 병원장도 허가해줄 겁니다. 이런 일이 뭐 흔한 것도 아니고."

"괜찮겠습니까?"

"괜찮지 않으면 또 어쩔 겁니까? 안 갔다가 환자가 비행기에서 죽으면 그게 더 괴롭겠죠."

의사에게 있어 자기 눈앞에서 환자가 사망하는 것을 보는 것 역시 힘든 일이었지만, 그래도 최선을 다했다면 그나마 나았다. 하지만 자기가 놓아버린 환자가 죽었다는 소식은 더욱 고통스럽게 다가왔다.

"내가 할 수 있었는데…… 그걸 못 해서 환자가 가면 그건 고통이지."

강혁은 씁쓸한 얼굴로 이런 말을 하며 이현종 대위 상처를 정리하는 것을 마무리했다.

"교수님, 영사에서 왔습니다."

차마 중환자실까지는 못 들어오고, 입구에서 서성거리고 있는 직원이 보였다. 강혁과 화상 회의에 같이 들어갔던 사람이었다. 그는 강혁이 중환자실을 빠져나오자마자 속사포처럼 떠들어대기 시작했다.

"어, 어떻게 된 겁니까? 갑자기 9시에…… 비행기가 온다니요."

"어떻게 되긴요. 오면 오는 거죠."

"설마……. 교수님 개인 돈을 지불한 건 아니죠? 그건……. 그건……."

"뭐, 그건 나중에 얘기하고. 그 비행기 한국으로 들어갈 수 있게 처리는 됐어요?"

"일단……. 일단은 됐습니다. 보통 사설 업체에서 그런 거 잘 안 해놓는데, 다 알아서 해놨더라고요."

"오케이. 그럼 내리는 곳은? 그것도 수배해야 할 텐데. 김포나 인천은 병원에서도 멀고, 오가는 비행기가 너무 많아서 안 좋아요."

"아……. 네, 그럼 어디로…… 할까요?"

외교부 직원은 자신이 어디서 일하는 사람인지 망각이라도 한 것처럼 이렇게 되물었다. 강혁은 뒤통수를 강하게 때려주고 싶은 심정을 애써 억누르며 말했다.

"서울 공항으로 가죠. 거기가 제일 가까워. 뜨고 내리는 비행기 수도 적고."

"아……. 거기 지금 에어쇼……."

외교부 직원은 딱 거기까지 말하다가 고개를 황급히 저었다. 강혁의 표정이 악마처럼 변해 있었기 때문이었다. 여기서 더 헛소리했다는 이현종 대위 옆에 자신이 눕게 될 거라는 강한 확신이 들었다.

"취소시키라고 하겠습니다. 아마 이현종 대위 얘기하면 바로 알아먹을 겁니다."

"그건…… 그건 설마 알아서 할 수 있겠지?"

강혁은 외교부 직원을 강한 불신의 눈빛으로 바라보았다. 외교부 직원은 순간 억울하다는 생각이 들긴 했지만 이내 납득했다.

'우리가……. 딱히 한 게 없구나…….'

외교부 직원은 한낱 직원의 몸이긴 하지만 부끄러움을 느끼며 고개를 끄덕였다.

"네. 맡겨주십쇼."

"그래, 그럼 그건 됐고…… 우리는 이제 슬슬 가야 할 거 같은데?"

강혁은 시계를 돌아보았다. 벌써 7시가 다 되어갔다. 구급차를 타고 가면 시간이 그리 걸리지는 않겠지만 어찌 되었든 공항은 공항 아니겠는가. 출국 심사를 받긴 받아야 했다. 그 말에 외교부 직원이 아까보다는 훨씬 자신감 있어 보이는 얼굴로 외쳤다.

"아, 약식 절차로 갈 수 있게 조치해놨습니다! 그냥 공항에 도착하면 거기 직원이 알아서 안내할 겁니다."

"그건 정말 잘했네. 오케이. 그럼 출발하자."

강혁의 말에 이현종 대위에게 붙어 있던 의료진 전원이 답했다.

"네!"

곧 이현종 대위와 중환자실 벽 사이에 연결되어 있던 여러 장치가 제거되고 포터블 기기로 대체되었다. 경원이 이현종 대위 목에 꽂혀 있는 튜브에 앰부를 연결하고 쥐어짜며 선두에 섰다.

"태워, 태워!"

강혁은 마치 구급 요원이라도 된다는 듯 능숙하게 구급차 침대를 바닥으로 끌어내렸다. 온갖 수액과 항생제 그리고 상처로 엉망이 된 이현종 대위는 곧 구급차에 실렸다.

"출발!"

"네! 바로 갑니다!"

운전석에는 당연하다는 듯 장미가 앉았다. 장미의 운전 실력 덕분에 차는 별다른 문제 없이, 그리고 빠르게 공항을 향해 달렸다.

"저기, 저기 나와 있네요."

조수석에 타 있던 외교부 직원이 손을 흔들자 앞에 나와 있던 직원이 오토바이에 올라타 구급차를 인도하기 시작했다.

"와……. 출세한 거 같은 기분……."

재원은 벅차오름을 느끼며 중얼거렸다. 고개를 돌려 보니 다들 말은 안 하고 있지만 비슷한 표정들이었다.

"촌놈이냐, 뭐 이리 신났어."

"교수님은 이런 거 해봤어요?"

재원은 '혹시 강혁이라면 이런 일을 해봤을지도 몰라' 하는 생각을 하며 물었다. 강혁은 그런 재원을 보며 피식 웃었다.

"못 해봤지, 새꺄."

재원은 어처구니없다는 듯 대답도 못했다. 강혁의 말이 아니었어도 지금 이 순간만큼은 할말을 잃었을 거다. 구급차가 에어 앰뷸런스에 바짝 붙어 멈춰섰으니까.

“자, 이제 환자 옮기자!”

“이, 이거 빠지지 않도록 주의해주세요!”

경원이 외쳤다. 구급차에는 인공호흡 장치가 설치되어 있지 않았기 때문에 경원은 공항으로 오는 내내 계속 앰부를 쥐어짰다. 손이 파르르 떨리는 게 눈에 보임에도 불구하고 눈 하나 깜짝하지 않았다.

강혁은 아주 잠시 대견하다는 눈빛을 보내곤 이내 침대를 몰았다.

이현종 대위를 실은 침대가 막 땅바닥에 내려섰을 때쯤, 기가 막히게 에어 앰뷸런스 뒤쪽 탑승구가 열렸다. 안쪽에 있던 조종사가 상황을 다 보고 있던 모양이었다.

‘세심한데? 이거 혹시…….’

강혁이 고개를 갸우뚱하고 있으려니 곧 조종석 문이 열렸고, 안쪽에서 뛰쳐나온 조종사는 강혁도 얼굴이 무척 익숙한 사람이었다.

“한스!”

“세인트 데빌(Saint devil: 성스러운 악마)!”

“그거 아직도 미냐? 너만 그렇게 부르는 거 알고 있지?”

“언젠간 다들 그렇게 부를 거야.”

한스는 강혁을 보며 웃었다. 어떻게 보면 좀 어수룩해 보이기도 했지만 지금 강혁에게는 더없이 든든해 보였다.

“최대한 빨리, 안전하게 가면 되는 거지?”

한스는 강혁이 가장 듣고 싶었던 말을 해주었다.

“그렇지. 근데…… 한국 가본 적은 있어?”

“아니.”

"첫 항로라 이거지."

"뭔 걱정이야? 자네도 맨날 처음 해보는 수술이라며."

"많이 하다보면 대강 요령이 늘지."

"나도 그래. 뭐……. 전투기에 비하면 이건 애들 장난이지."

한스는 뿌듯한 건지, 아니면 쓸쓸한 건지 헷갈리는 눈빛으로 에어 앰뷸런스를 툭툭 두드렸다. 원래 미 공군 조종사로, 그 어렵다는 F-22 랩터 조종사이자 동시에 아파치 헬기까지 조종할 수 있는 괴물이다. 미군을 통틀어 이게 가능한 사람은 한스뿐이었다. 퇴역 후 고액 연봉에 스카우트되어 온 곳이 바로 블랙 워터스였고, 이곳에서 현역 때 못지않은 작전 수행을 하고 있었다.

"아무튼, 잘 부탁해. 나는 환자 좀 보러 갈게."

"오케이. 내가 어지간한 건 다 챙기라고 했는데, 혹시 부족한 게 있을 수도 있으니까 지금 확인해봐. 뜨고 나서는 다시 내릴 수 없어."

"알았어."

'이걸 진짜 공짜로 빌리게 될 줄이야.'

"와……. 이게……. 비행기라고?"

이미 여러 차례 에어 앰뷸런스를 이용해 본 바 있는 강혁조차도 놀랄 지경이었으니, 다른 이들이야 말할 것도 없었다.

"이거……. 이거 설마 에크모?"

심지어 나이 지긋한 윤재호 내과 의사마저도 놀라움을 금치 못했다. 항공기 내부는 어지간한 중환자실은 명함도 못 내밀 정도로 어마어마한 설비를 갖추고 있었다. 모두가 감탄하고 있을 때 강혁의 채찍질이 시작됐다.

"뭣들 해? 환자 안 옮겨? 그리고 조폭이랑 윤 선생님은 여기 약이랑 기구 좀 챙겨봐요. 하늘에서 없는 거 찾게 되면 진짜 골 때리거든."

"네, 교수님."

강혁은 장미와 함께 기구를 챙기며 중간중간 경원에게도 간섭했다.

"설정 잘 맞춘 거지?"

"네, 교수님."

"흠. 잠깐 비켜봐."

"네?"

경원은 강혁에게 경질 비슷한 것을 당한 것은 처음인지라 눈을 동그랗게 떴다. 강혁은 일단 산소 공급 장치 밸브를 훅 하고 풀었다. 100% 산소가 원래도 꽤 많이 공급되고 있었는데, 지금 거의 그 두 배는 되었다.

"엥?"

경원은 당황한 나머지 이상한 소리를 내었다. 분명 활력 징후에 나타난 이현종 대위의 산소 포화도는 100이었기 때문이다. 여기서 더 산소를 올릴 필요가 없다는 얘기였다.

"왜, 이상해?"

강혁은 밸브 푼 손을 그 자리에 그대로 유지한 채 경원을 돌아보았다. 경원은 차마 제대로 된 대답도 하지 못한 채 고개만 끄덕였다.

"하긴, 항공의학을…… 배워볼 기회도 없었겠지."

"항공…… 의학이요?"

"위로 올라가면 어떻게 되냐?"

"아……. 아! 기압이 낮아지는군요!"

"그래. 여압 장치가 되어 있기는 하지만 그래도 낮아져. 너나 나야 건강하니까 상관없지만. 이 사람은 어떠냐?"

"못 견디겠죠. 그래서 산소를……."

"그래. 그것 외에도 자잘한 변화가 있어."

수액조차도 기체가 너무 위로 올라가면 흉기가 될 수 있었다. 압력이 변한다는 것은 생각보다도 더 많은 변화를 야기하니까. 강혁은 그렇게 말하면서 이현종 대위에게 연결된 수액을 하나하나 기내에 설치된 압박 장치 내에 집어넣었다.

"이렇게 하지 않으면 공기가 주입돼."

"그럼……."

"기체 혈전이 발생할 수 있지."

"그렇군요……. 이런 건 진짜 처음이네요."

"우리 비행기는 이제 뜹니다, 이상."

곧 기장의 방송이 울려 퍼졌다. 그리고 비행기는 대한민국을 향해 날아오를 준비를 시작했다. 에어 앰뷸런스는 어마어마한 소리를 내며 내달리더니, 하늘 위로 날아올랐다. 이제 닥터 헬기는 많이 타본 재원이었지만 이번만큼은 탄성을 터뜨릴 수밖에 없었다.

"하나도 안 흔들리네……."

"신기하냐?"

"네……. 그런데 가시면 일단 무슨 수술부터 하실 거예요?"

"일단 배부터 봐야지."

"배……. 탄환이 어떻게 되었을까요?"

재원은 걱정스럽다는 기색으로 이현종 대위의 배를 바라보았다. 팔과 다리는 강혁의 처치로 인해 처음에 비하면 어마어마한 회복세를 타고 있었다. 하지만 배는 아니었다.

"좀 썩었을 거야. 주변은."

강혁은 그리 말을 하면서 주섬주섬 품 안에 있던 종이 쪼가리를 꺼냈다. 어디서 급히 프린트해 온 모양이었다. 균 배양 검사에 대한 간이 결과지였다. 재원은 그 검사 결과지를 보며 탄식을 내뱉었다. 그야말로 한두 개가 아니었기 때문이었다.

"6개……. 이게 가능한 건가요?"

"일단 환부가 여러 부위잖아. 밖에서 다친 거고. 게다가 총상. 말이 더 필요하냐?"

"하긴……."

설마하니 테러범들이 총 쏘기 전에 총알에 멸균 처리라도 했겠는가.

"그래도 적절히 항생제가 들어가고는 있었어."

"그래서 이만큼이나마 버틴 거겠죠?"

"그래. 그렇지."

강혁은 이현종 대위의 발을 톡톡 두드렸다. 처음 봤을 땐 혈색이 안 좋다 못해 잘라내야 하는 거 아닌가 하는 생각이 들었었는데 지금은 그래도 피가 잘 통하고 있었다.

시간이 흐르고 한참을 날아가던 에어 앰뷸런스는 목적지에 다다라 속도를 줄였다.

"서울 공항 착륙합니다, 다들 뭐라도 붙잡아요."

방송으로 기장의 목소리가 들려왔다. 그러곤 곧바로 고도가 내려앉기 시작했다. 비행기는 서울 공항에 무사히 착륙했다. 공항이라고는 하지만 군 공항이었기 때문에 이착륙 중인 비행기는 단 한 대도 없었다. 아예 이 에어 앰뷸런스를 위해 하루를 내어준 느낌이었다.

"차 나와 있지?"

"네. 아……. 신규 왔네요."

장미는 활주로에 서 있는 낯익은 얼굴을 가리켰다. '황지민'이라는 멀쩡한 이름 대신 신규라는 호칭으로 주로 불리는 그녀였다. 구급차 옆에 착 붙어 있었다.

"아, 그러네. 근데 왜 저렇게 힘들어 보여?"

"그런가요?"

"어. 환자가…… 안 좋았나? 아닌데? 이미 퇴원했잖아?"

강혁은 자신이 수혈까지 해주면서 살렸던 아이를 떠올렸다. 급하게 떠나오긴 했지만 거의 완벽에 가까울 정도로 조치해놨고, 거기에 더해 한유림 교수에게 신신당부까지 했다.

'한지영이라고 생각하고 잘 봐요.'

한지영은 한유림 교수가 가장 애지중지하는 딸이었으니, 곧 목숨을 걸라는 말과 같았다. 그 덕인지 뭔지는 모르겠지만 잘 회복되어서 퇴원했다고까지 전해 들은 참이었다. 슬금슬금 속도를 늦추던 비행기는 마침내 정지했고 곧 뒷문이 열리며 한스가 달려왔다.

"자, 다 왔어. 내리지, 이제."

강혁은 침대를 끌고 내리면서 그에게 고개를 푹 숙였다.

"고마워."

"어? 고맙다고? 야야, 카메라 어딨어!"

강혁은 호들갑을 떨어대고 있는 한스를 보며 고개를 저었다.

"두 번은 안 해."

"이런 망할."

"또 보자. 내가 연락할게."

"한국에 있을 거면서 언제 보자는 거야!"

"반드시 볼 날이 있을 거야. 오늘같이 짧게 말고."

"어……. 그래?"

한스는 뭔가 의미심장해 보이는 강혁의 말에 고개를 갸웃거렸다. 정신을 차리고 강혁을 바라보았을 땐, 이미 구급차에 탄 후였다.

'개새끼. 여기까지 아홉 시간 만에 날아오는 게 쉬운 줄 아냐.'

한스는 고개를 절레절레 내저었다. 그러나 싹수없다는 생각이 들기보다는 벌써 그립다는 생각이 먼저 들었다. 아마 재원이나 경원 그리고 장미는 아직 한스가 이해되지 않을 터였다. 하지만 한 번만 헤어져본다면 알 수 있을 것이었다. 한스가 왜 이런 이상한 마음을 품게 되었는지를.

"최대한 빨리 달리지."

강혁은 구급차에 올라타는 동시에 구조사를 닦달했다. 이미 오는 내내 신규 지민에게 강혁에 대한 주의사항을 귀에 딱지가 앉도록 들었기 때문에 그는 그렇게까지 놀라지는 않았다. 그저 액셀을 밟을 뿐이었다.

"네."

"아……. 조폭 시킬걸."

강혁은 출발과 함께 몸이 훅 하고 쏠리는 것을 느끼며 중얼거렸다. 장미가 그에 대해 깊이 공감한다는 듯이 고개를 끄덕이다가 강혁 말대로 너무 힘들어 보이는 지민을 향해 물었다.

"근데, 무슨 일이라도 있었어? 왜 이렇게 얼굴이 안 좋아?"

어떻게 된 게 외국 가서 개고생하고 온 일행들보다도 얼굴빛이 어두웠다.

"아……."

대부분의 신규라면 여기서 '아니에요'가 튀어 나갈 테지만, 지민은 아니었다.

"지금 병원 가보시면 알게 될 텐데요. 아, 여기까지 왔네. 저 미친

놈들이."

"뭐야, 갑자기 욕이야. 왜 우린 뽑았다 하면 깡패냐."

강혁은 그렇게 투덜거리면서 지민의 시선이 향한 곳을 바라보았다. 과연 욕이 나오게도 생긴 광경이었다. 우리나라 기자들은 여기 다 모였나 싶을 지경이었다.

"지금 어느 병원으로 가시는 겁니까!"

"한국대병원으로 갑니까?"

"환자가 이미 사망했다는 얘기가 있습니다!"

"살 가망은 얼마나 됩니까!"

어찌나 고래고래 외쳐대는지, 창을 닫고 있는데도 질문들이 흘러 들어올 지경이었다. 심지어 차 앞을 가로막고 있어서 나가기도 쉽지 않았다.

"어, 어쩌죠?"

구조사는 무척 당황한 얼굴로 뒤를 돌아보았다.

"어쩌긴! 시발. 밟아!"

"아, 알았습니다."

구조사가 액셀을 밟았다. 사람으로 된 벽을 쳤기에 다소 안심하고 있던 기사들은 깜짝 놀랄 수밖에 없었다. 구급차가 사람을 밀고 나가기 시작했으니까.

"도, 돌았어!"

"저기 백강혁 타고 있지? 내가 그럴 줄 알았지. 왜 막아, 저 미친 놈을."

그들 중 딱 한 사람 TV 고려의 박상은 기자만이 이런 일이 있을 줄 알았다는 듯 멀찍이 떨어져 있었다.

"말씀 하나만 해주십시오!"

"국민이 궁금해합니다!"

하지만 꼭 이게 똥인지 된장인지 찍어 먹어봐야 직성이 풀리는 종자들이 있었다. 기자들 중 몇몇은 달리려는 차를 굳이 따라잡아가며 외쳐댔다. 그들 중에는 창문을 부서질 듯이 두드리는 사람들도 있었다. 덕분에 재원은 잠시 이런 생각까지 들었다.

'우리 검찰 출두하는 건가?'

죄수한테도 이렇게까지 무례하게는 안 하겠다는 생각이 드는 순간, 귀를 의심하게 하는 소리가 들려왔다. 창문 내려가는 소리였다.

"어!"

심지어 백강혁 쪽이었다. 내려가는 창문을 본 기자들이 하이에나처럼 달려들었다. 강혁은 탐욕에 젖은 그들을 보며 외쳤다.

"자격도 없는 주제에 국민, 국민 하지 말고."

"에?"

"꺼져."

그러곤 '빼큐'를 날렸다. 구급차는 얼빠진 듯 멈춰선 기자들을 뒤로한 채 힘차게 빠져나갔다.

"역시 미친놈들한테는 미친놈이 약이야……."

아직 '신규'라는 호칭이 익숙한 지민이 조그마한 목소리로 중얼거렸다.

"미, 미쳤어?"

일단 원조 조폭 장미가 그녀를 나무랐다. 그러자 지민도 비로소 정신을 차렸는지 황급히 손을 내저었다.

"저는 그런 뜻으로 말한 게 아니라요."

"선배도……. 한 번 당해보셨으면 절로 나올 겁니다……."

지민은 그리 말하면서 물끄러미 밖을 내다봤다.

'진짜 한 100번은 볶인 거 같은데…….'

며칠 전 강혁이 급하게 병원을 빠져나간 후의 일이었다. 기조실장 홍재훈 교수와 최조은 원장은 그야말로 하루가 멀다하고 신규를 찾아왔더랬다.

'저한테 이러셔봐야 아무 소용 없다니까요? 제가 연락을 받기는 하는데, 여기서 걸지는 못해요!'

그 말에 말도 안 되는 소리 하지 말라며 어찌나 야단법석을 피워대던지. 굳이 직접 전화를 걸고선 '이 전화는 수신 거부된 전화'라는 말을 듣고서야 납득했더랬다. 물론 그렇다고 해서 볶는 빈도나 강도에 변화가 생긴 것은 전혀 아니었다.

"어휴."

그때 생각을 하자 한숨이 절로 새어 나왔다. 하지만 뒤이어 찾아온 기자들에 비하면 원장은 아무것도 아니었다.

'극비라며, 외교부 이 시발 새끼들아!'

정말이지 매일같이 샤워할 때마다 욕이 튀어나왔다. 틈만 나면 찾아와 괴롭히는 기자들 등쌀에 죽을 맛이었기 때문이다. 아마 강혁이 하루 이틀만 더 늦게 왔더라면 이현종 대위뿐만 아니라 제일 지독했던 기자 몇몇과 지민은 다같이 죽었을지 모른다.

"땅 꺼지겠네. 우리 없는 동안 한숨 연습했냐?"

"가보시면…… 알아요. 여긴 장난입니다, 장난."

지민이 말한 바를 가장 먼저 알아챈 사람은 다름 아닌 운전대를 잡고 있던 구조사였다.

"허이구."

내내 전방 주시 의무를 소홀히 하지 않고 있던 그는 바람 빠지는 소리를 냈다. 모두 그가 바라보고 있던 정면을 바라보고는 그와 비슷한 소리를 내뱉었다.

"헐."

"미쳐……."

"역시 저놈들은 미친놈들이야."

"밟아."

강혁이 말했다.

"네? 여기서 밟으면 치일 텐데요?"

구조사는 저도 모르게 속도를 줄이는 중이었다. 응급실 앞을 가득 메우고 있다시피 한 취재진 때문이었다. 그나마 몇 있는 경호원들조차 그리 도움이 되지 않았다.

"어차피 병원 앞인데 뭐. 알아서 치료받겠지."

하지만 구조사는 양심과 의식이 있는 일반 시민이었다.

"에이, 그럼 이거라도 눌러."

강혁은 암만 봐도 액셀을 밟지 않을 거 같은 구조사를 흘겨보며 클랙슨을 사정없이 눌러댔다. 그 바람에 앞에서 반갑다는 듯한 얼굴로 달려오던 기자 중 하나가 바닥에 주저앉았다. 구급차가 슬슬 환자를 내려야 하는 지점에 이르자 강혁이 뒤를 돌아보며 말했다. 더없이 심각해 보이는 표정이었다.

"경원이 너는 계속 쥐어짜."

"네, 교수님."

"노예, 넌 최선을 다해 끌고. 이동주 선생, 자네도 돕고. 윤 과장님도 부탁합니다."

"아, 알았네."

강혁은 마치 아메리칸 풋볼에서 스크럼 작전이라도 짜는 듯한 얼굴이었다. 장미가 손을 들었다.

"말해봐."

"저는 빠졌는데요?"

"너? 네가 제일 중요해."

"그래……요?"

그렇게 묻는 장미를 강혁은 더없이 비장해 보이는 얼굴로 바라보았다.

"너는, 나랑 같이 길을 뚫는다."

"네?"

"따라와!"

장미는 뭐라 할 새도 없었다. 곧 강혁의 손에 꽉 붙잡힌 채 구급차 뒷문을 통해 뛰어내려야만 했다.

"백 교수님! 환자 상태는 좀 어떻습니까?"

"같이 오셨습니까?"

그와 동시에 기자들이 달려들었다.

'이, 이런 뜻이었나!'

장미는 자신을 향해 달려오는 기자들을 보며 잠시 강혁과 눈을 맞추었다. 그런 직후부터 강혁의 난동이 벌어졌다.

"으아!"

맨 앞에 있던 기자 하나가 어디를 어떻게 부딪친 건지도 모른 채 저만치 밀려났다. 그와 동시에 뒤에 있던 세 명의 기자도 나가떨어졌다.

"조폭! 뒤처지지 마!"

장미도 강혁의 밀치기에 동참했다. 그녀는 괜히 별명이 조폭이 아니란 것을 증명이라도 하겠다는 듯한 기세였다. 덕분에 꽉 메워져 있던 기자들이 저만치 물러나고야 말았다.

"야! 달려!"

강혁은 그 틈을 놓치지 않고 재원에게 신호를 보냈다.

"비켜! 비키라고!"

강혁은 뒤에 바짝 따라붙은 침대를 느끼며 앞에 있던 기자들을 밀쳐냈다.

"이건 국민의 알 권리를 침해하는 겁니다!"

"꺼져! 정식으로 기자회견 할 때나 와서 물어봐!"

"그때가 언제가 될 줄 알고……."

"지금 당장 환자 잘못되는 꼴 보고 싶어서 그래? 꺼져!"

강혁은 어떤 기자든 죄다 밀쳐버렸다.

"문 막아!"

강혁은 겨우겨우 침대를 병원 안으로 들인 후, 멀뚱히 서 있던 경호원에게 외쳤다. 그와 동시에 경호원들이 한꺼번에 달려들어 문을 걸어 잠갔다. 그제야 일행은 한시름 놓을 수 있었다. 그토록 어렵게 병원에 도착했건만, 반겨주는 이는 거의 없었다.

"기어코 왔구만……."

도리어 잡아먹을 듯한 눈빛으로 바라보는 이만 가득할 따름이었다. 그중 대표 주자는 역시나 기조실장 홍재훈 교수였다.

"기어코는 또 뭡니까, 왔으면 온 거지. 고생했네."

다행인지 불행인지 한유림 교수만큼은 강혁을 반겨주었다. 강혁이 없는 동안 지민과 같이 시달렸는지 상당히 수척해 보였다.

"오랜만이네요. 그럼, 저휜 수술실로 가봐야 해서."

강혁은 한유림에게 잠시 미소 띤 얼굴을 보여주다가 이내 이현종 대위 쪽으로 시선을 돌렸다. 지금 당장 수술에 들어가야만 했다. 너무도 당연하다는 듯 수술실을 향해 굴러가기 시작했다.

그때 누군가 뒤에서 강혁을 불러 세웠다.

"잠깐!"

뒤를 돌아볼 것도 없이 홍재훈 교수였다.

"왜요."

강혁은 그대로 침대를 밀면서 대꾸했다. 홍재훈 교수는 그런 강혁의 뒷모습을 사납게 노려보며 말을 이었다.

"실패만 해봐. 병원에서는 절대 보호 안 쳐줄 거야. 여론이든 어디든! 어디 알아서 해봐."

홍재훈 교수는 기어이 악담에 가까운 말을 퍼부었다.

"알아서 하죠, 뭐."

언제는 누가 도와줘서 했던가. 강혁은 잠시 자신의 팀을 돌아보고는 나직이 말했다.

"우리가 늘 그래 왔던 것처럼."

- 야, 사진 봤냐?

- 살겠냐…….

- 이건 아무리 백강혁이라고 해도 못 살림.

- 근데 간 지가 언젠데 저 모양으로 끌고 옴?

- 과대평가라니까? 무안대 출신임, 저 사람. 실력 뭣도 없어.

제아무리 빠르게 달렸다고는 해도 환자를 실은 이상 무작정 속도를 낼 수는 없었다. 때문에 기자들에게 찍힌 사진이 몇 장 있었다. 그나마 규모가 있는 언론사의 기자들은 덜했지만. 범람하는 인터넷 언론사 중에는 최소한의 의식도 없는 곳도 상당히 많았다.

'국비 들여 두바이까지 보내줬더니 관광만 하고 돌아왔나'

심지어 이런 말도 안 되는 제목을 단 기사도 있을 지경이었다.

"다들 멍하니 있지 말고, 신규는 가서 사진 띄워. 아까 CD 줬지?"

"아, 네!"

강혁의 말에 신규 지민이 바람처럼 달려 CD를 컴퓨터에 집어넣었다. 그러자 얼마 있지 않아 모니터에 출국 직전 찍었던 이현종 대위의 복부 CT가 떴다.

"하."

누가 먼저랄 것도 없이 일단 한숨을 내쉬었다. 그래도 되는 영상이었다. 엉망이었다.

"영상 처음 보냐? 빨리 마취부터 걸어. 그사이에 닦고."

지민은 멀뚱히 자리만 지키고 있었던 게 아니란 것을 여실히 증명해냈다. 그녀는 경원에게 필요한 약품을 모조리 찾아 건네주었을 뿐 아니라, 마취 보조도 훌륭히 해내었다.

"아, 선배. 그건 여기 있어요."

그뿐만 아니라 수술 기구대를 차리는 장미도 살뜰히 도왔다.

"빨리 닦으라고! 빨리!"

"아니……. 지금까지 내내 기다리셨잖아요. 왜 이렇게 닦달을 하세요……. 대충 닦을 수도 없는데."

"나 손 닦고 들어올 때까지 다 닦아."

강혁은 그리 말한 후 수술실 밖 바로 옆에 마련된 개수대로 향했다.

'배……. 오늘은 다른 생각하지 말고 배만 정리한다.'

강혁은 스스로 다독이는 듯한 느낌으로 손을 닦아낸 후 물기를 떨어뜨렸다. 다시 수술실 안으로 들어섰을 땐, 이미 이현종 대위의 온몸이 갈색으로 물든 후였다. 한쪽에는 미리 주문해둔 O형 혈액이 가득 쌓여 있었다.

'이러니저러니 해도 의료 선진국은 선진국이란 말이지.'

집도를 앞둔 사람에게 저주를 퍼붓는 곳에, 인프라만큼은 남부럽지 않게 깔려 있다니 아이러니했다.

강혁은 아랫입술을 굳게 깨문 채 장미가 건네준 수술 가운과 장갑을 착용했다. 언제나 그렇듯 손가락을 하나하나 감싸주는 듯한 느낌이 좋았다. 이것만 끼면 누구든지 살릴 수 있다는 느낌이 들 지경이었다.

"그릴 거 줘봐."

"그릴 거요……?"

"그래. 마커."

장미는 강혁이 수술실에서 칼보다 마커를 먼저 찾는 경우는 처음 봤다.

'진짜 상태가 안 좋구나.'

장미는 저도 모르게 인상을 찌푸린 채 강혁에게 마커를 전했다.

'좀 멀어도……. 깨끗한 곳으로 가르고 들어가자.'

제일 좋은 건 역시 상처 부위를 연장하는 절개를 긋고 들어가는 것이었다. 하지만 그건 그 상처 부위의 상태가 어떠냐에 따라 달랐다. 지금 이현종 대위의 배는, 특히 탄환이 박힌 곳은 이미 죽어 있었다. 그런 곳을 짼다는 건 너무 위험한 일이었다.

"좋아. 칼 줘."

마침내 계획을 정리한 강혁이 마커를 돌려주며 말했다. 마침 장미가 막 메스를 건네주려던 찰나, 밖에 나갔던 재원이 들어왔다. 찬물 때문에 발그레하게 물든 손을 들고서였다.

"빨리 들어와. 이제 짼 거야."

"아, 네!"

강혁은 재원이 가운을 입고, 장갑을 끼는 동안 절개를 쭉 그었다. 그나마 항생제를 때려 붓고 거기에 더해 소독까지 무지막지하게 한 덕에 이쪽은 괜찮았다.

'문제는 저긴데.'

암만 봐도 뱃가죽도 살리진 못할 거 같았다. 그러기엔 탄환이 박힌 채로 너무 오랜 시간을 보냈다.

"저긴 통째로 들어내야겠어. 노예, 아직 보조 들어오지 말고 오른쪽 허벅지부터 닦아."

"네? 아…… 유리 피판……."

"그래. 그래도 이젠 척하면 척이네."

강혁은 이미 뱃가죽을 가르고 아이언 인턴(Iron intern: 절개면을 좌우로 벌려서 고정할 수 있는 기구)을 걸었다. 복막이 절개를 따라 벌어지자 썩은 내가 사방에 진동했다. 장 내에 있던 것들이 흘러나온 것도 한 가지 이유였지만, 그보다 장 그 자체가 썩은 게 더 큰 원인이었다.

"에이."

강혁은 이미 예상하던 바이긴 했지만, 직접 보니 더 착잡한 표정이었다.

"후."

시커멓게 변한 장이라니. 살면서 한 번이라도 상상해본 적이 있겠는가. 거의 의사가 맞닥뜨릴 수 있는 최악의 순간이라 할 수 있었다.

"좋아."

하지만 강혁이 최악이라 상정하고 있던 것보다는 나았다.

"하모닉 스카펠(Harmonic Scalpel: 초음파 절삭기) 줘."

"어……. 그거 보험이……."

"지랄 말고 줘. 이현종 대위 군인이야. 몰라?"

"아, 네."

강혁이 짜증을 내자 신규가 잽싸게 달려 하모닉 스카펠을 꺼내왔다. 한 번도 안 쓴 사람은 있어도, 한 번만 써본 사람은 없다는 전설의 수술 기구였다.

강혁은 하모닉 스카펠로 죽었다고 판단되는 곳을 퍽퍽 잘라나갔다. 거기엔 소장도 포함되어 있었고, 뱃가죽도 포함되어 있었다. 이미 죽었다는 것을 증명이라도 하듯, 피가 흘러나오지 않았다. 아무리 하모닉 스카펠이라 해도 이 정도면 피 한 방울은 흘러나와야 할 텐데. 그런 일이 없었다.

"다 닦았냐?"

강혁은 겉 부분을 잘라낸 후, 재원을 바라보았다. 이제 슬슬 그가 필요하게 된 참이었기 때문이었다.

"네."

"그럼 바로 올라와. 탄환까지 해서 그냥 한 번에 제거할 거야."

"아…… 한 번에요?"

"그래. 그래야 살아."

재원은 엉망진창이라 할 수 있는 환자의 배 속을 바라보았다.

"잘라야 해. 그래야 살아."

"어……. 어딜……."

"그냥 내가 자르는 것을 잘 봐. 이건 말로 가르쳐줄 수 없어."

자기 눈에만 보이는 것을 어찌 말로 설명할 수 있을까. 직접 보여주는 게 최선이었다.

"네."

재원도 강혁이 간혹 이런 식으로 가르쳐줄 때가 있었기 때문에 그저 고개를 끄덕였다. 치이익 소리와 함께 썩은 장이 툭툭 끊어져 나오기 시작했다. 장이라는 게 그냥 허공에 매달려 있는 게 아니라, 지방으로 둘러싸여 후복막에 붙어 있는 것이기에 잘라야 할 곳은 생각보다 많았다.

"오……."

그렇게 절삭이 이어져 갈수록 재원의 입이 점점 벌어졌다.

"진짜……. 진짜 살 수도 있겠네요."

"그럼 죽겠냐? 나랑 같이 비행기까지 타고 왔는데?"

재원이 호들갑을 떠는 이유가 따로 있는 게 아니었다. 강혁이 소장을 끊어낸 후, 배 속에 남은 장기는 상대적으로 훨씬 깨끗해 보였기 때문이다. 옅은 핑크빛이 감도는 것이 죽음과는 거리가 멀어 보였다. 반대로 강혁이 들고 있는 소장은 거무죽죽한 것이 죽음 그 자체 같았다.

"거, 그만 입 벌리고 있고. 이거나 좀 받아서 저기다 놔."

강혁이 건네준 썩은 소장의 무게는 그리 만만한 것이 아니었다.

"읏차."

재원은 겨우겨우 소장을 기구대 위에 올려두었다. 그러자 한층 더 진해진 썩은 내가 사방으로 번져 나갔다.

"크……."

그야말로 인상이 절로 찌푸려지는 광경이었다.

"거기 총알 끼어 있긴 할 텐데, 그래도 확인해야 하니까 찾아."

강혁은 그렇게 얼굴을 구기고 있는 재원을 향해 가위와 핀셋을 건네주었다. 헤집어서 찾으라는 뜻이었다.

"이걸…… 요?"

그냥 통으로 잘라 나왔는데도 냄새가 이 모양이었다. 총알을 찾기 위해 자르고 헤집다보면 지옥도가 보일 것만 같았다.

"참, 그거 풀어두면 여기가 멸균이 아니겠네. 가지고 옆방 가서 혼자 해."

"어, 어떻게 됐습니까?"

재원이 밖으로 나가자마자 덧가운을 입고 대기 중이던 윤재호 내과 과장과 이동주 대위가 빠르게 따라붙었다.

"계단 놓고 직접 보시죠. 아직은 갈 길이 멀어서."

강혁은 어느새 장미에게 베타딘 희석액을 받아 배 안을 세척하고 있었다. 피는 거의 흘러나오지 않았다. 강혁이 그의 특출난 시력을 이용해 절개면에 아주 얇게나마 죽은 부위를 남겨두었기 때문이었다.

"음, 여긴 묶자. 실."

강혁은 그렇게 세척해 나가면서 얇게 남겨두었던 괴사 면이 떨어져 나가면 타이를 시행했다.

'역시……. 교수님은 괴물이야.'

"좋아. 다시 세척."

"네."

강혁은 순식간에 문제가 될 만한 부위의 혈관들을 쫙쫙 묶은 후 손을 내밀었다. 장미는 그런 강혁의 손에 스포이트를 쥐여주었다. 복강 내에 그나마 남아 있던 감염원들이 강혁이 뿌리는 세척액에 의해 씻겨나갔다. 장미는 부지런히 세척액을 대형 스포이트에 넣어두면서, 동시에 석션 기계가 복강 안에 잘 거치되도록 잡고 있었다.

세척과 석션을 몇 번 반복하다보니, 배 안은 깨끗하기 그지없는 상태가 되었다. 그제야 윤재호 과장과 이동주 대위는 각자 발판을 가져와 밟고 설 수 있었다. 이 둘이 느리다기보다는 강혁과 장미가 너무 빠른 것이었다.

"와……. 이건……. 이건 진짜 살 수도 있겠어요."

아무래도 상대적으로 나이가 어린 이동주 대위의 반응이 더 리얼했다.

"아직, 아직이야. 일단 방금 나간 소장의 길이가 92cm……. 아슬아슬해, 지금."

여기서 더 잘라냈다간 소화 기능이 크게 떨어져 생존 능력이 감소할 것이었다. 그렇지 않아도 몸 여기저기에 아직 상처가 많지 않은가. 단기간에 사망할 가능성도 컸다. 그렇다면 지금부터라도 손상을 최소화해야만 했다.

'일단…… 장루를 빼고 남은 장은 쉬도록 두어야겠지.'

괜히 욕심부리다가 상처가 터지기라도 하면 바로 사망이었다. 해서 강혁은 급하게 장루를 만들었다.

'다른 데는 좀 시간을 두고 본다고 해도…… 골절 부위, 특히 다리는 직접 고쳐놔야겠어.'

강혁은 이미 배가 아닌, 다른 곳을 보고 있었다.

'배는…… 한시름 놨다.'

덕분에 강혁은 배에서 어느 정도 신경을 거둘 수 있었다.

"그……. 이동주 대위?"

강혁은 장루 형성하는 것을 마무리하면서 멀찍이 떨어져 있는 이동주 대위에게로 시선을 돌렸다.

"네, 네."

다분히 존경의 의미가 가득 담겨 있었다. 아직 이해관계가 얽히지 않은 젊은 의사들은, 보다 쉽게 실력에 감화되지 않겠는가. 그는 이미 이강행 대위가 강혁을 바라보는 듯한 그런 눈빛이 되어 있었다.

"언제 군의관 된 거지?"

"작년입니다. 이제 파병된 지 만으로 1년 되어갑니다."

"그럼 손 어때? 녹슬진 않았어?"

이동주 대위는 이런 걸 왜 묻나 싶기는 했지만 일단 최선을 다해 답했다.

"네? 네, 뭐……. 파병 부대다 보니 이런저런 일이 많아서 수술을 아예 놓지는 않았습니다."

"다행이네."

강혁은 희미한 미소를 지은 채 고개를 끄덕였다. 그러자 이동주 대위도 뭐가 뭔지도 모른 채 히죽 웃었다.

"좋아. 손 닦고 들어와. 다리 쪽 같이 하게."

"네. 네?"

이동주 대위는 무심결에 답을 하다가 고개를 틀었다.

"귀 안 들려? 신검 가라로 했어? 빨리 들어와."

"아니…… 저는 이 병원 의사가……."

"나는 뭐 왕립 뭐시기 병원 의사라 거기서 수술했어?"

"그건……."

"야, 이현종 대위가 네 환자야 아니야."

"그건……. 맞습니다."

지금 있는 병원이 뭐가 중요하단 말인가. 눈앞에 있는 환자가 내 환자인가 아닌가가 중요하지.

"혹시 잘못되면 다 내가 책임질 테니까, 들어와. 어차피 집도하라는 게 아니야. 그냥 보조하라는 거지."

"다리…… 도 직접 집도하십니까?"

"집도를 그럼 누가 하냐? 제일 잘하는 사람이 해야 하는 거 아냐?"

"그렇죠. 그야……."

그러니까 정형외과 의사가 해야 하지 않나 하는 의문이 들었다. 하지만 정신을 차려보니 이미 손을 닦고 있었다. 그 옆으로 용케 총알을 찾아낸 재원이 다가왔다.

"어때요? 백 교수님, 실력 좋죠?"

재원은 차디찬 물에 손을 쑥 밀어넣으며 물었다. 온 장을 헤집은 손을 다른 수술 부위에 댈 수는 없지 않겠는가. 안전하게 가려면 다시 씻는 게 좋았다.

"네? 아……. 네. 진짜 대단하신데요?"

"근데 왜 손을 씻으세요?"

이 사람은 왜 이러고 있나 싶었다.

"아, 손 닦고 들어오라고 하셔서요. 다리 같이 하자고 하시던데요?"

"그래요? 아, 그럼 나한테 팔 맡으라고 한 게……. 단독으로였구나."

이동주 대위는 팔다리는 정형외과 담당 아니었나 하는 생각을 하며 손 씻기를 마무리했다.

"욕보십쇼."

"네?"

"해보시면 알 겁니다……."

재원은 뜻 모를 말을 남긴 채 자기가 맡은 부위인 팔 쪽으로 올라갔다. 이동주 대위는 고개를 갸웃거리면서 강혁에게로 갔고. 그리고 얼마 지나지 않아 재원이 왜 그런 말을 했는지 알게 되었다.

재원의 말대로, 해보니까 알 수 있었다.

"아니! 당기라고! 세로 말고, 가로! 어렵나? 어려워?"

"미쳤어? 정형외과 수련을 어디 똥구멍으로 받았나?"

"피 난다 피! 석션! 아니, 석션만 한다고 피가 멎냐? 지져! 거긴 신경이고!"

거의 뭐 지옥이라고 볼 수 있었다.

'진짜 다행이야……. 저기 내가 있을 뻔했잖아.'

재원은 남몰래 빙그레 웃다가 결국 강혁에게 걸렸다.

"너, 너! 뭐가 좋아서 처웃고 있어! 당장 내려와! 네가 보조해! 이동주 대위는 당기기만 하고!"

"하."

재원은 그야말로 땅이 꺼질 듯한 한숨을 쉬었다.

'어쩐지 일이 좋게좋게 풀려가는 듯하더니…….'

그는 그리 생각하면서 자신이 처치하고 있던 오른쪽 위팔 부위를 내려다보았다. 자기가 하긴 했지만 참 잘한 것 같단 생각이 들었다. 어쩜 이리 깔끔하게 절개가 들어가고, 또 부러진 조각을 잘 맞춰 놨단 말인가. 그러면서도 주변 근육이나 혈관, 신경에는 전혀 손상을 가하지 않은 상황이었다.

'이대로 가면……. 혼자서 처리 가능할 수도 있었는데…….'

아마 집도의가 되어본다면 지금 재원의 심정을 이해할 수 있을 터였다. 외과 의사에게 있어 수술을 처음부터 끝까지 해낸다는 것. 그건 어마어마한 의미가 있는 일이었으니까.

재원은 유난히 밝아 보이는 얼굴로 이렇게 외치며 아래로 향했다.

"내려갑니다?"

"그래, 뭐 좋은 일 있냐? 왜 말끝을 올려?"

"환자가 살아나고 있으니까 그렇죠."

"미친……."

강혁은 재원이 제 위치에 선 것을 확인하자마자 이동주 대위를 저만치 밀어냈다.

"너무 서럽게 생각하진 말고, 원래 군의관 되면 손 굳거든."

"네……."

이동주 대위는 실제로도 좀 서럽다고 생각하고 있던 참인지라 목소리가 아주 무거웠다. 왜 안 그러겠는가. 말이 군의관이지. 실은 대학 병원에서 그 힘들다는 정형외과 수련 다 받고 전문의 따고 간 것인데. 하지만 한창 성장세에 있던 사람은 그만큼 빠르게 실력이 줄기도 하는 법이었다.

"자, 이거 당겨. 그래도 아직 감은 있을 거 아냐. 내 시야를 최대한 확보한다는 느낌으로 당겨. 네가 잘 보려고 하지 말고."

"아, 네."

그나마 강혁의 전에 없는 따뜻한 말이 크나큰 위로가 되었다. 재원이 눈을 세모나게 뜨고 질투 어린 시선을 보낼 정도로 친절한 말이었으니 그럴 만도 했다.

'그래……. 당기는 거라도 잘하자.'

이동주 대위는 용기를 내어 절개면을 당겨주었다. 솔직히 말하면 그에게는 수술 부위가 단 하나도 보이지 않았다. 하지만 그건 중요한 것이 아니었다. 수술실에서 제일 중요한 사람은 언제나 집도의였으니까.

"다들 정신 똑바로 차려. 어차피 배가 정리됐기 때문에 죽을 일은 없어, 이제."

강혁은 허벅지 뼈 골절 부위를 찾아 들어가며 이렇게 선언했다.

"앞으로 걱정해야 할 건. 이현종 대위의 후유 장애 유무야. 그중에서 제일 중요한 게 바로 이 다리고."

"네, 교수님."

다리의 중요성은 누차 강조해도 지나치지 않을 터였다. 특히 그게 종아리가 아니라 허벅지라면 더더욱 그러했다.

"지금 보조 좋아. 좋으니까, 좀만 더 집중해."

강혁은 웬일인지 칭찬이 꽤 후해져 있었다.

'원래 똥차 타다 소나타 타면 벤츠처럼 느껴지는 법이지…….'

이동주 대위 덕에 강혁의 칭찬 역치는 한층 내려가 있었다.

"됐어. 이제…… 맞춰야지. 이동주 대위, 뼈는 많이 맞춰봤지?"

이동주 대위는 그제야 수술 부위를 제대로 들여다볼 수 있었다. 부러진 허벅지 뼈 사이에 끼어 들어가 있던 근육과 작은 핏줄 그리고 감각 신경 등이 모조리 옆으로 비켜 가 있었다. 그것도 상처 하나 입지 않은 채로. 마치 기적을 보는 것 같았다.

'그중 몇 개는 잘라야 했을 거 같은데…….'

대체 무슨 마법을 부린 걸까. 녹화된 영상이라도 있으면 받아가고 싶었다. 이런 수술 동영상이라면 어떤 영화나 드라마보다 훨씬 재밌을 것만 같았다.

"멍하니 있지 말고, 대답해야지."

"아, 네."

"그럼 골반 쪽으로 가서 꽉 잡아."

"네, 교수님."

이동주 대위는 육중한 몸을 이끌고 골반 쪽으로 걸어갔다. 그러곤 골반을 거의 부러뜨릴 듯한 기세로 꽉 잡았다. 눈에는 비장감마저 서려 있었다.

“좋네. 딱 정형외과 같네.”

강혁은 보기만 해도 단단한 것이 느껴지는 이동주 대위를 보며 흐뭇하게 웃었다.

“딱 잡고 있어. 어차피 마취 상태라 그렇게 어렵진 않을 거야.”

강혁은 그렇게 말하면서 마취과 모니터 쪽을 바라보았다. 경원이 말없이 엄지손가락을 치켜세워 보였다. 그의 손 뒤로 마취 심도를 나타내는 손가락이 다섯 개 모두 활짝 펴져 있었다. 푹 재우다 못해 완전히 풀어진 상태란 얘기였다.

강혁은 흡족하다는 얼굴로 발을 툭 하고 잡아당기기 시작했다. 확실히 마취된 상황인 데다가, 거기에 더해 근이완제까지 들어간 상황인지라 그렇게까지 힘이 들지는 않았다. 강혁이 발을 당김과 동시에 자신만만해 보이던 이동주 대위의 얼굴이 일그러졌다.

“흡!”

“놓치면 안 돼! 노예는 혹시 내가 잘못 당기고 있으면 말해줘!”

강혁은 발을 아주 천천히 당기면서 외쳤다. 재원은 수술 부위에서 눈을 떼지 못한 채 고개를 끄덕였다.

“네!”

“대답만 하지 말고! 가이드를 해줘야지!”

“지……. 지금 완벽한데요?”

“입바른 소리 하지 말고!”

“아니……. 진짠데.”

재원은 그렇지 않아도 속으로 감탄을 연발하던 참이었다. 보지도 않고 당기는데도 뼈가 마치 부러진 자석처럼 딱 제자리를 찾아 들어가고 있었다. 궁금증을 참지 못해 다가온 윤재호 과장도 헛웃음을 터뜨렸다.

"허."

곧 일주일도 넘게 어긋나 있던 뼈가 맞춰지는 소리가 났다. 강혁은 이게 다시 풀리지 않도록 꽉 잡은 상태로 외쳤다.

"어때? 잘 맞았어?"

"네? 네!"

"그럼 고정해!"

"제, 제가요?"

"그럼 내가 하냐?"

'고정을……. 나 혼자 하라 이거지.'

"여기 드릴요."

장미가 드릴을 건네주었다. 재원은 그 드릴을 이용해 부러진 부위에서 거리가 좀 먼 부위에 구멍을 송송 뚫었다. 그러곤 플레이트와 볼트로 단단하게 고정했다. 직접 해보는 것은 거의 처음임에도 불구하고 어쩐지 익숙한 기분이었다. 맨날 강혁이 하는 것을 바로 옆에서 보아온 덕이었다.

"잘됐어? 처웃고 있지만 말고!"

강혁은 발을 꽉 잡은 채로 외쳤다. 가타부타 말이 없으니 놓을 수가 없어서였다. 재원은 그런 강혁을 돌아보며 씩 웃었다. 더없이 자신감이 넘치고 있었고. 또 더없이 신뢰감을 주는 미소였다.

"네, 잘됐습니다."

"잘됐네. 어디 봐."

하지만 강혁이 보자는 말을 하자마자 심장이 쿵쾅거리기 시작했다. 그 쿵쾅거림은 강혁이 입을 열 때까지 지속되었다.

강혁은 한동안 재원이 해놓은 것을 보며 고개를 갸웃거렸다.

"흐음."

“왜, 왜요? 뭔가 잘못되었습니까?”

“아니.”

“근데 왜 그러고 계세요?”

“너 후달리는 꼴 보는 게 좋아서. 잘했네.”

“멍하니 있지 말고, 위로 올라와. 팔 정리해야지.”

“아, 네…….”

강혁은 금세 꿈에 부풀어 오른 재원에게서 시선을 거두었다.

‘저 새끼는 저래서 칭찬을 거의 못 듣는다는 걸 모르겠지.’

어떻게 된 놈이 말에 조금이라도 칭찬하는 듯한 구석이 있으면 저렇게 들떠버렸다. 다른 신경 세포는 다 죽어도, 칭찬 감지 세포 하나는 살아남을 놈이었다.

“넌 여기 당겨. 여기는 아까보다 열 배는 어렵거든.”

“네. 이렇게 당기면 될까요?”

“그래. 너무 세게는 하지 말고. 여기 염증이 심해서 끊어져.”

“네.”

“지금 딱 그 정도로만 해.”

“네? 이러면…….”

이러면 시야가 개판 아닙니까? 라는 말이 입속에서 맴돌았다. 강혁은 차마 이어지지 못한 이동주 대위의 말을 다 알겠다는 듯한 얼굴로 고개를 끄덕였다.

“괜찮아. 어차피 CT도 다 봤는데 뭐.”

그 말은 이미 CT만으로도 내부 구조가 어떻게 됐는지 파악했다는 소리였다.

“핀셋.”

“네.”

"아니, 에디슨으로."

"아……. 네."

강혁은 장미가 건네주었던 큼지막한 기구 대신, 작은 핀셋으로 바꾸어 집어 들었다. 강혁은 작은 기구를 이용해 잘 보이지도 않을 것 같은 틈새를 통해 상처 정리에 들어갔다. 팔뚝은 위팔이나 허벅지에 비하면 아주 복잡한 구조를 가진 곳이었다. 일단 뼈 두 개가 있고, 그 두 개가 매우 유기적으로 움직이는 곳이었으니 당연한 일이었다.

"음……. 전에 묶어놨던 혈관은 잘 있네."

강혁은 용케 묶인 동맥을 찾아 밖으로 끄집어내었다. 끝이 묶여 있어서 피가 통할 리 없음에도 불구하고 통통 튀고 있었다. 혈류가 끊기지는 않았단 뜻이었다.

강혁은 잠시 고민에 빠졌다. 오늘 팔뚝 뼈를 완전히 정리하자면 시간이 훅 길어질 터였다. 물론 추후에 할 수술 하나를 줄일 수 있겠지만, 지금 상황에서 그게 정말 그렇게 중요한가 하는 생각이 들었다.

'그래……. 괜히 욕심부리다 일을 그르칠 수 있어. 지금 이현종 대위 상태에서 수술을 너무 오래 해서는 안 돼.'

강혁은 자신의 욕심을 살포시 접었다. 한 번에 모든 수술을 끝내 버리는 것이 늘 좋은 것만은 아니었다. 삶의 질을 회복하는 것은 다음으로 미루는 것이 좋을 것 같았다.

'이번 수술에서는…… 생명을 구한 것으로 만족해야겠구만.'

"상처는 그냥 이대로 둬. 베타딘 소킹만 하고 나간다."

팔다리의 상처가 이렇게 지저분한 상태에서 봉합하는 건 위험했다. 배의 경우는 내부 장기가 공기 중에 노출되면 도리어 손상을 받을 수 있으니 닫아야겠지만, 다른 부위는 베타딘 소킹만 제대로 해두는 게 훨씬 나았다.

"자자. 빠르게 정리하고. 경원이는……."

강혁은 이제 슬슬 깨우라는 말을 하려고 그를 바라보았다. 하지만 경원은 이미 자기 할 일을 다 한 채였다. 모니터를 보니 어느새 마취 심도는 얕아져 있었다. 수술용 마취가 아니라 잠만 재운 상태란 뜻이었다.

"그럼 나가자."

밖을 보니 이미 중환자실 침대가 도착해 있었다.

"오케이. 옮겨."

강혁과 팀원들은 이현종 대위의 침대를 밀며 둘러보니, 이미 중환자실 근처에는 기자들이 장사진을 치고 있었다. 한 가지 다행인 것은 이번에는 아까처럼 무질서하지는 않다는 점이었다.

"백 교수님! 지금 상태는 어떻습니까?"

"혹 상태가 너무 안 좋은 것은 아닌가 하는 의혹이 있습니다!"

"교수님 실력으로 충분한 것은 맞습니까? 개인적인 명성을 위해 욕심부리는 것은 아닙니까?"

아까 손가락 욕을 날려서 그런지 태도가 그리 호의적이진 않았다. 이에 재원은 자기가 욕먹은 것도 아닌데 주눅이 든 표정을 지으며 강혁을 돌아보았다. 그는 마침 눈을 마주친 재원을 향해 말했다.

"야, 환자 넣고 정리하고 있어라."

"교, 교수님은요……?"

"저 새끼들 상대하러 가야지."

몰려든 취재진과 그들을 막아서고 있는 경호원들이 만들어내는 소음은 상당했다. 하지만 강혁이 다가가는 것은 발소리 없이도 알 수 있었고, 기자들은 일순간 집중했다.

"백 교수다!"

'이 관심을…… 이용해야겠지.'

"백 교수님! 여기 좀 봐주십쇼!"

"환자 상태는 어떻습니까?"

"언론에 알려진 것이 과장되었다는 말이 있습니다!"

"정말 위험한 것은 맞습니까?"

그사이 기자들은 무례한 질문들을 기어코 던져대고 있었다. 그들을 탓할 수만은 없는 일이었다. 그게 그들의 일이었으니까.

"조용, 조용히. 귀먹겠어요."

강혁은 그런 그들을 간단한 손동작 하나로 침묵시켰다.

"천천히 합시다, 천천히. 차근차근."

느릿느릿한 어조였다. 하지만 지루하진 않았다. 도리어 귀에 콱 들어와 박히는 느낌이었다. 방금 꺼져가는 생명의 등불을 켜고 온 사람에게는 기적과도 같은 힘이 서리기도 했다.

"일단, 환자 상태 어떠냐고 했었죠?"

"네! 제가!"

"아, 그냥 듣기만 합시다."

강혁은 재빨리 손을 번쩍 들고 말하려는 기자를 침묵시켰다.

"환자는 우측 팔에 총상 두 개, 그중 하나는 골절을 동반하고 있으며 탄환은 박혀 있었고, 좌측 팔에 총상 하나, 이 역시 골절을 동반하고 있으며 탄환은 박혀 있었습니다."

강혁은 거기까지 말한 후 잠시 목을 가다듬었다. 처음 환자를 봤을 때가 떠올라 쉬이 말을 잇기가 어려웠다. 솔직히 그때까지만 해도 이 환자가 다시 한국 땅을 밟는 일이 있을까 싶었으니까.

"제일 심각했던 곳은 복부인데 총상 세 개, 이 중 두 개는 관통했으며 하나는 박혀 있었습니다. 또한, 좌측 허벅지에 총상 두 개, 이

중 하나는 골절을 동반하고 있으며 탄환은 박혀 있었습니다."

강혁은 자신의 감정을 드러내지 않은 채 담담한 어조로 당시 이현종 대위의 상황을 말했다.

"아……."

그 말을 들은 기자들이 저도 모르게 탄식을 터뜨렸다. 이미 외교부 공식 발표를 통해 전 국민이 알고 있는 사항이었지만 강혁의 목소리로 들으니 전해져오는 무게가 달랐다. 눈앞에 죽어가는 이현종 대위가 누워 있기라도 한 듯한 그런 기분이 들었다.

"제가 도착했을 때 환자는 두바이 인근에 있는 왕립 쉐이크 칼리파 병원 중환자실에서 처치 중이었습니다. 지금도 저 안에서 수고해주고 계시는 윤재호 내과 과장이 현지 의사들과 함께 그의 생명줄을 잡아주고 있었습니다."

강혁은 전에 없이 정중한 태도를 보이고 있었다. 비록 그의 눈에 비치는 것은 무례하고, 적대적인 기자들이었지만, 그가 바라보고 있는 건 그 너머에 있을 사람들이었기 때문이었다. 그는 국민과 위정자들에게 이현종 대위에 관한 이야기를 전해주는 중이었다.

"외과적 처치는 전무한 상황이었습니다. 현지 외과 의사들은 대한민국의 초국가적 관심이 쏠린 이현종 대위의 몸에 손대는 것을 꺼렸으니까요. 그러니 제가 도착할 때까지 그를 살려둔 것은 온전히 윤재호 과장의 힘이었다고 보시면 되겠습니다."

강혁은 그렇게 말을 하면서 중환자실을 바라보았다. 방금 얘기가 나왔던 윤재호 과장은 경원, 재원과 함께 환자 후 처치에 여념이 없었다. 그야말로 자기 환자라 생각하고 있기에 가능한 일이었다. 세상에 저런 의사만 있었다면 얼마나 좋을까 싶었다.

"도착하자마자 1차 수술을 진행했습니다. 주로 팔과 다리의 탄환을 제거하고, 이미 발생한 감염 부위를 정리하는 수준에 그쳤습니다. 그 후 환자의 활력 징후는 눈에 띄게 좋아졌지만, 그 이상의 수술은 불가했습니다. 현지에서는 수혈이 불가했기 때문입니다."

강혁은 오늘만 해도 무려 6팩 정도의 피가 들어갔다는 것을 떠올렸다.

"항공 이송은 어찌 된 겁니까? 외교부에서는 절차상 문제로 인해 2주가량 소요될 거라고 발표했습니다!"

강혁이 잠시 상념에 빠진 사이, 누군가 질문을 던졌다.

"항공 이송. 그에 관해서도 말씀드리죠."

"외교부에서 절차상의 문제로 2주 이상의 시간이 소요될 거라 했던 건 맞습니다."

"근데 어떻게 이렇게 빨리 온 거죠?"

"에어 앰뷸런스로 왔죠."

"네, 그건 어찌 된 겁니까? 본지에서 알아본 바에 의하면 한 번 사용에 7억에서 8억이라던데……."

7억에서 8억. 천문학적인 액수에 옆에 있던 기자들이 다들 입을 쩍 하고 벌렸다.

'뭐……. 곧이곧대로 그 가격 다 내는 인간들은 적지.'

강혁은 그 모습을 보며 쓴웃음을 지었다. 보통 제대로 된 용병 집단이나 군은 자체적으로 보유하고 있거나 전세기 계약을 맺고 있었으니까. 아무 방비도 없이 떨렁 만리타향에 파병해놓은 군은 선진국 중에서는 극히 드물었다.

"그건 제가 개인적으로 해결했습니다."

아무튼, 돈 얘기가 이왕 나왔으니 그냥 넘어가는 건 좀 많이 섭섭할 거 같았다. 성경에는 오른손이 한 일을 왼손이 모르게 하라고 쓰여 있지만, 강혁은 기왕이면 사방팔방 다 알리고자 하는 주의였다. 아예 영어로 더빙되어서 전 세계에 퍼졌으면 했다.

"개인적……?"

"그게……. 무슨……."

당연하게도 기자들은 혼란에 빠진 듯한 얼굴들이었다. 방금 비용이 7~8억이라고 들었는데 개인적으로 해결했다니.

"그 비용은 제가 처리했다는 말입니다. 국가에 청구할 생각도 없습니다. 그저 이현종 대위가 살아나면, 그리고 더 이런 일이 없게 된다면 그걸로 족합니다."

"어……."

"이거……."

"이런 건……."

이제 기자들뿐만 아니라 국민 그리고 위정자들도 할 말을 잃어가기 시작했다. 저 막대한 금액을 개인적으로 처리한 것도 놀라운데, 그걸 청구하지 않겠다고 말한 것이 놀라울 따름이었다.

"가장 중요한 것에 관해서는 질문을 하지 않으시네."

강혁은 기자들을 향해 미소를 지어 보였다. 늘 무서운 표정을 짓고 있어서 그렇지, 얼굴 자체는 진짜 잘생긴 사람이 강혁 아니었던가. 한 기자가 저도 모르게 강혁의 미모에 홀린 듯 질문을 던졌다.

"그게 뭐, 뭡니까? 백 교수님."

어쩐지 말투도 더없이 공손해져 있었다.

"방금 수술받은 이현종 대위의 상태에 관한 이야기입니다."

"아!"

"그래요! 어떻게 됐습니까?"

기자들은 그제야 정신을 차린 후 왁자지껄하게 질문을 던져대기 시작했다. 강혁은 그들의 질문이 다 튀어나오고서도 조금 더 기다렸다.

"진정들 하시고."

강혁은 목소리가 잦아들자 입을 열었다. 그 흔한 카메라 플래시 터지는 소리조차 들리지 않았다.

"오늘 복부에 박혀 있던 탄환을 모두 제거했습니다. 그로 인해 직접 손상된 부위와 감염으로 인해 괴사한 소장 일부를 절제했고요. 그 길이는 대략 92cm입니다."

아마 외과 의사가 이 말을 들었다면 퍽 놀랐을 터였다. 소장 절제 범위를 'cm' 단위로 표현하는 경우는 드물었으니까.

"그 결과……."

강혁은 거기까지 말한 후 카메라를 하나하나 돌아보았다. 그 너머에 있던 사람들은 마치 강혁과 눈이 마주치는 듯한 착각이 들었다.

"이현종 대위는 살았습니다. 후유 장애의 유무는 추가 수술에 달렸지만, 생명에는 문제가 없습니다. 절대 죽지 않을 겁니다."

- 찢었네.

- 간지라는 것이 폭발했네…….

- 내가 살다 살다 의사 덕질 하게 될 줄은 몰랐다, ㄹㅇ.

순식간에 온라인 커뮤니티에 강혁에 관한 글들이 쫙 깔렸다. 거의 도배라고 해도 좋을 지경이었다. 강혁은 지금 이현종 대위의 뒤를 이어 국민적 영웅이 된 참이었기 때문이었다.

- 원래 금수저 아님? 7~8억을 내는 거 보면 의사 취미로 하는 듯?

그럼 나도 하겠다.

- 미쳤냐? 취미로 밤새워가면서 사람 살리냐?

- 윗글 주소 대라, 3초 준다.

빼딱선을 타는 사람들도 있기는 했지만 금세 진압되었다.

"저거 저렇게 막말해도 되는 거야?"

물론 현실에서도 불만을 품는 사람들이 있기는 했다.

"저렇게 말했는데 혹시 잘못되기라도 하면 끝장나는 거죠, 뭐."

원래도 강혁을 싫어했던 무리가 그러했다.

"수술 기록 떴어요?"

최조은 원장이 푹신한 원장실 의자에 몸을 기댄 채 물었다. 그러자 TV에서 아직 눈을 떼지 못한 홍재훈 교수가 어깨를 으쓱해 보였다.

"아직 확인 못 했습니다."

그런 홍재훈과는 달리 마취과 과장 진태림 과장은 TV에는 눈길도 주지 않고 있었다. 그녀는 원장실 한쪽에 마련된 컴퓨터를 조작해 이현종 대위의 의무 기록을 띄웠다. 재원이 작성한 수술 기록과 입원 기록 그리고 경과 기록이 주르륵 떴다.

"의외로 꼼꼼하네요."

외상 외과의 기록은 꼼꼼하다 못해 정성까지 느껴질 지경이었다. 강혁이 그 기록하는 것 자체가 공부라고 워낙 강조했기 때문이다. 재원도 처음에는 힘들다고 뻗댔지만 몇 번 해보더니 실제로 도움이 된다는 것을 느낀 모양이었다. 강혁이 숙제 검사에 그치지 않고, 첨삭까지 해주었기 때문이다. 덕분에 지금은 거의 완벽에 가까운 기록을 할 수 있게 되었다.

"어때요? 진짜 살 것 같아요?"

원장의 말에 진태림 과장은 마우스 휠을 재빨리 굴렸다. 어찌나 기록이 세세한지 한눈에 다 안 들어왔다.

'뭔 절개까지 이렇게 자세하게 넣었어.'

진태림은 연신 투덜대며 수술 기록을 쭉쭉 읽어 내려갔다.

"이거……."

진태림 과장은 그나마 마취과 과장으로서 수술 과에 대한 기본적인 소양은 갖추고 있는 사람이었다. 강혁을 짓밟으려는 의도와는 달리 실력 하나는 괜찮은 사람이라는 얘기였다. 덕분에 그리 오래 지나지 않아 기록을 통해 현 상태를 유추해낼 수 있었다.

"살겠는데요? 진짜?"

"그래요?"

최조은 원장이 의자에서 등을 떼어내며 물었다.

"네."

"아니, 아니. 잠깐만. 내가 알기론 감염이 엄청나다고 하던데요."

둘 사이에 홍재훈 교수가 끼어들었다. 비록 지금은 원장단 일을 하느라 실무에서 손을 거의 뗐지만 이 거대한 한국대학교 병원의 감염내과 교수로서, 적어도 감염에 관해 그보다 뛰어난 의사는 대한민국에 없을 정도였다.

"그쪽 병원에서 가져온 기록도 다 올려놓긴 했더라고요. 양재원이라고 했나? 이 선생은 잠을 안 자나?"

진태림은 경과 기록에 올라와 있는 결과 기록지를 보며 혀를 내둘렀다. 왕립 쉐이크 칼리파 병원에 있던 기록 중 중요한 것을 모조리 옮겨 적은 모양이었다.

"잠깐 비켜봐요. 어디……."

홍재훈 교수가 모니터를 차지했다. 이전 병원 기록 초창기만 보더라도 이현종 대위는 이미 죽은 목숨이라 할 수 있었다.

'ESR(Erythrocyte Sedimentation Rate: 적혈구 침강 속도, 만성 염증 지표)이랑 CRP(C-Reactive Protein: C 반응 단백, 급성 염증 지표)가 이렇게 높은데…….'

ESR은 그나마 일반인의 몇 배 수준에 그쳤다. 하지만 CRP는 수십 배였다. 그에 반해 백혈구 수치는 오히려 떨어져 있었다. 몸이 감당할 수 있는 감염이 아니란 뜻이었다.

'이게 1차 수술인지 뭔지를 하고 나서 반전되었구만…….'

"진짜 살 수도 있겠는데."

마취과 의사에 이어 감염내과 의사까지 이렇게 말하자 최조은 원장도 아까보다 더 강한 반응을 보였다.

"흠. 진짜 그렇단 말이죠?"

"네. 이거……. 위에 뭐라고 말씀드리죠?"

홍재훈 교수가 말한 위란, 원장이 아니라 '진짜 위'를 뜻했다. 이 병원의 지분을 소유하고 있는 재단 이사들이었다. 최조은 원장은 어지간히 곤란하다는 얼굴을 한 홍재훈 교수를 빤히 들여다보며 껄껄 웃었다.

"뭐라고 하긴요. 처음부터 백강혁 교수 우리가 보낸 거라고 해야죠."

최조은 원장은 뻔뻔하기 그지없는 표정을 하고 있었다.

"우리가 걱정하던 건, 그 백강혁이 이현종 대위를 못 살리는 거 아니었습니까?"

"그건……. 그건 그렇죠."

"근데 살리지 않았습니까? 이건 잘된 일이죠. 전혀 걱정할 일이 아닙니다."

“아……. 하긴 그런가요?”

듣고보니 또 그런 거 같긴 했다.

“그러니까 지금부터라도 대대적으로 홍보를…….”

“원장님.”

최조은 원장이 신난 얼굴로 이렇게 말하려는데 진태림 과장이 그를 불렀다. 홍재훈 교수보다도 더 어두운 얼굴이었다.

“왜 그래요?”

“저기……. 저기 좀 보시죠.”

진태림 과장은 검지를 쭉 편 채 TV를 가리키고 있었다. 이제 얘기가 다 끝난 줄 알았는데, 강혁이 여전히 모니터에 떠 있었다.

“뭐라고 하는 거야?”

“음량 좀 키워보겠습니다.”

“백강혁 교수님, 그럼 병원에서는 이번 일에 대해 아무 지원도 하지 않았단 말씀입니까?”

마침 딱 귀에 거슬리는 질문이 나오는 중이었다.

“뭐야, 이거?”

최조은 원장은 본인이 예상하지 못했던 변수에 인상을 팍 썼다.

“지원이 없는 거 정도가 아니라, 협박까지 당했습니다. 이걸 보시죠.”

강혁은 그리 말하면서 가운 주머니에 꽂혀 있던 볼펜 스위치를 눌렀다. 알고보니 볼펜이 아니라 녹음기였던 모양이었다.

‘실패만 해봐. 병원에서는 절대 쉴드 안 쳐줄 거야. 여론에서든 어디에서든. 어디 알아서 해봐.’

최조은 원장과 진태림 과장의 눈이 동시에 홍재훈 교수를 향했다.

“아니……. 저는…….”

"녹음하는지 확인을 하고 질렀어야지!"

"그, 그게……."

"그리고 저 미친놈은……. 대체 병원을 적으로 돌려서 뭘 어쩌겠다는 거야!"

최조은 원장은 그리 말하면서 책상에 놓여 있던 것을 아무거나 집어서 TV에 던졌다. 워낙 운동을 오래 쉰 탓인지, 날아가던 물체는 책상 바로 앞에 떨어지고 말았다. 덕분에 TV에서는 계속해서 강혁이 나올 수 있었다.

"그러니, 여러분. 우리 중증외상센터를 그냥 두지 마십시오. 제가 감히 정부에 요청합니다. 지원하셨으면, 그 지원이 정말로 제대로 이루어지고 있는지 확인을 해주십시오. 우리가 어떤 환경에서 어떻게 사람들을 살리고 있는지 직접 확인해주십시오."

"저, 저……. 미친놈이……!"

당연하게도 최조은 원장은 길길이 날뛰었다.

"저런다고 뭐가 어찌 되겠습니까? 여론이야 뭐 조금 날뛰다 잠잠해질 겁니다. 일탈이라고 하죠, 일탈. 저 양반 안티도 많아요."

"그래……. 그래야지……. 제깟 놈이 뭐라고……. 저런다고 누가 들어줄 거 같아?"

최조은 원장은 그렇게 확신을 담아 중얼거렸다. 하지만 있었다. 강혁의 말을 들은 사람이. 그것도 제법 높은 사람으로.

"중증외상센터? 재밌겠네. 진행시켜!"

3권에서 계속

중증외상센터
골든 아워 II

초판 1쇄 발행 2020년 8월 18일
초판 4쇄 발행 2021년 8월 13일

지은이 한산이가(이낙준)
펴낸이 김선식

경영총괄 김은영
책임편집 한나래 **디자인** 박수연 **책임마케터** 박태준
콘텐츠사업6팀장 이호빈 **콘텐츠사업6팀** 임경섭, 박수연, 한나래, 정다움
마케팅본부장 이주화 **마케팅3팀** 이미진, 박태준, 유영은
미디어홍보본부장 정명찬 **홍보팀** 안지혜, 김재선, 이소영, 김은지, 박재연, 오수미, 이예주
뉴미디어팀 김선욱, 허지호, 염아라, 김혜원, 이수인, 임유나, 배한진, 석찬미
저작권팀 한승빈, 김재원
경영관리본부 허대우, 하미선, 박상민, 권송이, 김민아, 윤이경, 이소희, 이우철, 김재경, 최완규, 이지우, 김혜진

펴낸곳 다산북스 **출판등록** 2005년 12월 23일 제313-2005-00277호
주소 경기도 파주시 회동길 490
전화 02-704-1724 **팩스** 02-703-2219
이메일 dasanbooks@dasanbooks.com
홈페이지 www.dasan.group **블로그** blog.naver.com/dasan_books
종이 · 출력 · 제본 ㈜갑우문화사

ISBN 979-11-306-3081-6(04810)
979-11-306-3079-3(세트)

· 이 도서의 국립중앙도서관 출판예정도서목록(CIP)은 서지정보유통지원시스템 홈페이지(http://seoji.nl.go.kr)와 국가자료종합목록 구축시스템(http://kolis-net.nl.go.kr)에서 이용하실 수 있습니다.(CIP제어번호:CIPCIP2020030569)